우리 동네 아이들 1
أولاد حارتنا

CHILDREN OF THE ALLEY
by Naguib Mahfouz

세계문학전집 329

우리 동네 아이들 1

أولاد حارتنا

나지브 마흐푸즈

배혜경 옮김

민음사

차례

일러두기

1. 본문에 등장하는 아랍어 고유명사는 국립국어원 외래어표기법을 참고하되 가급적 현대 표준 아랍어 발음을 따랐다.
2. 「작가 연보」 속 발표 작품의 제목은 영어판을 따르고 괄호 안에 아랍어 원제를 표기했다.

머리말

　이것은 가장 믿을 만한 우리 동네 이야기입니다. 최근의 이야기는 내가 직접 목격한 것이고, 다른 이야기는 이야기꾼들이 들려준 그대로입니다. 우리 동네 사람들은 누구나 카페에서 들은 대로 혹은 대대로 전해진 그대로 이야기를 전합니다. 나는 오로지 이들 이야기를 근거로 글을 쓰고 있습니다. 이들 이야기가 생각나는 때가 정말 많습니다. 동네 사람들은 고생스럽거나 불공평한 처사에 휘둘려 억울하고 사람 대접을 못 받을 때마다 사막과 맞닿은 동네 안쪽 높은 곳에 위치한 '대저택'을 가리키며 비통하게 말합니다. "저건 우리 시조의 집이야. 우리 모두 그의 후손이라 그의 재산을 나눠 가질 자격이 있는데, 그런 우리들이 굶주리는 이유는 왜일까? 어째서 수모를 겪는 걸까?" 그러고는 으레 동네의 위대한 영웅들인 아드함, 자발, 리파아, 까심의 신상(身上) 이야기를 시작합니다.

우리의 시조는 정말 수수께끼 같은 존재입니다. 그분은 일반인들이 상상하고 바라는 그 이상으로 오래도록 살아서 그의 장수는 늘 이야깃거리가 되었습니다. 그는 나이가 많은 탓에 오래전부터 세상과 떨어져 칩거했고, 그가 칩거한 뒤 그분을 본 사람은 아무도 없었답니다. 그의 칩거와 나이에 대한 이야기는 황당하고 터무니없습니다. 어쩌면 이런 이야기가 만들어지는 과정에 상상력이 더해지거나 어떤 의도가 섞였을지도 모를 일입니다. 어쨌든 사람들은 그를 자발라위라 불렀고, 우리 동네는 그의 이름을 따서 불렸습니다. 그분은 동네 모든 땅과 그 위에 존재하는 만물의 주인이자 동네 주변 소작지의 주인입니다. 나는 누군가 그분에 대해 다음과 같이 말하는 것을 들은 적이 있습니다. "그분이 우리 동네의 시조예요. 그리고 우리 동네가 점점 커져 세상의 중심인 이집트가 되었어요. 이곳이 허허벌판의 황무지였을 때 그분은 여기에 살면서 혼자 힘으로 이곳을 장악하고 통치하게 되었어요. 그런 분은 다시없을 거예요. 그분은 깡패처럼 힘깨나 쓰는 거친 남자라 맹수들조차 그의 이름을 들으면 몹시 두려워했다고 해요." 나는 또 다른 이야기도 들었습니다. "그분은 깡패나 다름없는 다른 지도자들과는 달리 정말로 훌륭했어요. 그분은 동네 사람들을 보호한다는 명목으로 수탈하지도 않았고 안하무인 격으로 우쭐대지도 않았어요. 그분은 약자들에게 늘 인정을 베푸셨어요." 그러나 세상이 변해 소수지만 그분의 인격과 권위를 깎아내리는 말을 하는 시대가 되었습니다. 당신은 사람들이 어떻게 그럴 수 있는지 아실 겁니다. 나는 전처럼 여전히 그분에 대해 결코 지루하지 않은 흥미진진한 이야기를 듣고 있습니다. 그런 이야기를 듣게 되면 나는 혹시라도 그분을 한 번 볼 수 있을까 하는 희망으로 그 집 주변을 얼마나 서성였는지 모릅니다! 부질없는 짓이었죠. 그래도 나는 그 집 대문 위에 붙어 있던 박제 악어를 노려보며 큰 대문 앞에 정말 수없이 서 있곤 했습니다. 나는 그 집의 거대한 담에서 그리 멀지 않은 무깟탐 사막에 앉아 그 집을 에워싸고 있는 대추야자나무와 무화과나무와 뽕나무의 우듬지를, 그리고 생명체의 흔적이라고는 찾아볼 수 없는 굳게 닫힌 창문들을 정말이지 수없이 바라보았습니다. 서로 얼굴 한 번 대면해 보지 못한 할아버지가 우리에게 있다는 사실이 슬프지 않습니까? 그분은 굳게 닫힌 그 집에 숨어 있고 우리는 먼지 속에 살고 있다는 것이 이상하지 않습니까? 그분과 우리가 왜 이 지경에 이르게 된 것인지 궁금하시죠? 당신은 곧 그 이야기를 듣게 되실 겁니다. 감정적으로나 이성적으로 여러분에게는 위안이 되지 않을 이름인 아드함과 자발, 그리고 리파아와 까심을 여러분은 계속 듣게 되실 겁니다. 그분이 칩거한 뒤 아무도 그분을 보지 못했다고 해도 대다수의 사람들은 걱정하지 않습니다. 애초부터 사람들은 오직 부동산을 포함한 그분의 재산과 이러니저러니 말들이 많은 열 가지 상속 조건에만 관심이 있었으니까요. 이러한 관심은 내가 태어나기 전, 아주 오래전부터 이미 동네 사람들 간에 갈등을 빚어 왔고, 그 갈등은 대를 이어 가면서 정도가 심해져 오늘에 이르렀고 내일도 계속될 것입니다. 그래서 나는 우리 동네 사람들을 결속시키는 혈연적 유대 관계를 이야기해서 비웃음을 사고 싶지 않습니다. 우리는 이방인이라고는 단 한 명도 없는 한 집안사람들로 이루어졌습니다. 우리 동네 사람들은 남자든 여자든 모두 서로를 잘 알고 있습니다. 그런데도 우리 동네 사람들은 다른 동네에서는 찾아볼 수 없을 정도로 서로 논쟁을 하고 격렬한 말다툼을 벌여 사이가 나빠졌고 분열되었습니다. 점잖은 여러분은 몽둥이를 휘두르며 싸움을 거는 불량배 열 명쯤은 쉽게 볼 수 있을 겁니다. 동네 사람들은 돈으로 안전을 매수하고 굴욕과 굴복을 자초하며 신변 보호를 보장받아 왔습니다만 사소한 말과 행동으로, 심지어는 기분 나쁜 표정을 지었다는 이유로 가혹한 처벌을 받습니다. 정말 놀라운 사실은 우리의 이웃인 알아투프, 카프르 알자가리, 알디라사, 알후사이니야의 사람들이 우리에게 재산이 있고 힘깨나 쓰는 남자들이 있다고 우리를 부러워한다는 것입니다. 그들은 재산과 철통 보호가 부와 무적의 보호자를 의미한다고 말합니다. 이 모든 게 사실이지만 그들은 우리가 거지처럼 가난하고 파리와 이가 들끓는 쓰레기 더미 속에서 살며 벌거숭이나 다름없을 정도로 헐벗고 빵부스러기로 겨우 연명하고 있는지 모릅니다. 그들은 우리의 보호자들이 우리 위에 군림하며 으스대고 거들먹거리는 모습을 보고도 그들에게 감탄을 하곤 합니다. 그들은 이들이 우리를 짓밟고 으스대고 거들먹거린다는 것을 잊고 있습니다. 우리에게 유일한 위안은 대저택을 바라보며 슬프고 눈물겹게 말하는 것입니다. "여기 자발라위가 살아요. 우리 동네 모든 부동산의 주인이에요. 그는 우리 할아버지고 우리는 그의 후손입니다."

나는 우리 동네에서 일어난 최근의 일들을 목격했습니다. 나는 정직한 고향 사람 아라파가 나타나면서 일어난 일들을 직접 겪었습니다. 내 손으로 직접 우리 동네의 이야기를 기록하게 된 것은 아라파의 친구 덕입니다. 어느 날 그가 나에게 말했습니다. "당신은 우리 동네에서 글을 쓸 줄 아는 몇 안 되는 사람인데, 왜 우리 동네 이야기를 쓰지 않는 거요? 이야기가 두서도 없는 데다가 항상 이야기하는 사람의 성향과 기분에 따라 달라지잖소. 사람들에게 도움이 될 수 있게 온전한 이야기로 충실하게 기록한다면 아마 그 일은 보람 있는 일이 될 거요. 제가 당신이 모르는 내밀한 정보를 드리리다." 한편으로는 그의 제안이 솔깃했고 또 다른 한편으로는 제안한 사람이 마음에 들어 나는 적극적으로 그 제안을 실행에 옮겼습니다. 글 쓰는 일은 사람들의 비웃음을 사고 무시당하는 일이었지만 나는 우리 동네에서 그 일을 일생의 업으로 삼은 최초의 인물일 겁니다. 나의 일은 가난하고 억압받는 사람들의 불평과 탄원을 글로 기록하는 것이었습니다. 나를 찾아와 하소연하는 사람들은 많았지만 그 일로는 입에 풀칠조차도 어려울 정도로 거지와 다름없는 생활에서 벗어날 수 없었습니다. 하지만 사람들이 털어놓는 비밀과 슬픔을 들으면 나도 같이 슬퍼지고 가슴이 먹먹해지곤 했습니다. 서두르지 말고 내 이야기부터 들어 주세요. 나는 나 자신에 대해, 나의 고난에 대해서 쓰지 않습니다. 동네 사람들의 고난에 비하면 나의 고난은 정말로 미미하기 때문입니다. 불가사의한 우리 동네에는 신기한 곡절이 많기도 합니다. 어떻게 그런 일들이 일어났을까요? 도대체 무슨 일 때문이었을까요? 우리 동네에서 태어난 사람들은 대체 누구일까요?

아드함

1

우리 동네는 가도 가도 지평선만 보이는 무깟탐 사막과 맞닿은 황무지에 있었다. 황무지에는 자발라위가 두렵지도 외롭지도 않고 싸움에 휘말리지 않겠다고 보란 듯이 지은 '대저택'만이 우뚝 서 있었다. 대저택의 높고 거대한 담은 둘로 나뉘어 서쪽으로는 정원을, 동쪽으로는 거대한 삼 층 건물을 빙 둘러싸고 있었다. 어느 날 자발라위는 아들들을 정원 옆 아래층 응접실로 불렀다. 그러자 곧 비단 질밥[1]을 입은 이드리스, 압바스, 리드완, 잘릴, 그리고 아드함이 내려왔다. 그들은 아버지의 기에 압도되어 몰래 그를 훔쳐보며 그 앞에 서 있었다. 자발라위가 아들들에게 앉으라고 하자 그들은 주변에 놓

---

1) 품이 넉넉하고 발뒤꿈치까지 내려오는 아랍 전통 의상으로, 갈라비야라고도 한다.

인 의자에 앉았다. 그는 매처럼 날카로운 눈으로 아들들을 잠시 훑어보았다. 그런 다음 자리에서 일어나 문 쪽으로 걸어가 커다란 문 한가운데 서서 넓은 정원을 바라보았다. 정원은 뽕나무, 무화과나무, 대추야자나무로 울창했고 그들 나무 옆에는 키 작은 헤나나무와 재스민나무가 있었다. 헤나나무와 재스민나무의 가지 위에서는 새들이 지저귀며 노닐고 있었다. 응접실에는 무거운 침묵이 흘렀지만 정원에는 새들이 지저귀는 노랫소리와 활기로 넘쳐 났다. 황무지의 지도자가 그들을 잊고 있는 것은 아닌가 하는 생각마저 들었다. 그의 거대한 몸집은 그를 인간이 아닌 다른 별에서 온 외계인처럼 보이게 했다. 그들은 서로 눈길을 주고받으며 물었다. 이 방식은 중요한 일을 결정할 때 늘 해 오던 것이었다. 황무지의 압제자이자 이 대저택의 독재자인 그에게 대항할 힘이 없다는 점이 그들을 불안케 했다. 그가 자리에서 몸을 돌려 그들을 바라보며 굵고 거친 목소리로 말했다.

"나 아닌 다른 사람이 재산을 맡아 관리하는 것이 좋겠다."

그의 목소리는 카펫과 커튼 뒤 높다란 벽은 물론 방 안 구석구석까지 쩌렁쩌렁 울렸다. 그가 다시 한 번 아들들의 얼굴을 면밀히 살펴보았지만, 그들의 얼굴에서는 어떤 표정 변화도 없었다. 재산 관리는 안락하고 편안한 생활과 여가를 즐기려는 혈기 왕성한 청년을 유혹할 만한 거리는 아니었다. 그런 점을 차치하더라도 그 자리는 당연히 장남인 이드리스의 몫이라고 생각해서 그들 중 어느 누구도 그 자리에 연연하지 않았다.

'정말 무거운 짐이야! 골칫거리는 끝도 없고. 게다가 불쌍한 소작인들과 임차인들이라!' 이드리스는 혼잣말을 했다.

"이미 선택했다. 나의 감독 아래 아드함이 재산을 관리할 것이다." 자발라위가 말했다.

모두는 예상 밖인지라 얼굴에 놀란 기색이 역력했고 흥분한 나머지 서로들 시선을 주고받았다. 머쓱해진 아드함만이 어쩔 줄 몰라 바닥만 내려다보았다. 자발라위는 돌아서서 차갑게 말했다.

"이 말을 하려고 너희들을 불렀다."

속에서 분노가 치민 이드리스가 이를 삭이려고 애쓰는 모습이 마치 술에 취한 것처럼 보였다. 형제들은 그를 곤혹스러운 눈빛으로 바라보았다. 아드함을 제외하고 그들 모두 막내가 장남인 이드리스를 제친 것에 무언의 항의를 하며 아버지의 권위에 분노했다. 그것은 다른 형제들에게도 뼈아픈 일이었다.

"그렇지만, 아버지……." 이드리스는 다른 사람이 말하는 것처럼 차분한 목소리로 말했다.

"그렇지만이라니?" 자발라위는 아들들을 돌아보며 냉정하게 그의 말을 잘랐다.

그들은 아버지에게 속내를 들킬까 봐 눈을 내리깔았지만, 이드리스는 완강하게 말했다.

"그렇지만 제가 장남인데……."

자발라위가 못마땅해했다.

"나도 알아. 내가 너의 아버지다."

이드리스는 화가 머리끝까지 치밀었다.

"장남의 권리는 사라지지 않습니다, 다만……."

그러자 자발라위는 이드리스가 격앙된 마음을 가라앉히고 받아들일 마음의 준비를 할 기회를 주는 양 그를 한참 뚫어져라 바라보았다.

"내 선택이 틀림없이 너희들 모두에게 득이 될 것이다."

인내심이 한계에 다다른 이드리스는 한 방 더 얻어맞았다. 이드리스는 자발라위가 말대꾸하는 것을 정말로 참지 못한다는 것을 잘 알고 있었다. 만일 자신이 계속해서 말대꾸한다면 지금보다 더 호되게 당할 게 뻔했다. 그러나 그는 격분해서 뒷일을 생각할 겨를이 없었다. 그는 서너 걸음을 옮겨 아드함의 얼굴 바로 앞에 자신의 얼굴을 들이밀었다. 그는 몸집과 색상, 그리고 아름다움이 한 수 위라는 것을 다른 이들에게 자랑하는 수탉처럼 아드함이 자신의 형제들과 다르다고 우쭐대면서 침을 튀기며 재채기를 하는 동시에 입에서 말을 터뜨렸다.

"저와 저의 형제들은 지체 높은 귀부인의 자식이지만 이놈은 흑인 노비의 아들이에요."

거무스름한 아드함의 얼굴이 이내 창백해졌지만 표정에는 변화가 없었다. 자발라위는 손사래를 치며 경고했다.

"어리석은 놈, 너를 위해 입 다물지 못하겠니!"

"수모를 당하느니 차라리 죽는 게 나아요."

"저희 모두 아버지의 자식입니다. 저희들이 아버지의 눈 밖에 나면 당연히 슬플 겁니다. 그런 결정은 아버지 권한이지만, 그 이유를 꼭 알고 싶습니다." 리드완이 고개를 들고 아버지를 바라보고 웃으며 부드럽게 말했다.

자발라위는 화를 누르며 이드리스에게서 리드완으로 시선을 옮겼다.

"아드함은 소작인과 임차인 들이 어떤 사람인지도 알고, 이름만으로 누가 누군지 거의 다 안다. 게다가 그 아이는 글을 쓰고 계산할 줄도 알지."

이드리스와 그의 형제들은 아버지의 말에 놀랐다. '도대체 언제부터 그런 형편없는 인간들을 아는 것이 갖추어야 할 자격이 되었단 말이야? 학교를 다니는 게 자격이라니? 아드함의 엄마는 대체 무슨 이유로 그를 학교에 보냈지? 설마 아들이 사내대장부들의 세계에서 성공하지 못할까 봐 걱정돼서.'

"이런 이유로 제가 굴욕을 당하다니 어처구니가 없네요!" 이드리스가 이죽거리며 말했다.

자발라위는 노여움에 차 그를 향해 말했다.

"제발 바라는데 고분고분 말 잘 듣고 복종하도록 해라."

그러고는 신경질적으로 이드리스의 친형제들에게 몸을 홱 돌렸다.

"너희들도 할 말이 있느냐?"

그러자 압바스가 자발라위의 따가운 시선을 견디지 못하고 풀이 죽어 "말씀대로 따르겠습니다⋯⋯."라고 대답했다.

"예, 아버지!" 잘릴도 바로 눈을 내리깔고 대답했다.

"저도 따르겠습니다." 리드완은 마른침을 삼키며 말했다.

그 순간 추하게 얼굴이 일그러진 이드리스가 분노로 헛웃음을 띠며 악을 바락바락 썼다.

"겁쟁이 자식들! 내가 너희들에게 기대했던 게 이런 역겨운 것이었냐? 너희들은 비겁해서 앞으로 흑인 노비의 자식에게 지배를 받게 될 거다."

자발라위가 경고의 시선을 보내고 나서 눈살을 찌푸리며 "이드리스!"라고 고함을 질렀다.

"아버지는 도대체 어떤 분이세요. 아버지 노릇이 정말 대수롭지 않으시죠? 아버지는 항상 무자비한 폭군 노릇만 하셨고 앞으로도 그러실 거예요. 아버지는 아버지의 수많은 희생양을 다루듯 자식인 저희들도 같은 방식으로 다루고 계세요." 화가 나 이성을 잃은 이드리스도 큰 소리로 말했다.

자발라위는 그를 향해 천천히 경중경중 두 걸음을 옮겼다. 그러고 나서 험악하게 일그러진 표정에 낮은 목소리로 "입 다물어!"라고 말했다.

"저를 겁주지 못하세요. 제가 무서워하지 않는다는 것을 아세요. 노비의 자식을 제 위에 두고 싶으시다면 저는 아버지의 말씀을 듣지도, 아버지에게 복종도 하지 않을 겁니다." 이드리스는 계속해서 악을 썼다.

"악마 같은 놈. 아비에게 도전한 대가가 뭔지 모르냐?"

"진짜 악마 같은 놈은 노비의 자식이에요."

자발라위가 목청을 높이자 그의 목소리는 귀에 거슬리는 거친 목소리로 변했다.

"못된 놈! 그녀는 내 아내니, 예의를 갖춰. 그러지 않으면 너를 땅바닥에 납작 엎드리게 해 주마."

나머지 형제들은 물론 아드함도 몹시 겁이 났다. 그들은 폭군인 아버지의 전횡을 잘 알고 있었다. 그러나 이드리스는 위험 수위를 가늠하지 못할 정도로 격분해서 마치 훨훨 타오르는 불에 달려드는 미친놈 같았다.

"아버지는 저를 미워하세요. 전에는 몰랐어요. 저를 확실히 미워하세요. 아마도 그 노비가 아버지로 하여금 저희들을 미워하게 만들었을 거예요. 아버지는 광활한 사막의 주인이시고, 모든 부동산의 소유자이시고, 무서운 독재자이세요. 그런데 그따위 노비가 아버지를 쥐락펴락할 수 있다는 사실이 놀랍군요. 사막의 주인님! 내일쯤 사람들이 놀라서 그런 아버지를 두고 온갖 이야기를 할 겁니다."

"사악한 놈, 입 닥치라고 했다."

"아드함을 위해 저를 욕하지 마세요. 얼토당토않은 말이라 지나가던 개가 다 웃겠어요. 이런 이상한 결정은 우리 가족을 우리 동네뿐 아니라 이웃의 화젯거리로 만들 거예요."

"당장 내 앞에서 꺼져." 자발라위는 안채와 정원에서도 들릴 정도로 쩌렁쩌렁한 목소리로 버럭 소리를 질렀다.

"여기는 제 집이고 여기 제 어머니가 계십니다. 그분은 틀림없는 이 집의 안주인이세요."

"오늘 이후, 아니 영원히 네 꼴을 보지 않겠다."

그의 커다란 얼굴이 홍수가 났을 때 성난 나일 강의 색깔과 비슷하게 어두워졌다. 집채만큼 큰 거구인 그가 화강암같이 단단한 주먹을 꽉 쥐고 몸을 움직였다. 모두는 이드리스가 끝장났다고 확신했다. 이것은 이 집이 묵묵히 목격했던 비극 가운데 하나일 뿐이었다. 애지중지하던 그 많은 부인들이 그의 말 한마디에 불쌍한 거지로 전락하지 않았던가! 얼마나 많은 남자들이 오랜 세월 그를 위해 일하고도 끝에 작은 납덩이가 달린 채찍에 맞아 채찍 자국이 선명한 등짝에, 코와 입에서 피를 줄줄 흘린 채 비틀거리며 쫓겨났던가! 그가 기분이 좋을 때 모든 사람이 누렸던 보살핌도 그가 격분했을 때는 설령 그에게 사랑을 받던 사람일지라도 무용지물이었다. 이런 까닭에 이드리스가 자발라위의 장남이고 힘과 외모가 그를 꼭 빼닮았어도 모두는 그가 끝났다고 믿었다. 자발라위는 두 걸음 앞으로 나와 말했다.

"이제부터 너는 내 아들이 아니고, 나도 네 아버지가 아니다. 이 집은 네 집이 아니니, 이 집에 더는 네 엄마도 네 형제도 네 하인도 없다. 네 앞에 넓은 세상이 있으니 내 분노와 저주를 갖고 떠나라. 나의 보살핌과 사랑을 잃고 정처 없이 떠다니다 세월이 가면 자연스럽게 그게 어떤 건지 알게 될 거다."

그러자 이드리스는 페르시아 카펫을 발로 한 차례 세게 구르고 나서 외쳤다.

"이건 제 집이에요. 전 떠날 수 없어요."

자발라위는 이드리스가 미처 방어할 틈도 없이 그에게 달려들어 압착기처럼 그의 어깨를 꽉 잡았다. 자발라위가 이드리스를 앞으로 밀자 그는 뒷걸음질 치며 끌려갔다. 그들은 거실 문을 지나 계단을 내려갔다. 이드리스는 넘어지며 질질 끌려 내려갔다. 자발라위는 이드리스를 끌고 아래에는 재스민, 위에는 헤나와 장미 울타리가 쳐진 좁은 길을 지나 큰 대문에 이르렀다. 그는 문밖으로 그를 밀쳐 내고 문을 잠갔다. 그런 뒤 그는 집 안에 있는 사람들이 들을 수 있을 정도로 큰 목소리로 소리쳤다.

"그놈이 돌아오도록 돕거나 허용하는 자는 죽음을 각오해야 한다."

자발라위는 고개를 들고 굳게 닫힌 안채 창문을 바라보며 다시 한 번 소리쳤다.

"감히 그런 짓을 하는 것들은 누구든 이혼이다."

2

암울했던 그날 이후 아드함은 매일 대저택의 정문 오른쪽에 위치한 접견실 내 부동산 관리 사무실로 출근했다. 그는 임대료를 걷고 새로운 임차인에게 땅을 나눠 주고 장부를 자발라위에게 제출하는 자신의 소임에 열성을 다했다. 그는 임차인을 능수능란하게 다루어 무례하다거나 트집을 일삼는다고 알려진 사람들도 그를 좋아하게 되었다. 임대 조건은 자발라위만 알 뿐 아무도 모르는 비밀이었다. 아드함이 재산 관리인으로 선택된 것이 그를 유산 상속자로 택한 것은 아닐까 하는 우려를 자아냈다. 사실상 그날 이전에 자발라위는 자식들을 대할 때 어느 누구에게도 각별한 애정을 드러내지 않았더랬다. 형제들은 그간 아버지의 공정함과 아버지에 대한 존경심으로 의좋게 지냈다. 가끔씩 이드리스는 감정이 고조되어 무례한 행동을 했지만 그 이전에 힘이 세다거나 잘생겼다고 유세를 떨지도 않았고 형제들을 섭섭하게 하거나 불쾌하게 하지 않았다. 아드함도 붙임성이 있고 너그러운 청년이라서 사람들에게 사랑과 칭찬을 받았더랬다. 이복형 넷은 아드함과 자신들이 다르다고 생각할 수 있었지만, 누구 한 사람 그런 생각을 겉으로 드러내지 않았고, 말과 행동, 그리고 눈치로도 전혀 그런 내색을 하지 않았다. 그러나 아드함은 그 누구보다도 그것을 잘 알고 있었다. 그는 다른 형제들과 여러모로 달랐다. 그의 검은 피부와 이복형들의 눈부신 흰 피부, 그의 허약함과 그들의 강인함, 천출인 그의 어머니와 지체 높은 그들의 어머니. 아마도 그는 그것으로 인해 남몰래 속으로 슬픔과 고통을 겪었을 것이다. 늘 향기가 넘치고 아버지의 지혜와 권위에 복종하는 집 안 분위기는 아드함으로 하여금 마음속에 그런 불순한 생각을 담아 두게 하지 않아 그는 맑고 순수한 마음과 정신을 지닌 청년으로 성장할 수 있었다.

"어머니, 저를 축복해 주세요! 저에게 맡겨진 이 일은 저와 어머니에게 큰 시험입니다." 아드함은 처음 사무실로 출근하기 전 어머니에게 말했다.

"애야, 성공하길 빈다. 넌 좋은 아이야. 좋은 사람은 성공하게 되어 있단다." 그녀는 간절하게 말했다.

아드함은 응접실과 정원, 그리고 창문 너머로 많은 눈이 지켜보는 가운데 사무실로 출근했다. 그는 관리인 자리에 앉아 업무를 보기 시작했다. 그의 업무는 동쪽의 무깟탐 산과 서쪽의 카이로 구(舊)시가지 사이에 있는 드넓은 사막에서 인간이 맡아 보는 가장 중요한 일이었다. 아드함은 성실함을 신조로 삼았다. 그는 부동산 관리 역사상 최초로 장부에 단돈 몇 푼까지도 지출 내역을 정확히 기록했다. 그는 자신에 대한 증오와 반감을 잊도록 형들을 깍듯하게 예우해 그들에게 월급을 나눠 주었고 아버지에게는 거두어들인 소작료와 임대료를 갖다 드렸다. 하루는 아버지가 물었다.

"아드함, 일은 어떠냐?"

"아버지가 제게 맡기신 일은 제 인생에서 가장 중요한 일입니다." 아드함은 공손하게 대답했다.

그의 큰 얼굴에 환한 미소가 퍼졌다. 무소불위의 그도 아들의 듣기 좋은 말에 기분이 좋아졌다. 아드함은 자발라위와 자리를 함께하는 것을 좋아했다. 아버지 앞에 앉아 그를 몰래 훔쳐보면서 자신을 바라보는 아버지의 눈길에 애정과 칭찬이 가득 담겼음을 느꼈다. 아버지가 들려주던 오래전 이야기와 힘깨나 쓰는 청년의 모험담을 형들과 함께 듣는 게 아드함을 얼마나 행복하게 했던가! 그가 들려준 이야기는 무시무시한 몽둥이를 휘두르며 그가 지나간 곳을 모두 평정했다는 활약상에 관한 이야기였다. 이드리스가 쫓겨난 뒤에도 압바스와 리드완과 잘릴은 여전히 전처럼 옥상에 모여 먹고 마시며 도박을 즐겼다. 아드함도 여전히 혼자 정원에 앉아 피리를 불었다. 그는 아장아장 걷기 시작할 때부터 정원에 앉아 피리 부는 것을 좋아했다. 부동산 관리를 맡은 후에도 피리를 불었다. 예전처럼 시간이 충분히 나지는 않았지만 업무가 끝나면 그는 물가에 자리를 깔고 대추야자나무나 무화과나무에 등을 기대고 앉거나 재스민 넝쿨 아래 누워 참새와 산비둘기들이 노니는 모습을 지켜보았다. 참새들은 얼마나 많은지! 또 산비둘기들은 얼마나 사랑스러운지! 한참을 지켜보다 피리를 불며 참새와 산비둘기들이 지저귀는 노랫소리를 흉내 내거나 나뭇가지 사이로 드러난 하늘을 바라보곤 했다. 하늘은 정말 아름답다! 그가 그렇게 시간을 보내는 광경을 마침 리드완이 곁을 지나가다가 경멸스러운 눈빛으로 바라보며 한마디 던졌다.

"재산 관리에 시간을 낭비하다니!"

"아버지를 화나게 하는 게 두렵지 않다면 저도 불평할 거예요." 아드함이 웃으며 대답했다.

"여유롭게 놀며 즐길 수 있다는 것은 정말 감사할 일이야."

"형들은 실컷 즐기세요." 아드함은 단조롭게 대답했다.

"우리처럼 너도 예전으로 돌아가고 싶지 않니?" 리드완은 분노를 미소로 감추며 물었다.

"정원에서 피리를 불며 시간을 보내는 게 제일 좋죠……."

"이드리스 형은 일하고 싶어 했어……." 리드완이 쓸쓸하게 말했다.

"이드리스 형은 일할 시간이 없었어요. 다른 이유로 분개했던 거예요. 진짜 행복은요……. 형도 보시다시피 이 정원에 있어요."

아드함은 눈을 내리깐 채 말을 건넸고 리드완이 돌아가는 것을 보며 혼잣말을 했다. '정원, 이곳에 살며 노래하는 새들, 물, 하늘, 도취되어 행복한 내 영혼, 이런 게 진정한 삶인데……. 무언가를 찾아 헤매는 것 같은데 도대체 그게 뭘까? 가끔 피리가 그 답을 주는 것도 같은데 아직도 그게 뭔지 모르겠다. 새들이 말을 할 수 있다면 새들은 분명히 내 마음을 치유해 줄 텐데……. 밤하늘에 빛나는 별들도 그것을 알고 있다고 이야기하지……. 임대료를 걷으러 다니는 일은 감미로운 선율이 흐르는 내 삶을 뒤흔드는 불협화음과 다름없어.'

어느 날 아드함은 걸음을 멈추고 장미 숲 사이의 오솔길에 드리워진 자신의 그림자를 바라보았다. 그때 갑자기 그림자 위에 드러난 누군가의 그림자가 겹쳤다. 누군가 그의 뒤를 따라 모퉁이를 돌았던 것이다. 그 그림자의 실체는 그를 보자 발길을 돌렸다. 뒤를 돌아보자 한 흑인 소녀가 그를 보고 막 돌아서려던 참이었다. 그가 손짓으로 멈춰 세우자 소녀는 걸음을 멈췄다. 그는 그녀를 찬찬히 살펴보고 부드럽게 "너는 누구냐?"라고 물었다. 그러자 그녀는 더듬거리며 "우마이마예요."라고 대답했다.

그는 그 이름을 기억했다. 그녀는 어머니의 친척뻘 되는 하녀였다. 그의 어머니도 그의 아버지와 결혼하기 전까지 이 소녀와 같았을 것이다. 그는 그녀와 좀 더 이야기를 하고 싶어서 그녀에게 물었다.

"무슨 일로 정원에 나왔니?"

"정원에 아무도 없을 거라고 생각했어요." 그녀는 시선을 떨구고 답했다.

"여자들은 정원에 나오지 못하도록 되어 있는데……."

"잘못했습니다. 도련님."

그녀는 모깃소리만 한 목소리로 대답을 하고 되돌아갔다. 모퉁이를 돌자 그녀가 시야에서 사라졌다. 그녀의 달음박질

치는 소리가 들렸다. 갑자기 기분이 좋아져 그는 중얼거렸다. '참 예쁘다!' 바로 그 순간 자신이 정원의 일부가 된 것 같은 느낌이 들었다. 장미, 재스민, 카네이션, 참새, 비둘기, 그리고 자신이 어우러져 하나의 아름다운 멜로디가 된 것 같았다. '예쁜 우마이마. 그 도톰한 입술까지 예쁘네. 오만한 이드리스 형만 빼고 다른 형들은 모두 장가를 갔지. 그녀의 피부색과 내 피부색은 어쩌면 그렇게 똑같지! 내 그림자에 포개진 그녀의 그림자, 참 예쁘다! 마치 그녀의 그림자는 욕망에 꿈틀대는 내 몸의 일부분인 것 같다. 아버지는 내 선택에 반대하시지 않을 거야. 그렇다면 어떻게 아버지가 어머니와 결혼을 하셨을까?'

3

아드함은 향기처럼 아름다운 소녀로 인해 벅찬 가슴을 안고 사무실로 돌아왔다. 그는 그날그날 마쳐야 하는 계산에 온 정신을 집중하려 애썼지만 그의 머릿속은 온통 그 흑인 소녀의 모습으로 가득했다. 오늘 우마이마를 처음 본 것이 놀라운 일은 아니다. 이런 저택에서 여성만의 공간인 하렘은 몸의 주인만이 알고 있는 인체의 장기와 같다. 몸의 주인이 장기의 덕으로 살 수는 있지만 볼 수는 없는 것처럼, 그 실체를 알 수는 없으나 하는 일로 미루어 보아 그들이 존재한다는 것은 알기 마련이다. 아드함은 꼬리를 무는 장밋빛 생각 속에 빠져들었다. 사무실이 있는 건물 안에서 뭔가 폭발한 것처럼 가까이에서 들리는 쩌렁쩌렁하게 울리는 큰 목소리에 그는 정신이 번쩍 들었다.

"자발라위, 나 여기 벌판에 있다. 나는 모두를 저주한다. 남자 여자를 막론하고 너희들 모두를 저주해. 내 말이 마음에 안 드는 놈들을 상대해 주지. 자발라위, 내 말 들리나?"

아드함은 "이드리스 형."이라고 외치며 사무실을 뛰쳐나와 정원으로 달려갔다. 리드완도 당황해서 이드리스를 향해 달려오는 것이 보였다. 그가 말하기 전에 먼저 리드완이 말했다.

"이드리스 형은 취했어. 창문에서 술에 취해 비틀거리는 형을 봤어. 가족들을 어떤 추문에 시달리게 하려고 저러는 지……."

아드함은 괴로워 눈을 감았다.

"형, 슬퍼서 가슴이 찢어지네요."

"이제 어떻게 하지? 이건 우리에게도 위협적인 재앙이야."

"형, 아버지께 이 일을 말씀드려야 한다고 생각하세요?"

"아버지는 마음을 바꾸시는 법이 없으셔. 이런 이드리스 형의 모습은 아버지의 화를 더 돋울 뿐이야." 리드완이 얼굴을 찌푸리며 말했다.

'이런 슬픔에서 우리를 구할 수 있는 건 없는 걸까?' 아드함이 침울하게 중얼거렸다.

"그래. 여자들은 하렘에서 눈물짓고, 압바스와 잘릴은 언짢아서 자기들 방에 틀어박혀 있어. 아버지는 아버지 방에 혼자 계시고. 누가 감히 아버지 근처에 가려고 하겠니?"

아드함은 이야기를 계속하면 자신이 난처해질 것 같아 불안해졌다.

"형, 우리가 무엇이든 해야 하지 않을까요?"

"물론이지. 우리 모두 무사히 지나가기만 바라고 있어. 대가를 치르고 무사하기 바랄 수는 없지. 하늘이 무너져도 나는 무모한 짓은 결코 하지 않아. 우리 가족의 명예는 이드리스 형과 함께 이미 땅에 떨어졌어."

'그렇다면 형은 왜 나한테 온 걸까?' 아드함은 자신이 하룻밤 사이 불길하게 울어 대는 까마귀로 변한 것 같았다. 그는 탄식했다.

"정말 저는 이 모든 일과 무관해요. 침묵한다고 제게 좋을 것 같지도 않아요."

자리를 뜨려던 리드완이 "네가 무슨 일을 꼭 해야 한다면 분명 이유가 있을 거야."라고 말했다.

리드완이 돌아갔다. 홀로 남은 아드함의 귓전에 '분명 이유가 있을 거야.'란 말이 맴돌았다. 그렇다. 죄를 짓지도 않았는데 그는 의심받고 있었다. 그는 길을 지나가다 세찬 바람에 떨어지는 항아리에 머리를 맞은 기분이 들었다. 사람들은 이드리스가 불쌍하다는 생각이 들 때마다 아드함에게 욕을 퍼부었다. 아드함은 대문으로 달려가 빗장을 조용히 열고 집을 빠져나갔다. 멀지 않은 곳에서 이드리스가 눈알을 희번덕거리고 비틀거리며 제자리에서 빙글빙글 돌고 있었다. 머리는 봉두난발을 하고, 옷의 앞섶은 벌어져 가슴 털이 보였다. 아드함이 눈에 띄자 그는 고양이가 쥐를 사냥할 때 달려들듯이 그에게 달려들었다. 그러나 너무나 취해 곧 땅바닥에 고꾸라졌다. 그는 흙을 한 움큼 쥐어서 아드함에게 던졌다. 아드함은 가슴에 묻은 흙을 털며 부드럽게 "형!"하고 불렀다.

"닥쳐. 개자식! 개새끼! 너는 내 동생이 아니야. 네 아버지

도 내 아버지가 아니야. 이 집을 너희들 머리 위에서 박살을
낼 거야." 이드리스는 비틀거리며 울부짖었다.

"형은 이 집의 자랑이고 귀한 아들이세요." 아드함은 다정
하게 말했다.

"여긴 왜 온 거냐? 네 엄마한테 가. 네 엄마를 그녀가 있어
야 할 곳인 하인들의 거처로 데려가, 종년의 새끼!" 이드리스
는 마음에도 없는 웃음을 낄낄거리고 소리쳤다.

"화가 나시더라도 화를 누르세요. 그리고 형을 도우려는 사
람들에게 마음의 문을 닫지 마세요." 아드함은 변함없이 다정
다감하게 말했다.

이드리스는 화가 나서 주먹을 휘두르며 고함을 질렀다.

"겁쟁이들만 속 편한 이 빌어먹을 집. 빵 한 조각도 비굴하
게 얻어먹으며 자신들을 업신여기는 자를 섬기는 겁쟁이들.
나는 너 같은 놈이 우두머리인 집에는 다시는 돌아가지 않아.
네 아버지한테 전해. 아버지가 떠나온 사막에 살면서 과거의
아버지처럼 노상강도가 됐고 그리고 현재의 아버지처럼 말썽
을 일으키며 못된 짓만 골라서 저지르는 범법자라고. 그리고
앞으로 내가 악행을 일삼으며 미쳐 날뛰는 곳에 사는 사람들
이 나에게 손가락질하며 '자발라위의 아들'이라고 말하게 될
거라고. 이런 식으로 나는 너희들의 명예를 더럽힐 거야. 도둑
놈인 주제에 자신들을 주인이라고 생각하는 놈들아!"

"형, 정신 차리세요. 나중에 후회하실 말씀은 하지 마세요.
형이 스스로 막지 않는 한 돌아갈 길이 없는 것은 아니에요.
형에게 약속해요. 반드시 원래대로 다 되돌려 놓을게요." 아

드함은 간청했다.

이드리스는 세찬 바람을 안고 걷듯이 아드함을 향해 천천히 걸음을 옮겼다.

"종년의 자식, 도대체 어떤 힘을 나한테 약속한다는 거냐?"

"형제의 힘이요."

"형제라! 나는 그걸 처음 만난 화장실에 던져 버렸어."

아드함은 괴로웠다.

"형은 전에 좋은 말만 했지 그런 말은 입에 담지 않았어요."

"네 아버지의 전횡이 진실을 말하게 하네."

"저는 이런 모습의 형을 사람들이 보는 걸 바라지 않아요."

이드리스는 한바탕 웃었다.

"매일 이보다 더 험한 꼴을 보게 될 거다. 내 손으로 모두를 부끄럽고 수치스럽게 만들고 천벌을 받게 만들 거야. 네 아버지가 나를 파렴치하게 내쫓았으니 그 대가를 치러야지."

그는 몸을 날려 아드함을 덮치려 했지만 아드함이 재빨리 몸을 피했다. 담이 없었다면 땅바닥에 쓰러질 뻔했다. 그는 약이 올라 씩씩거리면서도 돌멩이를 찾느라 땅바닥을 들여다보았다. 아드함은 조용히 대문을 향해 걸어가 집 안으로 들어갔다. 그는 슬픔에 못 이겨 눈물을 글썽거렸다. 이드리스는 여전히 고래고래 소리를 질렀다. 우연히 응접실을 바라보다 문틈으로 아버지가 방 안을 가로질러 걸어가는 모습이 보였다. 그는 너무나 슬픈 나머지 겁도 없이 무슨 일이 일어났는지 모를 아버지에게 다가갔다. 자발라위는 멍한 눈으로 아드함을 바라보았다. 큰 키에 어깨가 떡 벌어진 그는 벽에 새긴

미흐라브[2]를 등지고 장승처럼 서 있었다. 아드함은 목례를 하고 "편히 주무셨어요?"라고 인사말을 건넸다.

"무슨 일이냐." 자발라위는 그를 찬찬히 훑어보고 심장에 비수를 꽂는 목소리로 말했다.

"아버지. 이드리스 형이……." 아드함은 들리지 않게 작은 목소리로 대답했다.

자발라위는 도끼로 돌을 칠 때 나는 것 같은 목소리로 아드함의 말을 막았다.

"내 앞에서 그놈 이름 꺼내지 말거라." 그러고는 자발라위는 안으로 들어가며 "출근해라."라고 말했다.

---

2) 성지 메카 방향을 알리는 장식으로, 건물 내부 벽에 설치된 작은 벽감 모양의 오목상을 일컫는다.

4

이드리스가 매일마다 새로운 바보짓을 하고 못된 짓에 빠져 점점 더 타락해 가도 여전히 사막에는 해가 뜨고 졌다. 그는 상스러운 욕설을 퍼부으러 저택 주위를 맴돌거나 이제 막 태어난 갓난아이처럼 벌거벗고 일광욕을 하는 척하며 대문 앞에 앉아 음란한 노래를 불러 댔다. 때로는 불량배처럼 거들먹대면서 인근 마을을 배회하다 지나가는 사람들에게 시비를 걸고 저지하는 사람들이 있으면 누구를 막론하고 싸움을 걸었다. 동네 사람들은 화를 참으며 그를 피했고, 서로들 '자발라위의 아들'이라고 수군거렸다. 그는 먹는 것을 걱정하지 않아도 되었다. 지나가다 식당이나 가게가 눈에 띄면 아무 거리낌 없이 실컷 배를 채우고는 계산은커녕 고맙다는 인사말도 없이 사라지곤 했다. 망나니짓이 생각나면 처음 눈에 들어오는 술집에 들어가 취할 때까지 맥주를 실컷 마셨다. 술에 취하면 그는 가족들의 비밀과 그들에 관한 뜬소문, 그리고 그들의 특이한 습관과 비겁함에 대해 줄기차게 쏟아 냈다. 특히 그는 이 지역 전체의 독재자인 자신의 아버지에게 반항했다는 점을 강조했다. 재미 삼아 시작한 말장난으로 한바탕 웃음을 터뜨리고 때로는 실성한 사람처럼 노래를 부르고 춤을 췄다. 저녁 놀이가 싸움으로 끝나야 그의 즐거움도 끝이 났고, 그러면 그는 모두에게 작별 인사를 하고 자리를 떴다. 그는 이런 고약한 행실머리로 어디서나 유명했다. 사람들은 될 수 있는 한 그를 피했다. 그러나 피할 수 없는 재앙처럼 골칫거리인 그를 받아들일 수밖에 없었다. 물론 그의 가족들도 엄청난 고통과 슬픔을 겪었다. 이드리스의 어머니는 슬픔을 이기지 못해 전신마비가 와 시름시름 죽어 갔다. 자발라위가 그녀의 임종을 지키기 위해 찾아오자, 그녀는 비난하듯 마비되지 않은 한 손으로 그를 가리키며 죽었다. 그녀는 슬픔과 화병으로 죽은 것이다. 슬픔은 거미줄처럼 가족들을 옭아맸다. 옥상에 모여 놀았던 형제들은 이제 저녁 모임을 갖지 않았고 아드함의 피리 소리도 더는 정원에서 들리지 않았다.

어느 날 자발라위가 불같이 역정을 냈다. 이번 희생자는 여자였다. 그는 목청을 높여 나르지스라는 이름의 하녀에게 악담을 퍼붓고 집에서 내쫓았다. 바로 그날 그녀가 임신 중이라는 사실을 알게 된 자발라위는 그녀를 닦달해서 그녀에게서 이드리스가 쫓겨나기 전 그녀를 범하고 임신시켰다는 자백을 받아 냈다. 그녀는 자신의 뺨을 때리고 울부짖으며 집을 나갔다. 그녀는 온종일 정처 없이 헤매다 우연히 이드리스를 만났고, 그는 훗날 필요할 때 요긴하게 쓰일 물건처럼 그녀를 구박하지도, 반기지도 않고 받아들였다.

아무리 견디기 힘든 불행이라도 언젠가는 익숙해지기 마련이다. 지진으로 인해 집을 잠시 떠났던 사람들이 다시 집으로 돌아오듯 '대저택'에 사는 사람들도 종전과 다름없는 일상으로 되돌아왔다. 시간이 흐른 후 리드완과 압바스, 그리고 잘릴은 예전처럼 옥상에 모여 시간을 보냈고 아드함 역시 밤이면 정원에서 피리를 불며 시간을 보냈다. 그는 우마이마로 인해 밝은 생각을 하고 마음이 따뜻해졌음을 깨달았다. 껴안 듯 자신의 그림자에 포개진 그녀의 그림자가 아드함의 머릿속에서 떠나지 않았다. 그는 어머니를 만나러 그녀의 거처를 찾아갔다. 그녀는 솔에 수를 놓고 있었다. 그는 어머니에게 속내를 털어놓았다.

"어머니, 그녀는 바로 어머니의 친척 우마이마예요."

그러자 그녀는 희미한 미소를 지어 보였다. 분명 그녀의 미소로 보아 그가 가져온 소식이 주는 기쁨보다 그녀가 앓는 병의 고통이 더 심함이 분명했다.

"그래, 아드함. 그 아이는 정말 좋은 아이야. 너희 둘은 천생연분이구나. 우마이마는 분명 너를 행복하게 해 줄 거야."

어머니는 아들의 얼굴이 기쁨으로 붉게 달아오르는 것을 보고 말을 이었다.

"얘야, 모든 것을 잃지 않으려면 그 아이한테 아직 관심을 보여서는 안 된다. 내가 네 아버지께 말씀드려 주마. 다행히 죽기 전 손자를 볼 수 있겠구나."

자발라위가 그를 불렀다. 그가 인자하게 웃고 있는 것을 보자 아드함은 속으로 혼잣말을 했다.

'아버지는 친절한 만큼이나 엄격하셔.'

"아드함. 네가 신붓감을 찾고 있다고? 세월 참 빠르구나. 이 집 사람들은 가난한 자들을 무시하지. 그렇지만 네가 우마이마를 선택해서 네 어머니의 체면이 서겠구나. 너는 의로운 아이를 낳을 것이다. 이드리스는 잃어버렸고 압바스와 잘릴은 자식이 없고 리드완의 자식은 한 명도 살아남지 못했다. 그들 모두 나에게서 자만심만 물려받았다. 이 집을 네 아이들로 가득 채워라. 그러지 않으면 내 인생은 허사가 되고 말 것이다."

아드함의 결혼 행렬은 이전에 동네 사람들이 한 번도 보지 못했던 유례없는 것이었다. 오늘날까지도 그 행렬에 대한 이야기가 속담처럼 전해 내려오고 있다. 그날 밤 담장 위와 나뭇가지에 달려 있는 등불 덕에 '대저택'은 어두운 벌판 한가운데 반짝이는 빛의 호수처럼 보였다. 옥상에는 남녀 가수들을 위한 커다란 천막이 세워지고 음식과 음료수가 즐비한 식탁이 객실과 정원, 그리고 '대저택' 대문 앞 공터에 놓여 있었다. 자정이 지나자 아드함의 결혼 행렬이 알자말리야의 맨 끝에서부터 시작되었다. 자발라위를 좋아하는 사람들과 그를 두려워하는 사람들 모두 하나가 되어 행렬에 참여했다. 아드함은 비단 질밥을 입고 머리에는 수가 놓인 터번을 두르고 압바스와 잘릴을 양옆에 세우고는 당당하게 걸었다. 리드완을 앞세운 행렬 양옆에는 장미꽃과 초를 든 사람들이 따랐다. 전방에는 큰 무리를 이룬 무용수와 악사 들이 있었다. 노래를 신호로 악사들의 연주가 시작되고 자발라위와 아드함을 찬미하는 사람들의 축하 인사가 쏟아졌다. 여자들의 환성에 온 동네가 잠에서 깨어나 기쁨을 노래했다. 행렬은 알자말리야를 떠나 알아투프와 카프르 알자가리, 그리고 알무바이다를 거쳐 지나갔다. 폭력패들조차 환호했다. 사람들은 춤을 추고 술집에서는 공짜 술이 제공되어 청소년들조차 술에 취했다. 행렬이 지나가는 길목의 카페에서는 결혼을 축하하는 사람들에게 선물로 담뱃대가 제공되어 대마초와 해시시 냄새가 진동했다.

어둠 속에 홀연히 나타나는 악마처럼 이드리스가 길 끝에 불쑥 모습을 드러냈다. 사막으로 이어지는 길모퉁이에 나타난 것이다. 행렬 맨 앞에 있던 등불의 불빛에 그의 모습이 훤히 드러났다. 등불을 들고 있던 사람들은 앞으로 나아가지 못하고 멈춰 서서 이드리스의 이름을 소곤대기 시작했다. 가수들도 그를 보자 두려움에 바짝 얼어 노래를 멈췄고, 무용수들도 그를 보자 돌처럼 몸이 굳어 버렸다. 피리 소리와 북소리가 잦아들고 웃음소리도 뚝 그쳤다. 그 많은 사람들이 무엇을 해야 할지 몰라 쩔쩔맸다. 이드리스 마음대로 하게 하면 자신들이 무사하지 못할 것이 뻔했고 그와 맞서면 자발라위의 아들에게 맞서는 꼴이라 이러지도 저러지도 못했다. 이드리스가 몽둥이를 휘두르며 소리쳤다.

"누구의 결혼 행렬이냐? 이 겁쟁이 놈들아."

대답 대신 정적이 흘렀다. 그들은 고개를 들어 아드함과 그의 형제를 가리켰다. 이드리스가 다시 물었다.

"너희들은 언제부터 종년의 아들과 그 아이 아버지의 친구가 되었냐?"

바로 그때 리드완이 몇 걸음 앞으로 나와 "형, 결혼 행렬을 지나가게 해 줘요. 현명하게 처신하세요."라고 외쳤다.

"리드완, 너는 그런 말을 안 할 줄 알았는데⋯⋯. 너는 배반자에 겁쟁이고 편히 살려고 자존심과 형제를 팔아먹은 비열한 놈이야." 이드리스는 얼굴을 찡그리며 소리쳤다.

"여기 있는 사람들은 형과 나의 불화에는 관심 없어요." 리드완이 다정하게 대답했다.

이드리스가 껄껄 웃으며 말했다.

"사람들은 너희의 치부를 잘 알아. 악사와 가수 들이 겁쟁이만 아니었어도 이 결혼 행렬에서 그들을 볼 수 없었을 텐데."

"아버지께서 동생을 우리에게 맡기셨으니 우리는 그를 지켜야 해요." 리드완이 단호하게 말했다.

이드리스는 다시 한바탕 웃었다.

"너는 노비의 자식이 아닌 너 자신을 지킬 수 있다고 보냐?"

"형, 도대체 정신이 있는 거예요? 현명하게 처신해야만 집으로 다시 돌아올 수 있어요."

"너는 거짓말쟁이야. 너는 네가 거짓말을 하고 있다는 것을 잘 알고 있어."

"저와 관련된 것에서는 앞으로 형을 탓하지 않을게요. 그러니 이제 행렬이 아무 탈 없이 지나가게 해 줘요." 리드완이 슬프게 말했다.

그는 행동으로 대답했다. 그는 성난 황소처럼 행렬로 뛰어들어 몽둥이를 마구 휘둘러 등불을 깨고 북을 부수고 장미꽃을 모두 흩날려 버렸다. 폭풍에 모래가 날리듯 사람들은 겁을 먹고 달아나기 시작했다. 리드완과 압바스와 잘릴은 아드함 앞에 어깨를 맞대고 나란히 서서 그를 보호해 주었다. 그런 모습이 이드리스의 화를 키웠다.

"겁쟁이들, 너희들은 먹고 마시지 못하게 될까 봐 혐오하는 놈을 지키는 거다."

이드리스가 동생들을 향해 달려들었다. 그들은 뒤로 물러서며 몽둥이로 공격을 막기만 할 뿐 대들지는 않았다. 이드리스가 갑자기 그들 사이로 몸을 날려 그들을 뚫고 아드함에게 다가가려 했다. 그때 창문에서 비명 소리가 흘러나왔고 아드함은 그의 공격에 대비했다.

"형! 나는 형의 적이 아니에요. 정신 차리세요."

이드리스가 몽둥이를 높이 쳐들자, 누군가 "자발라위다." 라고 소리쳤다.

"아버지가 오고 계세요." 리드완이 이드리스에게 소리쳐 알렸다.

그러자 이드리스는 길옆으로 훌쩍 뛰어가서는 뒤를 돌아다보았다. 횃불을 든 하인들을 양옆에 거느리고 자발라위가 다가오자 그는 이빨을 드러내며 큰 소리로 비아냥댔다.

"곧 눈에 넣어도 안 아플 천출내기 손자를 보게 되실 겁니다."

그곳에 있던 사람들은 그가 알자말리야 쪽으로 달아나도록 길을 열어 주었다. 그러고는 어둠 속으로 사라졌다. 지켜보는 눈들이 많은지라 자발라위는 아무렇지도 않은 척하며 아들 형제들이 서 있는 곳으로 걸음을 옮겨 명령조로 말했다.

"자, 다시 행진을 시작해라."

등불을 든 사람들이 다시 제자리로 돌아갔다. 북이 울리고, 피리 소리가 나자 가수들이 노래를 부르고 무용수들은 춤을 추었다. 신랑 행렬은 정해진 길을 따라 다시 움직이기 시작했다.

밤새 저택은 음악 소리와 술 마시고 노래하는 사람들로 북적거렸다. 아드함은 무깟탐 사막이 바라보이는 자신의 방에 들어섰다. 방에는 여전히 흰 베일로 얼굴을 온통 가린 우마이마가 거울 옆에 서 있었다. 자신의 몸 하나 주체하지 못할 정도로 거나하게 술에 취한 그는 비틀거리며 그녀에게 다가갔다. 그가 베일을 들어 올리자 입이 다물어지지 않을 정도로 예쁜 그녀의 얼굴이 훤히 드러났다. 그는 그녀의 도톰한 입술에 입을 맞추기 위해 고개를 숙였다.

"걱정 근심하지 말고 죽는 날까지 행복하게 살자." 그는 혀 꼬부라진 소리로 말했다.

그는 한 걸음은 똑바로, 한 걸음은 휘청거리며 침대로 간신히 걸음을 옮겨 옷도 벗지 않고 가죽신도 신은 채 침대에 가로로 벌러덩 드러누웠다. 우마이마는 애틋하고 살가운 미소를 지어 보이며 거울에 비친 아드함의 모습을 바라보았다.

5

아드함은 우마이마를 통해 전에는 알지 못했던 행복을 알게 되었다. 그는 순진해서 형들의 놀림을 받을 정도로 자신의 행복을 말과 행동으로 숨김없이 드러냈다. 그는 예배를 마칠 때마다 두 손을 높이 들고 소리쳤다.

"은혜의 하느님을 찬미합니다. 아버지께서 만족하시니 이에 하느님께 감사합니다. 아내가 사랑하니 이에 하느님께 감사합니다. 저보다 나은 사람이 누려야 할 지위를 제가 누리고 있으니 이에 하느님을 찬양합니다. 정원과 노래와 벗인 피리를 주신 하느님을 찬양합니다."

'대저택'의 여자들은 모두 다 우마이마가 현숙한 아내여서 남편을 자식처럼 보살피고 시어머니를 공경하는 마음으로 극진히 모시고 다른 시집 식구들까지도 잘 섬기고, 자신이 거주하는 공간을 마치 자신의 몸의 일부분인 양 잘 건사한다고 말했다. 아드함은 사랑이 철철 넘치는 남편이자 좋은 동반자였다. 부동산을 관리하느라 전처럼 정원에서 유유자적하게 유희를 즐길 수는 없었지만 나머지 시간은 자신의 존재를 잊을 정도로 아내와 사랑에 푹 빠져 보냈다. 더없이 행복한 날이 냉소적인 리드완, 압바스, 잘릴의 예상보다 훨씬 더 길어졌지만, 큰 소리를 내며 끊임없이 쏟아져 내리는 폭포수도 결국에는 잔잔한 강물이 되듯이 차차 평온해져 갔다. 한동안 잊고 있던 의구심이 아드함의 마음속에 다시 자리 잡았다. 아드함은 낮이 지나야 밤이 되듯 시간이 눈 깜짝할 사이에 지나가지 않는다는 것을 느끼게 되었다. 또한 아내와 무한정 노닥거리는 것도 언젠가 그 의미가 퇴색될 것이라는 것도, 정원은 자신이 계속 찾아야 할 진정한 놀이동산이란 것도, 그리고 이런 생각들이 우마이마에 대한 그의 마음이 변했다는 것을 의미하지 않는다는 것도 알게 되었다. 그녀는 여전히 아드함의 삶의 중심에 있었지만 인생에는 오직 시간이 지나야만 알게 되는 새로운 측면이 있었다. 그는 예전처럼 수로 옆에 앉아 고마움과 미안함을 담은 눈으로 주위의 꽃과 새들을 둘러보았다. 그때 자신을 따라온 눈부시게 아름다운 우마이마가 눈에 들어왔다.

"저는 창가에서 당신의 눈길을 사로잡았던 게 무엇인지 알고 싶어 바라보고 있었어요. 정원에 함께 가자고 저를 왜 부르시지 않으셨어요?" 그녀는 그의 옆에 앉으며 말했다.

"당신을 귀찮게 할까 봐." 그는 미소를 지으며 대답했다.

"제가 귀찮아한다고요? 제가 얼마나 이 정원을 좋아하는데요. 우리가 여기서 처음 만난 것 기억하세요?"

그는 그녀의 손을 꼭 잡은 채 대추야자나무에 머리를 기대고 나뭇가지와 나뭇가지 사이로 보이는 하늘을 올려다보았다. 그녀는 자신이 정원을 얼마나 좋아하는지 그에게 재차 말했다. 그녀는 그가 침묵하면 할수록 더 열심히 자신이 얼마나 정원을 좋아하는지 이야기했다. 그녀는 정원을 좋아하는 만큼 침묵을 싫어했다. 자신의 소소한 일상사에 대해 이야기하는 것이 그녀에게는 가장 즐거웠다. 그녀는 별일 아니라는 듯 한참 동안 이 '대저택'에서 최근 일어난 일들을 이야기했다. 특히 손위 동서들인 리드완의 아내와 압바스의 아내, 그리고 잘릴의 아내에 관한 이야기를 했다. 그녀의 말투가 어느새 비난조로 바뀌었다.

"아드함, 제 얘기 듣고 계세요?"

아드함은 그녀를 향해 미소를 지어 보였다.

"당신이 온통 내 마음을 차지하고 있는데 어떻게 그런 말을……?"

"당신은 제 말을 듣고 계시지 않아요?"

사실이었다. 그는 그녀가 정원에 나온 것이 반갑지도 성가시지도 않았다. 만일 그녀가 돌아가려 했다면 그는 진심으로 그녀를 잡았을 것이다. 사실 그는 그녀가 그에게서 떼어 낼 수 없는 한 부분임을 느끼고 있었다.

"나는 정말로 이 정원을 사랑해. 여기에 앉아 있는 것보다 더 좋은 것이 전에는 나에게 없었어. 정원의 키 큰 나무, 졸졸 흐르는 물, 그리고 지저귀는 새들, 이 모든 게 말야, 내가 아는 것처럼 나를 아는 것 같아. 당신도 나와 함께 이들과 교감을 나눴으면 좋겠어. 당신은 나뭇가지 사이로 보이는 하늘이 어떤지 바라본 적 있어?" 그는 변명하듯 말했다.

그러자 그녀는 잠시 눈을 들어 하늘을 바라보고는 웃으며 그를 쳐다보았다.

"정말 아름다워요. 당신이 가장 좋아할 만하네요."

"그건 내가 당신을 알기 전의 일이야." 그는 그녀의 말 속에 숨어 있는 비난을 간파하고 서둘러 말했다.

"그럼, 지금은요?"

그는 그녀의 손을 부드럽게 꼭 쥐었다.

"그 모든 아름다움도 당신이 있어야 완전한 것이지."

그녀는 시선을 그에게 고정시키며 말했다.

"정원은 당신이 저를 보러 정원을 벗어나도 당신을 질투하지 않으니 다행이에요……."

아드함은 소리 내어 웃고는 그녀를 끌어당겨 뺨에 입맞춤을 하고 물었다.

"이 꽃들이 형수님들에 관한 이야기보다 더 낫지 않아?"

"그야 꽃들이 더 아름답죠. 그러나 당신 형수님들은 당신과 부동산 관리, 그리고 당신에 대한 아버님의 신임, 그 외에도 이런저런 이야기를 끊임없이 하세요." 우마이마가 걱정스러운 듯 말했다.

아드함은 정원에 있다는 것도 잊고 인상을 잔뜩 찌푸렸다.

"그들에게 부족한 건 없어." 그는 격한 목소리로 말했다.

"당신을 바라보는 시선이 정말 무서워요."

"빌어먹을 부동산. 나를 괴롭히고, 사람들에게 나에 대해

악감정을 갖게 하고, 밤잠도 설치게 하는데……. 누가 그걸 원한다고…….” 아드함이 화를 내며 소리쳤다.

그러자 그녀는 자신의 손가락 하나를 그의 입술 위에 올려놓았다.

“아드함, 은혜를 저버리지 마세요. 부동산 관리는 중요한 일이에요. 그리고 우리가 생각하지도 못한 혜택을 가져다줄지도 몰라요.”

“지금까지 고통만 안겨 주었어. 이드리스 형의 비극만으로도 충분한데…….”

그녀가 웃어 보였다. 그러나 그에게 그녀의 미소도 기쁘지 않았다. 그녀의 두 눈은 그녀가 매우 걱정하고 있다는 것을 여실히 보여 주었다.

“당신이 나뭇가지와 하늘과 새들을 바라보듯이, 우리의 미래를 보세요.”

우마이마는 꾸준하게 아드함과 함께 정원에 앉아 시간을 보냈고, 그녀가 침묵을 지키는 일은 드물었다. 아드함은 그런 그녀에게 익숙해져 그녀의 말을 건성건성 듣거나 아예 듣지 않은 채 듣는 척했다. 그러다 마음이 내키면 피리를 꺼내 들고 떠오르는 노래를 모두 피리로 불었다. 이럴 때 그는 더할 나위 없이 흡족해서 모든 게 다 좋다고 말할 수 있었다. 심지어 이드리스의 일에도 익숙해져 그의 불행에 무감각해졌다. 아드함 어머니의 병세는 날이 갈수록 악화되었다. 그녀는 전과 달리 극심한 고통에 시달렸고, 그런 어머니를 보고 있자니 그의 마음은 갈기갈기 찢기는 듯했다. 그녀는 자주 아드함을 곁으로 불러 아들을 위해 간절한 기도를 드렸다. 한번은 그녀가 그에게 간곡하게 말했다. "항상 너를 악에서 지켜 주시고 바른 길로 인도해 달라고 하느님께 기도하고 있단다." 그녀는 그를 붙잡아 앉혔다. 그녀는 고통으로 신음 소리도 내고 그에게 잔소리도 하다가 그의 팔에 안긴 채 유언을 남기고 눈을 감았다. 아드함도 울고 우마이마도 울었다. 자발라위가 황급히 와서 그녀의 얼굴을 한참 동안 들여다본 후 예를 갖춰 그녀를 수의로 감쌌다. 그의 예리한 두 눈에 슬픔이 짙게 배어 있었다.

우마이마에게 원인을 알 수 없는 갑작스러운 변화가 생기기 전까지 아드함은 이전의 일상으로 완전히 돌아가지 못했다. 그녀는 정원에서 그와 함께 시간을 보내는 것을 그만두었다. 전에 가끔 상상했던 것처럼 그녀가 정원에 나오지 않는 것이 그를 기쁘게 하지는 않았다. 그가 그녀에게 이유를 묻자 그녀는 일이 있다든가 또는 피곤하다는 등의 여러 가지 핑계를 둘러댔다. 그는 그녀가 전처럼 흥분에 들떠 그에게 다가오지 않는다는 것을 알게 되었다. 그가 그녀에게 다가가도 그녀는 애정 없이 건성으로 대했다. 그녀는 그에게 예의를 갖추는 정도였고 그 예의마저도 그녀에게는 번거로운 것 같았다. 도대체 무엇이 잘못된 걸까? 그는 이미 이와 비슷한 경험을 한 적이 있었지만 그의 사랑이 단단해서 견뎌 낼 수 있었다. 그는 그녀를 가혹하게 대할 수도 있었고 어떤 때는 그렇게 하고도 싶었다. 그러나 기운 없는 창백한 얼굴로 믿기지 않을 정도로 그를 깍듯하게 대하는 그녀의 모습 때문에 그는 그렇게 하지 못했다. 그녀는 때로는 슬퍼 보였고, 때로는 혼란스러워 보였다. 어느 날 자신을 피하는 그녀의 눈길을 느끼자 그는 화가 나는 한편 걱정도 되었다. 그는 '당분간 내가 참자. 그러면 그녀도 나아지겠지. 만일 그렇지 않으면 차라리 죽어!'라고 혼잣말을 했다.

그는 월말 결산서를 제출하러 자발라위의 침실로 가 그의 앞에 앉았다. 자발라위는 결산서에는 관심을 보이지 않고 아들을 훑어만 보았다.

"무슨 일이냐?"

아드함이 놀라서 고개를 들었다.

"아무 일도 아닙니다."

"우마이마에 대해 이야기해 보아라."

자발라위는 눈을 가늘게 뜨고 중얼거렸다.

그는 뚫어져라 쳐다보는 자발라위의 시선을 피해 바닥을 내려다보았다.

"잘 지냅니다. 모두 다 괜찮습니다."

"무슨 생각이 드는지 솔직하게 말해 보아라." 자발라위는 답답하다는 듯이 말했다.

아드함은 한동안 아무 말도 하지 않았다. 자발라위가 모든 것을 다 알고 있는 게 분명하다는 생각이 들자 모두 털어놓기로 했다.

"우마이마가 아주 많이 변해서 저를 싫어하는 것처럼 보입니다."

자발라위의 눈에는 이상하다는 눈빛이 역력했다.

"너희 둘 사이에 의견 충돌이 있었느냐?"

"아닙니다."

"미욱한 놈. 우마이마를 부드럽게 대하고 그녀가 너를 찾을 때까지 그녀 근처에는 얼씬대지도 마라. 너는 곧 아빠가 될 것이다." 자발라위는 흐뭇하게 미소를 지으며 말했다.

6

아드함은 사무실에 앉아 새로운 소작인과 임차인을 한 명씩 맞이하고 있었다. 그들은 아드함 앞에서부터 그 넓은 접견실 뒤쪽까지 줄지어 서 있었다. 마지막 사람이 다가오자 그는 장부에서 고개도 들지 않고 무뚝뚝하게 물었다.

"이름이?"

"이드리스 자발라위."란 대답이 돌아왔다.

아드함은 놀라서 고개를 들었다. 형이 바로 그의 앞에 서 있었던 것이다. 아드함은 벌떡 일어나 방어 태세를 취하고 그를 조심스럽게 바라보았다. 이드리스는 누군지 알아보지 못할 정도로 달라져 있었다. 그는 비록 누더기를 걸치고 있었지만 조용하고 겸손해 보였으며 물에 젖은 풀 먹인 옷처럼 기가 죽어 있었고 유순했다. 그런 그의 모습은 아드함의 마음속에 있었던 해묵은 분노를 어느 정도 누그러뜨렸다. 하지만 완전히 안심이 된 것은 아니었다. 그는 기대와 경고가 뒤섞인 말투로 이드리스를 불렀다.

"이드리스 형!"

"겁내지 마. 나는 볼일이 있어 너를 찾아왔을 뿐이야. 친절한 네가 너그럽게 나를 받아 준다면 말이다." 이드리스는 고개를 떨구고 아주 부드럽게 말했다.

이런 상냥한 말이 정말 이드리스의 입에서 나오다니! 고통이 그를 철들게 했단 말인가? 사실 그의 이런 공손한 태도는 그의 부도덕한 행동만큼 슬퍼 보였다. 그를 손님으로 대접하는 것이 아버지에 대한 도전으로 생각되지는 않겠지? 그는 초대받지 않은 손님이었다. 아드함은 이드리스에게 자신이 앉아 있는 곳에서 가까운 의자에 앉으라고 자리를 권했다. 두 사람은 함께 앉아 이드리스가 말문을 열 때까지 서로를 낯설게 바라보았다.

"너를 따로 만나기 위해 소작인들 틈에 숨어 있었다."

"아무도 형을 못 봤겠죠?" 아드함이 불안하게 물었다.

"이 집 식구들은 아무도 나를 보지 못했어. 믿어도 돼. 나는 너의 행복을 방해하러 온 게 아니라 네 다정다감한 성격에 위로를 받고 싶어서 왔다."

감동을 받은 아드함은 얼굴이 달아오르자 부끄러워 바닥을 내려다보았다.

"내가 달라져서 많이 놀랐을 거다. 형의 오만함과 자만이 어디로 갔는지도 궁금하겠지. 그 누구도 감당할 수 없는 고통을 내가 겪었다는 것을 알아주면 돼. 너에게만 털어놓는 거다.

나 같은 사람들은 상냥한 사람 앞에서만 우쭐거리지 않아.”

“형과 우리 모두를 축복하소서! 형의 비운이 제 삶을 얼마나 망가뜨리고 슬프게 했는데요!” 아드함이 중얼거리듯 말했다.

“처음부터 그것을 알았어야 했는데. 분노로 내가 미쳤었지. 그래서 술로 체면 따위는 다 팽개쳐 버렸고. 떠돌이 악당으로 살다 보니 남아 있던 마지막 내 인간성마저도 황폐해졌더구나, 내가 네 형이었을 때도 그런 적이 있었니?”

“아니요, 형은 가장 좋은 형이었고 가장 고상한 분이셨죠!”

“아! 불행했던 지난날! 이제 나는 불쌍할 따름이다. 임신한 여자를 끌고 벌판을 헤매고 다니며 가는 곳마다 못된 짓만 골라서 했어. 먹을 것을 구하느라 못된 짓을 한 탓에 사방이 적이고 나를 미워하는 사람들 천지다.” 이드리스는 괴로운 듯 말했다.

“형! 형의 말을 들으니 제 마음이 아프네요.”

“아드함, 용서해라. 이게 바로 내가 전부터 알고 있던 너의 모습이지. 어린 너를 내가 안아 주지 않았었니? 성장해 가는 네 모습도 못 봤나? 기품 있고 훌륭한 너의 품성도 몰랐나? 제기랄! 그놈의 분노.”

“형, 더 이상 끔찍한 일은 없을 거예요.”

이드리스는 한숨을 쉬며 마치 혼잣말이라도 하듯 말했다.

“내가 너에게 저지른 나쁜 짓이 그야말로 크지! 내가 벌을 받지 않고 이런 악행을 저지를 수는 없어. 마땅히 받을 만한 벌이다.”

"감사합니다. 제가 형이 돌아온다는 희망을 저버린 적이 없다는 것 아시죠? 아버지가 분노하셨을 때조차 저는 과감하게 형에 관해 아버지께 말씀드렸어요."

이드리스는 시꺼멓고 누렇게 변한 치아를 드러내고 웃었다.

"이게 바로 내가 늘 나 자신에게 했던 말이야. 아버지께 돌아갈 희망이 있다면 너 없이는 결코 이루어지지 않는다고 말이야."

아드함의 눈이 반짝였다.

"형, 정신 차리셨군요. 아버지께 말씀드릴 때가 된 것 같은데요?"

"하루 먼저 태어난 사람이 일 년의 시간만큼 더 현명한 법이지. 내가 너보다 한 살이 아니라 열 살이나 위야. 누군가에게 모욕을 당하지 않는 한 우리 아버지는 아무것도 용서가 안 되는 분이야. 나는 아버지가 과거의 일들을 모두 덮어 주시고 나를 용서해 주시리라고 생각하지 않아. 이 집으로 돌아올 희망이 나에게는 없어." 이드리스는 부스스한 머리를 절망적으로 흔들며 말했다.

이드리스의 말은 분명 맞는 말이어서 아드함을 괴롭고 짜증나게 했다.

"제가 형을 위해 무엇을 할 수 있을까요?" 그는 침울하게 중얼거렸다.

이드리스가 다시 웃었다.

"돈으로 나를 도울 생각은 행여나 하지 마라. 나는 너를 정직한 재산 관리인으로 믿고 있다. 네가 나에게 도움을 줄 경우

분명 네 주머니에서 나오는 돈일 텐데 나는 그것을 받을 순 없다. 너는 이제 한 여자의 남편이고 곧 아빠가 되지 않니. 가난에 떠밀려 너에게 어쩔 수 없어서 온 것이 아니라 불쑥 튀어나온 말로 너에게 상처 준 것을 후회한다고 너에게 이야기하고 우리 관계를 회복하기 위해 온 거야. 그리고 너에게 부탁할 것도 있고 말야."

"형, 원하는 것이 무엇인지 말씀해 보세요." 아드함은 걱정스럽게 바라보며 물었다.

이드리스는 누군가 자신의 말을 들을까 겁이라도 난다는 듯이 아드함에게 머리를 가까이 댔다.

"내가 현재를 망치고 말았지만 미래는 확실히 해 두고 싶다. 나 역시 너처럼 아버지가 될 텐데. 내 자식들은 어떻게 될까?"

"제가 할 수 있는 일이라면 무엇이든 형의 지시대로 할 것입니다."

이드리스는 아드함의 어깨를 다정하게 토닥였다.

"아버지가 유언장에 나를 배제했는지 알고 싶다."

"제가 어찌 그걸 알겠어요. 제 생각을 물으신다면……."

"네 생각을 묻는 게 아니야. 아버지 생각을 알고 싶은 거지." 이드리스는 참지 못하고 아드함의 말을 가로막았다.

"형도 아시다시피 아버지께서는 무슨 생각을 하시는지 누구에게도 솔직하게 말씀하시는 법이 없으시잖아요."

"틀림없이 유언장에 기록해 두셨을 거야."

아드함이 아무 말없이 고개를 가로젓자 이드리스가 다시 말했다.

"재산에 관한 서류에 모든 게 다 있어."

"저는 그것에 대해 전혀 아는 게 없어요. 우리 집안사람 어느 누구도 그것에 대해 아는 게 없다는 것을 형도 알잖아요. 사무실에서 제가 하는 일은 전부 아버지의 감독 아래 이루어지고 있어요."

이드리스는 슬픈 눈으로 그를 뚫어지게 보았다.

"그것은 두툼한 책이야. 어렸을 때 한번 본 적이 있지. 아버지께 그 안에 무엇이 있는지 여쭤 보았었는데. 당시 나는 아버지에게 눈에 넣어도 아프지 않은 기쁨이었지. 그래서인지 아버지는 나에게 우리들에 관한 모든 게 그 안에 들어 있다고 말씀하셨어. 그 후 다시는 그것에 대해 이야기하지 않으셨어. 내가 그 안의 내용을 조금이라도 여쭤 보려는 것도 용납하지 않으셨어. 틀림없어 그 안에 이미 결정된 나의 운명이 들어 있을 거야."

아드함은 궁지에 몰린 느낌이었다.

"하느님은 아실 거예요."

"그것은 아버지 침실과 연결된 내실에 있어. 왼쪽 맨 끝에 있는 작은 문을 너도 틀림없이 보았을 거야. 그 문은 항상 잠겨 있지. 열쇠는 침대 옆 작은 탁자의 서랍 속에 있는 작은 은 상자 안에 보관되어 있고, 그 두툼한 책은 내실 안에 있는 테이블 위에 있어."

아드함은 불안해서 옅은 눈썹을 치켜뜨고 "무엇을 원하세요?"라고 중얼거렸다. "이 세상에서 내가 마음의 평화를 얻는 것은 유언장에 적힌 나에 관한 기록을 아는 데 달려 있어." 이드리스는 한숨을 쉬며 말했다.

아드함은 놀랐다.

"열 가지 조건이 무엇인지 아버지에게 솔직하게 묻는 게 저한테는 더 쉬워요."

"대답은커녕 화를 내실 거다. 그리고 너에 대한 생각이 변하거나 네가 왜 그런 질문을 하는지 진짜 이유를 짐작하시면 노발대발 화를 내실 텐데? 나는 네가 나에게 좋은 일을 한 징벌로 아버지의 신임을 잃는 것은 원치 않아. 아버지는 틀림없이 열 가지 조건을 알리고 싶으시지 않을 거다. 만일 아버지가 그것을 알리고 싶으셨다면 우리 모두 그것을 알고 있겠지. 그 서류를 확실하게 볼 수 있는 방법은 내가 너에게 설명해 준 방법밖에는 없어. 아버지가 정원에서 산책하시는 새벽에 그 방법을 쓰는 것은 그리 어렵지 않을 거야."

아드함의 얼굴이 창백해졌다.

"형! 형이 제게 부탁하시는 것은 정말로 위험한 일이에요!"

이드리스는 희미한 미소로 자신의 실망감을 감추려 했다.

"자식이 아버지의 유언장에서 자신과 관련된 내용을 알아보는 것은 죄가 아니야."

"하지만 형은 저에게 아버지가 지키고 싶은 비밀을 알아내라고 요구하는 거잖아요."

이드리스는 땅이 꺼질 듯 한숨을 내쉬었다.

"너에게 도움을 청하기로 마음먹었을 때 나는 '아버지의 뜻에 어긋나는 일을 하도록 아드함을 설득하는 일보다 더 어려운 것은 없을 것이다.'라는 혼잣말을 했더랬다. 그런데 강한 희망이 나를 가만두지 않더라. 내가 너의 도움이 절실하게 필요하다는 것을 네가 알게 된다면 아마도 그렇게 해 줄 것이라고 생각했다. 그런 일을 해도 죄가 될 것이 없어. 아무 문제 없이 성공할 거고. 너는 아무것도 잃지 않고 한 영혼을 지옥에서 구해 주는 거지."

"하느님, 저희가 잘못을 저지르지 않도록 지켜 주소서."

"아멘. 제발 나를 고통에서 구해 주렴. 이렇게 간청한다."

아드함은 신경이 쓰이고 불안해서 자리에서 일어났다. 이드리스도 그를 따라 일어서서 한 번 씩익 웃었다. 그 웃음으로 보아 그는 완전히 절망감에 빠져 있었다.

"아드함! 내가 너를 진짜 괴롭혔구나. 나의 불행으로 인해 내가 만나는 사람들 누구나 어떤 형태로든 고통을 받고 있구나. 나는 여전히 무서운 저주에 불과해."

"형을 도울 수 없다는 것이 얼마나 저를 괴롭히는지 아세요? 이건 정말 가장 지독한 고통이에요."

이드리스는 그에게 가까이 다가가 어깨에 부드럽게 손을 얹고는 그의 이마에 다정하게 입을 맞췄다.

"내가 고통을 겪는 것은 다 내 탓이지, 누굴 탓하겠니? 도대체 왜 내가 감당할 수 없는 짐을 너에게 짊어지게 하는지? 너를 괴롭히지 않고 가마. 하느님의 뜻대로 하소서……."

이드리스는 이 말을 남기고 자리를 떴다.

7

몇 주가 지났다. 오랜만에 얼굴에 생기가 돈 우마이마가 아드함에게 진지하게 물었다.

"아버님께서 예전에 서류에 대해 당신에게 말씀하신 적 없어요?"

아드함은 책상다리를 하고 소파에 앉아 창문을 통해 어둠이 내려앉는 벌판을 바라보며 대답했다.

"어느 누구에게도 그것에 대해 말씀하신 적 없어."

"하지만 당신에게는……?"

"나도 아버지의 많은 자식들 중 하나일 뿐이야."

그녀가 생긋 웃었다.

"아버님은 당신을 선택해서 재산을 관리하도록 맡기셨잖아요."

"어느 누구에게도 서류에 대해 말씀하신 적이 없다고 말했을 텐데." 그는 몸을 돌려 그녀에게 한마디 쏘아붙였다.

"걱정 마세요. 이드리스 아주버니는 그럴 자격이 없어요. 아주버니가 당신에게 한 짓을 결코 잊지 못할 거예요." 그녀는 그의 화를 누그러뜨리기 위한 것처럼 다시 한 번 생긋 웃고 간사하게 말했다.

"오늘 나를 찾아온 이드리스 형은 나에게 끔찍한 짓을 저질렀던 예전의 이드리스 형이 아니야. 슬픔에 잠겨 뉘우치는 형의 모습이 머릿속에서 떠나지 않아." 아드함은 창문 쪽으로 고개를 돌리며 슬프게 말했다.

"그게 바로 당신이 말씀하실 때 제가 깨닫게 된 것이면서 제가 그 일에 신경 쓰이는 까닭이에요. 평소와 달리 당신 오늘 우울해 보이시네요." 그녀는 득의양양하게 말했다.

그는 짙게 깔린 어둠을 바라보았다. 그는 무얼 그리 골똘히 생각하는지 대답하지 않았다.

"걱정해 봤자 아무 소용 없어."

"당신의 형이 지난날을 후회하며 당신에게 동정을 구하고 있어요."

"나도 알아, 그런데 내가 할 수 있는 게 없어."

"이드리스 아주버니 그리고 그분 형제들과 우애를 돈독하게 하셔야 해요. 그러지 않으면 당신은 그 형제들로부터 따돌림을 당하게 될 거예요."

"당신은 이드리스 형을 걱정하는 게 아니라 당신 자신을 걱정하고 있군."

그녀는 얍삽한 생각을 몰아내기라도 하듯 고개를 저었다.

"저 자신을 걱정하는 것은 당연한 거예요. 이 말은 제가 당신과 배 속의 아이를 걱정한다는 뜻이기도 하고요."

'이 여자는 무엇을 원하는 걸까? 어둠이 너무나 짙군. 광활한 무깟탐 사막이 흔적도 없이 사라졌어.' 아드함이 말없이 쉬려는데 우마이마가 다시 묻기 시작했다.

"당신은 내실에 들어가 본 기억이 없으세요?"

"응. 어렸을 때 들어가 보고 싶었지만 아버지가 못 들어가게 하셨어. 어머니는 그 근처엔 얼씬거리지도 못하게 하셨고." 그는 잠시 침묵을 깨고 대답했다.

"틀림없이 당신은 그 안에 들어가고 싶은 생각이 간절했을 거예요."

그는 그녀와 그 문제를 이야기하는 내내 그녀가 자신을 부추기지 않고 옹호해 주기만을 기대했다. 그는 형에 대한 자신의 태도가 옳았다고 지지해 줄 사람이 필요했다. 그는 간절했다. 그는 어둠 속에서 경비원을 부르다 경비원 대신 출몰한 강도를 대면한 사람의 심정이었다. 우마이마가 다시 물었다.

"은 상자가 들어 있는 탁자를 아세요?"

"그 방에 들어가 본 사람은 알겠지. 그런데 왜 묻지?"

그녀는 그의 곁으로 다가와 그를 부추겼다.

"어머나, 그 서류들 보고 싶지 않으세요?"

"천만에. 왜 내가?"

"자신의 미래를 알고 싶지 않은 사람이 어디 있어요?"

"당신, 당신의 미래 말이야?"

"저와 당신의 미래, 그리고 당신에게 한 짓이 있는데도 불구하고 애달픈 이드리스 아주버니의 미래요."

여자는 그가 마음속에 품고 있는 것들을 말했다. 그를 화나게 하는 것이 바로 그것이었다. 그는 그녀로부터 도망치듯 창문 쪽으로 목을 길게 뺐다.

"아버지가 원하시지 않는 것은 나도 원하지 않아."

"아버님은 왜 그것을 숨기시죠?"

그녀는 이렇게 물으며 연필로 그린 눈썹을 치켜떴다.

"그분의 일이야. 오늘 밤 유난히 당신은 정말로 많은 것을 묻는군. 정말 많기도 하다!"

"미래! 우리의 미래를 알아야 불쌍한 이드리스 아주버니를 도울 수 있을 텐데. 아무도 모르게 종이 한 장을 읽으려고 이모든 일을 감수해야 하다니. 우리가 이 일을 하고 나서 친구든 적이든 우리가 나쁜 의도로 그 일을 했다고 하면 나는 그 사람을 가만두지 않을 거예요. 그리고 이 일이 당신이 사랑하는 아버님에게 작게든 크게든 상처를 준다고 하는 사람도 마찬가지예요." 그녀는 혼잣말을 하듯 말했다.

아드함은 밤하늘의 별 중 가장 빛나는 별 하나를 쳐다보고 그녀의 말에는 아랑곳도 하지 않았다.

"하늘 참 예쁘다! 밤이슬만 없어도 정원에 앉아 나뭇가지 사이로 하늘을 바라볼 텐데."

"아버님은 틀림없이 그 조건에서 몇 사람은 특별 대우하셨을 거예요."

"귀찮은 일만 만드는 특별 대우에는 관심 없어." 아드함은 큰 소리로 말했다.

그녀가 한숨을 쉬었다.

"내가 글을 읽을 수 있다면 직접 그 은 상자를 갖고 올 텐데요."

그는 그렇게 될 수만 있다면 더 바랄 것이 없었다. 자신과 그녀를 향한 짜증이 곱절로 늘었다. 그는 마치 자신이 과거에 실제로 그 금지된 일을 저지른 것처럼 느껴졌다. 그는 얼굴을 찡그리며 그녀를 향해 돌아섰다. 창밖에서 불어오는 미풍에 흔들리는 등불의 불빛에 비친 그의 얼굴은 우울하고 나약해 보였다.

"당신에게 형의 소식을 전한 나를 저주하고 싶다."

"당신이 잘못되길 비는 게 아니에요. 저도 아버님이 당신을 사랑하는 만큼 사랑해요."

"지겨운 이 이야기는 그만둡시다. 지금 다들 편히 쉬는데."

"당신이 이 쉬운 일을 결행하기 전까지 마음이 놓이지 않을 것 같아요."

"휴, 제발 정신 좀 차려."

그녀는 각오를 단단히 한 사람처럼 그를 뚫어지게 쳐다보았다.

"당신이 사무실에서 이드리스 아주버니를 만난 것 자체가 아버님의 뜻을 거역한 게 아닌가요?"

놀라서 아드함의 눈이 휘둥그레졌다.

"형이 내 눈앞에 있는데 어떻게 모른 척하나?"

"아버님께 아주버니가 왔다 가셨다는 말씀은 하셨어요?"

"우마이마! 오늘 밤 정말로 성가시게 구는군. 대체 왜 그러는 거야?"

"당신에게 해가 될 수 있는 일로 아버님의 뜻을 거역하면서, 그 어떤 사람에게도 해가 되지 않으면서 당신과 당신의 형에게 득이 되는 일로 왜 아버님의 뜻을 거역해서는 안 되죠?" 그녀는 의기양양한 어조로 말했다.

그가 원한다면 대화를 중단할 수도 있었지만 그렇게 이야기를 그칠 수는 없었다. 그는 마치 깎아지른 벼랑 끝에 서 있는 기분이었다. 그리고 심정적으로는 어느 정도 그녀의 지지가 필요했기 때문에 사실 그녀가 말을 멈추도록 할 수 없었다.

"무슨 뜻이야?" 그는 짜증스레 물었다.

"제 말은 당신이 새벽까지, 아니 우리를 위한 길이 어떤 것인지 확실해질 때까지 잠을 못 이룰 거란 뜻이에요."

아드함은 화가 치밀었다.

"임신으로 감정이 무뎌졌나 싶었는데, 이제 보니 이성까지도 잃어버린 모양이군."

"제 배 속의 아이를 두고 맹세하는데 당신은 분명히 제 말에 동의하고 있어요. 두렵겠죠, 그러나 두려움은 당신에게 어울리는 감정이 아니에요."

내심으로 그녀의 말을 수긍하고 있다는 생각이 들자 그의 안색이 몹시 어두워졌다.

"오늘 밤은 우리 부부가 처음으로 다툰 날로 기억될 거야."

"아드함, 우리 이 문제를 다시 한 번 진지하게 생각해 봐요." 그녀는 놀라울 정도로 부드럽게 말했다.

"그렇다고 더 나아질 건 없어."

"지금은 그렇게 말씀하시지만 곧 알게 될 거예요."

그는 스스로 다가가고 있는 불구덩이의 뜨거운 열기를 느꼈다. "당신이 불에 탄다 해도 나는 눈물을 보이지 않아." 그는 혼잣말을 했다. 고개를 창문 쪽으로 돌리자, 저 반짝이는 별에 사는 사람들은 이 집에서 멀리 떨어져 있으니 행복하겠다는 생각이 절로 들었다. 그는 작은 목소리로 중얼거렸다.

"아무도 나만큼 아버지를 사랑하지 않아."

"당신은 한 번도 아버님에게 해가 되는 일을 한 적 없어요."

"우마이마, 이제 잠을 청하러 가는 게 어때?"

"잠을 달아나게 한 것은 바로 당신이에요."

"나는 당신에게서 합리적인 말을 듣고 싶었어."

"당신은 제게서 그 말만 들었어요."

"파멸을 향해 무모하게 돌진하는 것은 아닐까?" 그는 속삭이듯 소리를 낮춰 자신에게 물었다.

"무정한 사람, 우리는 한배를 타고 있어요." 그녀는 소파 팔걸이에 올려놓은 그의 손을 가볍게 두드리며 책망하듯 말했다.

"저 별도 내 운명을 몰라!" 그는 이미 결심이 선 듯 체념한 말투로 대꾸했다.

그는 저 멀리 보이는 잠들지 않은 별들과 조용히 반짝이는 별빛이 비치는 구름들을 바라보았다. 저 별과 구름들은 자신의 속내를 알고 있다는 생각이 들었다. 그는 입속으로 중얼거렸다.

"아, 하늘 참 예쁘다!"

곧이어 그는 다분히 장난기 섞인 우마이마의 목소리를 들었다.

"당신이 나에게 정원을 사랑하라고 가르쳤으니, 이제는 당신에게 그 은혜를 갚게 하세요."

8

새벽이 되자 자발라위는 방에서 나와 정원으로 향했다. 아드함이 복도 끝에서 지켜보고 있었다. 우마이마는 어둠 속에서 그의 어깨를 잡고 뒤에 서 있었다. 그 두 사람은 무겁지만 일정하게 들리는 발소리를 따라갔다. 어둠 속에서 내딛는 발걸음이 어디로 향하는지 그들은 알 수 없었다. 이 시각 등불도, 동반자도 없이 어둠 속을 걷는 것이 그의 오랜 습관이었다. 발소리가 들리지 않자 아드함은 돌아서서 우마이마에게 속삭였다.

"돌아가는 게 좋지 않을까?"

"제가 누군가에게 나쁜 짓을 하게 하는 거라면 제가 천벌을 받을게요." 그녀는 아드함의 귀에 대고 소곤거리며 다그쳤다.

그는 한 손으로 주머니 속의 작은 양초를 꽉 잡고 괴롭고 불안한 마음으로 조심스럽게 앞으로 몇 걸음 내딛었다. 그는 문

고리가 손에 닿을 때까지 벽을 더듬으며 걸어갔다.

"저는 여기서 망을 보고 있을게요. 조심해서 들어가세요."

우마이마가 속삭였다.

그녀가 손을 뻗어 문을 밀자 문이 열렸다. 그녀가 뒤로 물러서고, 아드함이 조심스럽게 방으로 들어갔다. 방 안에서 진한 사향노루 냄새가 물씬 풍겼다. 문을 닫고 서서 사물을 식별할 수 있을 때까지 어둠 속을 응시했다. 새벽 여명에 사막 쪽으로 난 창문들이 시야에 들어왔다. 아드함은 방 안에 잠입하면서 — 죄가 있다면 — 이미 죄를 저질렀고 어차피 자신이 이 일을 끝마쳐야 한다는 생각이 들었다. 그는 왼쪽 벽을 따라 걸었다. 도중에 의자에 부닥치며 내실 문 앞을 지나 벽 끝까지 걸어갔다. 거기서부터 그는 오른쪽 방향으로 벽을 따라 걷다가 몇 걸음 내디딘 후 작은 탁자를 찾아내 서랍을 열었다. 그리고 그 안에 들어 있는 물건들 사이에서 상자를 찾아냈다. 그는 잠시 마음을 가라앉혀야만 했다. 이어 내실 문으로 되돌아가 열쇠 구멍을 찾았다. 그는 그 안에 열쇠를 넣고 돌렸다. 문을 열고 자발라위를 제외하고 이전에 아무도 들어간 적이 없는 내실 안으로 미끄러지듯 들어갔다. 문을 뒤로하고 양초에 불을 붙였다. 아드함은 지금 높다란 천장에 출구라고는 오로지 문밖에 없는 밀폐된 네모난 공간에 서 있는 것이다. 바닥에는 작은 카펫이 깔려 있었다. 오른쪽에는 고풍스러운 탁자가 놓여 있었고 그 위에는 철사로 묶어 벽에 고정시킨 커다란 책이 놓여 있었다. 아드함은 입안이 바싹바싹 타 들어갔다. 마른 침을 삼킬 때 마치 편도염에 걸린 것처럼 목이 아파 왔다. 그리고 사지가 덜덜 떨리면서 손에 쥐고 있는 촛불로 전해지는 두려움을 떨쳐 내려는 듯 이를 꽉 물었다. 그는 금박을 입힌 글자로 아름답게 꾸며진 가죽 장정의 책 표지를 응시하며 탁자로 다가가 손을 뻗어 책을 폈다. 정신을 집중할 수도, 불안한 마음을 진정시킬 수도 없자, 페르시아 서체로 적힌 '하느님의 이름으로'로 시작된 구절을 읽기 시작했다.

갑자기 문이 열리는 소리가 들렸다. 반사적으로 그는 소리가 나는 방향으로 고개를 홱 돌렸다. 문이 열리면서 그의 머리를 잡아당긴 것 같았다. 촛불 너머 거대한 몸으로 문을 가로막고 서서 그를 싸늘하고 매정하게 쳐다보고 있는 자발라위가 보였다. 아드함은 얼어서 미동도 없이 조용히 자발라위의 눈을 응시했다. 말하고 행동하고 생각하는 힘이 그에게서 다 빠져나간 것 같았다.

"나가거라." 자발라위가 아드함에게 명령했다.

그러나 아드함은 움직일 수가 없었다. 그는 생명 없는 물체처럼 꼼짝도 하지 않은 채 절망적으로 그 자리에 우두커니 서 있었다.

"썩 나가지 못할까!" 자발라위가 고함을 질렀다.

두려움에 정신을 차린 그는 몸을 서서히 움직였다. 자발라위가 문에서 비켜서고, 아드함은 여전히 타고 있는 초를 손에 든 채 내실을 빠져나왔다. 우마이마가 방 한가운데 말없이 서 있었다. 그녀의 두 눈에서 눈물이 쉴 새 없이 흘러내렸다. 자발라위가 그에게 우마이마 옆에 서라고 손짓하자 순순히 따랐다.

"내가 물어보는 말에 바른대로 대답해야 한다." 그는 냉혹하게 말했다.

아드함은 그렇게 하겠다는 듯한 얼굴 표정을 지었다.

"누가 너에게 그 책에 관해 말해 주었느냐?"

"이드리스 형입니다." 아드함은 깨진 그릇에서 내용물이 새어 나오듯 거침없이 대답했다.

"언제였느냐?"

"어제 아침입니다."

"어떻게 만났느냐?"

"형이 새로운 소작인들 사이에 끼어 저를 만나러 왔습니다."

"어째서 그를 내쫓지 않았느냐?"

"아버지, 도저히 그렇게 할 수 없었습니다."

"나를 아버지라 부르지 마라." 자발라위는 가시 돋친 듯 말했다.

"아버지께서 화를 내시고 제가 바보 같은 짓을 했더라도 아버지는 변함없는 제 아버지이십니다." 아드함은 있는 힘을 다해 말했다.

"그 일을 하도록 너를 충동질한 게 그놈이냐?"

"예, 그렇습니다." 우마이마는 자발라위가 자신에게 묻지도 않았는데 대답했다.

"입 다물어, 벌레만도 못한 것." 그러고서 아드함을 향해 말했다. "대답해."

"형은 절망하고 슬픔에 잠겨 뉘우치고 있었습니다. 그리고 형은 자식들의 미래에 대해 알아보고 싶어 했을 뿐입니다."

"그럼, 그를 위해 이런 짓을 했단 말이냐."

"아뇨, 저는 형에게 그렇게 못 하겠다고 용서를 구했습니다."

"그런데 어째서 마음이 바뀌었느냐?"

"악마요." 아드함은 절망으로 탄식하며 중얼거렸다.

"네 마누라에게 너와 그놈 사이에 있었던 일을 얘기했느냐?" 그는 아드함을 비웃었다.

그 순간 우마이마가 통곡하기 시작했다. 그러자 자발라위가 그녀에게 입을 다물라고 버럭 소리를 지르고 아드함에게 손짓으로 대답하라고 재촉했다.

"예."

"얘가 너에게 뭐라고 하더냐?"

아드함이 침을 삼키기 위해 침묵하자 자발라위는 그에게 소리를 질렀다.

"형편없는 놈, 대답해."

"우마이마는 유언장에 대해 몹시 알고 싶어 했고, 그것이 어느 누구에게도 해가 되지 않는다고 생각했습니다."

자발라위는 몹시 모욕적으로 아드함을 쏘아봤다.

"그래서 너보다 더 잘난 사람들을 제치고 너를 더 좋아하는 사람을 배신하는 데 동의했단 말이지."

"제가 저지른 죄에 대해서는 변명의 여지가 없습니다. 그러나 아버지의 하해와 같은 자비심으로 저의 죄와 변명을 용서해 주세요." 아드함이 신음하듯 말했다.

"그래. 내가 너를 위해 쫓아낸 이드리스와 함께 나의 뜻을 거스르기로 공모했단 말이지?"

"이드리스 형과 공모하지 않았습니다. 제가 잘못했습니다. 제발 저를 용서해 주세요."

"아버님." 우마이마가 큰 목소리로 애원했다.

"입 다물어, 벌레만도 못한 것." 자발라위가 그녀의 말을 가로막았다. 그는 얼굴을 찡그리고 그 두 사람을 차례로 쳐다보고는 무서운 목소리로 말했다.

"이 집에서 나가거라."

"아버지." 아드함이 부르짖었다.

"쫓겨나기 전에 어서 이 집을 떠나거라." 자발라위는 투박한 목소리로 말했다.

9

'대저택'의 문이 열렸다. 이번에는 아드함과 우마이마가 쫓겨났다. 아드함은 옷 꾸러미를 들고 집을 나섰고, 우마이마는 몇 가지 가재도구가 든 다른 꾸러미와 약간의 음식을 들고 그의 뒤를 따랐다. 그들은 아무 희망도 없이 슬픔에 젖어 울면서 초라하게 집을 나섰다. 그들 뒤로 문이 닫히는 소리가 들리자 두 사람은 소리 내어 울었다.

"죽음보다 더한 벌을 받는 게 마땅해요." 우마이마가 목 놓아 울며 말했다.

"처음으로 옳은 말을 하는군. 하지만 죽음보다 더한 벌은 나도 받아야 해." 아드함이 떨리는 목소리로 말했다.

집에서 그리 멀지 않은 곳에 이르자 그들을 조롱하는 듯한 술에 취한 웃음소리가 들려왔다. 소리가 나는 쪽을 바라보자 이드리스가 양철과 나무로 지은 자신의 오두막 앞에서 웃고 있었고 그의 아내 나르지스는 조용히 물레를 돌리고 있었다. 이드리스가 그들의 불행을 고소하게 여기고 모멸적인 웃음을 짓고 있었다. 두 사람은 깜짝 놀라 걸음을 멈추고 넋을 잃은 채 이드리스를 바라보았다. 이드리스가 손가락으로 탁탁 소리를 내며 춤을 추자 나르지스는 곤혹스러운지 오두막으로 들어갔다. 아드함은 분노로 울어서 벌겋게 충혈된 눈으로 그를 지켜보았다. 아드함은 순간적으로 이드리스가 교활하게 자신을 속였다는 것을 깨달았다. 비열하고 악의적인 그의 참모습이 눈에 들어왔다. 그는 자신이 너무도 순진하고 어리석었고 그 못된 형이 악의에 찬 기쁨에 겨워 춤을 춘다는 것도 깨달았다. 이것이 바로 악마의 화신인 진짜 이드리스의 모습이었다. 그는 피가 거꾸로 솟는 것 같았다. 그는 흙을 한 줌 쥐어 이드리스에게 던지며 분노로 목멘 소리로 소리쳤다.

"쓰레기! 악당! 형은 전갈보다도 못한 하찮은 인간이야!"

대답 대신 이드리스는 머리를 좌우로 흔들고 눈썹을 씰룩거리고 여전히 손가락을 부딪쳐 소리를 내며 미친 듯이 춤을 췄다. 그 모습에 아드함은 더욱 화가 치밀어 소리쳤다.

"타락, 비열함, 천박함. 이런 건 사기꾼과 거짓말쟁이의 속성이야!"

이드리스는 소리 없이 음흉하게 웃으며 머리를 흔들 듯이 아랫도리를 흔들기 시작했다. 아드함은 가자며 재촉하는 우마이마를 돌아다보지 않고 외쳤다.

"저질 중의 상저질! 매춘부가 따로 없군!"

그러자 이드리스는 엉덩이를 흔들며 요염하게 천천히 빙글

빙글 돌았다. 아드함은 분노로 눈이 멀어 옷 꾸러미를 땅바닥에 내팽개치고 그에게 달려들었다. 아드함은 자신을 붙잡고 매달리는 우마이마를 밀쳐 내고 이드리스의 목덜미를 온 힘을 다해 잡았다. 하지만 이드리스는 아무 일도 없는 사람처럼 아랑곳하지 않고 계속해서 우아하게 춤을 췄다. 완전히 이성을 잃은 아드함은 그를 때리기 시작했다. 그러나 이드리스는 그를 더욱더 조롱할 뿐이었다. 그는 듣기 싫은 목소리로 노래하기 시작했다.

오리야, 그만해.
고양이 수염은 어디서 났니?

이드리스는 갑자기 노래를 멈추고 욕을 하며 아드함의 가슴을 거세게 밀쳤다. 아드함은 몸을 휘청거리며 뒷걸음질 치다 균형을 잃고 뒤로 벌렁 나자빠졌다. 우마이마가 비명을 지르며 그에게 달려와 부축해 일으켰다. 그러고는 그의 옷에 묻은 먼지를 털며 말했다.

"왜 그런 막돼먹은 인간을 상대하세요? 자, 빨리 떠나요."

그는 옷 꾸러미를 말없이 집어 들었다. 우마이마도 자신의 꾸러미들을 들었다. 두 사람은 동네 맨 끝에 있는 집에 이를 때까지 쉬지 않고 걸었다. 지친 아드함은 꾸러미를 땅바닥에 내던지고 "잠시 쉬어 가자."라고 말하며 꾸러미 위에 앉았다. 그의 아내는 다시 울면서 그와 마주 보고 앉았다. 천둥소리마냥 쩌렁쩌렁 울리는 이드리스의 목소리가 들렸다. 그는 '대저택'을 위협하는 것처럼 서서 그곳을 바라보며 외쳐 댔다.

"당신 자식들 중 가장 너절한 놈을 위해 나를 쫓아내더니 그놈이 당신에게 어떻게 했는지 보셨죠? 나에게 했던 것과 똑같이 바로 당신이 그놈을 흙먼지 풀풀 날리는 맨땅으로 내쫓았다고요. 나를 내쫓더니 꼴좋습니다. 제가 지지 않았다는 것을 보시려면 자식도 못 낳는 어리석은 나머지 자식들 곁에 외톨이로 남으세요. 당신에게는 맨땅에서 뛰어다니고 쓰레기 더미에서 뒹구는 손자들만 있겠네요. 앞으로 그 아이들은 고구마나 견과류를 팔러 다니고 알아투프와 카프르 알자가리의 깡패 두목들에게 따귀도 얻어맞겠죠. 앞으로 당신의 피는 가장 천한 것들의 피와 섞이게 될 겁니다. 방 안에 혼자 앉아 분노와 낙담으로 마음대로 유언장의 내용을 바꾸겠죠. 어둠 속에서 노년의 고독에 시달려 보세요. 당신이 죽더라도 누구 하나 당신을 위해서 울지 않을 겁니다."

이드리스는 아드함을 바라보고 미친 듯이 계속 소리쳤다.

"이 나약한 놈아, 어떻게 혼자 살려고 그러냐? 너 자신을 지탱할 힘도 없고 의지할 사람 한 명도 없는 주제에, 글을 알고 계산을 할 줄 아는 게 이 사막에서 무슨 소용이 있다고? 하하하."

우마이마는 여전히 울고 있었다. 아드함은 그런 그녀에게 짜증이 났다.

"됐어. 그만 울어."

"아드함, 더 울어야 해요. 제가 죄인이에요." 그녀는 눈물을 닦으며 말했다.

"당신만 죄인이 아니야. 내가 그렇게 나약하고 비겁하지만 않았어도 이런 일은 일어나지 않았을 거야."

"모두 제 잘못이에요."

"내가 당신을 탓할까 봐 먼저 나 자신을 탓하는 거야." 그는 화가 나서 소리를 질렀다.

그녀는 자책을 그만두고 한동안 고개를 숙이고 있다가 작은 목소리로 말했다.

"저는 이렇게까지 아버님이 잔인하시리라고는 상상도 못 했어요."

"나는 그분을 잘 알아. 난 변명의 여지가 없어."

"임신 중인데 여기서 어떻게 살아요?" 그녀는 잠시 머뭇거리다 말했다.

"그 집에서 살아 봤으니 이런 허허벌판에서도 살아야 해. 눈물도 소용없어. 이제 우리는 오두막에서 살아야 해."

"어디에요?"

그는 주위를 살펴보다가 이드리스의 오두막에 잠시 눈길을 멈췄다.

"어쩔 수 없이 이드리스 형의 오두막 근처에 살아야겠지. '집'에서도 너무 떨어져서도 안 되고. 그렇지 않으면 우리는 이 벌판에서 홀로 죽게 될 거야." 그는 걱정스럽게 말했다.

우마이마는 잠시 생각하더니 그의 말뜻을 알아들었다는 표정을 지었다.

"예, 아버님의 시선이 닿는 곳에 살아요. 우리를 동정하실지도 모르죠."

아드함이 한숨을 내쉬었다.

"슬퍼서 죽을 지경이야. 당신마저 없다면 이 모든 상황을 악몽이라고 생각할 거야. 아버지의 마음이 나에게서 영원히 떠났겠지? 그래도 나는 이드리스 형처럼 아버지에게 무례하게 굴지는 않을 거야. 어림도 없지! 나는 이드리스 형과 닮은 데라곤 한 군데도 없는데, 똑같은 취급을 받고 있지?"

우마이마가 화를 냈다.

"세상에 당신 아버지 같은 사람은 없을 거예요."

"언제 그 혀를 그만 놀릴 거야?" 그가 노려보며 다그쳤다.

그녀는 흥분했다.

"맹세코 당신은 어떤 죄도 짓지 않았어요. 당신이 한 일과 그 대가가 어떤 건지 사람들에게 말해 보세요. 내기하는데요, 아무도 믿지 않을 거예요. 정말로 세상천지에 당신 아버지 같은 아버지는 없어요."

"그래. 세상은 그분 같은 사람은 모르지만, 이 산, 이 사막, 이 하늘은 그분을 잘 알아. 그분 같은 사람도 도전을 받으면 피하려고 하지."

"그렇게 권위만 내세우시면 아들들 중 단 한 명도 그 집에 남아 있지 않을 거예요."

"우리는 처음으로 집을 나온 사람들이야. 식구들 중 우리가 최악이야."

"저는 그렇지 않아요. 우리는 그렇지 않아요." 그녀는 화를 내며 부인했다.

"올바른 판단은 오직 시험을 치르면서 알게 되지."

두 사람은 다시 침묵 속으로 빠져들었다. 저 멀리 산기슭을 지나가는 몇몇 사람을 제외하고 사막에 살아 있는 것이라고는 아무것도 보이지 않았다. 태양은 구름 한 점 없는 맑은 하늘에서 뜨거운 햇살을 내리쏟고 있었다. 햇볕에 타 들어가는 광활한 사막 위에 유리 조각과 돌멩이들이 반짝였다. 지평선 위의 산과 동쪽의 큰 바위만이 사막에 몸통만 파묻힌 사람의 머리처럼 우뚝 솟아 있었다. '대저택'의 오른쪽 끝에 있는 땅 위로 삐죽이 얼굴을 내민 꽃봉오리 모양의 이드리스의 오두막이 반항하듯 서 있었다. 그곳은 전체적으로 참담하고 고생스럽고 공포스러운 분위기를 물씬 자아냈다. 우마이마가 깊은 한숨을 내쉬었다.

"생활이 편해지려면 큰 고생을 해야겠어요."

"저 문이 우리에게 다시 열리려면 엄청난 고생을 해야 할 거야." 아드함은 '대저택'을 바라보며 말했다.

10

아드함과 우마이마는 '대저택'의 서쪽 끝에 오두막을 짓기 시작했다. 그들은 무깟탐 사막에서는 돌을, 산기슭에서는 양철을, 알아투프와 알자말리야와 밥 알나스르 주변에서는 나무를 주워 왔다. 그들은 오두막을 짓는 일이 예상보다 시간이 많이 걸린다는 것을 깨달았다. 바로 그때 우마이마가 쫓겨날 때 들고나온 치즈, 계란, 당밀과 같은 음식이 다 떨어져 아드함은 식량을 구하기 위해 뭐든 해야겠다고 굳게 다짐했다. 그는 자신의 값비싼 옷을 팔아 고구마, 콩, 오이를 비롯한 제철 청과물을 팔러 다닐 손수레를 장만해야겠다고 생각했다. 아드함이 팔 옷가지들을 챙기는 것을 본 우마이마가 속상해서 울음을 터뜨렸다. 아드함은 그녀를 달래기는커녕 오히려 화를 내며 빈정댔다.

"이런 옷은 이제 나에게 어울리지 않아. 수놓인 낙타털 옷을 입고 고구마를 팔러 다니면 우습지 않겠어?"

그는 알자말리야를 향해 벌판으로 수레를 끌고 갔다. 자신의 성대한 결혼 행렬을 아직도 기억하고 있을 알자말리야 사람들 쪽으로 향하는 그는 몹시 괴로웠다. 목소리까지 잠겨 행상을 하며 소리치는 것을 관뒀다. 하마터면 눈물을 흘리며 울뻔했던 그는 도망치듯 마을 외곽으로 나갔다. 그랬던 그가 아침부터 저녁까지 온종일 물건을 팔러 소리를 치며 이리저리 돌아다녔다. 수레를 미느라 손은 거칠어졌고 샌들도 낡아 발이 아프고 온몸의 마디마디가 다 쑤셨다. 그는 여자들과 물건 값을 흥정하고, 땅바닥에 앉아 지친 몸을 담벽에 기대어 낮잠을 자고, 구석에 서서 소변을 보는 것이 너무나 싫었다. 살아 있다는 것이 믿기지 않았다. 아름다운 정원과 부동산 관리 사무실, 그리고 무깟탐 사막이 훤히 보이는 방에서 보낸 지난날이 동화 속의 이야기처럼 아련했다. 그는 생각에 잠겼다.

'이 세상에 실재하는 것은 아무것도 없어. 대저택도, 짓다 만 오두막도, 정원도, 손수레도, 어제도, 오늘도, 내일도 없어. 대저택 맞은편에 오두막을 지은 것은 잘한 일인 것 같아. 현재와 미래는 잃었지만 과거는 잃어버리지 않을 거야. 아버지를 잃고 나 자신을 잃은 것처럼 추억마저 잃는다는 것은 상상조차 하기 싫은 일 아닐까?'

행상을 나갔다 우마이마에게로 돌아온 첫날 밤에도 그는 오두막을 짓느라 쉴 수 없었다. 그는 알와타위트 마을에서 한 낮에 쉬려고 앉았다가 깜빡 졸았던 적이 있었다. 낯선 인기척에 잠에서 깨어 보니 아이들이 그의 손수레를 훔쳐 도망가려던 참이었다. 그는 벌떡 일어나 위협을 가했다. 한 아이가 그를 보고 다른 아이들에게 휘파람을 불어 알렸다. 아이들은 그가 쫓아오지 못하도록 손수레를 내팽개치고 메뚜기처럼 재빨리 사방으로 흩어졌다. 그 바람에 수레에 있던 오이가 모두 땅바닥에 쏟아졌다. 화가 머리끝까지 치밀자 교양 있는 아드함의 입에서도 상스러운 욕설이 쏟아져 나왔다. 그는 흙이 묻은 오이를 땅바닥에서 주웠다. 줍고 나자 화가 더욱더 났다. 그는 흥분해서 혼잣말을 했다.

"왜 당신은 잔인하게 활활 타오르는 불 같은 화를 내셨나요? 자존심이 당신의 피와 살인 자식보다 더 소중합니까? 당신은 우리가 벌레만도 못하게 사는 것을 아시면서 어떻게 호의호식하십니까? 독재자! 용서, 온화, 관용이란 말이 당신의 대저택에는 들어설 여지가 없죠?"

그가 손수레를 밀며 그 재수 없는 동네를 떠나려 할 때 "아저씨, 그 오이 얼마요?"라고 묻는 소리가 들렸다. 머리에 흰색 터번을 두르고 화려한 색상의 줄무늬 질밥을 입은 이드리스가 거만하게 비웃으며 서 있었다. 아드함은 흥분하지도 겁내지도 않았다. 입가에는 냉소를 머금었지만 그의 등장에 세상이 암담해졌다. 아드함이 손수레를 끌고 가려 하자, 이드리스가 깜짝 놀라며 길을 막았다.

"나 같은 손님에게는 좀 더 친절해야 하는 것 아닌가?"

"날 그냥 내버려 둬요." 아드함은 신경질적으로 고개를 들며 말했다.

그러자 이드리스가 더욱 빈정거렸다.

"맏형한테 하는 말투에 고운 구석이라곤 없군. 이래도 되는 거냐?"

"형, 형이 여태 제게 한 짓으로 충분하지 않으세요? 이제는 형에 대해 더 알고 싶지도 않고 형이 저를 아는 척하는 것도 싫습니다." 아드함은 화를 누르고 대답했다.

"이웃에 사는 처지에 어떻게 그런 말을 하느냐?"

"형의 이웃이 되고 싶었던 게 아니에요. 제가 살았던 집 근처에 살고 싶었을 뿐이에요."

"네가 쫓겨난 집?" 아드리스는 비웃었다.

아드함은 대답하지 않았지만 그의 핏기 없는 얼굴로 보아 몹시 화가 나 있었다.

"네 마음은 여전히 쫓겨난 곳에 있단 말이지, 그렇지?" 이드리스가 또 말을 건넸다.

아드함은 여전히 아무 말도 하지 않았다. 이드리스의 말이 계속됐다.

"간사한 놈. 언젠가는 다시 집으로 돌아가기를 바라는구먼. 너는 정말 나약한 놈이야. 네가 꼼수를 쓰는 모양인데, 이 말만은 기억해라. 난 절대로 너 혼자만 돌아가게 내버려 두지 않을 거다. 설령 하늘이 무너진다 해도 말이다."

"제게 한 짓으로 충분하지 않으세요?" 아드함은 화가 나 콧구멍을 벌름거리며 물었다.

"제게 한 짓에 만족하지 않으세요? 집안의 빛나는 별이었던 제가 형을 위하다가 그만 집에서 쫓겨났단 말입니다, 아시겠어요?"

"아니, 오히려 네 그 잘난 자존심 때문에 쫓겨난 거야."

이드리스는 큰 소리로 웃었다.

"그리고 네가 나약해서 쫓겨난 거야. 그 집에는 강자도 약자도 있을 곳이 없어. 독재자 아버지의 모습을 생각해 봐. 아버지는 자신을 제외하고는 어느 누구도 당신에게 강한 모습을 보이거나 약한 모습을 보이는 것을 용납하지 않아. 그분은 자신의 신체 일부를 도려내는 것 같은 소중한 자식들을 가차 없이 잘라 낼 정도로 강하지만 너의 어머니 같은 여자와 결혼할 정도로 나약하지."

"가게 해 줘요. 싸움을 걸고 싶으시면 형같이 강한 사람에게 도전해 보세요." 아드함은 화가 나 얼굴을 찡그리며 떨리는 목소리로 말했다.

"너의 아버지는 약자, 강자 가리지 않고 누구에게나 싸움을 걸고 있어."

아드함은 아무 말도 하지 않고 이맛살을 찌푸렸다. 이드리스가 비웃었다.

"함께 아버지를 욕하는 것은 싫은가 보군. 아주 약았어. 네 녀석이 여전히 집으로 돌아갈 꿈을 꾸고 있다는 거지."

이드리스는 오이를 한 개 집어 들고 역겹게 바라보았다.

"너는 어떻게 이런 지저분한 오이를 팔러 다닐 수 있냐? 이것보다 나은 일을 아직 찾지 못했느냐?"

"저는 이 일이 좋아요."

"천만에. 어쩔 수 없이 하는 일이지. 네가 그러고 다니는 동안 너의 아버지는 호의호식하고 계시겠지. 잠깐만 생각해 봐.

나와 한배를 타는 게 최선의 길인 것 같지 않니?"

"형같이 사는 것은 저하고 안 맞아요." 아드함은 귀찮아서 통명스럽게 말했다.

"내 옷을 보아라. 이 옷의 주인이 어제만 해도 이 옷을 입고 으스대고 다녔지. 이 옷을 입을 자격도 없는 놈이 말이야."

"어떻게 그 옷을 얻으셨어요?"

"힘 있는 놈들이 하는 것처럼."

'강탈당하지 않았으면 죽었겠군!'

"당신이 나의 형 이드리스라는 게 믿기지 않아요." 그는 우울하게 말했다.

이드리스가 큰 소리로 웃었다.

"내가 자발라위의 아들이라는 것을 아는 네가 놀라기는!"

"왜 길을 안 비켜 주는 거예요?" 인내심이 바닥난 아드함이 소리쳤다.

"바보 같은 네가 정 원한다면야."

이드리스는 주머니에 오이를 가득 집어넣고 아드함을 멸시의 눈초리로 잠깐 바라보더니 손수레에 침을 뱉고 비켜섰다.

우마이마는 오두막으로 다가오는 그를 일어서서 맞았다. 사막은 어둠에 싸여 있었다. 오두막 안에는 죽어 가는 사람이 숨을 쉬듯 촛불이 가물거리며 타고 있었다. 하늘에는 별이 빛났고 별빛에 '대저택'은 거대한 몸집의 유령처럼 보였다. 입을 굳게 다문 그를 보자 우마이마는 그 자리를 피하는 것이 상책이라 생각했다. 그녀는 씻을 물이 담긴 물동이와 깨끗한 옷을 그에게 가져다주었다. 그는 세수하고 발을 씻고 옷을 갈아입고는 다리를 쭉 뻗고 바닥에 앉았다. 그녀는 조심스럽게 그에게 다가가 앉으며 그의 비위를 맞추려 했다.

"아, 제가 당신의 고생을 조금이라도 덜어 드릴 수 있다면 좋으련만."

"입 닥쳐! 이 생고생과 불행을 불러온 장본인인 주제에." 그녀가 아픈 상처를 건드린 것처럼 그는 소리를 질렀다.

그녀는 그에게서 멀리 떨어져 거의 모습이 보이지 않는 어두운 곳으로 숨었다. 그러나 아드함은 계속해서 그녀에게 소리쳤다.

"나의 경솔함과 어리석음을 생각나게 하는 사람은 단연코 너야. 너를 처음 만났던 날을 저주한다."

어둠 속에서 목 놓아 슬피 우는 그녀의 울음소리가 들렸다. 그는 더 화가 났다.

"빌어먹을, 그만 그치지 못해! 네 눈물은 네 몸을 가득 채운 사악한 기운이 땀처럼 흘러나온 것에 불과해."

순간 그녀가 울먹이며 하는 말이 들렸다.

"그런 말은 제가 겪는 고통에 비하면 아무것도 아니에요."

"더는 네 목소리를 듣고 싶지 않으니, 저리 꺼져!"

그는 자신이 벗어 놓은 옷을 돌돌 말아 그녀에게 내던졌다. 그녀가 "앗, 배가."라며 신음했다. 그 소리에 그의 분노는 일순간 가라앉았고 나쁜 일이 생길까 봐 겁이 더럭 났다. 그녀는 그가 말이 없자 그의 심경의 변화를 알아채고 아픈 목소리로 말했다.

"당신이 원하신다면 멀리 떠날게요."

그녀가 일어나 나가자 그가 "지금이 장난칠 때인 것 같아?"라고 소리치더니 다시 벌떡 일어나 소리쳤다. "내 말 신경 쓰지 말고 돌아와."

돌아오는 그녀의 모습이 어렴풋이 보일 때까지 그는 어둠 속을 뚫어지게 바라보았다. 그는 벽에 기대어 고개를 들고 하늘을 올려다보았다. 그녀의 배가 괜찮은지 물어보고 싶었지만 자존심 때문에 나중으로 미뤘다. 다만 그녀에게 "저녁거리로 오이 좀 씻어 놔."라고 말하는 것으로 대신했다.

11

편히 앉아 있기에 그리 나쁘지 않았다. 풀 한 포기, 시냇물, 나뭇가지 위에서 지저귀는 새도 없었다. 도전적인 벌거벗은 사막은 밤에는 꿈꾸는 사람이 원하는 대로 그려 볼 수 있는 신비한 옷을 입고 있었다. 그 위에는 별이 가득한 둥근 밤하늘이 있었고, 여자는 오두막에 있었다. 외로움이 말을 걸고, 슬픔은 재에 덮여 아직도 타는 숯 같았다. '대저택'의 높은 담이 그리움을 몰아냈다.

'어떻게 하면 폭군 아버지가 내 신음 소리를 들으실까? 과거를 잊는 것이 현명하다고는 하나 우리에게 남은 것이라고는 그것밖에 없다. 나는 나의 나약함을 혐오하고 나의 비겁함을 저주한다. 나는 불행을 친구 삼아 견뎌 내고 있다. 불행은 불행에서 싹틀 것이다. 힘으로 정원에서 쫓아낼 수 없는 작은 새가 꿈꾸는 나보다 더 행복해 보인다. 장미나무 사이로 흐르는 시냇물이 너무나 보고 싶다. 헤나와 재스민 꽃향기는 어디 있을까? 평안한 마음은 어디에 있는 걸까? 피리는? 매정한 분, 벌써 육 개월이나 지났는데 언제 당신의 얼음장같이 차가운 마음이 녹을까요?'

멀리서 이드리스의 듣기 싫은 노랫소리가 들려왔다. "신기하다! 정말 신기해!" 이드리스는 오두막 앞에서 불을 피우고 있었다. 불은 대기권으로 떨어지는 유성처럼 불똥을 튀며 활활 타올랐다. 아내가 만삭의 몸으로 먹을 것과 마실 것을 갖다 주고 돌아갔다. 술에 취한 이드리스가 정적을 깨며 '대저택'에다 대고 고함을 질렀다. "지금 진수성찬을 들고 있을 시간이군. 이놈들아. 실컷 처먹어라!" 그러고는 다시 노래를 부르기 시작했다.

"내가 어둠 속에 혼자 있을 때마다 저 악마가 불을 피워 놓고 소란을 피우며 나의 평화를 깨는구나." 아드함은 서글프게 혼잣말을 했다.

우마이마가 오두막 문 옆으로 모습을 드러냈다. 잠든 줄 알았는데 그의 생각과는 달리 깨어 있었던 모양이었다. 그녀는 임신과 고된 일, 그리고 가난으로 녹초가 되어 있었다.

"안 주무세요?" 그녀는 측은한지 부드럽게 물었다.

"사는 보람이 있는 이런 시간만큼은 제발 날 내버려 둬." 그가 짜증스럽게 대꾸했다.

"내일 아침 일찍 수레를 끌고 나가야 되잖아요. 그러니 좀 쉬세요."

"혼자 있으면 다시 남부끄럽지 않은 사람이 되어 하늘을 보며 지난날을 회상해."

그녀는 땅이 꺼지게 한숨을 쉬었다.

"아버님이 집 밖으로 나오시거나 집 안으로 들어가시는 것을 볼 수 있으면 좋겠어요. 그러면 제가 그분 발밑에라도 엎드려 용서를 빌 수 있을 텐데."

"그런 생각은 하지도 말라고 여러 번 말했잖아. 그런 방법으로는 아버지의 사랑을 되찾을 수 없어." 아드함이 조바심을 내며 말했다.

그녀는 잠시 잠자코 있다가 "저는 배 속에 있는 아기의 운명에 대해 생각하고 있어요."라고 중얼거렸다.

"나도 짐승이 아닌 이상 자식의 미래에 대해 걱정하고 있어. 그게 나의 유일한 걱정거리야."

"정말로 당신은 이 세상에서 가장 좋은 남자예요." 그녀는 슬프게 얼버무렸다.

"이제 난 더 이상 인간이 아니야. 유일하게 동물만 끼니를 걱정하지." 아드함이 자조하듯 말했다.

"슬퍼하지 마세요. 사람들은 대부분 당신처럼 다 그렇게 시작해요. 그러다 자신의 가게도, 집도 갖게 되면서 형편이 나아질 거예요."

"산통이 머리로 온 거 아니야! 틀림없어."

"당신은 언젠가 중요한 분이 될 거예요. 그리고 우리 아이들도 유복하게 자랄 거예요." 그녀는 끈질기게 말했다.

아드함은 박수를 치며 빈정댔다.

"나도 술을, 아니 해시시를 팔아서 부자가 되어 볼까?"

"아드함, 일을 해서요."

그러자 그는 화를 냈다.

"먹고살려고 일하는 건 가장 지독한 저주야. 한때 나는 아무 일도 안 하고 하늘을 바라보거나 피리를 불며 정원에서 세월을 보냈지. 하지만 이제 난 동물에 불과해. 나는 그저 다음 날 배설하기 위해, 보잘것없는 저녁 한 끼니를 얻기 위해 매일 밤낮으로 수레를 밀고 다니지. 먹고살려고 일하는 건 가장 지독한 저주라고. 진정한 삶이란 저 '대저택'에서의 삶이지. 거기선 먹기 위해 일하지 않아. 그곳에는 즐거움, 아름다움, 그리고 노래가 있지."

그때 이드리스의 목소리가 들렸다.

"옳은 말이야, 아드함. 일은 우리에겐 낯선 저주고 굴욕이지. 그러기에 내가 둘이 힘을 합치자고 제안하지 않았니?"

소리가 나는 쪽으로 아드함이 고개를 돌리자 가까이에 이드리스가 유령처럼 서 있었다. 그는 곧잘 이렇게 어둠 속에 몰래 숨어서 남의 이야기를 엿듣고 있다가 마음에 드는 이야기면 불쑥 나타나 대화에 끼어들었다. 아드함은 흥분해서 자리에서 일어났다.

"집으로 돌아가세요."

"나 역시 너처럼 일은 인간의 존엄성에 어울리지 않는 저주라고 생각하거든." 이드리스는 짐짓 진지한 투로 말했다.

"지금 그 저주보다 더 더러운 강도가 되라고 저를 꾀는 거군요."

"일이 저주고 강도가 그보다 더 나쁜 거라면 도대체 인간은 어떻게 살아야 하냐?"

아드함은 대꾸하고 싶지 않아 잠자코 있었다. 이드리스는 아드함의 말을 기다렸지만 아무 말이 없자 계속 떠들어 댔다.

"아마도 네가 일하지 않고 식량을 원하는 것 같은데, 그건 누군가 손해를 보지 않고서는 안 될 텐데!"

그는 불쾌하게 웃었다.

"노비 자식, 이건 수수께끼야."

"돌아가세요. 악마에게 들볶이기 전에." 우마이마가 화가 나서 버럭 소리를 질렀다.

나르지스가 이드리스를 날카롭게 부르자 그는 다시 노래를 흥얼거리며 왔던 길로 되돌아갔다.

"어떻게 해서든 그와 다투는 것은 피하세요." 우마이마는 아드함에게 간곡하게 말했다.

"항상 어떻게 오는지 모르게 와서는 나를 지켜보고 있단 말이야."

침묵이 흐르자 이내 흥분이 가라앉았다. 우마이마가 다시 부드럽게 말했다.

"제 예감인데 제가 이 오두막을 우리가 쫓겨난 저 '대저택'과 비슷한 집으로 만들 수 있을 것 같아요. 정원이 있고 나이팅게일이 지저귀는 그런 집이요. 그리고 우리 자식들은 그곳에서 안락하고 행복하게 살게 될 거예요."

아드함은 그녀가 어둠 속에서는 볼 수 없는 야릇한 미소를 지었다. 그러고는 자리에서 일어나 옷에 묻은 흙을 털어 냈다.

"맛있는 오이 사려! 단 오이요! 땀이 온몸에서 비 오듯 쏟아지고 애들은 나를 못살게 굴고 발은 아파서 죽을 것만 같지. 단돈 몇 푼을 위해서 말이야."

그가 오두막 안으로 들어가자 그녀도 따라 들어갔다.

"즐겁고 풍요로운 날은 올 거예요."

"당신도 나처럼 고생하면 그런 꿈을 꿀 시간조차 없을 거야."

각자 짚으로 짠 잠자리에 드러눕자 그녀가 다시 말했다.

"하느님께서 이 오두막을 우리가 쫓겨난 저 '대저택' 같은 집으로 만들어 주실 수는 없겠죠?"

"난 다시 저 집으로 돌아갈 수 있다면 좋겠어." 아드함이 하품을 하며 대답했다.

그는 더 크게 하품을 했다.

"일은 저주야."

"그럴지도 모르죠. 그렇지만 그것은 열심히 일을 해야만 사라지는 저주예요." 그녀는 조용조용 속삭이듯 말했다.

12

어느 날 밤 아드함은 나지막한 신음 소리에 잠에서 깨어났다. 비몽사몽 중에 그는 그 소리가 우마이마가 괴로워서 내는 고통의 신음 소리라는 것을 알기까지 잠시 시간이 걸렸다. "아, 허리야……. 아이고, 배야……." 그는 바로 일어나 앉아 그녀를 바라보았다.

"요즈음 이런 일이 자주 있네. 알고 보면 아무 일도 아닌데 말이야. 촛불을 켜."

"당신이 켜세요. 이번에는 정말이에요." 그녀가 신음 소리를 내며 말했다.

그는 일어나 초가 놓여 있을 만한 곳인 조리 도구들 사이를 더듬어 초를 찾아 불을 밝혔다. 그는 촛불을 원탁 위에 놓았다. 희미한 불빛 아래 우마이마의 모습이 보였다. 그녀는 두 팔로 바닥을 짚고 앉아 있었다. 그녀는 고통으로 신음하다 숨을 쉬기 위해 고개를 들었다. 그녀는 보기에도 힘겹게 숨을 쉬었다. 아드함이 걱정이 되어 물었다.

"당신 생각에 이번은 지난번과는 달라?"

그녀의 얼굴이 일그러졌다.

"예, 이번에는 확실해요."

"어쨌든 산달이야. 내가 산파를 데리러 알자말리야에 다녀올 때까지 견뎌 봐." 그는 그녀가 벽에 등을 기댈 수 있도록 도와주며 말했다.

"잘 다녀오세요. 지금 몇 시예요?"

아드함은 오두막을 나와 하늘을 쳐다보고서 말했다.

"곧 날이 밝겠어. 빨리 다녀와야겠어."

그는 알자말리야를 향해 서둘러 갔다. 그는 길을 안내하기 위해 나이 지긋한 산파의 손을 꼭 잡고 어둠을 뚫고 돌아왔다. 오두막에 다가가자 정적을 깨는 우마이마의 신음 소리가 들렸다. 그의 심장이 고동쳤다. 그가 성큼성큼 걷자 산파가 투덜거렸다. 그들은 함께 오두막 안으로 들어갔다. 산파는 외투를 벗고 웃으면서 우마이마에게 말했다.

"출산이 임박했어. 참고 견뎌 내면 편히 쉴 수 있어."

"좀 어때?" 아드함이 우마이마에게 물었다.

"아파서 죽을 거 같아요. 내 몸이 마치 갈기갈기 찢어지고 뼈가 부러지는 줄 알았어요. 가지 마세요." 그녀는 신음하며 말했다.

"나가서 편히 기다리는 게 나아." 산파가 말했다.

아드함은 밖으로 나왔다. 그는 가까이 유령처럼 서 있는 한 남자를 보았다. 그가 누구인지 식별하기도 전에 그가 누구인지 알 수 있었다. 그는 가슴이 답답해졌다. 이드리스는 예의 바른 척 말했다.

"제수씨 아기 낳는 중이니? 불쌍한 여자야. 너도 알다시피 형수도 얼마 전에 이런 상황을 겪었지. 고통이 지나면 거짓말처럼 곧 괜찮아질 거야. 그러고 나면 내가 힌드를 만났듯이 너도 미지의 세계에서 온 너의 행운을 만나게 될 거야. 힌드는 정말 사랑스러운 아기야. 오줌 싸고 울지만 말이야. 참고 기다려 봐."

"생사화복은 모두 하늘의 뜻에 달려 있어요." 아드함은 진정하지 못하고 불안해 하며 말했다.

"너, 산파를 알자말리야에서 데려왔지?" 이드리스는 귀에 거슬리게 웃으며 물었다.

"예."

"더럽고 탐욕스러운 여자야. 나도 그 여자를 데려왔었지. 그 여자가 수고비를 너무 많이 달라고 해서 쫓아 버렸어. 그랬더니 그 여자 집 앞을 지날 때마다 아직까지도 내게 욕을 하더군."

"사람을 그런 식으로 대하면 안 돼요." 아드함은 잠시 망설이다가 말했다.

"너 잘났다! 네 아버지가 무례하고 무자비하게 사람들을 대하라고 날 가르쳤어."

우마이마의 신음 소리는 배 속이 찢기는 고통을 전달이라도 하듯 커져 갔다. 아드함은 무엇인가를 말하려고 입을 떼려다 말고 걱정스럽게 오두막에 다가가 부드러운 목소리로 소리쳤다.

"힘내!"

"제수씨, 힘내요!" 이드리스도 큰 소리로 그 말을 따라 했다.

아드함은 우마이마가 이드리스의 말을 들을까 봐 걱정이 됐다. 그는 자신이 화가 나 있음을 숨겼다.

"우리가 집에서 조금 떨어져 있으면 좋겠어요."

"우리 집으로 가자. 차도 마시고, 잠든 힌드도 보고."

그러나 아드함은 속으로 화가 난 것을 감추고 다른 사람의 오두막으로 가는 대신 그를 저주하며 자신의 오두막에서 멀리 떨어진 곳으로 갔다. 이드리스는 그를 따라가며 말했다.

"너는 해 뜨기 전에 아버지가 될 거다. 그것은 네 인생에서 아주 중요한 전환점으로 너에게 도움이 많이 될 거야. 우선 너는 너의 아버지가 쉽고 어리석게 끊어 버린 가족의 연을 느끼게 될 거다."

"그런 말로 나를 괴롭힐 거예요?" 아드함은 화를 냈다.

"아마 그럴지도 모르지. 우리의 공동 관심사는 그분밖에 없으니."

아드함은 아무 말 없이 잠시 머뭇거렸다.

"형! 형은 우리 사이에 형제지간의 정이 없다는 것을 잘 알면서도 왜 저를 쫓아다니세요?"

이드리스가 큰 소리로 웃었다.

"이런 못된 놈! 제수씨가 산통으로 소리를 질러 단잠을 깨웠다. 그런데도 화도 안 내고 반대로 도움이 필요할 것 같아서 너를 도우러 왔을 뿐이야. 내가 그 소리를 들었듯이 아버지도 분명히 들으셨을 거야. 그런데도 인정머리 없게 못 들은 척 다시 주무신다."

"우리는 아버지가 이미 정하신 우리의 운명을 잘 알아요. 제가 형을 모른 체하듯 형도 저를 모른 척하면 안 돼요?" 아드함은 짜증을 내며 말했다.

"아드함, 너는 나를 싫어하는데, 그건 네가 나 때문에 쫓겨나서가 아니라 내가 너의 나약함을 떠올리게 해서 그런 거야. 네가 싫어하는 나의 모습이 바로 너 자신의 사악한 모습과 같아서고. 나는 이제 너를 미워할 이유가 없어. 오히려 오늘 너는 나에게 위로가 되고 나를 달래 주네. 우리가 이웃이고 이 사막에 사는 최초의 사람들이라는 것을 잊지 마라. 우리 아이들이 여기서 나란히 걸음마를 배우게 될 거다."

"형은 저를 괴롭히는 것을 즐기는군요."

이드리스는 아드함이 스스로 이야기를 그치기를 바라며 잠시 동안 말이 없었다.

"왜 우리는 서로 잘 지내지 못할까?" 그가 다시 진지하게 물었다.

"저는 행상을 다니는데 형은 공격과 싸움을 일삼고 지내기 때문이죠." 아드함은 한숨을 쉬며 대답했다.

우마이마의 비명 소리가 다시 들렸다. 비명 소리는 점점 더 크게 들렸다. 아드함은 애원하듯 고개를 들고 하늘을 쳐다보았다. 이제 어둠이 제법 걷히고 산에서도 날이 새고 있었다.

"아, 고통이 정말 지독하구나!" 아드함이 외쳤다.

"참 다정다감도 하셔라! 너는 재산 관리나 하면서 피리나 즐기라고 태어난 사람인데." 이드리스가 비웃으며 말했다.

"원하시는 만큼 실컷 비웃으세요. 근데 저 정말로 고통스러 워요."

"왜? 고통스러운 사람은 제수씨야."

"제발 혼자 내버려 둬요." 아드함은 참지 못하고 소리쳤다.

"너는 그냥 쉽게 공짜로 아버지가 되려고 하니?" 이드리스 는 화가 나 조용히 물었다.

아드함은 숨을 몰아쉬고 침묵을 지켰다. 그러자 이드리스 가 측은해 했다.

"너는 현명해. 나는 너의 후손들을 행복하게 해 줄 수 있는 일을 너에게 알려 주려고 왔어. 그건 바로 네가 오늘 겪게 될 일이 시작이지 끝이 아니라는 거야. 앞으로 자손을 많이 낳아 시끌벅적한 일가를 이뤄야 우리가 간절히 바라는 일이 이뤄 질 거야. 네 생각은 어떠냐?"

"거의 날이 밝았어요. 가서 주무세요."

우마이마의 비명 소리가 커졌고 계속되었다. 아드함은 그 소리에 더 이상 그대로 서 있을 수가 없어 어둠 속에서 희미하 게 형체가 드러난 오두막으로 돌아갔다. 그가 오두막에 도착 했을 때 우마이마는 슬픈 노래가 끝난 것처럼 깊은 한숨을 내 쉬었다. 그는 오두막 입구에 다가가 물었다.

"좀 어떻습니까?"

기다리라는 산파의 목소리가 들렸다. 산파의 목소리가 의 기양양하게 느껴지자 그는 마음이 놓였다. 얼마 지나지 않아 산파가 모습을 드러냈다.

"아들 쌍둥이예요. 축하해요."

"쌍둥이요?"

"쌍둥이를 위해 하느님의 축복을 빕시다."

아드함의 뒤에서 귀청이 떨어질듯 이드리스의 웃음소리가 크게 들렸다. 물론 아드함은 그의 말도 들었다.

"이드리스가 한 계집아이의 아버지이자 두 사내아이의 큰 아버지가 됐네."

그는 노래를 부르며 자신의 오두막을 향했다.

'행운과 행복은 어디에 있을까? 시간아, 말해 다오.'

"아기 엄마가 아기 이름을 까드리와 후맘이라고 부르고 싶어 하네." 산파가 다시 말했다.

기뻐서 어쩔 줄 모르는 아드함이 중얼거리기 시작했다.

'까드리와 후맘. 까드리와 후맘.'

13

까드리는 질밥 자락으로 얼굴을 닦으며 말했다.

"앉아서 밥 먹자."

"응. 벌써 시간이 이렇게 됐네." 후맘은 지는 해를 보면서 말했다.

그들은 무깟탐 산기슭 아래 땅바닥에 책상다리를 하고 앉았다. 후맘이 붉은 줄무늬 보자기의 매듭을 풀자, 빵과 팔라펠[3], 리크[4]가 보였다. 그들은 식사를 하기 시작했다. 그들은 밥을 먹는 중간중간에도 양들을 지켜보았다. 이리저리 돌아다니는 양들도 있었고 서서 평화롭게 풀을 뜯고 있는 양들도 있었다. 까드리와 후맘은 얼굴 모습이나 신체적 특징으로는 구별할

---

3) 병아리콩이나 파바콩으로 만든 크로켓 비슷한 중동 음식.

4) 백합과 식물로, 모양은 대파와 비슷하지만 맛은 순하고 달콤한 양파 맛이 난다.

수 없었다. 다만 까드리의 또렷한 사냥꾼의 눈매가 그 둘을 구별할 수 있는 유일한 특징이었고 그 눈매로 인해 까드리는 매서운 인상을 주었다. 까드리가 입안 가득 음식을 넣고 씹으며 말했다.

"만약 이 사막이 전부 우리 것이라면, 우리 양들이 다른 양들 없이 편히 풀을 뜯을 수 있을 텐데."

"이 사막은 알아투프, 카프르 알자가리, 그리고 알후사이니야의 양치기들도 오는 곳이야. 그들과 사이 좋게 지내며 충돌을 피하는 게 상책이야." 후맘이 웃으며 말했다.

까드리가 깔보듯 웃었다. 그 바람에 입안에 있던 음식물이 튀어나왔다.

"그들과 친하게 지내자고 노래하는 사람에게 줄 대답은 한 가지, 주먹뿐이야."

"그렇지만······."

"'그렇지만'이란 말은 없어, 후맘. 내가 한 가지 방법을 알고 있는데, 그것은 양치기 놈의 질밥을 잡아당긴 다음 박치기를 해서 그놈을 앞이나 뒤로 자빠뜨리는 거야."

"우리의 적은 셀 수 없을 정도로 많아."

"누가 너보고 적의 숫자를 세 보라고 했니?"

후맘은 멀어져 가는 새끼 염소 한 마리를 주시했다. 그가 휘파람을 불자 새끼 염소는 걸음을 멈췄다가 군소리 없이 되돌아왔다. 그는 리크 줄기를 하나 집어서 손가락으로 쓱 닦아 입안에 넣고 음미했다. 그는 입맛을 다시며 말했다.

"그렇기 때문에 우리는 외톨이이고 오랫동안 누구와도 말하지 않고 지내는 거야."

"늘 노래나 부르는 네가 대화가 왜 필요해?"

"이런 외로움이 가끔 형을 우울하게 한다는 생각이 드는데." 후맘은 그를 쳐다보면서 자신 있게 말했다.

"우울한 까닭을 찾아볼게, 외로움인지 아닌지."

정적이 흐르고 그 가운데 밥 먹는 소리만이 또렷하게 들렸다. 멀리 산에서 내려와 알아투프로 향하는 한 무리의 사람들이 보였다. 그들은 한 사람이 선창을 하면 나머지 사람들이 따라서 노래를 부르며 걷고 있었다.

"사막의 이쪽이 우리 구역이야. 만약 우리가 북쪽이나 남쪽으로 간다면 우리는 아마도 다시 돌아올 수 없을 거야." 후맘이 말했다.

"북쪽이나 남쪽에 나를 죽이려고 벼르는 사람들이 많다는 것을 알게 될 거야. 하지만 감히 나한테 싸움을 거는 사람은 한 명도 없을걸." 까드리가 큰 소리로 웃으며 말했다.

"형이 용감하다는 것을 부정할 수 없어. 그러나 우리가 할아버지의 이름과 큰아버지의 무시무시한 악명 덕분에 살고 있다는 것을 잊지 마. 비록 큰아버지와 우리 사이가 좋지 않지만 말이야." 후맘이 양들을 바라보면서 말했다.

까드리는 그의 말이 거슬리는지 눈살을 찌푸렸으나 그것을 드러내고 반박하지는 않았다. 그의 시선은 해 질 무렵 멀리서 희미한 윤곽이 아른거리는 거대한 사원처럼 보이는 '대저택'을 향했다.

"저 집 말이야! 나는 저런 집을 본 적이 없어. 사막에 빙 둘러싸인 집, 싸움질과 완력으로 유명한 지역에 가까이 있는 집. 그 집주인은 논쟁할 여지가 없는 폭군이야. 이 할아버지는 코밑에 사는 손자들을 한 번도 본 적이 없어."

"아버지는 할아버지를 항상 존경과 감탄의 대상으로 말씀하셔." 후맘도 '대저택'을 바라보면서 말했다.

"큰아버지는 할아버지를 항상 저주의 대상으로 여기시고."

"어쨌든 그분은 우리 할아버지인걸." 후맘은 애처롭게 말했다.

"야, 그러면 뭐해. 아버지는 수레를 끌고 행상을 다니고 엄마는 하루 종일 그것도 모자라 밤에도 일하시는데. 또 우리들은 맨발로 양을 돌보고. 그런데도 인정 없는 할아버지는 담장 너머에서 상상할 수도 없는 안락한 생활을 누리고 계시잖아."

그들은 식사를 끝냈다. 후맘이 보자기를 턴 후 접어서 주머니에 넣었다. 그는 똑바로 누워 팔베개를 하고 지평선 가까이 솔개가 노니는 평온한 맑은 하늘을 바라보았다. 까드리가 일어나 소변을 보기 위해 옆으로 비켜서며 말했다.

"아버지가 그러시는데 할아버지가 옛날에는 외출을 자주 하셨고 오며 가며 사람들 곁을 지나가셨대. 그런데 요즘엔 아무도 할아버지를 보지 못했대. 그분이 두려움을 느끼시는 것 같대."

"얼마나 그분이 보고 싶은지 몰라!" 후맘은 꿈을 꾸듯 말했다.

"터무니없는 것을 꿈꾸지 마. 그분은 아버지나 큰아버지와 비슷하실 거야. 아니면 그 두 분을 합쳐 놓은 것 같으실 거야. 나는 아버지가 정말 놀라워. 그분 손에 쫓겨났으면서 어떻게 늘 그분을 존경한다고 말씀하실까?"

"아버지가 그분을 지나치게 사랑하거나 아니면 자신에게 내려진 벌이 당연하다고 믿는 것이 분명해."

"아니면 아버지가 아직도 용서를 바라고 있는 것이겠지."

"형은 우리 아버지를 몰라. 그분은 천성적으로 다정하고 상냥한 분이야."

"나는 아버지도 너도 마음에 안 들어. 장담하는데 할아버지는 존경받을 자격도 없는 괴팍한 사람이야. 그분에게 티끌만큼이라도 선한 구석이 있으시다면 자신의 혈육을 이렇게 이상하리만큼 가혹하게 다루지는 않아. 나 역시 큰아버지처럼 그를 희대미문의 저주라고 봐." 까드리가 다시 앉으며 말했다.

"그분의 가장 나쁜 점은 아마 형이 그렇게 자랑스러워하는 것인걸. 바로 힘과 때려눕히기." 후맘이 미소를 지으며 말했다.

"그는 이 땅을 힘들이지 않고 선물로 받았는데, 거만하고 포악무도해." 까드리가 분개하며 말했다.

"내가 조금 전에 한 말을 부정하지 마. 어떤 군주도 이런 황무지나 다름없는 사막에서 혼자 살 수는 없어."

"너는 우리가 들었던 이야기에서 부모님에 대한 할아버지의 노여움이 타당하다는 점을 찾기라도 한 거니?"

"형은 거기서 형이 사람들을 공격하는 아주 사소한 이유를 찾고 있어."

까드리는 작은 물병을 들고 갈증이 해소될 때까지 물을 마시고 트림을 했다.

"손자들이 무슨 잘못을 했다고? 그는 양치기가 뭔지도 몰

라. 빌어먹을 늙은이! 유언장이 궁금해. 우리를 위해 뭐가 상속되는지 알고 싶어!"

"고생에서 벗어나게 할 재산. 원하는 것을 마음껏 하고 편안하게 인생을 즐기며 보내기 위한 재산." 후맘은 한숨을 쉬고 꿈꾸듯 말했다.

"너는 항상 아버지같이 말해. 우리는 진흙탕에서 고생을 하면서 정원의 나무 그늘 아래서 피리를 부는 꿈을 꾸지. 나는 사실 아버지보다 큰아버지가 더 좋아."

후맘은 앉아서 하품을 하다가 다시 일어나 기지개를 켜면서 말했다.

"어쨌든 우리는 그런대로 괜찮아. 살기에 적당한 집도 있지, 살기에 충분한 식량도, 돌볼 양들도 있고. 또 양젖도 팔고 또 살을 찌워 키워서도 팔고. 엄마는 양털로 옷을 만드시고."

"피리와 정원은?"

후맘은 대답하지 않고 발 옆에 두었던 지팡이를 집어 들고 양의 무리 쪽으로 향했다. 까드리는 일어서서 '대저택'을 향해 야유하듯 외쳤다.

"우리에게 상속을 하셨나요? 아니면 살아서 우리에게 벌을 준 것처럼 죽어서도 우리를 그런 식으로 벌을 주실 건가요?…… 대답하세요, 자발라위!"

'대답하세요, 자발라위!'가 메아리쳤다.

14

저 멀리서 그들을 향해 누군가가 다가오고 있었다. 형체만으로는 누군지 알아볼 수 없었다. 천천히 다가오고 있었다. 곧 그 정체가 밝혀졌다. 까드리는 벌떡 몸을 일으켰다. 그의 아름다운 두 눈이 기쁨으로 빛나고 있었다. 후맘은 웃으며 그의 형을 바라보고 나서 무심하게 양들을 바라보았다. 그러고는 후맘은 주의를 환기시키려고 속삭였다.

"곧 땅거미가 내릴 거야."

그러자 까드리가 "새벽이 된다고 해도 상관없어."라고 내뱉듯 말했다.

그는 앞으로 조금 나아가 팔을 흔들어 소녀를 반겼다. 그녀는 슬리퍼를 신고 모래밭을 오래 걸어와서인지 힘들게 그들에게 다가왔다. 그녀는 대담함이 엿보이는 초록빛의 매력적인 눈을 반짝이며 그들을 바라보았다. 그녀는 머리와 목을 드러내고 어깨를 덮는 밀라야[5]를 입고 있었다. 갈래머리가 바람에 장난이라도 하듯 흔들렸다. 까드리는 기뻐서 소리 높여 "안녕, 힌드."라고 말했다. 기쁜 그의 얼굴에서 날카로운 인상은 찾아볼 수 없었다. 그녀는 부드러운 목소리로 "안녕." 하고 대답했다. 그러고 나서 후맘에게도 "잘 있었어, 사촌?" 하고 인사했고, 후맘은 웃으며 "안녕, 잘 있었어?" 하고 인사했다.

까드리는 그녀의 손을 잡고 그곳에서 몇 미터 떨어진 곳에 우뚝 서 있는 큰 바위 쪽으로 걸어갔다. 그들은 바위를 돌아 산이 마주 보이는 바위 뒤편으로 갔다. 그곳은 사막과 그 안에 있는 모든 것과 격리되어 있었다. 그는 그녀를 끌어당겨 포옹하고 앞니가 닿을 정도로 오랫동안 키스를 퍼부었다. 그에게 몸을 맡긴 동안 그녀는 멍해 있었다. 그녀는 가까스로 그에게서 빠져나와 숨을 몰아쉬고는 흐트러진 밀라야를 매만졌다. 그녀는 강렬한 그의 시선을 마주치자 눈웃음을 지어 보였다. 그러나 그녀의 눈웃음은 무언가 그녀의 마음속을 스쳐 지나간 것처럼 일순 사라지고 뾰로통해졌다.

"집에서 한바탕하고 나왔어. 이렇게 사는 건 참을 수 없어."

까드리는 그녀가 무슨 말을 하는지 알아차리고 얼굴을 찌푸렸다.

"신경 쓰지 마. 우리는 바보들의 자식이야. 선한 나의 아버지도 바보고 잔인한 너의 아버지도 똑같이 바보란 말이야. 그

---

5) 검은색 사각형 천으로 머리카락을 가린 뒤 나머지 천을 휘감아 목과 상체를 가리고, 한쪽 끝을 겨드랑이에 고정시켜 입는 아랍 전통 의상.

분들은 우리들에게 증오심을 물려주시길 원해. 어리석기 짝이 없어! 그래도 어떻게 오게 된 건지 말해 줘." 그는 날카롭게 말했다.

"여느 때처럼 오늘도 부모님은 온종일 싸웠어. 아버지가 엄마의 따귀를 한두 대 때리니까 엄마가 아버지에게 소리를 지르고 욕설을 퍼부었어. 엄마는 물동이를 부수며 화풀이를 하는데, 오늘도 그렇게 해서 화가 멈췄지. 엄마는 종종 아버지의 목을 조르며 싸움을 걸어서 매를 맞아. 두들겨 맞으면서도 욕을 퍼붓고. 아버지가 술을 좀 드시면 눈에 띄지 않게 멀리 도망가는 게 상책이야. 나는 도망가고 싶어. 이렇게 사는 게 너무 싫어. 눈이 짓무를 정도로 울고 나면 기분이 좀 나아지기도 해. 상관없어. 난 아버지가 옷을 입고 외출하기를 기다렸어. 나가신 뒤 밀라야를 들고 나서는데 엄마가 와서 평소처럼 말렸어. 근데 엄마 손을 뿌리치고 집을 나왔어." 그녀는 한숨을 크게 쉬며 말했다.

"네가 어디로 가는지 엄마가 눈치채지 않으실까?" 까드리는 자신의 한 손으로 그녀의 두 손을 꼭 잡고 말했다.

"아닐 거야. 그다지 걱정하지도 않아. 어쨌든 감히 아버지에게 고자질하지도 못하고."

"만약 아버지가 아신다면 어떻게 할 거 같아?" 까드리가 한바탕 웃고 나서 물었다. 그녀는 그의 웃음에 잠시 당황했지만 이렇게 대답했다.

"나는 아버지가 강해도 두렵지 않아. 오히려 아버지를 사랑한다고 할 수 있어. 아버지도 그분의 천성과는 어울리지 않게 고지식하게 나를 사랑하셔. 아버진 툭하면 내가 이 세상에서 가장 소중하다고 말해. 그런데 그 말이 나를 이렇게 비참하게 만들곤 하네."

까드리는 바위 아래 모랫바닥에 앉았다. 그리고 옆자리의 땅을 고른 뒤 그녀를 앉혔다. 그녀는 밀라야를 벗고 편히 앉았다. 그는 몸을 구부려 그녀의 뺨에 키스한 후 말했다.

"아버지보다 큰아버지를 상대하는 게 훨씬 쉬워 보여. 큰아버지의 이름을 들먹이면 우리 아버지는 감정이 격해져서 큰아버지에게는 좋은 점이라고 하나도 없다고 딱 잘라 말씀하셔."

그러자 그녀는 사람들이 그를 부르던 말이 기억난 듯 웃으며 말했다.

"저기, 우리 아버지도 그런 식으로 악담을 해."

그가 그녀를 모르는 사람처럼 빤히 쳐다보았다.

"작은아버지가 아버지를 무례하다고 비난하는데, 아버지도 작은아버지를 지나치게 선량하다고 비난해. 중요한 건 두 분이 의견 일치가 되는 게 한 가지도 없다는 점이야."

까드리는 머리로 공중을 들이받기라도 하듯 불쑥 고개를 들었다.

"우리는 우리가 원하는 대로 할 거야." 그는 도전적으로 말했다.

"아버지가 그런 식이지. 자신이 원하는 것은 다 할 수 있어." 힌드는 애정 어린 눈으로 그를 바라보며 말했다.

"나도 많은 것을 할 수 있어. 술주정뱅이 큰아버지가 너를 위해 무엇을 하실 수 있는데?"

그녀는 자신의 일인데도 불구하고 웃었다. 그러고는 반은 항의조로, 반은 농담조로 말했다.

"나의 아버지에 대해 예의를 갖춰서 말해 주길 바라." 그녀는 그의 귀를 꼬집으며 말을 이었다. "나는 항상 아버지가 나에 대해 무슨 생각을 하시는지 궁금해. 가끔은 아버지가 내가 결혼하지 않기를 바라는 것 같기도 해."

그가 그녀의 말을 반대한다는 뜻으로 그녀를 응시하자, 그녀는 다시 말을 이었다.

"한번은 아버지가 화가 난 눈빛으로 할아버지 댁을 바라보며 말하는 것을 봤어. 아버지는 '아들과 손자들을 이렇게 치욕스럽게 살게 내버려 두는 것도 모자라 이제는 손녀딸에게도 똑같이 하십니까? 힌드에게 어울리는 곳은 문을 걸어 잠근 그 집뿐인데.'라고 말씀하셨어. 아버지가 엄마에게 카프르 알자가리의 한 청년이 나에게 청혼했다고 하니까 엄마가 기뻐했어. 그러자 아버지가 화를 내며 엄마에게 소리를 질렀어. '못된 년! 나쁜 년! 카프르 알자가리의 그 애송이가 누구냐? 그 대저택의 가장 미천한 하인이 그 애보다도 낫고 깨끗하겠다.' 그러자 엄마가 슬픈 듯 물었어. '그럼 당신은 누가 힌드에게 어울린다고 생각하세요?' 아버지가 대답했어. '바로 자기 집 담 뒤에 몸을 숨기고 꼼짝 않는 독재자는 아시지. 힌드는 그분의 손녀야. 이 세상에는 그 애 남편이 될 만한 자격을 갖춘 사람은 없어. 난 남편감으로 나 같은 사람을 원해.' 엄마는 당신도 모르게 말했어. '당신은 힌드가 그 애 엄마처럼 불행하게 살기를 원하세요?' 그러자 아버지는 마치 야수처럼 엄마에게 달려들어서는 엄마가 밖으로 도망칠 때까지 마구 발길질을 해댔어."

"저런 미친 짓을."

"아버지는 할아버지를 미워하셔. 할아버지 이야기를 할 때마다 저주하고 욕설을 퍼부어. 그러면서도 아버지는 그분의 아들이라는 것에 대해 마음속으로는 대단한 자부심을 갖고 계셔."

"그분이 우리 할아버지가 아니라면 우리는 더 행복했을 거야." 까드리는 주먹을 쥐고 허벅지를 치면서 말했다.

"아마도?" 그녀는 쓸쓸하게 말했다.

그는 말할 때처럼 열정적으로 그녀를 끌어당겨 꼭 껴안았다. 넌더리 나는 고민거리에서 벗어나 그들의 마음이 서로 약속이나 한 듯 하나가 되는 사이 그는 그녀를 품에 안았다. "입맞추자." 그가 말했다.

바로 그때 바위 옆에 앉아 있던 후맘이 자리에서 일어나 수줍은 표정으로 슬프게 씩 웃으며 양 떼를 향해 살금살금 걸어갔다. 공기조차도 그에게는 사랑에 취한 것 같았고, 사랑이 비극의 시작이라는 생각이 들었다. 그는 혼잣말을 했다. "형의 얼굴이 평온하고 온화하네. 바위 뒤에 있을 때 형은 유일하게 편안해 보여. 걱정거리를 없애는 데는 사랑의 힘만큼 신비한 것은 없나 봐!" 그새 하늘에 어스레하게 어둠이 내리고 있었고 서쪽에서는 산들바람이 불어왔다. 그곳의 풍경은 이별가의 늘어진 멜로디처럼 서서히 마법에 걸리고 있었다. 저 멀리

서 숫염소와 암염소가 짝짓기를 했다. 후맘은 다시 혼잣말을 했다.

"엄마는 저 염소가 새끼 낳는 날 기뻐하겠지. 인간의 탄생은 재앙을 가져오는데……. 우리는 태어나기 전부터 저주를 받았어. 참으로 신기한 일이야. 적대감이 그것도 친형제 사이에서 마땅한 이유도 없이 생기다니 믿기지 않아. 언제까지 이 적대감 때문에 고통받아야 할까? 과거가 잊힌다면 현재는 얼마나 행복할까? 우리는 앞으로도 여전히 우리의 자랑이자 모든 불행의 원인인 저 대저택을 바라볼 거야."

그는 그 숫염소를 지켜보고는 미소를 지었다. 그리고 휘파람을 불면서 지팡이를 휘두르며 양 떼 주위를 돌았다. 그의 시선이 우연히 세상의 모든 존재 앞에 초연한 자세로 우뚝 서 있는 말 없는 큰 바위에 머물렀다.

15

우마이마는 평소처럼 하늘에 별 하나만 남아 있을 때 잠에서 깨어났다. 그녀는 아드함이 한탄하며 일어날 때까지 그를 불렀다. 아드함은 잠자리에서 일어나 잠이 덜 깬 상태로 방에서 나와 오두막 외부에 딸려 있는 방에서 자고 있는 까드리와 후맘을 깨웠다. 오두막은 크기가 점점 커지고 새로운 모습을 갖추어 이제는 작으나마 제법 집처럼 보였다. 울타리가 오두막을 둘러싸고 있어 생겨난 공간인 뒤꼍은 양의 우리로 쓰였다. 울타리 위를 담쟁이덩굴이 덮고 있어 오두막의 모습이 한결 부드러워 보였다. 이는 오두막을 '대저택'처럼 보이게끔 하고 싶은 우마이마의 오랜 꿈이 상실되지 않았음을 보여 주었다. 남자들은 마당에 있는 물통 주위에 모여 세수를 하고 작업용 질밥을 입었다. 오두막 안에서 나무 타는 냄새와 어린 남동생들의 울음소리가 바람에 실려 들려왔다. 드디어 그들은 오두막 입구 앞에 놓여 있는 식탁에 둘러앉아 냄비에 담긴 삶은 콩을 먹었다. 가을바람은 촉촉했고 이른 시간이라서인지 약간 쌀쌀했다. 그러나 이 정도 날씨는 건장한 체격의 그들에게는 아무것도 아니었다. 멀리 아드함의 오두막처럼 넓고 큰 이드리스의 오두막이 보였다. '대저택'은 연결될 이유가 전혀 없는 외부 세계로부터 벗어나 자신에게 침잠하듯 묵묵히 서 있었다. 우마이마는 갓 짠 신선한 양젖을 단지에 담아 와 식탁에 놓고 앉았다. 그때 까드리가 그녀를 비웃었다.

"왜 양젖을 우리가 존경하는 할아버지 댁에는 안 파세요?"

"조용히 밥이나 먹어라. 우리가 너한테 바라는 것은 오직 침묵뿐이야." 아드함은 관자놀이가 하얗게 센 머리를 그에게 돌리고 대답했다.

"레몬, 올리브, 청고추로 피클을 만들 때가 됐다. 까드리! 너는 피클 만드는 걸 좋아해서 레몬 속을 채우는 것을 도왔잖니?" 우마이마가 입안에 가득 음식을 넣고 씹으며 말했다.

"어렸을 때는 아무 이유 없이 그냥 좋아했죠." 까드리가 씁쓸하게 대답했다.

"아부 자이드 알힐랄리[6]! 너 오늘 도대체 왜 그래!" 아드함은 단지를 제자리에 놓고 그에게 물었다.

까드리는 웃을 뿐 대답은 하지 않았다.

"장날이 다가와요. 양을 선별해야 해요." 후맘이 말했다.

우마이마는 그렇다고 고개를 끄덕였으나 아드함은 까드리

---

6) 11세기 아랍의 전설적인 영웅.

에게 다시 말했다.

"까드리, 무례하게 굴지 마. 내가 너를 아는 사람을 만나면 다들 너에 대한 불평을 털어놔서, 큰아버지와 같은 삶을 살까 봐 두렵다."

"아니면 할아버지처럼요!"

아드함의 눈이 분노로 이글거렸다.

"할아버지를 헐뜯지 마라. 넌 내가 그분에 대해 그렇게 말하는 것을 들어 본 적이 있느냐? 그분은 너에게 잘못하신 게 없다."

"그분이 아버지에게 잘못하는 한 우리에게도 잘못하는 거예요." 까드리가 부인했다.

"조용히 해. 입 다물고 있는 것이 우리를 돕는 거야."

"그분 때문에 우리가 이렇게 살아야 하고 사촌의 운명 또한 마찬가지고요."

"도대체 그 애가 우리에게 뭔데? 그 애 아버지는 재앙의 불씨야." 아드함이 침울하게 말했다.

"내 말은 우리 가문의 여자들이 이런 황량한 곳에서는 살수 없다는 거예요. 어떤 남자가 그런 여자애랑 결혼할지 말씀해 보세요." 까드리가 소리쳤다.

"악마와 결혼하라지. 그 애와 우린 아무 상관이 없다. 틀림없이 그 애도 제 아비처럼 사나울 거야."

아드함은 마치 도움을 요청하듯 아내를 바라보았다.

"그래, 그 애 아버지처럼 말이다." 우마이마가 말했다.

"젠장! 빌어먹을 것들!" 아드함이 침을 뱉으며 말했다.

"이렇게 싸움을 하시니 아침도 못 먹겠잖아요?" 후맘이 말했다.

"과장하지 마. 가장 행복한 시간은 우리 모두가 모이는 시간이야." 우마이마가 부드럽게 말했다.

이때 울부짖는 것처럼 저주와 욕설을 퍼붓는 이드리스의 목소리가 들렸다. 아드함이 진저리를 쳤다.

"아침 기도 한번 요란하네. 또 시끄럽게 하루가 시작되는구나."

아드함은 마지막 한술을 뜨고 일어났다. 그가 수레가 놓여 있는 곳으로 가 수레를 밀면서 "다녀올게."라고 말하자 모두들 "안녕히 다녀오세요."라고 인사했다. 아드함은 알자말리야를 향해 멀어져 갔다. 후맘은 자리에서 일어나 오두막 옆을 돌아 우리로 향했다. 얼마 지나지 않아 양들이 시끄럽게 울어 댔다. 밖으로 내몰자 마당과 집 앞이 양들로 꽉 찼다. 까드리 역시 일어나 지팡이를 들고 나갔다. 그는 어머니에게 손을 흔들어 인사하고 후맘을 뒤쫓아 갔다. 그들이 이드리스의 오두막 근처에 이르자 이드리스가 길을 막고 빈정거리며 물었다.

"젊은이, 한 마리에 얼마?"

후맘은 그의 눈길을 피했지만 까드리는 호기심 어린 눈으로 그를 뚫어지게 쳐다보았다.

"오이 장수 아들 주제에 내 질문에 대답 안 하냐?" 이드리스가 물었다.

"사고 싶으시면 시장에 가서 사세요." 까드리가 까칠하게 대답했다.

"내가 만약 그냥 갖겠다면." 이드리스가 낄낄대며 물었다.

"아버지! 부끄러운 줄 아세요." 힌드의 목소리가 오두막에서 들려왔다.

"너는 네 일에나 신경 써. 이 종년의 아들들은 내게 맡겨." 그는 그녀와 장난하듯 대답했다.

"저희들이 큰아버지를 방해한 적이 있나요? 저희를 방해하지 마세요." 후맘이 말했다.

"아니, 아드함의 목소리잖아! 너는 양 뒤에 있지 말고 양들 사이에 있어야겠다."

"아버지께서 당신의 간섭에 대꾸하지 말라고 말씀하셨어요." 후맘이 화를 내며 답했다.

이드리스는 듣기 싫은 목소리로 크게 웃었다.

"하느님, 그에게 상을 내려 주소서! 네 아버지의 그런 명령이 없었다면 하마터면 내가 죽을 뻔했네!" 그러고는 거칠게 말했다. "너희들은 내 이름 덕에 잘 사는 거야. 빌어먹을! 너희 모두 뒈져라! 너희 둘 다 저리 꺼지지 못해!"

그들은 가끔 지팡이를 돌리며 가던 길을 재촉했다. 후맘은 여전히 흥분해서 얼굴이 창백했다. 그가 까드리에게 말했다. "그 사람은 정말 끔찍해. 아, 정말 비열해! 이렇게 이른 시간인데 숨 쉴 때마다 술 냄새가 풀풀 나고."

양을 몰아 사막 안쪽으로 걸어가며 까드리가 말했다.

"그는 말만 많이 하지, 우리에겐 손 하나 까닥하지 않았어."

"그가 여러 번 우리 양을 훔쳤어." 후맘이 반박했다.

"그는 주정뱅이야. 그리고 유감스럽게도 우리 큰아버지야.

우리는 이 사실을 인정해야 해."

두 사람은 큰 바위를 향해 가는 동안 아무 말도 하지 않았다. 하늘에는 구름이 둥실둥실 떠다니고 햇살은 끝없이 펼쳐진 모래밭에 흠뻑 쏟아지고 있었다. 후맘은 하고 싶은 말을 숨기지 못하고 말했다.

"형이 만일 그의 가족과 결혼한다면 크게 실수하는 거야."

화가 난 까드리의 눈이 이글이글 타올랐다. "날 설득하려고 애쓰지 마. 아버지만으로도 충분해." 그가 외쳤다.

이드리스에게서 받은 모욕을 떠올리며 후맘이 말했다.

"우리의 삶은 고난의 연속이야. 제발 거기에 보태지 마."

"그 고난, 자업자득이니 모두 다 마땅히 고난을 겪어야 해. 나는 내 마음대로 할 거야." 까드리가 소리쳤다.

양들이 풀을 뜯어 먹을 곳에 이르자마자 후맘이 까드리를 향해 물었다.

"형은 형이 한 짓거리로 고통받지 않는다고 생각하는 모양이지?"

까드리는 그의 어깨를 붙잡고 소리쳤다.

"너는 질투심이 너무 심해."

후맘은 깜짝 놀랐다. 그는 늘 까드리의 갑작스러운 감정 폭발에 익숙했지만 그런 형의 말은 정말 뜻밖이었다. 그는 까드리의 손을 어깨에서 치우면서 말했다.

"우리를 돌보아 주소서."

까드리는 팔짱을 끼고 비웃으며 고개를 끄덕였다. 그러자 후맘이 말했다.

"하긴 내가 할 수 있는 최선은 형이 후회할 때까지 혼자 내버려 두는 거야. 형이 잘못을 인정하지 않나 본데, 그러면 기회를 놓치고 난 다음 잘못을 인정하게 될 거야."

그는 돌아서서 바위의 그늘진 곳으로 갔다. 까드리는 그를 노려보면서 뙤약볕 아래 서 있었다.

16

아드함의 가족이 오두막 앞에 앉아 희미한 별빛 아래 저녁 식사를 하고 있었다. 바로 그때 아드함이 '대저택'에서 쫓겨난 이후 이 사막에서 한 차례도 본 적이 없는 일이 일어났다. 그 '대저택'의 문이 열리고 누군가 등불을 들고 나왔다. 모두들 어안이 벙벙해서 할 말을 잃고 등불을 바라보았다. 그들은 어둠 속에서 도깨비불처럼 움직이는 등불을 눈으로 좇았다. 등불이 '대저택'과 오두막의 중간쯤에 이르자 모두들 등불에 비치는 어렴풋한 '그 사람'을 식별하기 위해 모두의 시선이 한곳으로 쏠렸다. 아드함이 속삭였다. "문지기 카림 아저씨야." 그가 오두막을 향해 오는 것이 틀림없자 그 놀라움은 이만저만이 아니었다. 그들은 모두 음식을 손에 들거나 입에 문 채 자리에서 일어나 미동조차 하지 않았다. 그 사람은 그들에게 다가와 한 손을 들고 말했다.

"안녕하세요, 아드함 나리."

아드함은 이십 년 동안 듣지 못했던 말을 듣자 전율을 느꼈다. 그리고 그 말이 그의 기억 저편에서 아버지의 중후한 목소리와 재스민과 헤나 꽃향기와 그리움과 슬픔을 불러일으키자, 그는 천지가 요동함을 느꼈다.

"안녕하세요, 카림 아저씨." 그는 눈물을 삼키며 대답했다.

"저는 나리와 나리의 가족이 잘되길 빌고 있습니다." 남자는 흔들리는 마음을 감추지 않고 대답했다.

"고마워요, 카림 아저씨."

"하고 싶은 얘기가 아주 많지만 주인님께서 후맘 도련님을 당장 만나 보시겠다고 데려오라고 하셔서 이렇게 왔어요." 남자는 부드럽게 말했다.

일순 정적이 감돌았다. 그들은 어리둥절하여 서로 눈길을 주고받았다. 그때 "후맘 혼자만?" 하고 묻는 소리가 들렸다. 그들은 화가 나서 근처에서 엿듣고 있던 이드리스를 돌아다보았다. 그러나 카림은 그에게 대답은 하지 않았다. 그는 손을 들어 인사를 하고 어둠 속에 그들을 남겨 둔 채 '대저택'을 향해 돌아갔다. 이드리스는 그에게 화가 나서 소리쳤다.

"대답도 안 하고 나를 두고 그냥 가나? 나쁜 새끼."

"왜 후맘 혼자만요?" 충격에서 벗어난 까드리가 화를 내며 물었다.

"그래, 왜 후맘 혼자만요?" 이드리스가 그대로 흉내냈다.

"집으로 돌아가세요. 그리고 우리를 좀 그냥 자유롭게 내버려 둬요." 아드함이 이드리스에게 말했다. 아마도 그는 그에게 말하면서 공황 상태에서 벗어난 것 같았다.

"자유라? 나는 내가 원하면 어디든 가."

후맘은 말없이 '대저택'을 바라보았다. 그는 가슴이 너무 두근거려서 무깟탐 산이 메아리치는 것처럼 느껴졌다. 아드함이 제안을 받아들였다.

"할아버지에게 가거라, 후맘. 안심하고 가."

"그럼, 저는요? 저는 아버지의 아들이 아닌가요?" 화가 난 까드리는 아드함을 향해 따지듯 물었다.

"까드리, 큰아버지처럼 말하지 마. 너도 분명히 내 아들이다. 나를 비난하지 마라. 부른 사람은 내가 아니야."

"그러나 너는 두 형제를 차별하지 않게 할 수는 있지." 이드리스가 반박했다.

"이건 형이 참견할 일이 아니에요. 후맘, 가야 한다. 까드리 차례도 곧 올 거라고 나는 믿는다."

이드리스는 몇 마디 이죽거린 뒤 자신의 오두막으로 돌아갔다.

"넌 네 아버지처럼 고약한 아버지야. 불쌍한 까드리! 그 아인 잘못한 것도 없는데 왜 그런 취급을 받아야 하나? 하긴 우리 가족 중 가장 뛰어난 자에게 먼저 저주가 내리지. 제기랄, 빌어먹을 미치광이 가족."

그가 어둠 속으로 사라졌다. 그때 까드리가 소리를 질렀다.

"아버지! 아버지는 늘 저에게 불공평하세요."

"큰아버지처럼 말하지 마라. 이리 와, 까드리. 그리고 후맘, 너는 가거라."

"나도 후맘하고 같이 가고 싶은데." 까드리가 마음이 상해서 말했다.

"곧 형이 네 뒤를 따라갈 거다."

"대체 이런 불공평한 경우는 뭐죠? 왜 그분은 나보다 후맘을 더 좋아하세요? 그분은 나나 후맘이나 다 몰라요. 그런데 왜 후맘만 부르시는 거예요?" 까드리가 격분해서 고래고래 소리쳤다.

"어서 가!" 아드함은 후맘을 재촉했다.

"잘 갔다 오렴." 우마이마가 후맘에게 속삭였다.

우마이마는 까드리를 부둥켜안고 울었다. 그러나 그는 곧 그녀의 팔에서 빠져나와 동생의 뒤를 따라갔다.

"돌아와, 까드리. 네 미래를 두고 무리수를 두지 마." 아드함이 소리쳤다.

"이 세상의 어떤 힘도 나를 되돌릴 수 없어요." 까드리는 화를 내며 대답했다.

우마이마의 울음소리가 커졌다. 어린아이들은 안에서 울음을 터뜨렸다. 까드리는 동생을 따라잡으려고 허겁지겁 달렸다. 어둠 속에서 이드리스가 힌드의 손을 잡고 가는 것이 보였다. 그들이 대문에 도착하자 이드리스는 까드리를 후맘의 왼쪽에, 힌드를 후맘의 오른쪽에 밀어 놓고는 몇 걸음 뒤로 물러나 크게 외쳤다.

"문 열어요, 카림 아저씨. 손자들이 할아버지를 만나러 왔어요."

문이 열리자 카림이 등불을 들고 문간에 모습을 드러냈다.

그가 정중히 말했다.

"안으로 드세요, 후맘 도련님."

"여기는 그의 형 까드리고 이쪽은 울면서 죽은 나의 어머니를 빼닮은 힌드야." 이드리스가 소리를 질렀다.

"이드리스 나리, 나리는 주인님 허락 없이 이 집에 아무도 들어올 수 없다는 것을 아십니다." 카림이 정중히 말했다.

그는 후맘에게만 들어오라고 손짓했다. 까드리는 힌드의 손을 잡고 후맘을 쫓아갔다. 그때 정원에서 이드리스의 귀에 익은 목소리가 들려왔다. 그는 가차 없이 말했다.

"나쁜 놈들, 창피한 줄 알면 썩 나가지 못해."

그들의 발은 땅에 박힌 듯 꼼짝도 하지 못했다. 문이 닫혔다. 이드리스는 그들에게 뛰어가 어깨를 양손으로 잡고 분노로 떨리는 목소리로 물었다.

"도대체 무엇이 창피하다는 거야?"

힌드는 고통스러워 소리를 질렀고 까드리는 갑자기 몸을 돌려 이드리스의 손을 자신과 힌드에게서 떼어 냈다. 힌드가 도망쳐 어둠 속으로 사라졌다. 이드리스는 휙 뒤로 돌아 까드리에게 주먹을 날렸다. 까드리는 주먹의 위력에 얼얼했지만 잘 버텨 내고 청년의 패기로 더 센 주먹을 이드리스에게 날렸다. 그 두 사람은 '대저택' 담 밑에서 서로 주먹을 주고받으며 거칠고 야만스럽게 싸웠다.

"죽여 버릴 거야, 개새끼." 이드리스가 악을 썼다.

"큰아버지가 날 죽이기 전에 내가 큰아버지를 죽일 거예요." 까드리도 소리쳤다.

두 사람이 서로 주먹을 주고받고 싸운 후 까드리의 입과 코에서 피가 흘러나왔다. 아드함이 미친 사람처럼 뛰어나와 목청껏 소리를 질러 댔다.

"이드리스 형, 내 아들을 가만두지 못해!"

"그 녀석의 소행이 너무 괘씸해서 죽여 버릴 거야." 이드리스가 화풀이로 소리를 질렀다.

"형이 그 애를 죽이게 내가 내버려 둘 것 같아. 만약 그 애를 죽인다면 형도 죽을 줄 알아."

힌드의 엄마가 소리치며 울면서 왔다.

"이드리스, 힌드가 도망갔어요. 그 애가 사라지기 전에 붙잡아요!"

아드함은 이드리스와 까드리의 싸움에 끼어들어 이드리스에게 소리를 질렀다.

"그만해요! 아무 이유도 없이 싸우잖아요. 힌드는 깨끗하고 순결한 아이예요. 형이 그 애를 겁주니까 그 애가 도망갔잖아요. 그 애가 멀리 사라지기 전에 빨리 잡아요."

아드함은 까드리를 끌고 서둘러 그를 데리고 돌아가면서 말했다.

"서둘러! 인사불성인 네 엄마를 두고 왔어."

이드리스는 큰 소리로 이름을 부르며 어둠 속으로 사라졌다.

"힌드. 힌드……."

17

후맘은 카림을 따라갔다. 그들은 넝쿨이 무성하게 덮여 지붕을 이룬 재스민 꽃 아래 난 오솔길을 따라 거실로 향했다. 밤의 정원은 특별했다. 꽃향기와 상큼한 풀 냄새가 진동해 상쾌하고 신선했다. 밤의 아름다움이 그의 마음속 깊숙이 들어왔다. 청년은 매혹적이고 장엄한 분위기에 압도당해 이 장소를 몹시 그리워하게 될 것이라는 느낌을 받았다. 그리고 자신의 생애 최고의 날 바로 그 소중한 순간을 즐기고 있음을 알았다. 몇몇 창문의 덧문 너머로 희미하게 비치는 불빛이 그의 눈에 들어왔다. 응접실 문에서 새어 나온 강렬한 불빛은 정원 바닥에 기하학적인 무늬를 만들어 냈다. 창문 너머와 거실에서의 생활 — 저 삶은 어떠할까, 저런 삶을 사는 사람은 누굴까 — 을 상상하자 그의 가슴이 마구 뛰었다. 그리고 이런 믿기지 않는 신기한 사실, 즉 자신이 이 '대저택'의 일원으로 이런 삶을 누렸던 사람의 자식이라는 생각이 들자 가슴이 더욱더 세게 뛰었다. 그는 검소한 푸른색 질밥과 색 바랜 타끼야[7]를 쓰고 맨발로 이런 삶을 직접 대면할 수 있다는 사실이 신기했다. 그 사람은 계단을 올라와 작은 문으로 가기 위해 발코니의 오른쪽 측면으로 향했다. 계단과 연결된 문은 열려 있어 그들은 죽은 듯이 조용히 계단을 올라 자수로 장식된 천장에 매달린 등불이 환히 비추는 '대저택'에서 가장 넓고 긴 방에 이르렀다. 그들은 다시 그 방 중앙에 있는 커다란 문을 향했다. 후맘은 감회로 벅차올랐다.

'여기 어딘가에, 아마 계단 꼭대기 바로 이곳에서 우리 어머니가 이십 년 전 망을 보며 서 계셨겠구나. 이 얼마나 불행한 기억인가!'

카림은 들어가도 좋은지 허락을 구하려고 큰 문을 두드렸다. 그리고 문을 부드럽게 열고 후맘에게 들어가라고 손짓하고 그가 들어갈 수 있도록 옆으로 비켜섰다. 청년은 겁은 먹었으나 조심성 있고 예의 바르게 문 안으로 들어섰다. 그는 뒤에서 문이 닫히는 소리도 듣지 못했다. 그는 단지 방 구석구석과 천장에서 빛나는 불빛만 어렴풋이 감지할 뿐이었다. 그의 모든 신경은 등받이 없는 긴 의자에 책상다리를 하고 앉아 있는 남자에게 쏠렸다. 그는 여태껏 할아버지를 보지 못했지만 자신의 앞에 앉은 사람이 할아버지란 것을 의심하지 않았다. 그가 들었던 불가사의한 일들의 주인공이 할아버지가 아니라면

---

7) 테두리 없는 흰색의 동그란 모자.

이 인상적인 사람이 누구란 말인가? 커다란 두 눈에서 뿜어져 나오며 자신의 기억 모두를 일순간 지워 버리는 따가운 시선을 받으며 후맘은 남자가 앉은 곳으로 다가갔다. 다가가는 동안 그의 마음은 평정을 찾아 편안해졌다. 후맘은 너무 고개를 숙이고 인사를 하는 바람에 이마를 의자에 부딪칠 뻔했다. 후맘이 손을 내밀자 남자도 그에게 손을 내밀었다. 후맘은 존경하는 마음을 담아 손에 입을 맞추고 의외로 배짱 좋게 말했다.

"안녕하세요, 할아버지!"

그러자 크지만 인정 넘치는 목소리가 응답했다.

"애야, 잘 왔다. 앉아라."

청년은 그 긴 의자의 오른쪽으로 가서 끝에 걸터앉았다.

"편하게 앉아라." 자발라위가 말했다.

후맘은 의자 깊숙이 편히 앉았다. 그의 가슴은 기쁨으로 넘쳐흘렀다. 그는 입술을 움직여 아주 작은 목소리로 감사하다는 말을 했다. 두 사람 사이에 무거운 침묵이 흘렀다. 후맘이 계속 발아래 카펫의 무늬를 들여다보는 동안 자발라위는 그 모습을 지켜보고 있었다. 보지 않아도 해의 위치를 알 수 있듯이 그가 지켜보고 있다는 것을 후맘은 느낄 수 있었다. 갑자기 그의 관심이 오른쪽에 위치한 내실에 쏠렸다. 그는 그 방의 문을 두려워하면서도 침울하게 바라보았다. 자발라위가 그 모습을 보고 즉시 물었다.

"이 문에 대해 무엇을 아느냐?"

후맘은 사지가 떨려 왔다. 그리고 무엇보다도 자발라위의 관찰력에 감탄했다.

"저 문이 저희들의 비극의 시작이라고 알고 있습니다." 그는 겸손하게 대답했다.

"그 이야기를 듣고 넌 이 할아버지에 대해 어떻게 생각했느냐?"

후맘이 말하려고 입을 떼는 순간 자발라위가 말을 막았다.

"솔직히 말해 다오."

그의 말투에는 후맘이 솔직하게 말하도록 하는 힘이 있었다.

"저는 저희 부모님이 크게 잘못은 하셨지만 그분들에 대한 처벌이 지나치게 가혹하다고 생각했습니다."

"대충 네 생각을 알 것 같다. 나는 거짓말과 속임수를 아주 싫어한다. 그래서 나는 자신에게 오점을 남긴 사람들을 집에서 내쫓았다." 자발라위가 미소를 지으며 말했다.

후맘의 눈에 눈물이 글썽거렸다.

"너는 때 묻지 않은 순수한 청년인 것 같아 보이더구나. 그래서 내가 너를 찾았다."

"감사합니다." 후맘은 눈물을 삼키며 말했다.

"내가 너에게 바깥에 사는 사람 어느 누구에게도 준 적이 없는 기회를 너에게 주었다고 보는데, 이 집에서 살면서 여기서 결혼도 하고 새로운 삶을 시작하는 것 말이다." 자발라위가 조용히 말했다.

후맘은 너무나 기뻐서 심장이 방망이질하듯 고동쳤다. 전주가 끝난 다음 멋진 새로운 멜로디를 기다리는 음악 애호가처럼 그는 거짓말 같은 이 이야기를 완성시킬 새로운 말들을 기다렸다. 그러나 자발라위는 침묵에 잠겼다. 후맘이 머뭇거리다 말했다.

"은혜를 베풀어 주셔서 감사합니다."

"너는 그럴 만한 자격이 충분히 있어."

"저희 가족은요?" 청년은 할아버지와 카펫을 번갈아 보다가 마음을 졸이며 물었다.

"내 의중을 분명히 말했는데." 자발라위가 나무랐다.

"저희 가족도 할아버지에게 동정과 용서를 받을 자격이 있어요." 후맘이 간절히 말했다.

"넌 내 말을 못 알아듣는 거냐?" 자발라위는 다소 냉정하게 물었다.

"아닙니다. 하지만 그들은 제 어머니와 아버지, 그리고 형제들입니다. 제 아버지는⋯⋯."

"내가 한 말을 못 들었느냐?"

그의 말에 짜증이 묻어났다. 잠시 침묵이 흘렀다. 그는 대화를 마쳤다는 신호로 "가족들에게 작별 인사를 하고 오너라."라고 말했다.

후맘은 일어서서 할아버지 손에 입을 맞추고 나왔다. 문밖에는 카림이 기다리고 있었다. 청년은 조용히 카림의 뒤를 따랐다. 카림과 후맘이 일 층에 도착하자 정원 초입 불빛 아래 서 있는 소녀가 얼핏 보였다. 그녀는 어느 순간 사라져 버려 보이지 않았다. 그러나 얼핏 본 그녀의 옆얼굴과 목, 그리고 날씬한 몸매를 기억했다. 할아버지의 목소리가 귓전에서 맴돌았다. '너는 이 집에서 살면서 여기서 결혼도 하고⋯⋯. 이 소녀와 결혼을 하는 건가? 아버지가 말씀하셨던 삶. 어떻게 아버지는 도박 같은 그런 무모한 행동을 대수롭지 않게 했던 걸까? 이런 삶을 살았던 분이 무슨 마음으로 손수레를 밀며 지금의 누추한 삶을 견뎌 내고 계실까? 이런 행복한 기회는 꿈과 같다. 이십 년 전부터 꿈꾸어 온 나의 아버지의 꿈과 같다. 머리가 천근만근 무겁다.'

18

후맘이 오두막으로 돌아오자, 한자리에 모여 앉아 그가 돌아오기만을 기다리던 가족들은 그의 주위로 모여들어 질문을 퍼부어 댔다.

"얘야, 어떻게 됐니?" 아드함이 애타게 물었다.

후맘은 까드리가 눈에 붕대를 감은 것을 보고 상태를 확인하기 위해 자신의 얼굴을 형의 얼굴에 디밀었다.

"네 형이 그 남자와 격렬하게 싸웠다." 아드함이 비통하게 말했다.

그가 어둠과 정적 속에 잠든 이드리스의 오두막을 가리키자, 까드리가 화를 냈다.

"모든 게 그 집에서 그녀를 내쫓으며 뒤집어씌운 터무니없이 고약한 혐의 때문이에요."

"무슨 일이 있었던 거죠?" 후맘은 이드리스의 오두막을 가리키며 불안하게 물었다.

"네 큰아버지와 큰어머니가 도망간 딸을 찾고 있다." 아드함이 슬프게 말했다.

"저주받을 그 무지막지한 남자 때문이에요." 까드리가 소리를 질렀다.

"목소리 좀 낮춰라." 우마이마가 애원하듯 말했다.

"무엇을 겁내세요? 돌아가고 싶은 소원이 이루어지지 않을까 봐서죠. 제 말 믿으세요. 돌아가실 때까지 이 오두막을 벗어나지 못할 겁니다." 까드리가 격분해서 고함쳤다.

그러자 아드함이 무척 화를 냈다.

"자꾸 헛소리할래. 하느님을 걸고 말하는데 넌 지금 제정신이 아니야. 너 도망 나간 그 애와 결혼하고 싶어 했잖니?"

"전 그 애랑 결혼할 거예요."

"조용히 해. 너의 어리석음에 진절머리가 난다."

"이드리스 아주버니 근처에 사는 건 앞으로 우리에게 좋을 게 없겠어요." 우마이마가 걱정스럽게 말했다.

"무슨 일이 있었는지 물었잖니?" 아드함은 후맘을 향해 물었다.

"할아버지께서 그 '대저택'에서 함께 살자고 하셨어요." 후맘은 기쁜 기색이 없는 목소리로 말했다.

아드함은 다음 이야기를 기다렸다. 그러나 아들이 더 이상 말을 하지 않자 그는 절망적으로 말했다.

"우리는? 우리에 대해서는 뭐라고 말씀하시던?"

"아무 말도 안 하셨어요." 후맘은 침울하게 고개를 가로저으며 속삭였다.

까드리는 전갈에 물린 것처럼 아프게 웃으며 빈정댔다.

"어찌하여 돌아오셨나?"

'그래. 왜 돌아왔냐고? 행복이란 것이 나 같은 사람들만 누리라고 있는 것은 아니기 때문이야.'

"그분을 보니 우리 가족 생각이 나서요." 후맘은 침울하게 말했다.

"고맙군. 그런데 왜 그분은 우리들보다 너를 더 좋아하시는 거지?" 까드리가 화를 내며 말했다.

"나하고 아무 상관도 없다는 거 형도 알 텐데."

아드함이 한숨을 쉬었다.

"후맘, 네가 우리 집에서 가장 훌륭하다는 것은 틀림없다."

"아버지, 아버지는 좋은 말 들을 자격도 없는 분을 늘 좋게만 이야기하시는 분이잖아요!" 까드리가 고통스럽게 고함을 질렀다.

"네가 뭘 안다고?" 아드함이 말했다.

"그 사람은 큰아버지보다 더 나빠요."

"네가 내 가슴을 찢는구나, 까드리. 희망의 끈을 너 스스로 다 놓치고 있어." 우마이마가 애원했다.

"이런 허허벌판에는 아무 희망이 없어요. 그걸 깨닫고 좀 편히 사세요. 빌어먹을 저택에 대한 희망 좀 포기하세요. 이제 저는 사막이 두렵지 않아요. 이젠 큰아버지도 두렵지 않아요. 내가 두들겨 맞은 것의 몇 배로 갚아 주고 말 거예요. 저 저택에 침 좀 뱉으시고 편히 지내세요." 까드리는 아랑곳하지 않고 말했다.

아드함은 자신에게 물었다. '삶이 이런 식으로 영원히 지속될 수 있을까? 아버지, 아버지는 왜 우리를 용서하지 않으시고 당신에게 돌아가고 싶은 저희들의 소망에 부채질만 하시나요? 이토록 오랜 시간이 흘렀는 데도 노여움이 풀리지 않았다면 무엇으로 당신의 마음을 누그러뜨릴 수 있을까요? 이런 고통을 감수하면서도 사랑하는 사람에게 용서받지 못한다면 희망이 무슨 소용이 있답니까?'

"후맘, 뭐가 문제인지 말해 보아라." 그가 어두운 목소리로 말했다.

"할아버지께서 가서 가족들과 작별 인사를 하고 돌아오라고 하셨어요." 후맘이 쑥스러워하며 말했다.

숨죽여 우는 우마이마의 흐느낌을 어둠조차 숨기지 못했다.

"무엇 때문에 안 가고 있냐?" 까드리가 심술궂게 물었다.

"잘 가거라. 후맘, 행운을 빈다." 아드함이 단호히 말했다.

"잘 가, 대담한 놈. 쥐도 새도 모르게 꺼져 버려." 까드리가 진지하게 흉내 냈다.

"착한 네 동생을 그만 놀려." 아드함이 소리쳤다.

"애가 우리 중에 제일 나빠요." 까드리가 비웃으며 말했다.

"내가 만약 남아 있기로 결정한다면 그건 형 때문이 아니야." 후맘이 화를 내며 소리쳤다.

"아니다. 주저하지 말고 가거라." 아드함이 힘주어 말했다.

"그래……. 잘 가거라." 우마이마가 눈물을 흘리며 말했다.

"아니요, 어머니. 저 안 가요." 후맘이 말했다.

"후맘, 너 미쳤니?" 아드함이 다그쳤다.

"아니요, 아버지. 의논하고 생각할 시간이 필요해요."

"그럴 필요 없다. 다시 죄를 짓지 않게 해 다오."

"저 집에 무슨 일이 생긴 것 같네요." 후맘은 이드리스의 오두막을 가리키며 확신하듯 말했다.

까드리가 비웃었다.

"나약해서 자기 자신조차 지키지 못하는 주제에 남 걱정을 해? 그들 일은 그들에게 맡겨."

후맘은 무시했다.

"형의 말을 무시하는 것보다 좋은 것은 없지."

"가거라, 후맘." 아드함이 희망을 갖고 다시 말했다.

"저는 아버지 곁에 남아 있을 거예요." 후맘은 오두막으로 향하면서 말했다.

19

해가 지고 황혼이 깃들자 사람들은 모두 일손을 멈추고 집으로 돌아갔다. 벌판에는 오직 까드리와 후맘, 그리고 양들만 남아 있었다. 함께 일할 때 필요한 몇 마디의 말을 제외하고는 그들은 하루 종일 거의 말을 하지 않았다. 까드리는 대부분의 시간을 멀리 떨어져 보냈다. 후맘은 그가 힌드에 대한 소식을 알아내려고 그런다고 생각했다. 그러나 그는 큰 바위 그늘 아래 양 떼 근처에서 줄곧 혼자 있었다. 갑자기 그는 약 올리듯 후맘에게 물었다.

"네 의도가 뭐였는지 나한테 말해 봐. 가려고 했어, 아니면 그 반대야?"

"그건 내 일이야. 형이 참견할 일이 아니야." 후맘은 부아가 치밀어 말했다.

까드리도 분노로 가슴속이 부글부글 끓어 무깟탐 산에 길게 땅거미가 내려앉을 때처럼 얼굴이 어두워졌다.

"너 왜 남아 있냐? 언제 떠날 거야? 언제쯤 네 속셈을 밝힐 용기가 생기겠냐고?"

"나는 형이 일으키는 말썽 때문에 생기는 어려움을 함께 나누려고 남아 있는 거야."

까드리가 미친 듯이 웃었다.

"질투심을 감추려고 그렇게 말하는 거겠지."

"형은 질투가 아니라 동정을 받을 만하지." 후맘은 매우 놀라 머리를 가로저으며 말했다.

"정나미 떨어지게 현명한 척하네." 까드리는 분노로 치를 떨며 그에게 바싹 다가가서 볼멘소리로 말했다.

후맘은 말문을 닫고, 하고 싶은 말을 눈에 담아 뚫어지게 쳐다보았다.

"인류는 너 같은 인간을 구성원으로 갖고 있다는 것을 부끄러워해야 해." 까드리가 말했다.

후맘은 그를 향한 이글거리는 시선을 피하지 않고 똑바로 쳐다보았다.

"내가 형을 겁내지 않는다는 것을 알아야 해."

"그 위대한 두목님께서 너를 보호하겠다고 약속하기라도 했냐?"

"화를 내더니 이젠 상종하기도 싫은 비열한 놈이 됐군."

갑자기 까드리가 후맘의 얼굴에 주먹을 날렸다. 그러나 후맘이 새빨리 피하는 바람에 맞지는 않았다. 후맘은 "미친 짓 그만 좀 해라!"라고 소리치며 그보다 더 센 주먹을 날렸다. 까드리는 날쌔게 몸을 굽혀 돌을 집어서 젖 먹던 힘까지 다해 동생에게 던졌다. 후맘은 날아오는 돌을 피하려 했지만 이미 돌에 이마를 맞고 말았다. 그는 "악" 하고 외마디 비명을 질렀다. 눈은 분노로 이글거렸지만 그는 제자리에 굳어서 꼼짝도 하지 못했다. 불꽃이 흙에 덮여 사라지듯 갑자기 두 눈에서 분노가 사라졌다. 후맘은 그를 들여다보는 것처럼 눈동자가 뒤집혀 흰자위만 보이면서 비틀거리다 앞으로 고꾸라졌다. 그 순간 용광로의 쇳물이 식어 차가운 쇳덩이로 변하듯 분노가 사라졌다. 까드리는 정신이 번쩍 들었다. 그리고 두려움이 엄습해 왔다. 그는 후맘이 벌떡 일어나 움직이길 간절히 바랐다. 그러나 후맘은 미동도 하지 않았다. 간절한 기도도 소용없었다. 그는 몸을 숙이고 손을 뻗어 가볍게 동생을 흔들어 보았지만 아무 반응이 없었다. 그는 동생을 바로 눕히고 입과 코에서 모래를 빼냈다. 후맘의 눈은 여전히 한곳을 응시한 채 움직이지 않았다. 까드리는 그의 곁에 무릎을 꿇고 흔들어도 보고 가슴과 손을 문질러도 보았다. 그는 피가 철철 흐른 상처를 겁먹은 표정으로 쳐다봤다. 그는 간절하게 동생의 이름을 불러 보았지만 묵묵부답이었다. 생물도 무생물도 아닌 것처럼 빳빳하게 굳은 후맘의 모습처럼 그의 침묵은 마치 그의 분신인 양 매우 무겁고 깊었다. 느낌도 없고 움직임도 없고, 어느 것에도 관심이 없어 보였다. 마치 지구와 어떤 이유로도 관련되지 않은 미지의 세계에서 지구에 던져진 것처럼 느껴졌다. 까드리는 본능적으로 그가 죽었다는 것을 알았다. 그는 절망하여 머리카락을 쥐어뜯었다. 그는 겁에 질려 주변을 살폈다. 그곳에 살아 있는 것은 양과 곤충들뿐이었다. 그것들마저 무관심하게 그에게서 멀어져 갔다. 곧 날이 저물고 사방이 어둑어둑해질 것이다. 그는 분연히 일어나 막대기를 들고 바위와 산 사이로 향했다. 그는 땅을 파서 손으로 흙을 퍼냈다. 땀을 비 오듯 흘리며 사지를 부들부들 떨면서도 끈질기게 땅을 팠다. 그는 동생에게 허둥지둥 달려가 다시 흔들어 보았다. 대답은 기대하지 않은 채 마지막으로 그의 이름을 불러 보았다. 그는 동생의 발목을 잡고 질질 끌어서 구덩이로 끌고 갔다. 그는 탄식하며 동생의 얼굴을 한 번 바라보고 잠시 머뭇거리다 그 주검을 흙으로 덮었다. 그는 잠시 하던 일을 멈추고 질밥의 소매로 얼굴에 흐르는 땀을 닦았다. 눈에 띄는 모래의 핏자국은 모두 흙으로 덮었다. 탈진해서 바닥에 쓰러져 누웠다. 몸에서 힘이 다 빠져나간 것 같았고 울고 싶었다. 그러나 눈물이 나오지 않았다. 그는 "죽음이 나를 파멸시키는구나."라고 혼잣말을 했다. 자신이 전혀 의도하지 않은 일이 현실이 되었다. '만약 이 아이가 양으로 변한다면 양 떼 속으로 사라질 수 있을 텐데. 이 아이가 모래알이라면 모래 속으로 사라질 텐데. 이 아이를 살릴 수 없으니 앞으로 나는 힘을 쓰지 못할 거야. 나는 그의 시선을 영원히 머릿속에서 지우지 못할 거야. 내가 묻은 것은 생물도 무생물도 아니야. 내 손으로 그렇게 만들었다니!'

20

까드리는 양 떼를 몰고 집으로 왔다. 아드함의 손수레는 보이지 않았다. 그의 어머니의 목소리가 안에서 들려왔다.

"너희들 왜 그렇게 늦었니?"

그는 양 떼를 우리로 집어넣으며 대답했다.

"깜빡 잠들었어요. 후맘은 아직 안 왔어요?"

우마이마가 어린아이들이 떠드는 소리에 목소리를 높여 말했다.

"아니, 너와 함께 있지 않았니?"

"어디로 간다고 말 안 하고 정오에 나갔어요. 전 걔가 집에 돌아왔을 거라고 생각했는데." 그는 마른침을 삼키며 말했다.

그때 아드함이 돌아와 마당에 손수레를 밀어 넣으며 물었다.

"너희들 싸웠니?"

"아니요."

"후맘이 너 때문에 어디 멀리 간 것 아니니? 도대체 그 애는 어디에 있는 거냐?"

우마이마는 까드리가 우리 문을 닫고 질동이 밑에 놓인 대야에서 세수를 하는 동안 마당으로 나왔다. 세상이 달라졌다. 절망이 아무리 커도 그는 현실을 직면해야 했다. 그는 질밥 자락에 얼굴을 닦으며 어둠 속에서 부모와 마주 앉았다.

"후맘이 어디로 갔니? 전에는 이런 일이 없었는데……." 우마이마가 물었다.

아드함이 그녀의 말에 동감했다.

"그래. 그 애가 어떻게 갔고, 어디에 왜 갔는지 말해 다오."

"바위 그늘에 앉아 있었어요. 고개를 돌리다 우연히 후맘을 보았어요. 하이나 쪽으로 저만치 가고 있어서 후맘을 부르려다 말았어요." 까드리는 기억이 되살아나 심장이 떨렸지만 대답했다.

"귀찮아하지 말고 동생을 부르기만 했어도 좀 좋았잖니." 우마이마가 애끓는 마음으로 말했다.

아드함은 어둑해진 주위를 둘러보며 어찌할 바를 몰랐다. 그는 이드리스네 오두막의 작은 창문에서 새어 나오는 희미한 불빛을 바라보았다. 그 불빛은 그곳에 사람이 살고 있다는 사실을 새롭게 느끼게 했지만 그는 관심을 두지 않고 '대저택'만 뚫어지게 바라보며 물었다.

"할아버지 댁에 가지 않았을까?"

"우리에게 알리지 않고 갈 아이가 아니에요." 우마이마가 부인했다.

"아마 쑥스러워서 그냥 갔을지도 모르죠." 까드리가 기어 들어가는 목소리로 말했다.

아드함은 그의 대답에서 평소와는 달리 적대감과 모멸감이 사라진 것을 느꼈다. 그는 마음이 괴로웠고 의심스러운 눈으로 바라보았다.

"우리가 그 애에게 가라고 했는데도 가지 않았어."

"우리 앞에서 그 제안을 받아들이기 난처했나 보죠." 까드리가 지쳐서 말했다.

"그건 그 아이답지 않아. 무슨 일이냐? 너 어디 아프냐?"

까드리가 화를 냈다.

"저 혼자서 일을 다 했어요."

"사실대로 말하는데 마음이 안 놓여." 아드함은 구조를 요청하는 사람의 심정으로 말했다.

"그 애가 왔는지 물어보러 '대저택'에 가야겠어요." 우마이마가 갈라진 목소리로 말했다.

"아무도 당신에게 대답 안 해 줄 거야. 후맘은 분명 거기 안 갔어." 아드함이 절망적으로 어깨를 움츠리고 말했다.

우마이마는 상심해서 크게 한숨을 내쉬었다.

"오, 하느님! 여태껏 제 마음이 이렇게 불안한 적이 없었어요. 뭐라고 말씀 좀 해 보세요……."

아드함이 어둠 속에서도 다 들릴 정도로 크게 탄식했다.

"자, 샅샅이 다 찾아봅시다."

"어쩌면 집으로 오고 있을지도 몰라요." 까드리가 말했다.

"그때까지 기다려서는 안 돼요." 우마이마가 소리쳤다.

그러고 나서 그녀는 불안한 눈빛으로 이드리스의 오두막을 바라보았다.

"아주버니가 데려갔을까요?"

"형이 노리는 것은 후맘이 아니고 까드리야." 아드함이 발끈해서 말했다.

"그는 주저하지 않고 우리들 중 누구든지 죽일 거예요. 내가 아주버니를 만나 보러 가겠어요."

아드함이 그녀를 가지 못하게 막았다.

"일을 복잡하게 만들지 마. 우리가 후맘을 찾지 못하면 내가 형에게도 가고, '대저택'에도 간다고 약속할게."

그는 걱정스러운 눈빛으로 어둠 속의 까드리를 응시했다. '저렇게 침울한 게, 무슨 일이 생겼나? 이놈은 자기가 말한 것보다 더 많은 것을 알고 있지 않을까? 후맘! 너는 도대체 어디에 있는 거니?' 우마이마가 마당에서 벗어나려 하자 아드함이 그녀에게로 허겁지겁 달려가 그녀의 어깨를 잡았다. 마침 그때 '대저택'의 문이 열렸다. 잠시 후 그들에게 다가오고 있는 카림의 모습이 보였다. 아드함이 그에게 다가가 말했다.

"안녕하세요, 카림 아저씨."

그 남자도 아드함에게 인사를 건넸다.

"큰 주인님께서 무슨 일로 후맘이 약속을 늦추는지 물어보라고 하셨습니다."

"예? 우린 후맘이 어디에 있는지 몰라요. 혹시나 그 애가 그곳에 있지나 않을까 하고 생각했는데." 우마이마가 가련하게 말했다.

"주인님께서 늦어지는 까닭을 물으셔서……."

"오, 하느님! 제발 제 예감이 맞지 않게 도와주세요!" 우마이마가 소리를 질렀다.

카림이 가고 나서 우마이마는 발작이라도 일으킬 듯이 머리를 흔들기 시작했다. 아드함이 그녀를 어린아이들이 우는 방 안으로 데려갔다.

"이 방에서 나오지 마. 내가 그 애를 데려올 테니, 당신 절대 이 방에서 나오면 안 돼." 그가 사납게 소리쳤다.

그는 마당으로 되돌아가다 땅바닥에 주저앉아 있는 까드리와 부딪쳤다. 그는 몸을 숙여 속삭였다.

"네 동생에 관해 알고 있는 것을 말해 다오."

까드리가 불쑥 고개를 들고 머뭇거리자 아드함이 다시 물었다.

"까드리! 네 동생에게 무슨 짓을 저질렀는지 말해, 어서."

"아무 짓도 안 했어요." 그는 거의 들리지 않을 정도로 작은 목소리로 말했다.

아드함은 다시 안으로 들어가 불을 밝힌 등불을 가지고 나와 수레에 올려놓았다. 불빛으로 까드리의 얼굴을 비추어 본 그는 놀라서 찬찬히 살펴보고 말했다.

"얼굴에 고통이 가득하구나."

우마이마의 목소리가 안에서 들려왔으나 아이들의 소리에 묻혀 뭐라고 하는지 거의 들리지 않았다.

"제발 좀 조용히 해. 죽고 싶으면 죽어. 하지만 조용히 죽어." 아드함이 소리쳤다.

그는 다시 아들을 자세히 살펴보았다. 갑자기 사지가 떨렸다. 그는 까드리의 소맷부리를 잡고 질겁해서 물었다.

"피잖아! 이게 뭐냐? 네 동생의 피니?"

까드리는 자신의 소맷부리를 뚫어지게 보고는 무의식적으로 몸을 움츠리고 절망적으로 고개를 숙였다. 까드리는 그 절망적인 태도로 고백하고 있었다. 아드함은 그를 잡아서 일으켜 세우고 밖으로 내몰았다. 전에는 전혀 상상도 못 했을 정도로 잔인하게 그를 내몰았다. 아드함은 한밤중의 어둠보다 더 눈앞이 캄캄해졌다.

21

아드함이 까드리를 사막으로 끌고 가며 말했다.

"우리는 큰아버지의 오두막을 지나지 않기 위해 알디라사 사막으로 갈 것이다."

그들은 어둠을 헤쳐 나갔다. 아버지가 어깨를 억세게 잡고 있어 까드리는 비틀거리며 걸었다. 아드함이 부지런히 걸으며 노쇠한 목소리로 물었다.

"말해 다오. 네가 후맘을 때렸니? 뭘로 때렸어? 어느 정도로 만들어 놓았느냐 말이다."

까드리는 대답하지 않았다. 아버지의 악력이 점점 더 세졌지만 그는 느끼지 못했다. 그는 너무도 아팠지만 아무 말도 하지 않았다. 그는 해가 다시 뜨지 않기를 바랐다.

"제발 나를 불쌍히 여기고 말해 다오. 그러나 넌 동정심을 모르겠지. 네 아버지가 된 날 나는 고통을 짊어진 거야. 지난

이십 년 동안 저주가 나를 따라다니더니, 바로 지금 내가 동정심을 모르는 자에게 동정을 구하고 있구나."

까드리는 왈칵 울음을 터뜨렸다. 그의 어깨가 아드함의 무자비한 손아귀에서 들썩거렸다. 그가 계속해서 어깨를 들썩이자 아드함은 아들의 마음이 어떤 상태인지 느껴졌다.

"그게 네 대답이냐? 까드리, 왜? 왜? 너한테는 그게 대수롭지 않더냐? 날이 밝기 전에 어둠 속에서 고백해 다오."

"동이 트지 않았으면 좋겠어요!" 까드리가 소리쳤다.

"우리는 어둠의 가족이다. 우리에게 결코 날이 밝지 않을 거야. 악은 이드리스 형의 오두막에만 사는 줄 알았는데 우리 피 속에도 살아 있었구나. 이드리스 형은 큰 소리로 웃어 대고 술에 취해 소동을 피우고 다니고 우리 가족은 서로 죽이고. 이럴 수가! 오, 하느님! 네 동생을 죽였느냐?"

"아니요!"

"그럼, 그 애는 어디에 있느냐?"

"죽이려는 의도는 없었어요."

"그러나 그 애는 죽었어." 아드함이 소리쳤다.

까드리는 울먹거렸고 아드함은 더욱 세게 손아귀에 힘을 가했다. 후맘은 죽었다. 자식들 가운데 꽃이자 할아버지가 가장 아끼던 손자였다. 마치 그가 존재하지 않았던 것 같았다. 단장의 고통이 없었다면 그는 믿지 않았을 것이다.

두 사람은 큰 바위에 이르렀다.

"어디에 후맘을 두었느냐? 괘씸한 놈." 아드함이 거칠게 물었다.

까드리는 동생을 묻기 위해 팠던 곳으로 걸어가 바위와 무 깟탐 사이에 있는 그 구덩이 옆에서 걸음을 멈췄다.

"네 동생이 어디 있느냐? 아무것도 보이지 않는데." 아드함 이 물었다.

"여기에 묻었어요." 까드리가 모깃소리만 한 목소리로 대 답했다.

"묻었어?" 아드함이 소리를 질렀다.

주머니에서 성냥갑을 꺼내 불을 붙여 그 빛으로 땅을 살펴 보다가 그는 땅 표면이 고르지 않고 흐트러져 있는 것과 시신 이 끌려온 흔적을 발견했다. 아드함은 고통스럽게 탄식하며 떨리는 손으로 흙을 파헤치기 시작했다. 손가락 끝에 후맘의 머리가 만져질 때까지 무섭게 쉬지 않고 땅을 팠다. 그는 시체 양옆으로 손을 밀어 넣어 죽은 후맘을 부드럽게 들어 올렸다. 그는 불행하고 절망한 사람의 본보기마냥 그 옆에 무릎을 꿇 고 앉아 두 손을 후맘의 머리에 올려놓고는 눈을 감았다. 그는 깊은 숨을 토해 내고 중얼거렸다.

"애야, 시체가 된 네 앞에 있으니 지난 사십 년의 인생이 너 무도 무의미하고 보잘것없구나."

아드함이 갑자기 일어나 시체 반대편에 서 있는 까드리를 쳐다보았다. 그러자 까드리가 밑도 끝도 없이 맹목적으로 미 워졌다.

"네 등에 후맘을 업고 가라." 그는 거칠게 말했다.

까드리는 화들짝 놀라 뒷걸음질 쳤다. 그러자 아드함이 불 쑥 시체를 돌아 다가와 그의 어깨를 붙잡고 고함쳤다.

"네 동생을 업어라!"

"할 수 없어요." 까드리는 신음하듯 대답했다.

"동생을 죽이기까지 하곤 왜 못 해."

"아버지. 그렇게 할 수 없어요."

"아버지라 부르지 마라. 동생을 죽인 놈에겐 아버지도, 어머니도, 형제도 없다."

"살인자는 반드시 그 희생자를 짊어져야 한다." 그는 아들을 꽉 잡고 말했다.

까드리는 아드함의 손아귀에서 벗어나려 했지만 벗어날 수 없었다. 신경이 곤두선 아드함은 아들의 얼굴에 사정없이 주먹을 퍼부었다. 까드리는 주먹을 피하지도, 아프다고 소리치지도 않았다.

"시간 허비하지 마라. 어머니가 기다리신다." 아드함은 손찌검을 멈추고 말했다.

"제발 제가 도망치게 해 주세요." 까드리는 어머니란 말에 움찔하며 애원했다.

"자, 함께 데려가자." 아드함이 그를 시체 쪽으로 밀어붙이며 말했다.

아드함이 시체 쪽으로 몸을 돌려 후맘의 겨드랑이에 손을 넣자 까드리는 몸을 숙여 다리를 잡았다. 그들은 시체를 들고 알디라사 사막을 향해 천천히 걸었다. 아드함은 너무도 고통스러워 모든 감각을 잃은 것 같았다. 방망이질하듯 쿵쾅거리는 심장 고동에 고통스러운 까드리는 사지가 후들거려 제대로 걸을 수조차 없었다. 흙냄새가 까드리의 코를 찔렀고, 시체를 만질 때 섬뜩한 느낌이 그의 손에서부터 온몸 구석구석으로 전해졌다. 세상은 암흑천지였다. 다만 지평선 너머 마을에서 새어 나오는 불빛이 밤을 밝히고 있었다. 까드리는 절망하고 숨죽이고 있었다. 그는 걸음을 멈추고 아버지에게 말했다.

"저 혼자 시체를 옮길게요."

그는 한 팔은 등 밑으로, 다른 한 팔은 허벅지 아래에 넣어 시체를 들고 아드함을 앞서 걸었다.

22

그들이 오두막에 다가가자 걱정스럽게 묻는 우마이마의 목소리가 들려왔다.

"그 아이 찾았나요?"

"안에서 기다려." 아드함이 명령조로 크게 말했다.

그는 그녀가 밖에 나와 있지 않나 확인하기 위해 까드리보다 먼저 오두막에 도착했다. 까드리가 오두막 입구에서 걸음을 멈추고 움직이려 하지 않았다. 아드함이 들어가라고 손짓했으나, 그는 아주 작은 목소리로 "어머니를 마주 볼 수 없어요."라고 말하며, 한사코 들어가려 하지 않았다.

"더 끔찍한 짓도 할 수 있었잖아." 아드함은 화가 났지만 작은 목소리로 말했다.

까드리는 꼼짝도 하지 않았다.

"아니요. 이보다 더 끔찍한 것은 없어요."

아드함이 그를 앞으로 힘껏 밀어 그는 어쩔 수 없이 오두막 밖에 딸린 방으로 갔다. 아드함은 우마이마에게 달려가 그녀의 입에서 막 터져 나오려는 비명을 손으로 막았다.

"소리 지르지 마. 이 여편네야. 우리가 이 일을 수습할 때까지 아무도 눈치채서는 안 돼. 조용히 우리의 운명을 받아들여야 해. 고통도 인내하며 참아 내야 해. 악마가 당신과 나의 자식으로 태어났어. 우리는 모두 저주받은 거야." 그는 독하게 말했다.

아드함은 우마이마의 입을 강제로 틀어막았다. 그녀는 그의 손아귀에서 벗어나려고 발버둥 쳤지만 허사였다. 그녀는 그를 깨물려 했지만 그럴 수도 없었다. 그녀는 호흡이 불규칙해지고 힘이 빠지면서 의식을 잃고 쓰러졌다. 까드리는 어머니를 보지 않으려 등불을 노려보며 시체를 들고 말없이 서 있었다. 아드함이 다가와 시체를 침대에 눕히고는 부드러운 천으로 감쌌다. 까드리는 이제까지 함께 사용했던 침대보에 싸인 동생의 시체를 보자 집에 더는 자신이 있을 자리가 없다는 것을 느꼈다. 우마이마의 머리가 움직이고 곧이어 그녀가 눈을 떴다. 아드함이 그녀에게 급히 다가가 단호하게 말했다.

"소리 지르지 마."

우마이마가 일어나려 하자 아드함이 소리 내지 말라고 주의를 주며 일으켜 세웠다. 그녀가 침대에 몸을 던지려 했으나 그가 말려 그녀는 그가 시키는 대로 서 있었다. 그녀는 미친 듯이 머리카락을 잡아당기며 슬픔을 덜어 내기 시작했다. 그녀의 머리카락이 한 움큼씩 빠졌다. 남자는 그녀의 행동에 전혀 개의치 않고 퉁명스럽게 말했다.

"하고 싶은 대로 해. 그러나 조용히 해."

"내 아들! 내 아들!" 그녀가 갈라진 목소리로 말했다.

"이건 시체야. 당신 아들이자 내 아들인 그 아이는 돌아오지 않아. 이놈이 죽었어. 원한다면 까드리를 죽여." 아드함은 실성한 듯 아무 말이나 퍼부었다.

우마이마는 자신의 뺨을 때리며 까드리에게 잔인하고 모질게 소리쳤다.

"미물도 그 같은 짓은 하지 않아."

까드리는 조용히 고개를 숙였다.

"이 아이가 헛되이 죽은 거지? 너는 살아서는 안 돼. 이게 정의다." 아드함도 잔인하고 모질게 말했다.

"어제 그 아이는 찬란한 희망이었는데……. 우리가 그 애에게 할아버지 댁으로 들어가라고 해도 가지 않았다. 갔더라면! 애가 친절하고 기품 있고, 인정이 많지 않았더라도 가 버렸을 텐데. 그런 아이에 대한 보상이 살인이냐? 어떻게 그런 짓을 쉽게 할 수 있었냐? 이 목석 같은 놈아! 너는 이제 내 아들이 아니고 나도 네 어미가 아니야." 우마이마가 소리쳤다.

까드리는 한마디도 하지 않았지만 속으로 혼잣말을 했다. '나는 그 애를 한 번 죽였는데 그 애는 나를 매 순간 죽여요. 나는 살아 있는 게 아니에요. 누가 내가 살아 있다고 말할 수 있을까요?'

"너를 어떻게 할까?" 아드함이 그에게 무섭게 물었다.

"저더러 살아서는 안 된다고 하셨어요." 까드리가 조용히 대답했다.

"어떻게 동생을 죽여야겠다는 못된 생각이 들었냐?" 우마이마가 소리쳤다.

"슬퍼하는 것도 부질없어요. 기꺼이 벌을 받겠습니다. 죽는 게 고통받는 것보다 나아요." 까드리가 절망적으로 말했다.

"너는 우리의 삶을 죽음보다 더 끔찍한 것으로 만들어 놓았다." 아드함이 분노에 차서 말했다.

"나는 이렇게 사는 게 끔찍해요. 나도 아들과 함께 묻어 줘요. 왜 소리도 지르지 못하게 해요?" 우마이마가 자신의 뺨을 때리며 고함을 질렀다.

"당신 목을 걱정하는 게 아냐. 악마가 우리가 하는 말을 들을까 두려울 뿐이야." 아드함이 씁쓸하게 이죽거렸다.

까드리는 아랑곳하지 않았다.

"악마보고 들으라고 하세요. 전 이제 더는 죽고 사는 데 관심 없어요."

그때 이드리스의 목소리가 오두막 입구에서 들려왔다.

"아드함! 이리 나와라, 불쌍한 녀석!"

순간 그들 모두 전율했다.

"돌아가요. 경고하는데, 나 건드리지 말아요." 아드함이 그에게 소리쳤다.

"이런 끔찍한 일! 너희들이 불쌍해서 도저히 내가 화를 낼 수가 없네. 우리 이런 이야기는 그만하자. 우리 둘에게 불행이 닥쳤어. 너는 사랑스러운 아들을 잃었고 나는 외동딸을 잃었어. 자식들은 우리가 이런 유형지에서 사는 동안 우리에게 위안이 되어 주었는데, 이제는 가고 없네. 이리 나와, 불쌍한 놈. 우리 서로 위로하자." 이드리스가 우렁찬 목소리로 대꾸했다.

벌써 비밀이 새어 나갔다니! 어떻게? 우마이마는 처음으로 까드리가 걱정되었다.

"형이 고소해 하는 것은 관심 없어. 내 고통에 비하면 아무것도 아니야!" 아드함이 말했다.

"고소해 한다고! 까드리가 판 구덩이에서 네가 시체를 끌어내는 것을 보면서 내가 슬피 울었던 거 몰랐니?" 이드리스가 부인했다.

"비열한 염탐꾼!" 아드함이 격분해서 소리쳤다.

"나는 죽은 자뿐 아니라 살인자를 위해서도 울었다. 그리고 나 자신에게 말했지. '아드함, 얼마나 슬픈 일이냐! 너는 하룻밤 사이에 두 명의 아들을 잃었구나.'"

우마이마는 아무도 신경 쓰지 않고 소리를 지르기 시작했다. 까드리가 갑자기 밖으로 뛰쳐나갔다. 아드함이 그 뒤를 쫓았다.

"나는 둘 다 잃고 싶지 않아요!" 우마이마가 소리쳤다.

까드리가 이드리스에게 덤벼들려 했지만 아드함이 그를 밀어내고 이드리스 앞에 도전적으로 버티고 서서 말했다.

"경고하는데, 우리 건드리지 마!"

"너는 바보야, 아드함. 너는 친구와 적도 구별 못해. 너는 살인자인 네 아들을 방어하려고 네 형하고 싸우려 하는구나." 이드리스가 조용히 말했다.

"가세요."

"좋을 대로, 내 위로를 받아들여. 그럼, 안녕히!" 이드리스가 웃으며 말했다.

이드리스가 어둠 속으로 사라졌다. 아드함이 까드리를 향해 몸을 돌리자, 우마이마가 그가 어디에 있는지 물으며 서 있었다. 아드함은 걱정이 되어 어둠 속에서 목청껏 소리치며 살펴보기 시작했다.

"까드리……. 까드리……. 어디에 있니?"

힘차게 소리치는 이드리스의 목소리가 들렸다.

"까드리……. 까드리……. 어디에 있니?"

23

후맘은 밥 알나스르에 있는 자발라위의 소유지 안에 있는 묘지에 묻혔다. 그의 장례 행렬에는 아드함의 지인들이 많이 참석했다. 대부분은 아드함의 동료 상인이었다. 그러나 그의 부드러운 성격과 거래할 때의 점잖은 태도로 인심을 얻은 고객들도 끼어 있었다. 이드리스는 주제넘게 장례식에 참석해서 후맘을 떠나 보냈다. 그는 망자의 큰아버지로서 위로의 말을 들으며 서 있었다. 아드함은 증오심에 차서 말없이 그를 바라보았다. 이들 외에도 장례 행렬에 수장, 깡패, 부랑자, 도둑, 그리고 노상강도도 끼어 있었다. 매장할 때 이드리스는 무덤 위에 서서 아드함에게 위로의 말을 건넸다. 아드함은 무서운 인내심으로 견디며 아무 말도 하지 않았다. 눈물만 두 볼을 적시며 흘러내렸다. 우마이마는 자신을 마구 때리고 소리를 지르고 흙에서 뒹굴며 자신의 슬픔을 달랬다. 조문객들이 가고 나자 아드함은 이드리스에게 가시가 돋친 말을 해 댔다.

"형의 잔인함은 끝도 없어요!"

"무슨 소리를 하는 거야? 불쌍한 내 동생!" 이드리스는 놀란 척하며 물었다.

"나는 형을 못됐다고만 생각했는데 이 정도로 잔인할 줄은 상상도 못했어요. 죽음은 모든 생명체의 끝이에요. 어떻게 죽음을 고소해 할 수 있어요?" 아드함이 격렬하게 말했다.

"슬픔으로 예의도 모르고 제정신이 아니구나. 하지만 용서하지." 이드리스가 손을 맞부딪치며 말했다.

"더 이상 우리가 관계가 없다는 것을 언제 인정할 거예요?"

"하느님, 우리를 용서하소서! 네가 내 동생이 아니란 말이냐? 그것은 천륜이야."

"형! 나에게 할 만큼 했어요, 그만하면 충분해요."

"슬픔은 고약하지. 우리는 둘 다 불행한 일을 당했어. 너는 후맘과 까드리를 잃었고 나는 힌드를 잃었어. 위대한 자발라위께서는 매춘부 손녀와 살인자 손자를 갖게 되신 거지. 아무튼 너는 나보다 나아. 지나간 일들을 보상해 줄 다른 자식도 있고."

"아직도 저를 질투하세요?" 아드함이 서글프게 물었다.

"이드리스가 아드함을 질투한다고!" 이드리스가 놀란 척했다.

아드함은 감정이 격해서 포효하듯 목소리가 커졌다.

"형에 대한 응징이 형이 저지른 짓만큼 나쁘지 않다면, 그런 세상은 멸망해야 해요."

"멸망, 멸망이라……."

근심 걱정이 태산 같던 슬픈 날들이 지나갔다. 슬픔에 짓눌린 우마이마는 건강이 악화되어 점점 여위어 갔고, 몇 년 새 아드함도 나이에 비해 폭삭 늙어 버렸다. 그들 부부는 계속해서 질병에 시달리고 야위어 갔다. 두 사람 모두 병이 깊어져 몸져누웠다. 우마이마는 어린 두 아이들과 안방에, 아드함은 후맘과 까드리가 기거하던 바깥방에서 지냈다. 해가 지고 밤이 되었지만, 그들은 등불을 밝히지 않았다. 아드함은 마당을 비추는 달빛에 만족했다. 그는 잠시 눈을 붙였다 깨어나 잠시 비몽사몽간에 있었다. 밖에서 야유하며 지껄이는 이드리스의 목소리가 들렸다.

"내가 도와줄 게 없냐?"

가슴이 철렁 내려앉아 그는 대답하지 않았다. 그는 형이 밖에서 저녁 놀이를 즐기기 위해 오두막을 나서는 시간이 너무 싫었다. 다시 그의 목소리가 들렸다.

"자, 여러분. 내가 얼마나 착한지, 그리고 그가 얼마나 고집이 센지! 좀 봐 줘."

그러고는 그는 노래를 부르며 지나갔다.

우리 셋 사냥하러 산에 올랐다.
하나는 걱정에 죽고 다른 하나는 사랑으로 잃었다.

아드함의 눈에 눈물이 가득 고였다. '이 악마는 지칠 줄 모르고 유희를 즐기고, 싸우고 죽이는 데도 존경을 받는다. 훗일을 비웃는 이 악마는 잔인하고 저항할 수 없을 정도로 강하고 지평선까지 들릴 정도로 크게 웃는다. 약한 자를 괴롭히는 것을 즐기고 장례식장에서 밤을 지새우며 즐기고, 묘비 위에서 노래를 부른다. 죽을 때가 다 된 나를 여전히 경멸하고 비웃는다. 살해당한 놈은 땅속에 있고 살인을 저지른 놈은 사라지고 없어 나의 오두막에는 그 둘을 위한 눈물로 넘쳐난다. 어린 시절 정원에서 환히 웃던 얼굴이 세월과 함께 눈물이 마르지 않는 우거지상으로 바뀌었다. 내게 남아 있는 것이라고는 병들어 아픈 육신뿐이다. 왜 이런 고생을 하는 걸까? 꿈에 그리던 행복은 어디에 있는 걸까? 도대체 어디에?'

아드함의 귀에 낯설지 않은 발소리가 들렸다. 둔탁하고 무거운 발소리는 무엇인지 명확하게 알 수 없는 방순한 향기처럼 희미한 기억을 되살아나게 했다. 그는 고개를 돌려 오두막 입구를 바라보았다. 문이 열렸다. 그러자 엄청난 거구가 문간을 가로막은 채 비좁은 듯 서 있는 것이 보였다. 그는 놀라서 뚫어지게 바라보았다. 만감이 교차한 눈으로 응시했다. 마음속 깊은 곳에서 탄식이 흘러나왔다. 그리고 그가 중얼거렸다.

"아버지?"

"잘 있었느냐, 아드함."

낯익은 목소리였다. 그는 눈물이 핑 돌아 일어서려 했지만 일어설 수 없었다. 그는 지난 이십여 년간 느껴 보지 못했던 기쁨과 행복을 느꼈다.

"이게 꿈인지 생시인지……." 그가 떨리는 목소리로 말했다.

"울고 있구나. 그래도 잘못을 저지른 사람은 바로 너다." 그가 대답했다.

아드함은 목이 메었다.

"잘못도 컸지만 벌도 컸어요. 해충 따위도 그늘을 찾는 희망을 버리지는 않아요."

"지금 나에게 설교하는 거냐?"

"용서해 주세요! 용서해 주세요! 저는 슬픔에 짓눌리고 병들었어요. 양들을 잘 돌보지 못해 양 떼가 죽어 가고 있어요."

"양 떼 걱정을 하다니 착하구나."

"저를 용서하셨나요?" 아드함이 희망에 차서 물었다.

그는 말없이 잠시 그대로 있었다.

"오냐."

아드함은 온몸을 부르르 떨면서 소리쳤다.

"하느님, 감사합니다! 조금 전까지만 하더라도 절망의 나락에 빠져 있었어요."

"거기서 나를 찾은 거냐?"

"예, 악몽을 꾸고 나서 잠에서 깬 것 같아요."

"그것은 네가 착한 아들이기 때문이다."

아드함은 한숨을 쉬었다.

"저는 살인자와 그 희생자의 아비입니다."

"죽은 자는 돌아오지 못한다. 무엇을 원하느냐?"

아드함이 탄식했다.

"정원에서 다시 노래하는 것을 늘 꿈꾸어 왔습니다. 그런데 이제는 더 이상 바랄 것이 없습니다."

"내 재산은 네 자식들의 것이 될 것이다." 그가 말했다.

"하느님, 감사합니다."

"이제 그만 애쓰고, 잠들도록 해라."

* * *

아드함과 우마이마에 이어 이드리스도 생을 마감했다. 그들의 아이들이 자라났다. 오랫동안 마을을 떠나 있었던 까드리가 힌드와 아이들을 데리고 돌아왔다. 그들은 이웃의 아이들과 사이좋게 자라서 결혼을 하고 많은 자식을 두었다. 재산에서 나오는 수익 덕택에 그들은 번창해 갔고 그에 따라 주택의 수가 늘고 조밀해져 갔다. 이렇게 우리 동네의 역사는 시작되었고 오랜 역사 속에서 우리 동네는 지금의 모습을 갖추게 되었다. 이들의 후손들이 대를 이어 가면서 수를 늘려 우리 동네 아이들이 되었다.

자발

24

자발라위가 소유한 땅에 집들이 마주 보며 두 줄로 나란히 들어서면서 우리 동네는 점차 모습을 갖추기 시작했다. 마치 골목길을 사이에 두고 집들이 나란히 들어선 모양새였다. '대저택' 앞 한 선상에서 시작된 두 줄은 알자말리야 방향으로 길게 뻗어 나갔다. '대저택'은 사막과 면한 동네의 꼭대기, 사방이 툭 터진 곳에 우뚝 서 있었다. 우리 동네, 자발라위 동네는 그 일대에서 가장 길다. 그곳의 집들 대다수는 함단 구역의 집들처럼 안마당이 있는 공동 주택이지만, 그곳 중앙에서부터 알자말리야 쪽으로는 오두막들이 제법 많았다. 여기에 빠뜨릴 수 없는 광경이 하나 있다. 오른쪽 줄 맨 앞에는 중세 시대의 영주나 다름없는 관재인의 집이, 맞은편 왼쪽 줄 맨 앞에는 동네 폭력배나 다름없는 수장 두목의 집이 있었다.

'대저택'의 대문은 그 집 주인과 심복에 의해 굳게 닫혀 있었다. 그 저택에 살았던 자발라위의 아들들[8]은 한 명을 제외하고는 젊은 나이에 죽어 자식을 남기지 않았다. 유일한 생존자이자 혈육인 아판디가 당시 관재인(管財人)이었다. 동네 사람들은 대개 행상을 했지만 상점과 카페를 운영하는 사람들도 더러 있었고 거지들도 꽤 있었다. 동네에는 주민이면 누구나 참여할 수 있는 아편과 해시시 같은 마약이나 최음제 거래와 같은 공동 사업이 있었다. 우리 동네는 지금도 그렇지만 소란스럽고 복잡했다. 맨발에 헐벗은 아이들이 이곳저곳에서 모여 놀며 질러 대는 고함 소리가 하늘을 찔렀고 길바닥은 아이들의 오물로 뒤덮였다. 여자들은 문간에 앉아 물루키야[9]를 다듬거나 양파를 까거나 불을 피우면서 잡담과 농담을 주고받았고 때때로 서슴없이 욕을 하기도 했다. 또한 노랫소리와 울음소리도 끊이지 않았다. 무당의 북소리가 특별한 관심을 자아내기도 하고 손수레가 끊임없이 지나가고 말다툼과 주먹다짐이 여기저기서 벌어졌다. 고양이가 울고 개가 짖고 쓰레기 더미에서 개와 고양이가 싸우고 쥐들은 마당이나 담 위를 내달렸다. 그리고 사람들이 뱀이나 전갈을 죽이기 위해 모이는 일도 심심치 않게 볼 수 있었다. 이만큼이나 그 수가 많은 파리는 사람들을 아랑곳하지 않고 음식이 담긴 접시나 컵에 득시글거렸고 심지어는 친구처럼 사람들의 눈가에 날아다니거나 입속에서도 퍼덕거렸다.

---

8) 대저택에 살았던 리드완, 압바스, 잘릴을 말한다.
9) 아욱과에 속하는 식물로, 주로 수프를 만들어 먹는다.

청년들은 자신이 대담무쌍하다거나 힘깨나 쓴다고 생각하면 곧바로 온순하고 유약한 사람들에게 달려들어 간섭을 하고 조용하게 살고 싶은 사람들에게 폭력을 휘둘렀다. 그들은 구역을 나눠 동네 사람들의 보호자를 자처하고 성실히 일하는 사람들에게서 보호 명목으로 세금처럼 돈을 뜯어냈다. 그들은 아무 일도 하지 않고 약한 사람들을 못살게 굴며 살았다. 끼드라, 라이시, 아부 사리으, 바라카트, 함무다와 같은 깡패 수장들이 있었다. 그들과 같은 수장인 자끌루트도 있었다. 그는 두목이 될 때까지 수장들과 한 명씩 싸워 모두를 이기고 동네 전체의 수장 두목이 되었다. 그는 모든 수장에게도 세를 부과해 돈을 거뒀다. 관재인 아판디는 자신의 명령을 이행하고 위협적인 요인들로부터 자신을 지켜 줄 사람으로 그가 필요하다고 여겼다. 그래서 아판디는 자끌루트를 가까이하고 모든 부동산에서 들어오는 수익에서 상당액을 떼어 내 그에게 급료로 주었다. 자끌루트가 관재인의 집 맞은편에 살게 되면서 그의 세력은 견고해졌다. 당시 수장들 간에 싸움이 일어나는 경우는 드물었다. 수장 두목이 승자의 위상을 높여 두목의 입지를 위협하는 이런 종류의 싸움을 좋아하지 않았기 때문이다. 따라서 수장들은 발산하지 못해 억눌린 힘을 풀 대상을 찾지 못해 애꿎은 가난하고 착한 보통 사람들에게 그 힘을 사용했다. 어떻게 하다 우리 동네가 이런 상황에 이르렀는지!

자발라위는 아드함에게 자신의 후손을 위해 재산이 쓰여질 것이라고 약속했더랬다. 안마당이 있는 공동 주택이 지어지고 수익이 분배되어 후손들은 한동안 행복한 나날을 보냈다.

자발라위가 문을 닫고 세상을 등지고 나서 관재인은 한동안 그의 좋은 모범을 따랐다. 그러나 그의 마음속에 욕심이 싹트기 시작했고, 급기야 그는 부동산에서 나오는 수익을 마음대로 독차지했다. 계산을 속여 가로채는 것을 시작으로 관재인은 임금을 줄여 나가다가 돈으로 산 두목을 방패막이 삼아 모든 수익을 착복했다. 사람들은 생계를 유지하기 위해 어쩔 수 없이 막일을 할 수밖에 없었고, 그 수가 폭발적으로 늘어났다. 사람들은 가난에 쪼들리고 비참하고 비열해졌다. 강자는 공갈을, 약자는 구걸을 일삼았다. 그들 모두 마약에 중독되어 갔다. 사람들은 빵 몇 조각을 얻기 위해 뼈 빠지게 일을 해야 했고 그런 일에는 모두 수장들이 끼어 있어 그들은 고마움이 아닌 주먹질과 욕설을 감수해야 했다. 수장들만 뱃속 편하고 풍요롭게 살았다. 수장 두목은 그들 위에 군림하고 관재인은 모든 사람 위에 군림했다. 주민들은 모두 그들의 발밑에 짓밟혀 지냈다. 만약 마을에 한 사람이 돈이 없어 돈을 내지 못하면 수장은 그가 사는 구역 전체에 보복을 가했다. 만약 그런 일에 대해 두목에게 투덜대기라도 하면 두목이 직접 그에게 폭력을 가하고 그 구역 수장에게 다시 넘겨 흠씬 두들겨 맞게 했다. 누군가 대담하게 관재인에게 불평이라도 할라치면 불평한 사람은 관재인, 두목, 그리고 모든 수장에게 순서대로 얻어맞았다.

이런 슬픈 상황을 최근에 내 눈으로 똑똑히 목격했다. 그 상황은 과거사를 들려준 사람들이 말한 그대로였다. 동네 여기저기에 널린 카페의 이야기꾼들은 지배자들을 곤란케 하는 것들을 공개적으로 발설하는 것을 회피하여 영웅들의 시대만을 이야기하고 관재인과 수장 두목의 미덕만을 노래했다. 그들은 우리가 누려 보지 못한 정의를, 우리가 찾지 못한 자비심을, 우리가 접해 보지 못한 품위를, 우리가 직접 눈으로 본 적이 없는 경건함을, 우리가 들어 보지 못한 청렴함을 노래했다. 나는 나 자신에게 무엇이 우리의 선조들과 우리로 하여금 이 저주스러운 동네에 남아 있게 하는지 물어보았다. 대답은 간단했다. 다른 동네에 가 보았자 우리 동네 수장들에게 당한 것을 그곳 깡패들이 앙갚음할 것이고, 그들이 우리를 죽이지 않는다 해도 여기서 힘들게 사는 것보다도 못한 삶이 그곳에서도 기다리고 있었기 때문이다. 끔찍하면서도 웃지 못할 상황은 우리가 다른 동네 사람들의 부러움을 사고 있다는 것이다. 우리 주변 동네 사람들은 말한다. "얼마나 행복한 동네인가! 어디에도 비교할 수 없는 그들 고유의 재산이 있고 두목의 말 한마디에 벌벌 떠는 수장들이 있어." 그러나 우리가 부동산에서 얻는 것이라고는 고통밖에 없고 수장들에게는 온갖 괴롭힘과 모욕을 당하고 있다. 이 모든 것에도 불구하고 우리는 여기에 남아 시름을 참고 견뎌 내며 언제 올지 모르는 장밋빛 미래를 기다린다. 그리고 우리는 '대저택'을 가리키며 "저기에 든든한 우리 할아버지가 계셔."라고 말한다. 그리고 수장들을 가리키며 "저들이 우리의 보호자야. 세상만사 모두 하느님의 뜻이야."라고 말한다.

25

함단 구역 사람들의 인내심이 바닥나자 반란의 물결이 거세게 출렁이기 시작했다.

함단 구역 사람들은 아드함의 오두막 터 주변, 아판디와 자끌루트의 집 사이 동네 안쪽에 살고 있었다. 그들의 대표자는 마을에서 가장 좋은 카페인 '함단 카페'의 주인인 함단이었다. 그 카페는 함단 구역의 한가운데, 즉 주택들 사이에 위치해 있었다. 함단은 회색 아바[10]를 입고 머리에는 수놓은 터번을 쓰고 카페 입구의 오른쪽에 앉아 있었다. 그는 항상 바삐 뛰어다니는 종업원 소년 압둔을 지켜보며 손님들과 잡담을 나눴다. 카페는 폭은 좁았지만 안쪽으로는 꽤 길었다. 카페 안쪽 끝에는 오두막 입구에 서 있는 자발라위를 바라보며 침상에 누워

---

10) 소매는 없고 머리부터 발끝까지 드리운, 품이 넓은 남성용 겉옷.

임종을 맞는 아드함의 초상화와 그 아래 한가운데에는 이야기꾼의 의자가 놓여 있었다. 함단이 이야기꾼에게 신호를 보내면 이야기꾼은 리벡[11]을 들고 찬양할 준비를 갖추었다. 그는 반주에 맞춰 관재인을 자발라위의 사랑하는 아들로, 자끌루트를 남자 중의 남자라며 찬양하는 인사를 시작으로 아드함이 태어나기 직전까지의 자발라위의 삶을 한참 노래했다. 커피, 계피차, 녹차를 홀짝거리는 소리가 들렸고 카페의 천장 등불 주위에는 나르질라[12]에서 솟아오른 연기가 엷은 구름처럼 피어 있었다. 모든 사람의 눈이 이야기꾼에게 집중되었다. 그들은 케케묵은 훈계를 그럴싸하게 들려주는 그의 이야기 솜씨에 감탄하며 고개를 끄떡였다. 몰입해서 듣다 보면 즐거운 시간은 금방 지나가고 말았다. 사람들은 이야기꾼에게 감사의 인사를 외쳐 댔다. 바로 그때 함단 구역 사람들에게 솟아오른 반항심의 불꽃이 그들 마음속에서 일었다. 카페 중앙에 앉아 있던 눈이 어두운 이트리스가 자리에서 일어나 이제까지 들은 자발라위의 이야기에 이런저런 설명을 곁들였다.

"그때는 좋은 시절이었어요. 아드함도 단 하루를 굶지 않았으니까."

바로 그 순간 노파 타마르 한나가 머리에서 오렌지 바구니를 내려놓으며 카페 앞에 나타났다.

"이트리스, 당신의 입에 축복을! 당신의 말은 내 오렌지만

---

11) 아랍에서는 라밥이라고 불리는 현악기로, 현이 한 줄에서부터 세 줄까지 있다. 이집트에서는 2현 악기가 주종을 이룬다.
12) 물담배 도구. 나르길라, 시샤, 후카라고도 한다.

큼이나 달콤하구려."

"헛소리 그만하고 썩 꺼져, 망할 할망구." 함단이 그녀에게 소리쳐 내쫓았다.

그러나 타마르 한나는 카페 입구 바닥에 주저앉았다.

"함단 선생, 당신 옆에 앉게 돼 정말 좋군요." 그녀는 오렌지 바구니를 가리켰다. "나는 몇 푼 벌려고 하루 종일도 모자라 밤까지 오렌지를 사라고 외치며 걸어 다니는데."

함단이 그녀에게 대답하려는 순간, 그는 얼굴에 잔뜩 흙을 묻힌 채 오만상을 찡그리고 다가오는 둘마를 보았다. 그는 둘마가 카페 앞에서 걸음을 멈출 때까지 그를 지켜보았다.

"젠장, 빌어먹을 끼드라! 끼드라는 진짜 나쁜 놈이에요. 그 놈에게 사정상 내일 돈을 낼 테니 좀 봐달라고 했어요. 그랬더니 나를 바닥에 내동댕이치고 숨을 쉴 수 없게 가슴을 짓눌렀어요." 그가 소리 높여 외쳤다.

가까이에서 다아비스의 목소리가 들려왔다. "이리 와서 내 옆에 앉게, 둘마. 예끼, 빌어먹을 놈들. 우리가 이 동네 진짜 주인인데 개처럼 얻어맞고 살다니. 둘마는 끼드라에게 줄 돈이 없고, 한 치 앞도 잘 못 보는 타마르 한나는 밤늦도록 오렌지를 팔러 다니고. 함단! 자네, 아드함의 아들! 자네의 용기는 어디 있나?"

둘마는 카페 안으로 들어갔다.

"아드함의 아드님! 당신의 용기는 어디에 있으신지?" 타마르 한나가 똑같이 물었다.

"타마르 한나. 뒈져라! 나이 오십에 결혼은 무리지. 왜 그렇게 우리 남자들이 모인 자리를 좋아하나?" 함단이 그녀에게 소리를 질렀다.

"남자들이 도대체 어디 있는데?" 여자가 물었다.

함단이 얼굴을 찡그렸다. 타마르 한나는 부탁을 핑계로 어색한 분위기를 모면하려는 듯 선수를 쳤다.

"선생, 이야기꾼의 이야기를 좀 듣게 해 줘요."

"이 마을의 함단 구역 사람들이 어떻게 수모를 당하고 있는지 그녀에게 이야기하게." 다아비스는 이야기꾼에게 씁쓸하게 말했다.

"진정하세요, 다아비스 아저씨. 진정하세요, 두목." 이야기꾼은 미소를 지으며 말했다.

"누가 두목이라는 건가? 우리 두목은 사람들을 때리고 억압하고 죽이잖나. 자네는 두목이 어떤 사람인지 알면서." 다아비스가 예민하게 반응했다.

"우리 가운데 끼드라나 그 악당의 패거리 중 한 명이 있으면 어쩌시려고요!" 이야기꾼은 불안해 하며 말했다.

"그놈들은 모두 이드리스의 후손이야." 다아비스가 까칠하게 말했다.

"진정하세요, 다아비스 아저씨. 그러지 않으면 우리가 앉은 이 카페가 무너져 내릴 거예요." 이야기꾼이 조용히 말했다.

다아비스는 자리에서 일어나 카페를 가로질러 소파에 앉아 있는 함단의 오른쪽에 가서 앉았다. 다아비스가 뭐라고 말했지만 그의 목소리는 갑자기 밖에서 들려온 아이들의 떠드는 소리에 묻혔다. 그들은 메뚜기처럼 카페 앞으로 우르르 몰려와 서로 욕을 해 댔다.

"악마 같은 놈들, 밤인데 기어 들어가 잘 굴 같은 방도 없느냐?" 다아비스가 그들에게 소리쳤다.

아이들이 그가 외치는 소리에 개의치 않자, 그는 마치 전갈에 물린 것처럼 벌떡 일어나 그들에게 달려 나갔다. 그들은 골목길로 달아나며 "와!" 하고 소리쳤다.

카페 건너편 건물의 창문 안에서 여자들의 목소리가 들려왔다.

"제발, 다아비스 아저씨! 아저씨가 얘들 겁주셨군요."

그는 못마땅해서 손사래를 치며 자리로 돌아갔다.

"당황스럽군, 대체 어쩌라는 건지. 아이들 곁에서도, 수장들 곁에서도, 관재인 곁에서도 편히 쉴 곳이 없네."

모두들 그의 말에 동감했다. 함단 구역 사람들은 재산 가운데 자신들의 몫을 잃게 되자 꼴이 비참하고 꾀죄죄해졌다. 그들은 같은 구역 출신이 아닌 이웃 구역에서도 가장 평판이 나쁜 수장 끼드라의 수하에 있었다. 끼드라는 그들 사이를 휘젓고 다니며 자기 멋대로 사람들의 뺨을 때리고 보호 명목의 돈을 뜯어냈다. 그러다 보니 함단 구역 사람들의 인내심도 바닥이 드러났고, 구역 내에서 반란의 물결이 출렁이기 시작했다.

"함단! 우리 모두 한뜻으로 뭉쳤네. 우리는 함단 구역 사람들이야. 그리고 우리는 수적으로도 우세하고, 우리가 누구의 후손인지 다들 알잖나. 우리는 관재인과 마찬가지로 재산에 대한 우리의 권리가 있어." 다아비스가 함단에게 고개를 돌려 말했다.

"아이쿠, 오늘 밤이 무사히 지나가야 할 텐데." 이야기꾼은 중얼거렸다.

"우리는 그것에 대해 거듭 말해 왔네. 무슨 일이 일어날 것 같아. 낌새가 확실히 보이네." 함단은 아바를 여미며 숱이 많은 세모꼴의 눈썹을 위로 올리며 말했다.

알리 파와니스가 회색 타끼야를 눈썹까지 내려 쓰고 질밥 밑단을 잡고 소리 높여 인사를 하며 카페로 들어왔다.

"모두들 준비가 되어 있으시죠. 만일 이 일을 도모하는 데 돈이 든다면 모두가 그 돈을 낸대요. 거지도요." 그가 서둘러 말했다.

그는 다아비스와 함단 사이를 비집고 들어와 "차 줘, 설탕 없이."라고 종업원 압둔에게 소리쳤다.

이야기꾼이 헛기침 소리로 사람들의 주의를 끌었다. 그러자 알리 파와니스가 미소를 지으며 가슴께에 손을 넣어 주머니를 열었다. 그는 주머니에서 포장된 작은 뭉치를 꺼내 이야기꾼에게 던지고, 함단의 허벅지를 툭툭 치며 물었다.

"법정에서 시비를 가리죠."

"그게 우리가 할 수 있는 최선책이네." 타마르 한나가 말했다.

"결과를 생각하세요." 이야기꾼은 뭉치에서 무엇인가를 꺼내며 말했다.

"지금보다 더 천시당하는 일은 없어요. 우리 가운데 돈을 낼 사람들은 얼마든지 있고. 아판디가 우리와 근본이 같은, 즉 친척이라는 것, 더 나아가 우리와 관재인과의 관계를 모른 척

할 수는 없을 거예요." 알리 파와니스가 열을 올리며 말했다.

"해결책이 없는 것은 아니에요." 이야기꾼이 함단에게 의미 있는 눈길을 보내며 말했다.

"나한테 괜찮은 생각이 있는데." 함단은 그에게 대답하는 것처럼 말했다.

모든 시선이 그에게 집중되었다.

"우리 관재인에게서 돌파구를 찾아보세." 그가 말했다.

"멋지게 한 발짝 떼시더니 곧바로 무덤을 파시네요." 압둔이 알리 파와니스에게 차를 주며 말했다.

"당신의 앞날이 어떨지 가족들에게 들어 보구려." 타마르 한나가 웃으며 말했다.

"우리는 가야 해. 우리 모두 함께 가 보세." 함단은 단호하게 말했다.

26

함단 구역 사람들은 함단, 다아비스, 이트리스, 둘마, 알리 파와니스, 그리고 이야기꾼 리드완을 선두로 남녀 모두 떼를 지어 몰려가 관재인의 집 앞에 모였다. 리드완은 반란의 인상을 주지 않고 만일의 결과에 대비하기 위해 함단이 혼자 가야 한다고 생각하고 있던 차에 함단이 분명하게 말했다.

"나를 죽이는 것은 쉽지만 함단 구역 사람들을 모두 죽일 수는 없을 거야."

동네 사람들, 특히 그들의 친척과 이웃의 이목이 운집한 사람들에게 집중되었다. 여자들은 창밖으로 고개를 내밀고 그 광경을 지켜보았다. 광주리나 바구니를 머리에 인 사람들도, 손수레를 끄는 사람들도 그들을 흘끔흘끔 쳐다보았다. 나이 든 사람, 젊은 사람 할 것 없이 모두 다가와 함단 구역 사람들이 무슨 일을 하려는지 물었다. 함단은 대문에 붙은 놋쇠로 된

손잡이를 흔들며 문을 두드렸다. 잠시 후 대문이 열렸다. 슬픈 얼굴의 문지기가 모습을 드러냈고, 재스민 꽃향기가 바람에 실려 왔다. 문지기는 몰려든 사람들을 바라보며 불안한 말투로 물었다.

"무슨 일이십니까?"

"관재인을 만나러 왔네." 함단은 뒤에 자신을 지지하는 사람들이 있다는 것을 느끼며 힘주어 말했다.

"이 사람들 모두가 말입니까?"

"우리 모두 그에게 볼일이 있네."

"허락을 받아 올 때까지 기다리세요."

"안에서 기다리는 게 낫겠어요." 그가 문을 닫으려 하자 다아비스가 안으로 냅다 뛰어들면서 말했다.

마치 어미 닭을 쫓아가는 병아리들처럼 모두가 그를 따라 들어갔다. 다아비스의 행동에 화가 난 함단은 떠밀려 그들과 함께 들어갔다. 시위자들은 정원과 사랑채인 객실 사이에 난 길을 따라 움직였다.

"나가세요." 문지기가 소리를 질렀다.

"손님을 내쫓다니. 가서 자네 주인에게 이르게." 함단이 말했다.

순간 얼굴 표정이 확 바뀐 남자는 항의라도 하듯 입을 삐죽거리며 허둥지둥 집 안으로 서둘러 향했다. 모두의 시선은 응접실 문에 처진 커튼에 가려 보이지 않을 때까지 그의 뒷모습을 좇았다. 그 후 커튼에 눈길을 고정시킨 사람들도 있었고, 야자수로 둘러싸인 분수와 담장을 따라 늘어선 포도 넝쿨과 정원 울타리를 따라 오른 재스민나무 가지를 구경하며 정원 구석구석을 둘러보는 사람들도 있었다. 이들은 근심 걱정에 곤혹스러운 눈길로 두리번거리다 이내 커튼 쪽으로 눈길을 돌렸다.

커튼을 젖히고 아판디가 잔뜩 찌푸린 얼굴로 모습을 드러냈다. 그는 화가 난 듯 몇 걸음을 떼어 계단 꼭대기에 멈춰 섰다. 그의 모습 가운데 회색 아바 밖으로 드러난 것이라고는 화난 얼굴과 낙타 가죽 슬리퍼와 오른손에 든 긴 염주뿐이었다. 그는 시위자들에게 모멸에 찬 따가운 시선을 던지고 나서 아주 정중하게 말하고 있는 함단을 뚫어지게 바라보았다.

"안녕하세요. 관재인 나리."

그는 손짓으로 인사에 답하고 물었다.

"이 사람들은 누군가?"

"함단 구역 사람들입니다."

"누가 내 집에 들어오도록 허락했나?"

"여기는 우리의 관재인 댁입니다. 우리가 그분의 보호를 받고 있으니 우리의 은신처도 됩니다." 함단이 재치 있게 대답했다.

"너희들의 막돼먹은 행동을 변명하는 것이냐?" 아판디는 표정을 누그러뜨리지 않고 말했다.

"저희는 한 가족입니다. 저희 모두 우마이마와 아드함의 후손이죠." 함단의 정중한 태도가 못마땅한 다아비스가 말했다.

"그건 지나간 옛날이야기야. 하느님은 자기 분수를 아는 사람만을 불쌍히 여기시지." 아판디가 심술궂게 말했다.

"저희들은 모두 가난에 시달리고 몹시 괄시받고 있습니다. 그래서 나리께 저희들의 시름을 덜어 달라고 부탁드리자고 뜻을 모았습니다." 함단이 말했다.

이때 타마르 한나가 끼어들었다.

"저희가 사는 모습에 바퀴벌레도 구역질이 날 거예요."

"저희 구역 사람 대부분이 구걸을 해 먹고 삽니다. 아이들은 굶주리고 저희들은 수장들에게 얻어맞아 얼굴이 성할 날이 없습니다. 자발라위의 재산을 물려받을 권리를 가진 그의 후손들이 이런 취급을 받으며 사는 게 말이 됩니까?" 다아비스가 점차 목소리를 높여 덧붙였다.

"어, 이놈이. 어떤 재산?" 아판디가 손으로 염주를 꽉 쥐며 소리를 버럭 질렀다.

함단은 다아비스의 말을 막으려 했으나 그는 마치 술에 취해 제정신이 아닌 사람처럼 말을 쏟아 냈다.

"관재인 나리, 무척 큰 부동산입니다. 화내지 마십시오. 동네 사람들 모두 부동산의 지분을 갖고 있고 주변 사막에서 나오는 지대도 마찬가지고요. 자발라위의 재산입죠, 나리."

아판디의 눈빛이 분노로 이글거렸다. "이것은 내 아버지, 내 할아버지의 재산이야. 너희들과는 아무 상관 없어. 너희들은 지어낸 이야기를 퍼뜨리고 그것을 그대로 믿고 있어. 입증할 증거도 없는 것들이." 그가 소리쳤다.

다아비스와 타마르 한나를 포함한 여러 사람의 목소리가 똑똑히 들렸다.

"모두가 그 사실을 알고 있지 않나요?"

"모두? 그게 무슨 뜻이냐? 너희들끼리 내 집이 너희들 중 하나인 아무개의 집이라고 우기면, 이놈들아! 그게 나에게서 이 집을 빼앗아 갈 수 있는 근거라도 된단 말이냐? 해시시 중독자들만 득시글거리는 구역에 사는 주제에! 너희들 중 누가 부동산에서 나온 수익 중 단돈 한 푼이라도 받은 적이 있는지 말해 봐."

잠시 침묵이 흘렀다.

"예전에 저희 조상들은 그것을 받았습니다." 함단이 말했다.

"그걸 증명할 수 있느냐?"

"조상들이 우리에게 말해 주었고 우리는 그들의 말을 믿습니다." 함단이 재차 말했다.

"거짓말이 판을 치는군. 내쫓기기 전에 썩 물러가라." 아판디가 소리쳤다.

"저희에게 열 가지 조건을 말씀해 보세요." 다아비스가 도전적으로 말했다.

"왜 내가 열 가지 조건을 말해야 하느냐? 너희들이 누구냐? 그것이 너희들과 무슨 관계가 있어?" 아판디가 소리쳤다.

"저희는 자격이 있는 사람들입니다."

그때 관재인의 아내 후다의 목소리가 문 뒤에서 들려왔다.

"내버려 두고 들어오세요. 그들과 논쟁하다 당신 목소리나 쉬겠어요."

"저희와 함께 자리를 하시죠, 마님." 타마르 한나가 말했다.

"벌건 대낮에 노상강도질을, 이건 아니지!" 후다는 분노로 떨리는 목소리로 말했다.

"하느님! 마님을 용서해 주소서. 세상을 등진 우리 조상의 잘못입니다." 타마르 한나가 지르퉁하게 말을 받았다.

"자발라위! 와서 우리 꼴을 좀 보세요! 동정심이라고는 눈곱만큼도 없는 자에게 저희를 맡기셨어요." 다아비스가 고개를 들고 쩌렁쩌렁 울리는 목소리로 고함을 질렀다.

그 목소리가 어찌나 크게 울리는지, 대저택에 있는 조상이 그 목소리를 들을 수 있을 것이라고 생각하는 사람도 있었다.

"나가! 당장 나가!" 아판디가 분해서 떨리는 목소리로 소리쳤다.

"갑시다." 함단이 침울하게 말했다.

함단이 돌아서서 대문을 향하자 그들은 조용히 그의 뒤를 따랐다. 다아비스도 말없이 그의 뒤를 따랐다. 그러나 그는 다시 고개를 들고 힘차게 외쳤다.

"자발라위!"

27

　화가 나 얼굴빛이 백지장처럼 하얘진 아판디가 응접실로 들어섰다. 그는 아내가 언짢은 얼굴로 그곳에 앉아 있는 것을 보았다.

　"이상한 일이에요. 분명 뭔가 있어요. 우린 동네 전체의 이야깃거리가 될 거예요. 이 일을 가볍게 여기시면 앞으로 우린 편안하게 지낼 수 없을 거예요."

　"쓰레기, 쓰레기 같은 놈들이 재산을 탐내고 있어. 언제부터 다닥다닥 붙은 벌집 같은 곳에서 사는 놈들이 자신들의 근본을 알게 된 거지?" 아판디가 역겨움에 치를 떨며 말했다.

　"그 일을 바로잡으세요. 자끌루트를 불러 대책을 세우세요. 자끌루트는 아무 일도 안 하면서 부동산의 수익을 같이 나누잖아요. 우리에게서 강탈해 간 돈의 본전을 뽑아내세요."

　아판디가 그녀를 한참 뚫어지게 바라보고 나서 물었다.

"자발은?"

"자발! 그 애는 우리의 양아들 아니 내 아들이에요. 우리 집은 그 애가 아는 세상 전부예요. 함단 구역에 대해서라면 그 애도 그들을 모르고 그들도 그 애를 몰라요. 만일 그들이 그 애를 자신들의 친척이라고 여긴다 해도, 그 애는 그들이 아닌 우리 편에 설 거예요. 저는 그 애가 그럴 것이라고 확신해요. 그 애는 소작인과 세입자들을 둘러본 후 돌아와 자끌루트가 오면 그 자리에 함께 참석할 거예요." 그녀는 자신 있게 말했다.

자끌루트가 관재인의 부름을 받고 왔다. 그는 중키에 근육질의 뚱보로 뺨과 목에 흉터가 있는 상스럽고 흉측한 얼굴의 남자였다. 그들은 서로 바싹 다가앉았다.

"즐겁지 않은 소식을 들었습니다." 자끌루트가 말했다.

"나쁜 소식은 빨리 퍼진다더니." 후다가 분통을 터뜨리며 말했다.

"우리뿐 아니라 자네의 위신에도 상당한 손상을 입히게 될 거야." 아판디가 자끌루트를 음흉하게 바라보며 말을 건넸다.

"몽둥이를 휘둘러 피를 본 지도 오래되었습니다." 자끌루트가 우렁찬 목소리로 말했다.

"함단 구역 사람들 착각도 유분수지! 강한 놈 한 명도 배출하지 못한 주제에 제일 허접스러운 놈이 동네 대표라고 주장하고, 꼴같잖은 놈들이에요." 후다가 웃으며 말했다.

"장사꾼들과 거지들이고, 힘이라고는 없는 놈들에게서 어떻게 강한 사람이 나올 수 있겠습니까?" 자끌루트가 넌더리를 내며 말했다.

"자끌루트, 어떻게 할까?" 아판디가 물었다.

"제가 바퀴벌레처럼 놈들을 발로 싹 밟아 놓겠습니다."

자발이 응접실로 들어오다가 자끌루트가 하는 말을 들었다. 그는 사막을 돌아본 후라 얼굴이 발갛게 달아올라 있었다. 그의 크고 강한 몸에서 젊은이의 에너지가 넘쳐 났고 생기발랄한 얼굴은 특히 곧은 콧날과 크고 영리해 보이는 눈으로 또렷한 인상을 남겼다. 그는 좌중에게 공손히 인사를 하고 그날 임대해 준 부동산에 관해 이야기를 시작했다. 후다가 중간에 말을 끊었다.

"앉아라, 자발. 우리는 중요한 일로 너를 기다리고 있었다."

자발의 눈은 후다의 눈에서 풍기는 심상치 않은 기운을 느끼며 앉았다.

"우리가 뭘 염려하는지 너도 알리라 생각한다." 그녀가 말했다.

"밖에서 사람들이 이야기를 하고 있었습니다." 그가 차분하게 대답했다.

그녀는 큰 소리로 말하며 남편을 똑바로 바라보았다.

"들었다고? 모두 우리가 어떻게 나올지 기다리나 보군."

"모래 한 줌이면 끌 수 있는 불입니다. 곧 일을 시작하겠습니다." 흉측한 얼굴을 더욱 일그러뜨리며 자끌루트가 말했다.

"자발, 무슨 할 말 있니?" 후다가 자발을 향해 물었다.

"두 분의 일입니다." 그는 바닥을 들여다보며 불편한 속내를 감추고 말했다.

"네 생각이 궁금한데."

그는 아판디의 날카로운 시선과 자끌루트의 못마땅한 눈초리를 느끼며 잠시 생각한 후 대답했다.

"저는 나리의 은덕을 입은 수양아들입니다. 무슨 말을 해야 할지 모르겠습니다. 다만 저는 함단 구역의 일원입니다."

"그들 가운데 네 아버지도 어머니도 친척들도 없는데 왜 함단 사람이라고 얘기하니?" 후다가 언짢은 듯 날카롭게 말했다.

언뜻 웃는 것처럼 보이는 야릇한 표정의 아판디에게서 경멸하는 소리가 터져 나왔다. 그는 아무 말도 하지 않았다. 얼굴에는 힘들어하는 표정이 역력했지만, 그는 대답했다.

"제 부모님이 그 집안사람들입니다. 그것은 엄연한 사실입니다."

"내 아들이 나를 이렇게 실망시키다니!" 후다가 말했다.

"결코 그런 일은 없을 것입니다! 무깟탐 산도 당신에게 충직한 저를 바꿀 수는 없습니다. 사실을 부정해도 사실이 바뀌지 않습니다."

인내심이 바닥난 아판디가 자리에서 일어나 자끌루트에게 말했다.

"자끌루트, 이따위 이야기를 들으며 시간 낭비하지 말게."

자끌루트가 웃으며 일어났다. 그 순간 후다가 자발을 힐끗 쳐다보며 말했다.

"자끌루트 씨, 도를 넘지 마세요. 그들을 파멸시키려는 게 아니라 그들을 길들이려는 것입니다."

자끌루트가 응접실을 나가자, 아판디가 자발에게 나무라는 듯한 시선을 던지고 조롱하듯 물었다.

"그래, 자발. 네가 함단 구역 사람이라고?"

자발이 침묵으로 그 순간을 모면하려 하자 후다는 딱하고 측은한 마음에 그의 편을 들어 주었다.

"그 애의 마음은 우리 편이지만 자끌루트 앞에서 자신의 근본을 부인하기 어려웠을 거예요."

"그들은 동네 사람들 중 근본은 가장 훌륭하지만 정말 불쌍합니다." 자발이 무척 슬프게 말했다.

"근본 없는 사람들이야." 아판디가 버럭 소리를 질렀다.

"저희들은 아드함의 후손입니다. 그리고 하느님께서 수명을 연장해 주셔서 할아버지께서 아직 살아 계시고요." 자발이 진지하게 말했다.

"누가 아드함이 그분의 자식이라는 것을 입증할 수 있느냐? 그런 말을 가끔 듣는 것은 괜찮다만, 다른 사람의 재산을 빼앗기 위한 수단으로 그런 말을 해서는 안 되지." 아판디가 자문자답했다.

"그들이 우리의 재산을 탐내지 않으면 우리는 그들이 잘못되기를 바라지 않아." 후다가 말했다.

"아무것도 생각하지 말고 가서 일해라." 아판디는 대화를 끝내고 싶어서 자발에게 말했다.

자발은 응접실을 나와 정원의 외부인 출입 구역에 있는 부동산 관리 사무실로 갔다. 그는 장부에 임대차 계약서의 숫자를 기록하고 그달의 결산을 점검해야 했다. 그러나 그는 슬픔으로 정신이 산란해서 집중할 수 없었다. 놀라운 것은 함단 구역 사람들이 그를 좋아하지 않는 것이었다. 그는 그것을 알게 되었다. 함단 카페에 몇 번 들렀을 때 받은 냉대를 그는 기억했다. 그와 더불어 그들이 나쁜 일을 획책하고 있다는 사실이 그를 슬프게 했다. 그것은 그들이 거침없는 행동으로 그를 화나게 했던 것보다 훨씬 더 그를 슬프게 했다. 그를 거둬 기르고 양자로 삼은 그 집안사람들의 분노가 두렵지 않다면 그는 그들을 지켜 주고 싶었다. 후다가 그에게 사랑을 베풀지 않았다면 어떻게 됐을까? 이십 년 전, 후다는 빗물이 가득 찬 웅덩이에서 목욕을 하는 발가벗은 아이를 보고 그 모습에 반했다. 모성애를 꿈꿀 수 없는 불임이어서 아이가 없던 터라 그 아이에게 강하게 끌렸다. 그리하여 그녀는 사람을 보내 그 아이를 데려오게 했다. 아이는 겁을 먹고 울고 있었다. 그녀는 뒷조사를 해서 그 아이가 닭을 파는 여자가 보살피는 고아라는 것을 알게 되었다. 후다는 그 여자를 불러 아이를 양보해 줄 것을 요청했고 그녀는 그 제안을 쌍수를 들고 환영했다. 그리하여 자발은 관재인의 집에서 자라게 되었다. 그는 그의 보호를 받으며 동네 어느 아이보다도 호사를 누렸고 후다는 어머니로서 그를 극진하게 보살폈다. 그는 학교에 들어가 글을 읽고 쓰는 법을 배웠고, 성인이 되자 아판디는 그에게 부동산 관리를 맡겼다. 소유지의 소작인과 임차인 들은 그를 '부책임자 나리'라고 불렀고, 가는 곳마다 감탄과 존경의 시선이 그를 따라다녔다. 함단 구역 사람들이 반란을 일으키기 전까지 그에게 인생은 행복을 약속하는 멋지고 우호적인 것처럼 보였다. 이제 자발은 그가 살아오면서 생각했던 하나의 인간이 아니라, 두

개의 인간이었다. 하나는 키워 준 수양어머니에게 충성하는 인간이었고, 다른 하나는 '함단 구역은 어쩌지?'에 대한 생각으로 어떻게 해야 좋을지 갈피를 못 잡는 난감한 인간이었다.

28

리벡 연주와 함께 까드리의 손에 죽은 후맘의 비극적인 이 야기가 시작됐다. 사람들의 눈에는 불안한 빛이 역력했지만 시선은 이야기꾼 리드완에게 쏠렸다. 그날 밤은 다른 날 밤과 는 달랐다. 낮에 반란이 있었던 밤이었다. 그래서 함단 구역 사람들은 그날 밤 "무사히 지나갈 수 있을까?" 하고 서로들 물었다. 동네는 칠흑 같은 어둠에 잠겼다. 별들조차 가을 구름 뒤에 숨었고 닫힌 창문에서 새어 나오는 희미한 불빛과 동네 곳곳에 있는 손수레의 등에서 흘러나오는 불빛만이 있었다. 그러나 동네의 구석구석은 손수레의 불빛에 모여드는 나방처 럼 몰려다니는 아이들의 떠들썩한 소리로 시끌벅적했다. 타 마르 한나는 함단 구역의 한 집 앞에 천을 펼쳐 놓고 흥얼거리 기 시작했다.

우리 동네 초입에 훌륭한 카페 주인이 있답니다.

고양이들은 먹을 것을 차지하기 위해 또는 짝을 차지하기 위해 날을 세우며 시끄럽게 울어 댔고, 이야기꾼의 목소리도 점점 카랑카랑해졌다. "아드함이 까드리의 면전에 소리쳤다오. 네 동생에게 무슨 짓을 했느냐?" 그 순간 바닥으로 동그랗게 떨어지는 화등잔 불빛 아래 자끌루트가 불쑥 모습을 드러냈다. 그는 악의로 이글거리는 눈빛에 얼굴을 찌푸려 간담을 서늘하게 하고 밉살스럽고 고약해 보였다. 그는 무시무시한 몽둥이를 손에 꽉 쥐고 있었다. 그는 무섭고 불쾌한 눈빛으로 카페와 거기에 앉은 사람들이 벌레라도 되는 듯이 훑어보았다. 겁이 더럭 난 이야기꾼은 목소리가 기어 들어가다 결국 말문이 막혔고, 둘마와 이트리스는 술이 확 깨고 정신이 번쩍 들었다. 다아비스와 알리 파와니스는 서로 소곤거리며 하던 이야기를 멈췄고 압둔도 손님 시중드는 일을 멈췄다. 함단은 손으로 나르질라의 파이프를 꽉 잡았다. 죽음과 같은 무거운 침묵이 흘렀다.

갑자기 카페가 소란스러워졌다. 함단 구역 사람들이 아닌 손님들이 서둘러 카페를 빠져나갔기 때문이다. 여러 구역의 수장인 끼드라, 라이시, 아부 사리으, 바라카트, 함무다가 들어와 자끌루트 뒤에 줄지어 섰다. 마치 집이 와르르 무너져 내리는 것처럼 소식이 동네에 순식간에 퍼졌다. 창문들이 일제히 열리면서 아이들이 조르르 달려 나왔다. 나이 든 사람들의 마음속에선 갈등이 일어 한편으로는 고소하면서도 한편으로는 측은한 생각이 들었다. 함단이 처음으로 침묵을 깼다. 그는 그들을 맞이하기 위해 일어섰다.

"우리 동네의 수장 두목이신 자끌루트 씨 잘 오셨습니다. 여기 앉으시지요."

그러나 자끌루트는 그의 말이 들리지 않거나 그를 보지 못한 것처럼 그를 무시하고 쫙 째진 두 눈으로 무섭게 노려보았다. 그러고 나서 굵고 거친 목소리로 물었다.

"누가 이 구역의 보호자냐?"

그에게 물은 것이 아니었지만 함단이 대답했다.

"끼드라입니다."

자끌루트가 얕보는 태도로 끼드라를 비웃었다.

"네가 함단 구역 사람들의 보호자냐?"

끼드라가 몇 발짝 앞으로 나왔다. 그는 상대방의 약을 올리는 듯한 장난기 가득한 얼굴에 다부진 몸매의 땅딸보였다.

"제가 두목을 제외한 다른 자들로부터 저들을 보호하고 있습니다."

자끌루트가 심기가 불편한 듯 못마땅한 미소를 지었다.

"너는 이곳 보호자가 되려고 계집애 같은 놈들만 사는 구역을 찾았냐?"

그러고는 카페가 쩌렁쩌렁 울리게 소리쳤다.

"계집애 같은 놈들! 개자식! 너희들은 이 동네 전체의 수장이 있다는 것을 모르냐?"

"자끌루트 씨, 당신과 우리 사이에는 문제될 게 없습니다." 얼굴이 새파랗게 질린 함단이 말했다.

"닥쳐, 이 어리석은 노인네야! 너와 너희들의 주인에게 쳐들어간 대가로 이제부터 설설 기어야 할 거다." 자끌루트가 그에게 소리를 질렀다.

"절대로 쳐들어간 것이 아닙니다. 저희는 관재인 나리께 하소연을 하러 갔을 뿐입니다." 함단이 고통스러운 목소리로 말했다.

"너희들 저 개자식이 하는 말을 들었지? 함단, 쓰레기 같은 놈! 네 엄마가 무슨 짓거리를 했는지 벌써 잊은 모양이지? 맹세하는데 '나는 여자다.'라고 큰 소리로 말할 때까지 너희들 중 어느 누구도 이 동네에서 멀쩡하게 나다니지 못할 거다."

그는 몽둥이를 하늘로 높이 들어 올린 후 곧바로 테이블을 세게 내리쳤다. 찻잔, 유리컵, 접시, 숟가락, 원두커피 통, 차, 설탕, 계피, 생강 등이 사방으로 튀었다. 압둔이 뒤로 물러나면서 몸을 피하다 탁자에 부딪쳐 탁자와 함께 바닥에 나동그라졌다. 자끌루트가 갑자기 달려들어 함단에게 박치기를 했다. 함단은 균형을 잃고 박살 난 나르질라 옆으로 넘어졌다. 자끌루트가 다시 몽둥이를 들고 소리쳤다.

"죄를 지으면 반드시 벌을 받는 거다, 쌍놈의 새끼들!"

다아비스가 의자를 들어 커다란 등에 던졌다. 몽둥이가 테이블 뒤에 있는 큰 거울을 치기 직전에 등이 깨졌고 카페는 암흑천지로 변했다. 타마르 한나가 비명을 질렀다. 그러자 함단 구역 여자들의 비명 소리가 창가와 문간에서 터져 나왔다. 마치 동네는 돌팔매질에 아파서 짖어 대는 개와 같았다. 자끌루트는 미쳐서 날뛰었다. 마구 휘두르는 몽둥이에 사람들이 엎어맞고 벽과 의자가 부서졌다. 한동안 비명 소리, 신음 소리, 도움을 청하는 소리가 뒤섞여 계속되었다. 사람들은 몽둥이를 피해 이리저리 달아나다 서로 부딪쳤다. 자끌루트는 우레와 같은 목소리로 소리쳤다.

"모두들 집으로 돌아가 꼼짝 말고 있어!"

함단 구역 사람이든 아니든 간에 명령에 따라 서둘러 집으로 달아났다. 돌아가는 발소리가 요란하게 들려왔다. 라이시가 등롱을 가져왔다. 불빛에 보이는 것이라고는 자끌루트와 깡패들뿐이었다. 동네는 텅 비고 여자들의 목소리만 들렸다. 바라카트가 그를 치켜세웠다.

"몸을 아끼셔야죠. 두목님. 저희들이 이 바퀴벌레 같은 놈들의 버르장머리를 단단히 고쳐 놓겠습니다."

"원하신다면, 저희가 함단 구역 사람들을 말발굽에 채여 죽게 하겠습니다." 아부 사리으가 말했다.

"저놈들의 교육을 제게 맡겨 주시면 두목을 받들고 싶은 저의 크나큰 소원이 이루어집니다, 두목!" 함단 구역의 수장인 끼드라가 말했다.

"하느님께선 저런 잔인한 놈을 그냥 두시지 않지!" 집 문 너머로 타마르 한나가 목청을 높였다.

"타마르 한나, 너랑 같이 잔 놈들의 수를 맞출 수 있는 함단 구역 남자가 있으면 내가 그놈에게 도전장을 내민다!" 자끌루트가 그녀에게 소리쳤다.

타마르 한나가 소리를 지르려 하자 누군가 손으로 그녀의 입을 틀어막아 그녀는 말끝을 흐렸다.

"하느님은 당신과 우리를 잘 알고 계시지. 함단이 주인……."

자끌루트는 함단 구역 사람들이 들을 수 있게 큰 소리로 수장들을 향해 말했다.

"함단 구역 놈들이 집 밖으로 나오면 무조건 패."

"자신을 사나이라고 생각하는 놈은 나와 봐." 끼드라가 소리쳐 협박했다.

"여자들은요? 두목." 함무다가 물었다.

"자끌루트는 남자를 상대하지, 여자들은 상대하지 않아." 자끌루트가 화를 내며 대답했다.

날이 밝았지만 함단 구역 남자들은 한 사람도 집 밖으로 나오지 못했다. 깡패들은 각자 자기 구역의 카페 앞에 앉아 길목을 지켰고, 자끌루트는 몇 시간에 한 번씩 동네를 순찰했다. 사람들은 앞다투어 그에게 인사를 하고 아첨을 하며 칭송했다. "정말로 남자들 가운데 상남자이십니다, 두목."

"함단 구역 남자들을 여자라 하신 것 잘하신 겁니다."

"자끌루트 님! 그 건방진 함단 구역 놈들을 당신 손으로 길들이시게 돼 참으로 다행입니다." 그러나 그는 아무에게도 일말의 관심을 보이지 않았다.

29

"이렇게 부당한 게 마음에 드세요, 자발라위?"

자발은 까드리와 힌드가 둘만의 시간을 보내고, 후맘이 살해당했다는 곳으로 전해지는 바위 아래 땅바닥에 누워 물었다. 그는 이제 행복이 무참히 짓밟힌 듯한 눈으로 저물어 가는 하늘을 바라보았다. 그는 할 일이 너무 많기도 했지만 혼자 틀어박혀 있는 것을 좋아하는 부류의 사람은 아니었다. 그러나 최근 그는 함단 구역 사람들에게 닥친 불행에 마음이 흔들려 혼자 있고 싶은 마음이 간절해졌다. 아마 사막에서는 그를 욕하고 괴롭히는 목소리를 들을 수 없기 때문일 것이다. 그가 거리를 지나갈 때마다 사람들은 창문 뒤에서 '함단의 배반자! 괘씸한 놈!'이라고 큰 소리로 말하곤 했다. 그러면 그의 마음속에서는 '다른 사람의 희생으로 얻은 삶은 결코 행복할 수 없어요.'라는 말이 아우성쳤다. 함단 구역 사람들, 그들 안에서 그의 어머니와 아버지가 태어났고 그들의 묘지에 묻혔다. 그들이 박해받고 있다. 정말로 끔찍한 박해다! 그들의 재산은 강탈당했다. 그 박해자가 누구던가? 그가 바로 자신에게 은혜를 베풀어 준 그 사람이다. 그 사람의 아내가 진창에서 그를 구원해 '저택'의 수준에 맞게 그를 이끌어 주었다. 동네의 모든 일이 공감과 협박에 의해 처리되었기 때문에 동네 지도자들이 그들의 집에 감금된 것은 놀라운 일도 아니었다. 우리 동네는 단 하루도 바람 잘 날이 없었다. 동네는 아드함과 우마이마가 '대저택'에서 쫓겨난 이후 이것을 숙명으로 걸머지게 되었다.

'자발라위, 그것을 모르세요? 당신의 침묵이 길어지면 길어질수록 불의가 점점 더 지독해지는 것 같습니다. 언제까지 침묵하실 겁니까? 자발라위! 남자들은 집에 갇힌 죄수고 여자들은 집 밖을 나서면 조롱당하는 대상입니다. 그리고 저도 묵묵히 멸시를 당하죠. 동네 사람들이 웃는 게 정말 이상해요. 그들은 어떻게 웃을까요? 그들은 승자가 누구든 강자가 누구든 그에게 환호를 보내고 몽둥이 앞에 납작 엎드려요. 그들은 마음속 깊이 감추어 둔 두려움을 보이지 않기 위해 그렇게 하는 겁니다. 우리 동네에서는 밥 먹듯 멸시를 당해요. 언제 몽둥이로 머리를 맞을지 아무도 모르거든요.'

그는 하늘을 올려다보았다. 하늘은 고요하고 평온하고 나른했다. 구름이 아름답게 하늘을 수놓았고 솔개 한 마리가 날개를 치며 날아갔다. 인적이 끊기고, 벌레들이 활동할 시간이 되었다. 갑자기 가까이에서 탁하고 쉰 외침 소리가 들렸다. "걸음을 멈춰, 쌍놈의 새끼!" 그는 그 소리에 놀라 깊은 생각에서 깨어났다. 그는 그 목소리를 어디서 들었는지 기억하려고 애썼다. 그는 남쪽을 향해 힌드 바위를 돌았다. 그의 눈에 누군가 공포에 떨며 미친 듯이 달려오고 그 뒤를 쫓고 있는 사람이 보였다. 앞사람이 거의 잡힐 것 같았다. 그는 좀 더 자세히 살펴보았다. 도망가는 사람은 다아비스이고 쫓는 사람은 함단 구역의 수장 끼드라였다. 그 순간 그는 상황을 알아차리고 그에게 다가오는 추격전을 불안한 마음으로 지켜보았다. 얼마 지나지 않아 끼드라가 다아비스를 추월해 와 그의 어깨를 잡았다. 있는 힘을 다해 뛰었던 터라 두 사람 모두 숨을 헐떡거리며 멈춰 섰다.

"독사 같은 놈, 어떻게 감히 집을 빠져나와? 무사히 돌아가지 못할 거다." 끼드라는 가쁜 목소리로 소리쳤다.

"끼드라, 나를 놓아주게. 자네가 우리 구역 수장이니 우리를 보호해야 하지 않나?" 다아비스가 머리를 팔로 감싸고 큰 소리로 외쳤다.

끼드라는 다아비스의 머리에서 터번이 떨어질 때까지 그를 흔들며 소리를 질렀다.

"괘씸한 놈, 너도 알잖아. 자끌루트가 아니면 나는 그 어떤 것들로부터도 너희들을 보호해 준다는 것을 말야."

다아비스가 자발을 알아보고 그에게 외쳤다.

"도와줘, 자발. 나를 도와줘. 그쪽 사람이 되기 전에 너는 우리 쪽 사람이었잖아."

끼드라가 거칠게 위협했다.

"같잖은 놈, 나한테서 너를 구해 줄 놈은 없어."

자발은 자신도 모르게 그들 곁으로 다가가 걸음을 멈췄다.

"그 사람을 부드럽게 대하세요, 끼드라 씨." 그는 조용히 말했다.

끼드라는 그를 차갑게 쏘아보았다.

"나는 내가 뭘 해야 하는지 잘 알아."

"아마 그가 집을 나서야만 할 일이 있었나 봅니다."

"그게 피할 수 없는 운명이었겠지."

그가 다아비스의 어깨에 힘을 주자 다아비스가 신음 소리를 냈다.

"그를 부드럽게 대하세요. 그가 당신보다 나이도 많고 몸도 약한 게 안 보입니까?" 자발이 성을 내며 말했다.

끼드라는 그의 어깨에서 손을 떼고서 두 배나 강한 힘으로 등이 활처럼 휠 정도로 다아비스의 뒤통수를 때렸다. 그러고는 무릎으로 엉덩이를 치자 그는 코를 박고 엎어졌다. 곧 그는 다아비스를 타고 앉아 주먹질을 해 대며 증오로 가득 찬 목소리로 말했다. "자끌루트가 하신 말씀 못 들었나?"

자발은 분노로 피가 거꾸로 솟아 소리쳤다.

"당신 그리고 자끌루트, 저주받을 놈들! 그를 놓아줘, 이 파렴치한 놈아!"

끼드라는 다아비스를 때리다 말고 놀란 얼굴로 자발을 올려다보았다.

"자발, 너 말 다했어? 너, 관재인께서 자끌루트에게 함단 구역 사람들을 손봐 주라고 명령하실 때 그 자리에 없었냐?"

자발은 더욱더 화가 났다.

"그를 놓아줘, 이 파렴치한 놈아!"

끼드라의 목소리가 분노로 떨렸다.

"관재인 댁에서 일한다고 나한테 뭘 기대하나 본데, 내가 너를 봐줄 거라고 생각하면 오산이야!"

자발은 제정신이 아닌 듯 그에게 달려들어 옆구리에 발길질을 하며 외쳤다.

"네놈의 어머니가 너를 잃기 전에 당장 집으로 꺼져."

끼드라는 땅에서 몽둥이를 주워 들고 벌떡 일어나려 했다. 하지만 자발이 더 빨리 그의 배를 주먹으로 세게 쳤다. 그는 아픈 듯 휘청거렸다. 자발은 이 기회를 놓치지 않고 그의 손에서 몽둥이를 빼앗고 그를 찬찬히 살펴보았다. 끼드라가 두 걸음 뒤로 물러서더니 재빨리 몸을 숙이고 돌을 집어 들었다. 그러나 그가 돌을 던지기 전에 자발이 몽둥이로 그의 머리를 세차게 내리쳤다. 그는 비명을 지르며 나동그라졌다. 그는 머리를 박고 쓰러졌고 이마에서는 피가 철철 흘렀다. 그사이 어둠이 짙게 깔렸다. 자발이 주위를 살펴보자 질밥을 털며 일어나 다친 곳을 살피는 다아비스 외에는 아무도 없었다. 그가 자발에게 다가와 다정하게 말했다.

"너는 진짜 형제야, 자발!"

자발은 아무 대답 없이 끼드라에게 몸을 굽혀 그의 몸을 바로 눕히고 중얼거렸다.

"기절했군!"

다아비스가 그의 얼굴에 침을 뱉었다. 자발은 그를 멀리 밀치고 다시 그에게 몸을 숙여 조심스레 흔들어 보았다. 그러나 그에게서 정신이 들 기미가 전혀 보이지 않았다.

"무슨 일이지?"

다아비스가 상체를 숙이고 심장 소리를 들어 본 후 그에게 얼굴을 가까이 하고 성냥에 불을 붙였다. 그다음 일어서서 속삭였다.

"죽었어."

자발은 오싹하고 온몸에 소름이 끼쳤다.

"거짓말 말아요."

"죽은 건 죽은 거야. 네가 살아 있는 것처럼."

"어떻게 이런 끔찍한 일이."

다아비스는 그 일을 가볍게 넘기려 애썼다.

"그가 얼마나 사람들을 많이 때리고 죽였는지 생각해 봐. 지옥의 저승사자에게 갔겠지."

"나는 한 번도 사람을 때리거나 죽인 적이 없었는데." 자발은 혼잣말하듯 슬프게 말했다.

"이건 정당방위야."

"그를 죽일 생각이 아니었어요. 그러고 싶지도 않았어요."

"자발, 네 손힘이 강해서 그런 거야. 그들을 두려워할 필요 없다. 네가 원하기만 하면 수장이 될 수도 있어." 다아비스가 걱정스레 말했다.

자발은 손으로 이마를 치며 소리를 질렀다.

"아, 이럴 수가! 한 대 쳤을 뿐인데 살인자가 되다니!"

"정신 차려. 곤란한 일이 생기기 전에 어서 그를 파묻자."

"그를 묻어도, 안 묻어도 곤란한 일이 생길 거예요."

"나는 유감스럽지 않아. 이제 나머지 놈들 차례야. 이 짐승 같은 놈을 감추게 도와다오."

다아비스가 몽둥이를 들고 전에 까드리가 땅을 팠던 곳에서 멀지 않은 곳에 구덩이를 파기 시작했다. 곧 자발도 침울하게 그와 함께 땅을 파기 시작했다. 묵묵히 땅만 파다가 다아비스가 자발의 가라앉은 기분을 가볍게 해 주려고 말을 건넸다.

"슬퍼하지 마. 우리 동네에서는 살인이 밥 먹듯 흔한 일이니까."

"전 결코 살인자가 되려는 마음이 없었어요. 오, 하느님! 제가 이렇게 나쁜 놈인지 몰랐습니다."

구덩이 파는 일이 끝나자 다아비스는 허리를 펴고 질밥 소매로 이마를 닦은 뒤 코끝을 찌르는 흙냄새를 없애기 위해 코를 풀었다.

"이 무덤은 그 나쁜 새끼와 다른 수장 놈들을 묻기에 충분하군." 그가 표독스럽게 말했다.

"죽은 이에게 경의를 표하세요. 우리 모두 언젠가는 죽어요." 자발이 불안한 듯 말했다.

"살아 있을 때 우리를 존중했어야 죽었을 때 경의를 표하지." 다아비스가 성이 나서 말했다.

그들은 시체를 들어 구덩이에 눕혔다. 자발이 그의 옆에 몽둥이를 놓은 뒤 그 위를 흙으로 덮었다. 자발이 고개를 들자 한 치 앞도 보이지 않을 정도로 칠흑같이 어두운 밤이 되었다. 그는 터져 나오려는 울음을 참으며 한숨을 토해 냈다.

30

'끼드라가 어디 있지?'

자끌루트는 다른 수장들이 묻는 것처럼 마음속으로 물었다. 수장들은 함단 구역 남자들이 동네에서 사라진 것처럼 종적도 없이 사라진 자신들의 동료에 대해 묻고 다녔다. 끼드라의 집은 함단이 사는 공동 주택 바로 옆에 있었다. 총각인 그는 밖에서 밤을 지새우고 새벽녘이나 그 후에 집으로 돌아오거나, 하룻밤이나 이틀 밤을 다른 곳에서 자고 오는 일도 심심찮았다. 그러나 행선지를 밝히지 않고 일주일을 넘긴 적은 없었다. 더욱이 이렇게 함단 구역 남자들의 출입을 철저히 봉쇄해야 할 때에, 한 치도 소홀히 할 수 없는 철야 감시의 임무를 다해야 할 그가 보이지 않는 것이었다. 그들은 함단 구역 사람들을 의심하여 그들의 집을 샅샅이 수색해 보기로 했다. 자끌루트를 선두로 수장들이 느닷없이 함단 구역 내 모든 집으로

들이닥쳐서는 침실에서 옥상까지 철저히 수색하고 마당까지 들쑤셨다. 이어 함단 구역 남자들은 온갖 모욕을 당했다. 발길질과 주먹질, 그리고 침 세례를 당하지 않은 사람이 없었다. 그렇게 하고도 수장들은 의심스러운 점을 찾아내지 못했다. 그들은 정보나 단서를 찾아내려 주변 지역을 샅샅이 훑고 다녔지만 단 한 사람도 그들에게 중요한 정보를 제공하지 않았다. 자끌루트의 정원에 있는 포도 넝쿨 아래 모여 앉아 해시시 담뱃대를 돌려 피우면서 그들은 자연스럽게 끼드라의 실종을 화젯거리로 삼았다. 어둠이 내려앉은 정원에 빛이라고는 그들이 앉아 있는 곳에서 두 뼘 정도 떨어진 바닥에 서 있는 작은 남포등에서 나오는 희미한 불빛뿐이었다. 그 불빛 아래 바라카트는 해시시를 잘라 납작하게 만든 후 불붙은 탄을 잘게 부숴 담뱃대 위에 꼭꼭 채워 넣어 담배를 피웠다. 미풍에 흔들리며 춤추는 불빛을 받으며 드러난 자끌루트, 함무다, 라이시, 아부 사리으의 얼굴은 음울해 보였고, 그들의 눈꺼풀은 무겁게 내려앉았고 동공은 풀려 있었다. 점차 커지는 개구리의 울음소리는 고요한 밤에 청각 장애인들이 도움을 청하는 소리처럼 들렸다. 라이시가 바라카트에게서 담뱃대를 받아 자끌루트에게 전하며 말했다.

"어디로 갔을까요? 마치 땅이 삼켜 버린 것 같습니다."

자끌루트는 집게손가락으로 담뱃대를 여러 번 두드리며 숨을 깊이 들이마셨다가 짙은 해시시 연기를 내뿜었다.

"땅이 끼드라를 삼켰다. 그리고 그는 땅속에 일주일 동안 누워 있다."

일에 몰두하고 있는 바라카트를 제외하고 모두 근심 어린 눈빛으로 그를 바라보았다. 자끌루트가 말을 이었다.

"우리는 이유 없이 사라지지 않아. 나는 죽음의 냄새가 느껴져."

아부 사리으가 심한 바람에 갈대가 휘듯이 상체를 숙인 후 기침을 하고 나서 말했다.

"그러면 누가 그를 죽였을까요?"

"기적이야! 함단 구역의 남자가 아니면 누구겠어?"

"그들은 집에서 꼼짝도 안 했는데, 우리가 감시했잖아."

"이 동네에 사는 다른 놈들은 뭐라고 하나?" 자끌루트가 주먹으로 포단의 가장자리를 치며 말했다.

"우리 구역 사람들은 끼드라의 실종과 함단이 관련되어 있다고 믿고 있습니다." 함무다가 말했다.

"천치 같은 놈들아, 알아듣겠어! 사람들이 끼드라를 죽인 놈이 함단과 관련되어 있다고 말한다면, 어떻게 살해했을지도 생각해 봐야 해."

"만일 살인자가 알아투프 사람이라면요?"

"살인자가 카프르 알자가리 사람이라 할지라도 우리는 다른 놈들을 공포로 몰아넣는 데 관심 있지, 범인을 처벌하는 것에는 관심 없다."

"훌륭하십니다!" 아부 사리으가 탄성을 질렀다.

라이시는 화로를 비우고 담뱃대를 바라카트에게 건네며 말했다.

"불쌍한 함단 놈들!"

그들의 입에서 터져 나온 건조하고 씁쓸한 웃음소리가 개구리 울음소리와 섞였고, 그들은 위협적으로 머리를 격렬하게 흔들었다. 갑자기 한 줄기 세찬 바람이 불어와 바싹 마른 나뭇잎을 스치고 지나자 나뭇잎 흔들리는 소리가 났다. 함무다가 손뼉을 쳤다.

"이 일은 이제 함단 구역 놈들과 관재인과의 싸움이 아니라, 우리들의 자존심이 걸린 일입니다."

"전에 우리 가운데 어느 한 사람도 자신의 구역에서 살해된 적이 없어." 자끌루트가 다시 주먹으로 포단의 가장자리를 치면서 말했다.

그의 얼굴이 분노로 굳어지자 부하들은 그의 분노를 살 만한 말이나 행동을 삼갔다. 침묵이 흐르고 해시시 담뱃대에서 나는 소리, 기침 소리, 그리고 목청을 가다듬는 헛기침 소리만 들렸다.

"우리의 생각과 달리 끼드라가 돌아오면요?" 바라카트가 물었다.

"어리석은 놈, 그럼 내가 수염을 깎지." 자끌루트가 화가 나서 소리를 질렀다.

바라카트가 웃자 모두들 따라 웃다가 다시 쥐 죽은 듯 조용해졌다. 그들에게 살육 장면이 선명하게 떠올랐다. 몽둥이가 머리를 가격하고 피가 흘러 땅을 적셨다. 그리고 수십 명의 남자들의 숨넘어가는 소리가 들렸다. 그들은 다른 동물을 노리는 호랑이처럼 마음속에서 끓어넘치는 살해 욕구로 잔인하게 빛나는 눈길을 서로 주고받았다. 이제 그들은 끼드라의 일에 개의치 않았다. 그들 중 단 한 명도 그를 좋아하지 않았다. 사실 그들은 서로를 좋아하지는 않았지만 자신들을 지키고 다른 사람들에게 폭력을 행사한다는 한 가지 목표로 똘똘 뭉친 것이다.

"다음에는 뭐죠?" 라이시가 물었다.

"우리 사이의 약속대로 나는 관재인에게 돌아가야만 한다." 자끌루트가 대답했다.

31

"관재인 나리, 함단 구역 사람이 끼드라를 죽였습니다." 자끌루트가 말했다.

그는 관재인에게서 눈을 떼지 않았지만, 동시에 그의 오른편에 있는 부인 후다와 그녀의 오른쪽에 있는 자발도 바라보았다. 그 말에 아판디는 그다지 놀라는 것 같지 않았다.

"그가 실종됐다는 소식을 들었다. 정말 그를 찾겠다는 희망을 포기한 건가?"

문틈으로 쏟아져 들어오는 아침 햇살에 자끌루트의 흉측한 몰골이 또렷하게 보였다.

"그를 결코 찾을 수 없을 겁니다. 저는 이런 모략을 꾸미는 데 전문가입니다."

맞은편 벽을 뚫어지게 쳐다보고 있는 자발의 얼굴을 후다가 바라보며 신경질적으로 말했다.

"그가 살해된 게 사실이라면, 심각한 일이잖아!"

"무서운 응징을 해야지, 그러지 않으면 저희 모두 죽게 될 겁니다." 자끌루트가 주먹을 불끈 쥐며 말했다.

"그 일로 우리의 체면이 구겨지면 안 되지." 아판디는 염주를 만지작거리며 말했다.

"그리고 재산 전체와도 관계가 있습니다." 자끌루트가 응답했다.

"날조된 이야기일지도 몰라요. 실제로 일어나지도 않았는데 말이죠." 자발이 침묵을 깨고 입을 열었다.

그 말을 듣자 자끌루트는 속에서 화가 치밀었다.

"이런 말이나 하면서 시간을 허비해서는 안 됩니다."

"그가 살해되었다는 증거를 대 보세요."

"살해되지 않고서 우리 동네 사람들은 이제껏 이런 식으로 사라진 적이 없다." 아판디는 의심하는 속내를 드러내지 않으려고 힘주어 말했다.

상쾌한 가을바람도 이 험악한 분위기를 누그러뜨리지 못했다.

"범죄란 사실이 명명백백해 이웃 동네에서도 다 그렇다고 인정하는 눈치입니다. 이따위 이야기를 하는 건 시간 낭비입니다." 자끌루트가 큰 소리로 말했다.

자발이 나섰다.

"함단 구역 남자들은 모두 다 집에 갇혀 있잖아요."

자끌루트는 표정을 바꾸지 않고 소리 내어 웃었다.

"그것 참 재미난 수수께끼야!"

그리고 나서 의자에 편히 앉아 그를 노려보았다.

"네가 관심을 두어야 하는 일은 네 친척들의 무고함을 입증하는 거야."

"전 진실에 관심이 많습니다. 당신들은 아주 사소한 이유로 불법을 저지르고, 때로는 아무 이유 없이 잔인한 짓을 하죠. 당신들이 지금 관심을 갖는 것은 오로지 죄 없는 사람들을 죽이려는 데 혈안이 돼 그 허락을 받아 내는 거잖아요." 자발은 분노를 삭이려고 무진 애를 쓰는데도 불구하고 목소리에는 노기가 역력했다.

자끌루트의 눈이 적개심으로 이글거렸다.

"너의 친척들은 죄인들이야. 재산을 수호하는 끼드라를 죽였어."

"아버님! 피에 굶주린 이 사람의 청을 들어주지 마세요." 자발은 아판디를 바라보며 말했다.

"체면을 잃게 되면 우리는 목숨도 잃게 돼."

"너는 우리가 산 채로 매장되는 꼴을 보고 싶은 거니?" 후다가 자발을 바라보며 물었다.

자끌루트가 발끈했다.

"너는 그 죄인들은 걱정하면서 너에게 은혜를 베풀어 주신 분들은 까맣게 잊었어."

자발은 가슴속에서 분노가 더 이상 참을 수 없을 정도로 끓어올라 강하게 말했다.

"우리 동네는 죄인들로 우글거리죠. 하지만 그들은 죄인이 아니에요."

후다는 손으로 자신의 푸른색 숄의 끝을 꼭 잡았고, 아판디는 얼굴이 하얗게 질려 콧구멍을 벌름거렸다. 자끌루트는 그들 모습에 용기를 얻어 빈정거리며 증오심을 드러냈다.

"네가 그들 중 하나라고 지금 죄인들을 변호하는 거냐."

"당신이 우리 동네에서 죄를 가장 많이 지었을 텐데, 그런 당신이 죄인이라고 공격하는 건 믿기지 않는 일이죠."

자끌루트가 얼굴을 찌푸리며 자리에서 벌떡 일어났다.

"이 댁에서의 너의 위치만 아니었다면 너를 앉은자리에서 갈기갈기 찢어 놨어."

"자끌루트 씨, 상상력이 아주 풍부하시군요." 자발은 자신의 감정을 고스란히 드러내 보이며 두려울 정도로 차분히 말했다.

"감히 내 앞에서 이렇게 무례하게 굴 수가 있느냐?" 아판디가 소리쳤다.

"저는 나리의 명예를 지키기 위해 자발과 다투는 겁니다." 자끌루트가 심술궂게 말했다.

아판디는 손가락으로 염주의 줄을 끊을 뻔했다.

"나는 네가 함단을 옹호하는 것을 용납할 수 없다."

"이 사람은 불순한 의도로 그들에 대해 거짓말을 지어내고 있어요."

"나 스스로 판단할 시간을 다오."

잠시 침묵이 흘렀다. 정원에서는 새들이 지저귀는 소리가, 골목에서는 상스러운 욕설이 섞인 아우성 소리가 들려왔다.

"죄인들을 징벌하기 위해 꼭 나리의 허락을 받아야 합니까?" 자끌루트가 미소를 지으며 말했다.

자발은 운명의 시간이 다가옴을 느꼈다. 그래서 그는 후다를 향해 절망적으로 말했다.

"마님, 저는 제 친척들과 운명을 함께하기 위해 갇혀 있는 그들 속으로 들어가야만 할 것 같습니다."

"아! 이럴 수가! 희망이 물거품이 되는구나." 후다는 충격이 역력한 표정으로 소리쳤다.

극도로 감정이 예민해진 그는 그 말에 마음이 흔들려 고개를 숙였다가 다시 자끌루트를 바라보았다. 자끌루트는 입술을 꼭 다문 채 가증스럽고 얄밉게 미소를 지었다.

"선택의 여지가 없습니다. 제가 살아 있는 동안 저에게 베풀어 주신 은혜는 결코 잊지 않겠습니다." 그는 가슴 아프게 말했다.

"네가 우리 편인지 아닌지 그것부터 알아야겠다." 아판디가 무자비하게 그를 노려보며 물었다.

자발은 현재 누리는 삶과 작별해야 한다는 생각이 들자 슬퍼졌다.

"저는 나리의 은혜를 입은 양자라 나리의 반대편에 설 수는 없습니다만 친척들을 죽게 내버려 두고 나리의 그늘에서 호의호식하는 것은 부끄러운 일입니다."

모성을 위협하는 이 위기에 처하게 된 후다는 안절부절 어쩔 줄을 몰랐다.

"자끌루트 씨, 다음에 다시 이야기하죠."

자끌루트는 마치 노새 발굽에 얼굴을 차인 것처럼 오만상을 찡그리고 아판디와 후다를 번갈아 보며 중얼거렸다.

"내일 이 동네에서 무슨 일이 일어날지 저는 모릅니다."

"대답해, 자발. 너는 우리 편이냐, 반대편이냐?" 아판디가 후다에게 곁눈질을 하며 물었다.

그는 화가 머리끝까지 치밀어 대답할 틈도 주지 않고 소리를 질렀다.

"우리 편이 되어 여기에 남든지 아니면 당장 너의 친척들에게 돌아가."

이 말을 들은 자끌루트의 얼굴 표정이 달라지자 자발은 분통이 터져 결연히 말했다.

"아버님께서 저를 내쫓으시니 나가겠습니다."

"자발!" 후다가 고통스러운 목소리로 외쳤다.

"지금 두 분 앞에 태어났을 때와 하나도 달라진 게 없는 남자가 있군요." 자끌루트가 비아냥거리며 소리쳤다.

자발은 불편해서 더는 그들과 함께 앉아 있을 수가 없었다. 그는 자리에서 일어나 문을 향해 또박또박 걸어갔다. 후다가 일어나자 아판디는 그녀가 팔로 제지했다. 자발은 금방 사라져 버렸다. 밖에서 바람이 불어왔다. 바람에 커튼이 흔들리며 창틀에 부딪쳐 소리를 냈다. 실내는 긴장되고 우울한 분위기가 팽배했다.

"이제 일을 시작하겠습니다." 자끌루트가 조용히 말했다.

"안 돼요. 봉쇄하는 것만으로도 충분해요. 자발을 해치지 마세요." 후다는 자신이 완강하다는 것을 보여 주려는 듯 신경질을 내며 고집스레 말했다.

자끌루트는 자신이 이겼다고 생각했는지 화를 내지 않았다. 그는 관재인을 올려다보고 그의 의중을 눈으로 물었다. 아판디는 마치 레몬을 씹은 것 같은 표정을 지으며 말했다.

"나중에 다시 이야기하세."

32

자발은 이제 마지막이라는 생각으로 정원과 접견실을 바라
보았다. 그러자 매일 저녁 리벡 반주에 맞춰 이야기꾼이 들려
주는 아드함의 비극이 생각났다. 그가 문을 향해 걸어가자 문
지기가 그를 맞으며 물었다.

"또 나가세요, 도련님."

"떠납니다. 다시는 돌아오지 않아요. 핫사나인 아저씨." 자
발은 분을 삭이며 대답했다.

문지기는 놀라서 입을 벌리고 잠시 어리둥절해 그를 똑바
로 바라보며 중얼거렸다.

"함단 구역 사람들 때문인가요?"

자발이 말없이 고개를 숙이자 문지기가 다시 물었다.

"누가 그 말을 믿겠어요? 마님께서 어떻게 허락하셨을까
요? 아! 도련님, 어떻게 사시려고?"

자발은 문밖으로 나오자마자 걸음을 멈추어 서서, 사람과 동물, 그리고 온갖 오물로 넘쳐 나는 동네를 바라보며 대답했다.

"동네 사람들처럼."

"도련님은 태생이 다르세요."

자발은 희미하게 웃었다.

"내가 그곳에서 빠져나온 것은 순전히 우연이었어요."

그는 수장들의 분노를 사지 말라는 문지기의 슬픈 경고를 뒤로하고 집에서 멀어져 갔다. 그의 눈앞에 흙먼지가 풀풀 날렸다. 가축, 고양이, 아이들, 그리고 동물의 배설물로 뒤덮인 동네가 펼쳐졌다. 그는 자신에게 일어난 변화가 얼마나 큰 것인지 깨달았다. 고난이 그를 기다리고 있었다. 그는 안락한 삶을 잃은 것이다. 그러나 고통이 분노에 가려 꽃과 새, 그리고 어머니의 사랑 따위는 안중에도 없는 것처럼 보였다. 길을 가다가 수장 함무다 곁을 지나게 되었다. 남자가 비아냥거렸다.

"함단 구역 사람들을 처벌하는 데 네 힘을 우리에게 빌려주면 좋겠는데."

자발은 모른 척하고 함단 구역 내 한 건물로 걸어가 문을 두드렸다. 그를 뒤쫓아오던 함무다가 놀라며 믿기지 않는다는 표정으로 물었다.

"뭘 하려고?"

"내 가족들에게 돌아가려고." 그는 조용히 대답했다.

함무다의 단춧구멍만 한 눈이 놀라서 커졌다. 그는 자신의 귀를 의심하는 것 같았다. 관재인의 집을 나와 집으로 가다 그 두 사람을 본 자끌루트가 함무다에게 소리쳤다.

"들어가게 해. 그 애가 밖으로 나오면 생매장시켜."

놀라움이 싹 가신 함무다는 바보스럽고 능글맞게 웃었다. 자발은 그 집의 창문과 이웃집 창문이 열릴 때까지 계속해서 두드렸다. 함단, 이트리스, 둘마, 알리 파와니스, 압둔, 이야기꾼 리드완, 타마르 한나를 비롯한 여러 사람들이 내다보았다. 둘마가 빈정거렸다.

"무얼 원하시나요, 나리?"

"자네는 우리 편인가, 반대편인가?" 함단이 물었다.

"그들이 내쫓아서 원래 자리로 돌아온다는데……!" 함무다가 소리쳤다.

"그들이 정말로 자네를 내쫓았나?" 함단이 안타까운 듯 물었다.

"문 좀 열어 주세요. 함단 아저씨." 자발은 차분히 말했다.

타마르 한나가 기쁨의 탄성을 지르며 소리쳤다.

"네 아버지는 좋은 사람이었고 네 어머니는 참한 사람이었단다."

"화냥년인 걸 드러내다니 진정 축하합니다." 함무다가 웃으며 말했다.

"다들 아는 것처럼 술탄의 목욕탕에서 즐거운 밤을 보내던 네 엄마만큼은 아니지." 타마르 한나가 화가 나서 소리를 질렀다.

그녀는 서둘러 창문을 닫았다. 함무다가 던진 돌이 바깥쪽 덧문을 맞추자 여기저기에서 흩어져 놀던 아이들이 환호성을 질러 댔다. 문이 열리고 자발은 안으로 들어갔다. 집 안에서는 이상한 냄새가 났고 실내 공기는 눅눅했다. 친척들은 따뜻한 인사와 포옹으로 그를 반겼다. 그러나 이러한 환영 분위기는 마당에서 벌어진 소란스러운 말다툼으로 깨졌다. 자발이 소리 나는 쪽을 바라보자 다아비스가 카아발하라는 남자와 격렬하게 논쟁을 벌이고 있었다. 그는 그 두 사람에게 다가가 논쟁 속에 끼어들어 날카롭게 말했다.

"그들이 우리들을 집에 가두고 있는 마당에 두 분이 다투셔야 되겠어요!"

"그가 창틀에 올려놓은 그릇에서 고구마를 훔쳐 갔어." 다아비스가 숨을 헐떡이며 말했다.

"다아비스! 내가 훔쳐 가는 것을 봤어? 부끄러운 줄 알아." 카아발하가 소리쳤다.

"우리가 서로를 불쌍히 여겨야 하느님께서 우리를 불쌍히 여기세요!" 자발이 화가 나서 소리쳤다.

"내 고구마가 네 배 속에 있지. 내 손으로 그걸 꺼내고 말 테다." 다아비스가 고집스럽게 말했다.

"맹세하는데, 난 일주일 동안 고구마 맛도 못 봤어." 카아발하가 머리에 타끼야를 고쳐 쓰며 말했다.

"너는 이 집의 유일한 도둑이야."

"자끌루트처럼 증거도 없이 비난하지 마세요." 자발이 말했다.

"도둑놈의 새끼는 벌을 받아야 해." 다아비스가 소리쳤다.

"다아비스! 무 장수 새끼!" 카아발하가 소리쳤다.

다아비스가 카아발하에게 덤벼들어 주먹을 날렸다. 카아발하의 이마에서 피가 흘렀다. 주위 사람들의 만류에도 아랑곳하지 않고 다아비스는 그에게 뭇매를 가했다. 화가 난 자발이 그의 목을 꽉 붙잡았다. 다아비스는 벗어나려고 발버둥 쳤지만 소용없었다. 그가 숨이 막히는 소리로 말했다.

"끼드라를 죽인 것처럼 나를 죽이려는 거냐?"

자발은 그를 세게 밀어냈다. 벽으로 나가떨어진 그는 분기 등등해서 자발을 노려보았다. 다른 사람들은 두 남자를 번갈아 보며 "정말로 자발이 끼드라를 죽였어?"라고 서로들 물어보았다. 둘마가 그를 끌어안았고 이트리스가 외쳤다.

"잘했어, 축복받을 거야! 자네는 함단 구역 사람들 중 최고야."

"당신을 지키려다 그를 죽이게 된 거잖아요." 자발은 화를 내며 다아비스에게 말했다.

"그 일을 즐기던데." 다아비스가 낮은 목소리로 말했다.

"다아비스, 저런 배은망덕한 놈 봤나! 부끄러운 줄 알아!" 둘마가 소리쳤다. 그러고 나서 자발의 팔을 잡아당겼다.

"자네는 내 집의 손님일세. 함단 구역의 지도자! 어서 오게."

자발은 둘마의 뜻대로 했다. 그날 그는 깊이를 헤아릴 수 없는 낭떠러지가 자신의 발밑에 있다고 느꼈다. 둘마와 함께 걸으며 자발은 그의 귀에다 대고 속삭였다.

"달아날 방법이 없을까요?"

"자발, 누군가 자네를 배신하고 적에게 밀고할까 두렵나?"

"다아비스는 어리석어요."

"그래. 그렇지만 비열하지는 않아."

"저 때문에 여러분들에게 죄를 물을까 두려워요."

"원한다면, 내가 달아날 길을 안내하지. 어디로 가겠나?"
둘마가 자신 있게 말했다.

"사막은 자네가 생각하는 것보다 훨씬 넓네."

33

자발은 새벽녘이 되어서야 달아날 수 있었다. 그는 사람들
이 깊은 잠에 빠져 있을 고요한 밤 옥상을 옮겨 다니며 알자말
리야로 향했다. 칠흑같이 캄캄한 밤이었지만 그는 알디라사
를 거쳐 사막의 힌드와 까드리의 바위를 향해 갔다. 희미한 별
빛에 의지해 그곳에 다다랐을 때는 스트레스와 더불어 꼬박
밤을 샌 탓에 그는 졸음을 견딜 수 없었다. 그는 모래 위에 쓰
러져 아바로 몸을 감싼 채 잠이 들었다. 바위 꼭대기로 쏟아져
내리는 아침 햇살에 눈을 뜬 그는 사람들이 다니기 전에 산에
닿기 위해 몸을 벌떡 일으켰다. 떠나기 전 그는 무엇에 홀린
듯 끼드라가 묻힌 장소를 바라보았다. 그곳을 바라보며 그는
사지가 떨리고 입술이 바싹 타 들어갔다. 그는 몹시 불안한 마
음으로 달아났다. 죄인을 죽였을 뿐인데 그는 도망자처럼 그
의 무덤에서 달아나려던 참이었다. 그는 혼잣말을 했다. '우리

가 살인을 하려고 태어난 것은 아니지만 더는 우리 쪽 피살자의 수만 셀 수는 없어.' 그리고 자신이 잠을 청한 곳이 자신이 살해한 자를 묻었던 바로 그 장소라는 데 무척 놀랐다. 그는 달아나고 싶은 마음이 배로 간절해졌다. 그는 사랑했던 사람이나 미워했던 사람들 모두, 그리고 어머니와 함단과 수장들과도 영원히 작별을 해야 했다. 무깟탐 산기슭에 이르자 슬픔과 외로움이 밀려왔다. 그래도 그는 늦은 아침 무깟탐 시장에 도착할 때까지 계속 남쪽을 향해 걸어갔다. 뒤로 멀어져 가는 사막을 한참을 바라보자 조금은 안심이 되어 혼잣말을 했다. '이제 나는 그들로부터 멀리 떨어졌어.' 무깟탐 시장에 도착한 그는 그곳을 눈여겨보았다. 시장은 사방에 골목길이 난 협소한 곳이었고 시장 안은 남자들의 목소리와 당나귀 울음소리가 뒤섞여 무척 소란스러웠다. 그날 광장에 구경꾼, 행상인, 미치광이, 탁발승, 광대로 만원을 이룬 것으로 보아 성인의 탄신일 경축 행사가 있을 예정인 듯했다. 경축 행사는 해지기 전에 시작되지 않았는데도 불구하고 사람들로 넘쳐 났다. 그는 이리저리 밀려다니는 혼잡한 사람들을 살펴보다가, 그들 사이로 사막이 시작되는 지점에 동그란 나무 의자가 놓인 양철로 만든 오두막을 보았다. 누추해 보이긴 했지만 시장에서 가장 깔끔한 커피숍이라 손님으로 북적거렸다. 그는 지친 몸을 편히 쉴 수 있는 빈자리를 찾아 앉았다. 다른 사람들과는 달리 큰 터번에 좋은 아바를 걸치고 값비싼 붉은색 슬리퍼를 신은 그를 발견한 카페 주인이 그에게 다가왔다. 그는 차 한 잔을 주문하고 사람들을 즐겁게 관찰하기 시작했다. 얼마 지나지 않아 공동 수돗가에서 왁자그르르한 소리가 들려왔다. 그는 용기에 물을 채우려고 그 앞에 운집한 사람들을 바라보았다. 마치 격렬한 전투로 인해 다수의 희생자가 발생한 전쟁터를 방불케 했다. 소음이 점점 더 커지고 욕설이 오갔다. 그들 가운데에 파묻혀 있던 두 소녀가 날카롭게 비명을 질렀다. 그들은 몸을 피하기 위해 빈 양동이를 들고 그 전쟁터에서 빠져나왔다. 그들은 목에서부터 발목까지 내려오는 화사하고 울긋불긋한 질밥을 입고 있어 보이는 것이라고는 앳된 얼굴뿐이었다. 그의 눈길은 키 작은 소녀를 지나 검은 눈을 지닌 다른 소녀에게로 쏠렸다. 그들이 그가 앉은 곳에 가까이 다가오자 그 둘이 자매간임을 알 수 있었고, 그는 둘 중 외모가 훨씬 단정한 소녀에게 끌렸다. 자발은 흥분을 감추지 못하고 혼잣말을 했다. '아, 정말 예쁘다! 그녀처럼 예쁜 아가씨를 우리 마을에선 본 적이 없어.' 그들은 흐트러진 머리를 매만진 후 머리에 스카프를 썼다. 그러고는 양동이를 엎어 놓고 그 위에 앉았다. 키 작은 소녀가 하소연했다.

"이 많은 사람을 어떻게 뚫고 양동이에 물을 채우지?"

그의 마음을 사로잡은 소녀가 말했다.

"성인 탄신일인데, 도와주세요, 하느님! 아버지가 기다리시다 화내시겠다."

자발은 자신도 모르게 그들의 대화에 끼어들었다.

"왜 아버지가 직접 오셔서 물을 길어 가지 않으시지?"

자매는 못마땅하게 그를 바라보았다. 그러나 그의 남다른 모습에 안심했는지 그 예쁜 소녀가 말했다.

"당신과는 상관없는 일이에요. 우리가 당신에게 불평했던 가요?"

자발은 그녀의 말을 듣자 기쁜 나머지 얼른 사과했다.

"내 말은 남자가 아무래도 축제의 인파를 뚫고 나가는 데 더 적격인 것 같아서 말이지."

"이건 우리 일이에요. 아버지에겐 더 힘든 일이 있어요."

"아버지가 무슨 일을 하시니?" 그는 미소를 지으며 물었다.

"당신이 알 바 아니에요."

자발은 그를 주시하는 주위의 시선을 아랑곳하지 않고 일어섰다. 그는 그녀들 앞에 서서 정중하게 말했다.

"내가 양동이를 채워 주지."

"우리는 당신의 도움 따윈 필요 없어요." 자발이 반한 소녀가 얼굴을 그에게서 돌리며 말했다.

그러나 키 작은 소녀가 대담하게 "그렇게 해 주신다면 정말 고맙겠습니다."라고 말했다. 그녀가 키 큰 소녀를 잡아당기며 일어서자, 자발은 양동이를 들고 건장한 몸으로 인파를 밀치고 이리저리 부딪치며 뚫고 들어가 수도꼭지로 다가갔다. 그는 나무로 만들어진 작은 방에 앉아 있는 물장수에게 얼마의 돈을 지불하고 양동이에 물을 채워 가지고 소녀들에게 돌아왔다. 그때 남자아이들 한 무리가 소녀들을 괴롭히며 말다툼하는 것을 보자 그는 걱정이 되어 양동이를 땅에 내려놓고 위협하듯이 그들에게 다가갔다. 남자아이들 중 하나가 그에게 덤벼들었다. 자발이 그의 가슴을 한 대 쳐서 넘어뜨리자, 무리는 욕설을 퍼부으며 한꺼번에 그에게 달려들었다. 갑자기 그들을 향해 외치는 낯선 목소리가 들려왔다.

"썩 꺼져, 이 나쁜 놈들아!"

모든 사람의 눈이 질밥에 허리띠를 한 눈빛이 예사롭지 않은 땅딸막한 체격의 중년 남자에게 쏠렸다. 그들은 계면쩍게 "발끼티다!"라고 소리를 질렀다. 그들은 화가 나서 자발을 노려보더니 쏜살같이 흩어졌다. 두 소녀는 반색하며 그 남자에게 달려갔다. 달려가며 키 작은 소녀가 말했다.

"성인 탄신일인 데다가 저 남자애들 때문에 힘들었어요."

발끼티가 자발을 유심히 살펴보면서 그녀에게 대답했다.

"너희들이 안 돌아오길래 탄신일인 게 떠올라 와 봤다. 마침맞게 왔구나."

그러고는 자발에게 말했다.

"자네는 신사야, 요즘에는 흔치 않은데."

"별것 아닌데요. 감사의 말씀을 듣기가 쑥스럽습니다." 그는 부끄러워하며 대답했다.

그사이 소녀들은 양동이를 들고 조용히 그 자리를 떠났다. 자발은 그 예쁜 소녀를 눈에 담고 싶었지만 발끼티의 매서운 눈길에서 감히 벗어날 수 없었다. 그는 발끼티가 자신의 마음속을 꿰뚫어 속마음을 들킬까 봐 겁이 났다.

"자네가 그 악동들을 쫓아 버렸네. 자네 같은 남자가 정말 좋네. 그 녀석들, 감히 발끼티의 딸들을 괴롭히다니! 술 때문이야! 어린 녀석들이 술 취한 것을 알았나?" 남자가 말했다.

자발이 아니라고 고개를 흔들자, 남자가 말을 계속했다.

"나는 정령처럼 냄새를 맡네. 그나저나 자네 나를 모르지?"

"예, 그랬다면 영광이었을 텐데요."

"그럼, 이 근처 출신이 아니군!" 그는 자신 있게 말했다.

"예, 아닙니다."

"나는 발끼티일세. 뱀 부리는 사람이지."

갑자기 자발은 그가 누구인지 떠올라 얼굴색이 밝아졌다.

"영광입니다. 우리 동네 사람들 대부분이 당신을 알고 있습니다."

"거기가 어디인가?"

"자발라위입니다."

발끼티는 숱 없는 흰 눈썹을 올리면서 노래하듯 말했다.

"아, 반갑네. 나도 알지. 땅 주인인 자발라위나 수장 두목인 자끌루트를 모르는 사람이 어디 있겠나? 탄신일 경축 행사를 보러 왔나, 미스터……?"

"자발입니다." 그러고는 바로 연이어 말했다.

"새로운 보금자리를 찾아왔습니다."

"고향을 떠났다고?"

"예."

"수장들이 있는 한 고향을 등지는 사람이 있게 마련이지. 말해 주게. 남자를 죽였나, 여자를 죽였나?" 발끼티가 그를 면밀히 뜯어보고는 말했다.

자발은 심장이 멎는 줄 알았다.

"당신 같은 분이 하실 농담은 아닌 것 같습니다."

그는 단호하게 말했다.

발끼티의 입에서 웃음이 터져 나왔다.

"자네는 수장이 갖고 노는 졸개는 아니고. 그렇다고 도둑도 아니야. 자네 같은 남자는 살인을 저지르지 않고서는 마을을 떠나지 않아."

그러자 자발은 화가 나며 난처한 마음이 들었다.

"저는 이미 말씀드렸다시피……."

발끼티가 자발의 말을 막았다.

"여보게, 자네가 살인자라 해도 특별히 걱정할 것은 없네. 자네가 신사라는 것을 입증했으니까. 여기에 사는 남자들은 모두 도둑질, 강도짓, 살인을 일삼네. 자네가 나를 믿어 준다면 나의 집에 초대해 커피와 담배를 권하고 싶네."

자발에게 다시금 희망이 생겨났다.

"좋습니다. 영광입니다."

두 사람은 시장을 지나 꼭대기에 있는 마을을 향해 나란히 걸었다. 인파에서 벗어나자 발끼티가 물었다.

"우리 동네에서 특별히 찾아보고 싶은 사람이 있나?"

"전 아무도 아는 사람이 없습니다."

"갈 곳도 없고?"

"예, 없습니다."

"원한다면, 마땅한 곳이 나타날 때까지 내 손님이 되어 주게." 발끼티가 흐뭇이 말했다.

자발은 기뻐서 가슴이 뛰었다.

"정말 고마우신 말씀입니다, 발끼티 씨!"

"그렇게 감탄할 것까지는 없네. 우리 집에는 뱀이 우글거리네. 그러니 어찌 사람이 견뎌 낼 수 있겠나? 내 말에 놀랐나?

내가 뱀 부리는 사람이니, 자네는 내 곁에서 뱀을 다루는 법을 배우게 될걸세." 남자는 웃으며 말했다.

그들은 마을을 지나 끝도 없이 광활한 사막에 접어들었다. 바로 그곳에 마을에서 멀리 떨어진 작은 집 한 채가 있었다. 벽은 페인트칠을 하지 않은 돌로 되어 있었고 외관은 한적한 마을의 다른 집들과 비교해서 낡지 않았다. 발끼티가 그 집을 가리키며 자랑스럽게 말했다.

"뱀 부리는 사람, 발끼티의 집이라네."

34

발끼티는 집에 도착하여 자발에게 말했다.

"사람들이 뱀 부리는 사람을 커다란 뱀쯤으로 여기기 때문에 나는 이 외딴 곳에 집을 마련했네."

그들은 긴 복도를 함께 걸어 복도 끝의 문 닫힌 방에 닿았다. 그 방 양옆으로도 방들이 있었다. 발끼티가 입구에서 마주보이는 방을 가리키며 말을 덧붙였다.

"이 방에는 생물이든 무생물이든 간에 내 장사의 밑천이 들어 있네. 무서워하지 말게. 문은 안전하게 잠겨 있으니. 사람보다 뱀이 같이 지내기에 훨씬 더 안전하다는 것을 보장하지. 예를 들면 자네가 피해서 도망 나온 그런 사람들 말일세."

그는 이를 드러내고 웃었다.

"사람들은 뱀을 두려워해. 깡패들조차 뱀을 두려워하지. 그런데 나는 뱀 덕에 생계를 유지하고 이 집도 지었네."

그는 오른쪽에 있는 방을 가리키며 말했다.

"이 방이 딸들 방이네. 애들 엄마가 얼마 전에 세상을 떠났지. 재혼하기에 너무 늙은 나를 두고 떠났어."

그러고는 왼쪽 방을 가리키며 "우리는 여기서 함께 잘 걸세."라고 말했다. 키 작은 소녀의 목소리가 옥상으로 통하는 계단 위에서 들려왔다.

"샤피까, 씻는 것 좀 도와줘. 장승처럼 서 있지 말고."

"사이다. 네 목소리 때문에 뱀들이 놀라겠다. 그리고 샤피까, 장승처럼 서 있지 마라." 발끼티가 외쳤다.

그녀의 이름이 샤피까였다. 얼마나 사랑스러운 소녀인가! 그녀의 불친절한 태도도 상처가 되지 않았다. 표현은 못했지만 그녀의 까만 두 눈이 고마웠다. 누가 자발이 그녀의 까만 눈 때문에 이 위험한 초대를 받아들였다고 그녀에게 말해 줄 것인가? 발끼티는 왼쪽 방문을 열고 자발이 들어갈 수 있도록 비켜선 뒤, 그가 방으로 들어가자 뒤따라 들어가 문을 닫았다. 발끼티는 자발의 팔을 잡고 작은 방의 오른쪽 벽면에 길게 놓인 긴 소파로 데려가 나란히 앉았다. 자발은 방 전체를 한 번 휘 둘러보았다. 왼쪽에는 밤색 담요가 덮인 침대가 있었고, 소파와 침대 사이의 바닥에는 알록달록한 무늬의 매트가 있었다. 매트 가운데 얼룩지고 변색된 놋쇠 쟁반이 있었고, 그 위에는 피라미드처럼 재가 쌓인 화로가 있었다. 화로 옆에는 담뱃대가, 쟁반 가장자리에는 꼬챙이와 집게, 그리고 꿀맛 나는 한줌의 담배가 있었다. 하나밖에 없는 창문은 열려 있었고, 열린 창문을 통해 사막과 뿌연 하늘과 저 멀리 무깟탐 산의 우뚝 솟은 암벽이 보였다. 창문을 통해 무겁게 내려앉은 정적을 깨는 양치기 소녀의 고함 소리와 한낮의 열기가 실린 후끈한 바람이 불어왔다. 발끼티가 민망할 정도로 그를 훑어봐 그는 대화로 그의 관심을 다른 데로 돌리려고 했다. 그러나 옥상을 왔다 갔다 하는 걸음걸이로 천장이 흔들리자 자발은 곧 그녀를 떠올렸고 심장이 두근거렸다. 발걸음의 주인공이 그녀라는 생각이 들자 뱀이 풀려나 돌아다닌다 해도 그는 이 집에서는 행복할 것이라는 희망이 마음속에서 샘솟았다. 그는 속으로 중얼거렸다. '이 남자가 나를 죽여서 내가 끼드라를 묻은 것처럼 사막에 나를 묻을지도 몰라. 그녀는 아마 내가 그녀 때문에 희생되었다는 것을 모를 거야.'

발끼티가 던진 질문에 그는 정신이 들었다.

"자네, 직업이 있나?"

그는 주머니에 든 남은 돈을 떠올리며 대답했다.

"일을 찾을 겁니다. 무슨 일이든 해야죠."

"서두르지 않아도 되는가?"

그 질문에 자발은 마음이 거북해졌다.

"아니요. 오늘 당장 일자리를 찾아보는 게 낫습니다."

"자네 체격은 수장이 될 만큼 건장한데!"

"하지만 저는 적이 되어 싸우는 게 싫습니다."

"마을에서는 무슨 일을 했나?" 발끼티가 웃으며 물었다.

"부동산 관리 사무실에서 일했습니다." 그는 잠시 머뭇거리다 대답했다.

"안됐군. 어떻게 그렇게 좋은 자리를 관뒀나?"

"운명이지요!"

"어떤 안방마님과 눈이 맞은 건가?"

"그건 말씀드릴 수 없습니다."

"자네는 빈틈이 없어. 곧 나를 알게 되겠지. 그러면 자네의 모든 비밀을 말해 주게나."

"그러겠습니다."

"가진 돈은 있나?"

그는 다시 불안해졌지만 돈은 감춘 채 순순히 대답했다.

"약간 있습니다만, 그래도 일은 찾을 겁니다."

"자넨 악마처럼 아주 영악해. 좋은 뱀 마술사가 될 것 같지 않나? 난 자네와 함께 일할 수 있을 것 같네. 내 말에 놀라지 말게. 나는 조수가 필요한 노인이야." 발끼티가 윙크를 하며 말했다.

자발은 그 말을 심각하게 받아들이지는 않았지만 둘 사이의 유대를 강화하고 싶은 터라 마음이 동하긴 했다. 그가 대답하려는 순간 발끼티가 먼저 말을 건넸다.

"천천히 생각해 보기로 하고, 지금은……."

남자는 자리에서 일어나 화로 위로 몸을 숙여 그 안을 들여다보고는 불을 피우기 위해 화로를 들고 밖으로 나갔다.

한낮이 되기 직전 두 사람은 함께 외출했다. 발끼티는 마을을 한 바퀴 돌고 자발은 구경도 하고 물건도 살 겸 시장으로 향했다. 저녁때 자발은 사막으로 돌아와 창문에서 흘러나오는 불빛에 의지해 외딴 집으로 향했다. 그가 집에 도착해 보니 한참 논쟁 중인 격앙된 목소리가 들려왔다. 엿듣지 않아도 무슨 말인지 알 수 있었다. 사이다의 목소리가 들렸다.

"그게 사실이라면, 아버지, 그는 죄를 저질렀잖아요. 우리는 마을의 수장들을 상대할 수 없어요."

샤피까가 "죄인같이 보이지 않아."라고 말했다.

"뱀 아가씨! 그를 그렇게나 잘 알아?" 발끼티가 노골적으로 비꼬았다.

"왜 안락한 생활을 버리고 달아나야만 했을까요?" 사이다가 말했다.

"수장들이 유독 많다고 알려진 동네에서 달아나는 것은 특별히 이상한 게 아니야!" 샤피까가 말했다.

"재주도 좋다. 어떻게 그동안 몰랐던 것들을 다 알게 됐을까?" 사이다가 빈정거렸다.

"뱀과 함께 살더니 내가 두 마리 뱀을 낳았네그려." 발끼티가 한숨을 쉬며 말했다.

"그에 대해 잘 알지도 못하면서 그와 함께 지낼 셈이에요, 아버지?"

"그에 대해 여러 가지 알게 됐고, 곧 다 알게 될 거야. 나는 보는 눈이 있거든. 결정적인 순간 다 알게 돼. 그의 됨됨이에 끌려서 이곳에 오라고 했다. 마음을 바꿀 생각이 전혀 없어."

다른 때 같았으면 그는 주저하지 않고 떠났을 것이다. 일순의 망설임도 없이 특권을 누리던 그 집을 떠나지 않았던가? 자발은 자신을 이 집으로 이끈 힘에 순순히 응했다. 자발은 자신을 옹호하는 목소리에 취해 심장이 뛰었다. 그녀의 다정한 목소리는 사막의 황량함과 한밤의 쓸쓸함을 몰아내고 산 위에 뜬 초승달을 마치 희소식을 가져온 사람처럼 보이게 했다. 그는 초승달을 보고 빙그레 웃었다. 그는 잠시 어둠 속에서 서성거리다 헛기침을 하고는 문을 두드렸다. 문이 열리고 손에 든 등불에 어른거리는 발끼티의 얼굴이 보였다. 잠시 후 두 남자는 그들의 방으로 갔다. 자발은 놋쇠 쟁반 위에 꾸러미를 내려놓고 앉았다. 발끼티가 궁금한 듯 꾸러미를 바라보자 자발이 말했다.

"대추야자, 치즈, 참깨과자, 따뜻한 팔라펠입니다."

발끼티는 미소를 짓고 파이프와 꾸러미를 차례로 가리키며 말했다.

"멋진 밤을 보내려면 이런저런 것들이 있어야겠지, 그렇지 않나? 자발라위 손자." 그는 자발의 어깨를 다정하게 토닥이며 물었다.

자신도 모르게 자발은 심장이 오그라들면서 그를 양자로 맞아 준 양어머니와 재스민 덩굴이 우거지고 새들이 지저귀고, 물이 흐르는 정원이, 평화와 달콤한 꿈이, 그리고 행복이 사라진 세상이 주마등처럼 머릿속을 스쳐 지나갔다. 그 순간 삶이 볼품없이 초라해진 것 같았다. 그러나 슬픈 추억이 파도에 쓸려 가듯 한순간 사라지자 그는 이 은신처가, 사랑스러운 소녀가, 뱀들의 소굴인 이 집으로 그를 이끈 마법의 힘이 생각났다. 불어온 바람에 순간적으로 등불이 가물거리는 것처럼 언제 그랬나 싶게 그가 갑자기 열정적으로 말했다.

"여기서 어르신과 함께 살게 되다니 정말 기쁩니다!"

35

그는 두려움에 떨며 동트기 직전까지 잠을 청할 수 없었다. 마치 속에서 벌레가 기어 다니는 바싹 마른 풀 위로 재스민 잎들이 떨어지는 것 같은 무서운 환상 속에서 환영이 떠올랐다. 그는 낯선 집의 어둠 속에서 커져 가는 공포에 시달렸다. 그는 어둠 속에서 혼자 중얼거렸다. '너는 이 뱀의 소굴에서 범죄에 쫓기고 사랑에 번민하는 이방인일 뿐이야.' 그가 만일 혼자 남겨진다면 진정 원하는 것은 평화와 평온뿐이었다. 그는 뱀보다도 침대에서 심하게 코를 골고 있는 이 남자가 배반할까 더 두려웠다. 그가 진짜로 코를 골고 있는지도 알 수 없는 노릇이었다. 그는 이제 아무것도 믿지 않았다. 심지어 그에게 생명을 빚진 다아비스가 감추고 싶은 자신의 어리석은 행동을 만방에 알리고 다닐지도 모를 일이었다. 그러면 자끌루트는 분노할 것이고 어머니는 눈물을 지을 것이고 그 불쌍한 마을이 화염에 휩싸이듯 나쁜 일이 휩쓸고 지나갈 게 불 보듯 뻔했다. 그를 이 집과 뱀 마술사의 방으로 이끈 사랑, 이 비밀스러운 감정을 드러낸 뒤에도 그가 살아 있을지 누가 알겠는가? 그는 밤새 걱정으로 뒤척이다 동트기 직전에야 겨우 잠이 들었다.

덧창을 통해 들어온 햇살 탓에 그는 피곤한 눈을 뜨고 일어나 앉았다. 그러자 침대에 앉아 여윈 손으로 다리를 문지르려고 몸을 구부리는 발끼티의 모습이 보였다. 자발은 잠을 자지 못해 머리가 아프긴 했지만 안도의 미소를 지었다. 그는 밤새 자신을 괴롭히다 날이 밝자 박쥐처럼 달아난 환영을 저주할 수밖에 없었다. 그러나 그것은 살인자의 나쁜 마음에 걸맞은 환영이 아니었을까? 그렇다. 오랜 세월 '고귀한' 우리 가족의 피 속에는 죄악의 씨가 도사리고 있었다. 그는 발끼티가 마치 춤추는 뱀처럼 길고 크게 하품하는 소리를 듣고 일어나 앉았다. 오랫동안 심하게 기침을 하는 바람에 발끼티의 눈이 튀어나올 것만 같았다. 기침이 끝나자 그는 깊은 한숨을 토해 냈다.

"좋은 아침입니다." 자발이 아침 인사를 하고 소파에 앉자, 기침 때문에 아직도 얼굴이 벌건 발끼티가 그를 돌아보았다.

"자발, 잘 잤나? 저런, 잠을 거의 못 이룬 모양이군."

"그렇게 보입니까?"

"그렇다기보다, 어둠 속에서 뒤척이다 내가 무서운지 계속 내 쪽을 돌아보더군."

늙은 뱀 같으니라고! 샤피까의 검은 눈 때문에라도 독이 없는 뱀이길.

"사실은 잠자리가 바뀌어 잠을 이룰 수가 없었습니다."

"자네가 깨어 있던 이유는 단 하나야. 내가 두렵기 때문이지. 자네는 자네가 그 남자에게 했던 것처럼 내가 자네를 죽여 돈을 빼앗고 사막에 묻을 것이라 생각하지 않았나?" 발끼티가 웃으며 말했다.

"어르신은······."

"들어 보게, 자발. 두려움은 정말 끔찍한 걸세. 뱀은 사람이 두려워할 때만 문다네."

자발은 속으로 그를 당해 낼 수 없음을 인정했다.

"사람의 마음속에 있지도 않은 것을 안다고 말씀하시는군요."

"전직 부동산 관리자 나리, 내가 사실만을 말했다는 것을 알지 않은가."

집 안에서 "이리 와, 사이다."라는 소리가 들려오자, 그의 마음은 예상치 못한 기쁨으로 넘쳤다. 그가 죄가 없다고 단정하고 그에게 희망을 준 뱀 소굴 속의 이 비둘기! 발끼티는 샤피까가 무엇을 할지 설명이라도 하듯 말했다.

"우리 집에서는 이른 아침부터 딸들이 부산을 떨어. 그 애들은 외출했다가 이 늙은 애비를 먹일 물과 으깬 콩을 갖고 돌아온다네. 그러고는 뱀 가방을 들려서 돈을 벌게 밖으로 내보내지."

그는 마음이 편안해지고 마치 이 가족의 일원이 된 것처럼 느껴졌다. 그의 마음속에서 애정이 넘쳐 나자 그는 마음을 열고 자신의 운명을 자연스럽게 받아들였다.

"선생님, 제 이야기를 사실대로 말씀드리겠습니다."

발끼티는 웃으며 다시 자신의 다리를 문지르기 시작했다. 자발이 말을 이었다.

"저는 말씀하신 대로 살인자입니다. 그러나 그럴 만한 이유가 있었습니다."

"저런 나쁜 놈들이 있나! 자네는 용감무쌍한 남자야. 내 판단은 틀리지 않았어."

그러고 나서 그는 자세를 바꿔 의기양양하게 허리를 꼿꼿이 세우고 앉아 이렇게 말했다.

"자네가 정직하게 말했으니 이제는 나도 정직하게 말하겠네. 나도 자발라위 동네에서 왔어."

"선생님도요!"

"그래. 수장들이 하도 못살게 굴어 도저히 견딜 수가 없어 어릴 때 도망쳐 나왔지."

"그들은 우리 동네를 불행으로 몰아넣는 놈들이에요." 자발은 여전히 놀라움을 금치 못하며 말했다.

"그래. 그런 수장들이 있는데도 우리는 마을을 잊지 못하지. 그렇기 때문에 자네가 좋아졌어. 자네가 어디에서 왔는지 알게 되니 자네가 더 좋아졌다네."

"어느 구역에서 오셨어요?"

"자네와 같은 함단일세."

"이럴 수가! 놀라워요."

"이 세상의 그 어떤 일에도 놀라지 말게. 그건 아주 오래된 옛이야기라 이제는 아무도 나를 몰라. 친척인 타마르 한나도 나를 모르네."

"그 용감한 노부인 말인가요? 그런데 어떤 수장과 사이가 나빴나요, 자끌루트요?"

"당시 그는 초라한 동네 깡패에 지나지 않았네."

"그들은 정말로 우리 동네를 불행으로 몰아넣는 골칫거리예요."

"지난날의 일은 침을 뱉고 싶을 만큼 싫네."

그런 뒤 그는 마음을 끄는 말투로 말을 이었다.

"이 시각 이후 자네의 장래에 대해서만 생각하게. 내가 거듭 말하겠지만, 자네는 좋은 뱀 마술사가 될 소질이 있어. 여기서 멀리 떨어진 남쪽에 목이 좋은 자리가 있네. 아무튼 그 수장 두목과 그의 졸개들이 이 마을에는 나타나지 않네."

자발은 뱀 마술에 대해서는 전혀 아는 바가 없었지만, 이 가족에게 다가가는 수단으로 이 제의를 기꺼이 받아들였다. 그는 흡족한 말투로 말했다.

"정말로 제게 소질이 있다고 보세요?"

남자는 훌쩍 재주넘기를 했다. 질밥의 가슴 부분이 벌어져 그 사이로 무성한 흰색의 가슴 털을 드러내며 남자는 자발 앞에 작달막한 몸집으로 바닥에 내려섰다.

"그래. 내 생각은 틀린 적이 없어."

남자가 그에게 손을 내밀자 두 사람은 악수를 했다.

"솔직하게 말하는데 나는 자네가 그 어떤 뱀보다도 좋네."

자발은 어린아이같이 활짝 웃고는 발끼티가 떠나지 못하도록 그의 손을 붙잡았다. 그는 어리둥절해서 걸음을 멈췄다. 자발은 더 이상 담아 두지 못하고 엉겁결에 말했다.

"저, 자발은 당신의 가족이 되고 싶습니다."

발끼티는 핏발이 선 눈으로 웃으며 "정말로?"라고 물었다.

"예, 하늘에 맹세합니다."

발끼티가 순간 웃어 보였다.

"나는 자네가 언제 그 말을 꺼낼까 계속 생각하고 있었네. 물론이지. 자발, 나는 바보가 아니야. 자네는 내가 믿고 내 딸을 기꺼이 줄 만한 사람이야. 다행스럽게도 사이다가 죽은 제 엄마를 닮아 미모가 출중하네."

그러자 마치 꽃이 시들어 꽃잎이 축 늘어지듯이 자발의 입가에서 기쁨의 미소가 사라졌다. 그는 손에 넣기도 전에 그의 꿈이 사라질까 겁이 나 중얼거렸다.

"하지만……."

"하지만 자네는 샤피까를 원한단 말이지. 여보게, 나도 그것을 알고 있어. 자네의 눈이 나한테 그렇게 말하고 있고 작은 아이가 하는 말이나 뱀과의 오랜 경험으로도 그것을 알 수 있었네. 용서하게. 이런 게 뱀 마술사들이 합의를 이끌어 낼 때 써먹는 수법이야." 발끼티가 웃으며 말했다.

자발은 안도하여 "후우." 하고 깊은 한숨을 몰아쉬었다. 그는 비로소 마음이 평온해짐을 느꼈고 그의 가슴은 젊음과 열정과 자유로 벅차올랐다. 그는 더 이상 이전의 호화로운 집과 그가 속했던 특권층에 연연하지 않았고, 앞으로 예상되는 고통과 고난을 두려워하지 않았다. 그러니 앞으로 그로 하여금 지난날에 빛을 차단하는 커튼을 치게 해서 고통과 슬픔과 잃어버린 어머니에 대한 그리움을 잊게 되리라!

그날 아침 사이다는 결혼을 알리는 아랍 여인 특유의 환호성을 올렸다.

기쁜 소식은 이웃 마을로 퍼져 나갔다.

얼마 후 무깟탐 시장에서 자발의 신랑 행렬을 볼 수 있었다.

36

발끼티는 냉소적으로 나무라는 투로 말했다.

"남자가 토끼나 수탉처럼 살아서는 안 돼. 그런데 여기 있는 자네는 배운 것도 없는데 가진 돈은 다 떨어져 가고."

두 사람은 집 앞에 가죽 깔개를 놓고 그 위에 앉아 있었다. 햇빛을 받은 모래 위에 두 다리를 쭉 뻗고 앉은 자발의 두 눈은 행복과 기쁨으로 빛났다. 그는 장인을 향해 웃었다. "우리의 조상 아드함은 정원에서 노래하는 아름답고 순박한 삶을 소망하며 살다 돌아가셨어요."

"샤피까! 네 남편이 게으름 피우다 죽기 직전이다!" 발끼티는 한바탕 웃고 나서 큰 소리로 불렀다.

샤피까는 접시 안의 콩을 고르다가 문간에 모습을 드러냈다. 자주색 스카프를 머리에 두르고 있어 그녀는 얼굴이 더욱 청아하게 돋보였다. 그녀는 접시에서 눈을 떼지 않고 "무슨 일이에요, 아버지?"하고 물었다.

"네 남편은 오로지 두 가지만 바라는데, 하나는 네가 행복해지는 것이고 다른 하나는 자신이 백수건달이 되는 거란다."

"저를 굶겨 죽이는데 제가 어떻게 행복할 수 있어요?"그녀는 말도 안 된다는 뜻으로 웃으며 반문했다.

"이게 뱀 마술사의 비밀이지!"자발이 말했다.

"제일 힘든 직업을 무시하지 말게. 자네, 구경꾼의 주머니에 계란을 숨겼다가 그와 맞은편에 있는 다른 사람의 주머니에서 그 계란을 꺼낼 수 있나? 대리석을 병아리로 변하게 하는 건 어떻고? 또 뱀을 춤추게 하는 건?"발끼티가 팔꿈치로 그의 옆구리를 툭 치며 말했다.

"아버지, 그에게 가르쳐 주세요! 그가 삶에 대해서 아는 것이라고는 사무실의 편안한 의자에 앉아 있는 것뿐이에요."행복해 보이는 환한 표정의 샤피까가 말했다.

"이제 일하러 갈 시간이야."발끼티가 자리에서 일어나며 말했다.

그는 집 안으로 들어갔고, 자발은 감탄해 마지않는 시선으로 아내를 바라보았다.

"자끌루트의 아내는 당신보다 천 배는 못났어도 낮에는 푹신한 소파에 앉아 시간을 보내고, 황혼 녘에는 정원에 나와 재스민 꽃향기를 맡으며 흐르는 물로 물장난을 치는데."

"그건 다른 사람의 일용할 양식을 착취한 자들의 생활이죠."샤피까가 씁쓸하면서도 가소롭다는 듯이 대꾸했다.

"분명 완전한 행복에 이르는 길은 있어."자발은 머리를 긁

적이며 생각에 잠겨 말했다.

"헛된 꿈 꾸지 마세요. 당신이 시장에서 나를 도우려고 일어섰을 때도, 똥파리 같은 건달들을 내게서 쫓아 버릴 때도 당신은 꿈꾸지 않았어요. 그래서 내가 당신에게 첫눈에 반한 거예요."

자발은 아내에게 키스하고 싶어졌다. 그는 아내보다 훨씬 더 많이 알고 있다고 자신하면서도 그녀의 말을 무시하지 않았다.

"나는 아무 이유 없이 그냥 당신이 좋았는데."

"우리 이웃 마을에서는 미친 사람들만 꿈을 꿔요."

"여보, 당신은 나한테 원하는 게 뭐야?"

"전 당신이 아버지같이 되었으면 좋겠어요."

"당신은 어떻게 그렇게 듣기 좋은 말을 할 수 있지? 그런 달콤한 말은 대체 어디서 나오는 거야?" 그는 지적하는 척 슬그머니 말했다.

그녀의 입술은 미소로 살포시 벌어졌고 그녀의 손가락은 콩을 고르느라 바빠졌다.

"동네에서 도망칠 때 나는 가장 불행한 사람이었어. 하지만 만일 그런 일이 내게 일어나지 않았다면 당신과 결혼을 하지 못했겠지."

그녀가 웃었다.

"우리는 당신 동네의 수장들 덕에 행복해졌어요. 아버지가 뱀 덕분에 생계를 유지하듯 말예요."

"그렇다 해도, 동네에서 가장 괜찮은 남자는 사람들이 정원에 앉아 노래만 불러도 생계를 유지하는 길이 있다고 믿었으니." 자발은 말을 마친 후 한숨을 쉬었다.

"또 그 소리예요! 아버지가 가방을 메고 나오시네요. 어서 일어나요. 하느님께서 지켜 주실 거예요."

가방을 멘 발끼티가 다가오자 자발이 일어났다. 두 사람은 늘 가던 길을 떠났다.

"머리로 배우듯 눈으로도 배워야 하네. 다른 사람들 앞에서는 질문하지 말고, 내가 하는 것을 잘 지켜보게. 내가 모르는 것을 설명해 줄 때까지 꾹 참고 있게."

자발은 그 일이 정말 어렵다는 것을 알았다. 처음부터 그는 그 일을 얕잡아 보지 않았다. 아무리 힘들어도 전력투구하여 민첩함이 요구되는 그 일에 점차 숙달되어 갔다. 사실 그가 할 수 있는 일이라고는 행상, 깡패 짓거리, 도둑질, 강도짓뿐이었다. 이 일 외에 달리 할 수 있는 일이 딱히 없었기 때문이다. 그의 새로운 이웃 마을도 재산과 그에 얽힌 이야기들이 없다는 것 외에 고향과 별반 다르지 않았다. 과거의 꿈 때문에 좀처럼 사라지지 않던 슬픔과 화려한 지난날의 추억과 아드함을 고통스럽게 했던 것처럼 함단 구역 사람들을 고통스럽게 했던 희망을 그는 마음속 깊은 곳에 묻었다. 그는 새로운 생활 속으로 뛰어들기로 만반의 준비를 하고, 부딪치고, 마음을 열어 가면서 과거를 잊기로 작정했다. 그리고 슬픈 생각이 떠오르고 방랑이 그리울 때마다 아내에게서 위안을 찾으며 과거를 잊기로 했다. 그는 슬픔과 문득문득 떠오르는 추억을 잊으려 애쓰며, 발끼티가 놀라워할 정도로 뛰어나게 마술을 익혔다. 그는 사막에서 끊임없이 연습하고 밤낮 구분 없이 일만 했다. 며칠, 몇 주, 몇 달이 지나도록 그의 결심은 흔들리지도 변하지도 않았다.

이제 그는 마을의 지리를 훤히 알았고 뱀도 능숙하게 다룰 수 있었다. 그는 수많은 아이들 앞에서 마술을 보여 주었고, 성공과 두둑한 수익이라는 두 마리 토끼를 잡는 기쁨도 맛보았다. 그에게는 아빠가 된다는 기쁜 소식이 있었다. 그는 누워서 별들을 바라보며 쉬곤 했다. 그는 발끼티와 함께 담배를 피우거나 함단 카페에서 리벡 연주에 맞춰 암송되던 이야기를 들으며 밤을 지새웠다. 그는 때때로 자발라위가 어디에 있는지 무척 궁금하기도 했다. 샤피까가 과거 때문에 현재의 생활을 망칠까 봐 걱정하면 그는 소리를 질렀다. "당신 배 속에 든 아이도 그들의 일원이야. 함단 구역 사람들은 가족이야. 자끌루트가 공갈과 폭행의 제왕이라면 아판디는 도둑질의 제왕이지. 어떻게 그런 사람들과 함께 사는 게 좋을 수가 있을까?"

* * *

어느 날 그는 많은 아이들에게 둘러싸여 자인홈에서 마술을 보여 주고 있었다. 그때 그는 시선을 돌리다 자신 앞에 있는 다아비스와 눈이 마주쳤다. 다아비스는 사람들 틈을 비집고 들어와 맨 앞줄에 앉았다. 그는 놀라서 자발을 뚫어져라 바라보았다. 당황한 자발은 그의 시선을 피했고 마술을 계속 보여 줄 수 없어 아이들의 아우성에도 불구하고 도중에 마술 쇼를 끝냈다. 그가 가방을 들고 나가자 곧바로 다아비스가 소리를 지르며 쫓아왔다.

"자발! 자발 맞지?"

그는 걸음을 멈추고 그를 향해 돌아섰다.

"예, 무슨 일로 이곳에 오셨나요, 다아비스?"

"자발이 뱀 마술사라니? 언제 배웠나? 어디에서?" 다아비스는 놀라움을 감추지 못했다.

"이게 세상에서 그렇게나 놀랄 만큼 신기한 일은 아니죠." 자발은 싸늘하게 대답했다.

자발이 가던 길을 계속 가자 다아비스도 계속 쫓아왔다. 산기슭에 이르자 두 사람은 걸음을 멈추고 언덕의 그늘진 곳에 앉았다. 그곳에는 한가로이 풀을 뜯고 있는 양들과 벌거벗고 앉아 질밥의 이를 잡고 있는 양치기 외에는 아무도 없었다. 다아비스는 곁에 있는 자발의 얼굴을 뚫어져라 보고서 말했다.

"왜 달아났나, 자발? 내가 너를 배신할 거라고 생각할 정도로 어떻게 나를 그렇게 나쁘게 생각할 수 있나? 맹세코 나는 함단 구역 사람을 배신하지 않아, 카아발하라 할지라도 말이야. 내가 누구를 위해 너를 배신하겠나? 아판디? 자끌루트? 하느님께서 모두 불태워 버리시길! 그놈들이 너에 관해 얼마나 많이 물어봤는지 알아! 나는 그 소리를 들을 때마다 어찌나 긴장되던지 온몸이 땀으로 흥건했어."

"여긴 어떻게 오신 거죠?" 자발이 진지하게 물었다.

"오래전에 감금이 해제됐어. 이제는 아무도 끼드라나 끼드라의 살인범에 대해 묻지 않아. 사람들은 우리를 굶어 죽지 않게 구해 준 사람이 후다 부인이라고 생각해. 그러나 그들은 우리에게 씻을 수 없는 치욕적인 상처를 남겼어. 우리 동네에는 카페도 없고, 자존심도 없어. 마을에서 멀리 떨어진 먼 곳으로 일하러 나갔다 돌아와서 집 안에 꼭꼭 숨어서 지내. 수장에게 발견되면 그 즉시 얻어맞거나 침 세례를 받거든. 요즈음 그놈들한테 우리는 먼지만도 못한 존재야. 자발, 자네 이렇게 고향을 떠난 거 행운인 줄 알게." 다아비스는 별일 아니라는 듯 손사래를 치며 대답했다.

"제 행복 따위는 상관하지 마시고, 누가 학대와 수모를 당했는지 말씀해 보세요." 자발은 못마땅한 듯이 말했다.

"우리 중 열 명이 감금당하는 동안 살해됐어." 다아비스는 돌을 하나 집어 땅에 내던지면서 말했다.

"세상에!"

"그 어미에 그 자식이라더니 그 망할 놈 끼드라의 제물로 모두가 죽었어. 그들은 이제 우리 곁에 없어."

"그들 모두 함단 구역 사람들은 아니죠?" 자발이 화가 나 소리쳤다.

다아비스는 민망해서 눈을 껌뻑이며 들리지 않을 정도로 작은 소리로 변명이라도 하듯 입술을 움직였다.

"다른 사람들은 다행히 따귀 몇 대와 침 세례를 받는 정도로 끝났겠군요." 자발이 다시 말했다.

자발은 죽은 사람들에 대한 책임감을 느꼈고 슬픔으로 가슴이 먹먹해졌다. 그는 도망친 후 누려 온 평온한 순간들을 뼈저리게 후회했다.

"아마도 자네가 함단 사람들 가운데 지금 유일하게 행복한 사람일 거야." 다아비스는 뜬금없는 말을 했다.

"그들을 생각하지 않은 날은 단 하루도 없어요."

"그래도 자네는 고통과 슬픔의 소용돌이에서 멀리 벗어나 있네."

"저는 과거에서 달아난 적 없어요." 자발은 날카롭게 대답했다.

"쓸데없이 마음의 평화를 깨뜨리지 말게. 우리에게 희망은 없어."

자발은 그의 마지막 말을 어물어물 말꼬리를 흐리며 되풀이했다.

"우리에게 희망은 없다."

다아비스가 걱정 반 호기심 반으로 그를 빤히 바라보았다. 그는 자발의 슬픈 표정을 존중해서 아무 말도 하지 않았다. 그는 땅을 바라보다가 금방 돌 더미 밑으로 사라지는 딱정벌레를 바라보았다. 양치기는 햇볕에 그을린 몸을 가리려 질밥을 털고 있었다.

"사실 저는 겉으로 보이는 것과는 달리 행복하지 않아요."

"나는 자네가 당연히 행복해야 한다고 생각해." 다아비스가 다정하게 대답했다.

"저는 결혼을 하고 보시다시피 새로운 직업을 찾았어요. 그러나 잠자리에 들면 끊임없이 잠을 방해하는 어떤 목소리가 들려요."

"이런! 자네 어디서 사나?"

그는 대답하지 않았다. 그는 혼잣말을 하듯이 중얼거리고는 잠시 후 말을 이었다.

"그런 악당들과 함께 사는 게 좋을 리 없죠."

"자네 말이 맞아. 그렇지만 어떻게 그놈들을 모두 없애겠나?"

양들을 부르는 양치기의 목소리가 커졌다. 그는 팔 밑에 긴 지팡이를 끼고 양들 곁으로 걸어갔다. 얼마 후 흥얼거리는 노랫소리가 들려왔다.

"어떻게 하면 자네를 만날 수 있나?"

"무깟탐 시장에서 뱀 마술사 발끼티의 집을 물어보세요. 그러나 한동안은 제 소식을 비밀로 해 주세요."

다아비스는 일어서서 그의 손을 꼭 잡았다 놓고서 떠났다. 자발은 슬픈 눈으로 멀어져 가는 그의 뒷모습을 지켜보았다.

37

자정 무렵이었다. 추위로 닫힌 카페 문틈으로 희미한 불빛만 새어 나올 뿐 자발라위 동네는 어둠에 잠겨 있었다. 겨울 하늘에는 별 하나 보이지 않았다. 아이들은 모두 집으로 돌아갔고 개와 고양이도 안마당의 은신처에 몸을 숨겼다. 숨소리 하나 들리지 않는 정적을 깨뜨리며 옛날이야기와 함께 리벡의 선율이 카페에서 흘러나왔다. 함단 구역은 어둠에 싸인 적막강산이었다. 사막 쪽에서 유령처럼 두 사람이 홀연히 나타났다. 두 사람은 저택 담을 지나 아판디의 집을 거쳐 함단 구역으로 들어섰다. 그 구역 한가운데에 있는 집에 이르자 그중 한 사람이 문을 두드렸다. 노크 소리가 정적 속에서 북소리처럼 울렸다. 문이 열리고 함단의 얼굴이 보였다. 그의 얼굴은 손에 들린 등잔불로 인해 하얗게 보였다. 그는 누가 문을 두드렸는지 알아보려고 등잔불을 들어 올리다가 깜짝 놀라서 소리를 질렀다.

"자발!"

그가 옆으로 비켜서자 자발이 큰 꾸러미를 들고 들어갔다. 그의 아내가 또 다른 꾸러미를 들고 그의 뒤를 따랐다. 두 사람은 서로 얼싸안았다. 잠시 후 함단은 임신한 태가 역력한 여자를 한번 쓱 쳐다보고 말했다.

"자네 부인인가? 잘 왔네! 나를 따라오게. 서두르지 말고."

그들은 긴 통로를 지나 하늘이 보이는 넓은 안마당으로 향했다. 그들은 안마당을 가로질러 좁은 계단참을 거쳐 함단이 기거하는 곳으로 올라갔다. 함단은 샤피까를 여자들의 거처로 보낸 후 안마당이 내려다보이는 발코니가 딸린 큰 방으로 자발을 데려갔다. 자발이 돌아왔다는 소식이 온 동네에 퍼지자 그곳의 남자들이 다아비스, 이트리스, 둘마, 알리 파와니스, 이야기꾼 리드완, 압둔에 이끌려 몰려왔다. 그들은 자발과 따뜻한 악수를 나누고 자리에 앉아 호기심 어린 눈으로 고향에 돌아온 자발을 바라보았다. 이런저런 질문이 오갔고, 자발이 그들에게 자신의 근황을 어느 정도 들려주었다. 그들은 서로 슬픈 시선을 주고받았다. 자발은 그들이 정신이 나약해진 만큼 몸도 쇠락했다는 것과 그들의 사지가 멀쩡하지 않다는 것을 알게 되었다. 그들이 이제까지 겪은 수모를 이야기하자 다아비스가 한 달 전 그를 만났을 때 하나도 빠뜨리지 않고 그에게 다 이야기해 주었다는 것을 알리고는 그가 지금 이곳에 오다니 놀랍다고 말하고 나서 비꼬듯이 물었다.

"우리에게 자네가 살고 있는 곳으로 이사하라고 온 건가?"

"우리가 살 곳은 이곳밖에 없어요." 자발이 날카롭게 말했다.

목소리에 담긴 힘 때문에 사람들은 그의 말에 귀를 기울였고 함단의 눈은 호기심으로 빛났다.

"그들이 뱀이라면, 자네가 다루기 쉬울 텐데."

타마르 한나가 찻잔을 들고 들어와 자발에게 반갑게 인사했다. 그녀는 자발의 아내를 칭찬하고 그녀가 아들을 낳을 것이라고 덕담을 하고는 말을 덧붙였다.

"하긴 이제 여자와 남자가 다르지 않지."

타마르 한나가 말을 마치고 방을 나가자 함단이 그녀를 나무랐지만, 다른 사람들은 그녀의 말을 인정하는 눈치였다. 모두들 암울한 분위기에 눌려 어느 누구도 차에 입을 대지 않았다.

"자발, 모욕을 참을 수 없을 텐데, 왜 돌아왔나?" 이야기꾼 리드완이 물었다.

"내가 자네들에게 누차 말했지. 우리에게 닥친 어려움을 참고 견디는 것이 우리를 증오하는 이방인들 주위를 맴돌며 어슬렁거리는 것보다 훨씬 낫다고." 함단이 의기양양하게 말했다.

"절대 생각하시는 그런 게 아닙니다." 자발이 힘주어 말했다.

함단이 말없이 고개를 저었다. 무거운 침묵이 흘렀다.

"자, 자발이 쉴 수 있도록 이제 모두 나갑시다." 다아비스가 말했다.

하지만 그는 그들에게 그냥 있으라고 손짓했다.

"저는 쉬러 온 것이 아니라 여러분이 생각하는 것보다 더 중요한 것을 여러분에게 알리러 왔어요."

모두들 의아하여 눈을 동그랗게 뜨고 그를 바라보았다. 리드완이 좋은 이야기를 들었으면 좋겠다며 중얼거렸다. 자발은 모두의 얼굴을 매섭게 쏘아보았다.

"이곳으로 돌아온다는 생각을 하지 않고 새로운 가족과 함께 죽을 때까지 살 수도 있었어요."

그는 한동안 침묵을 지키고 나서 다시 말을 이었다.

"며칠 전부터 추위와 어둠을 무릅쓰고 혼자서라도 걸어가고 싶다는 충동이 일었어요. 하루는 집에서 나와 발길 닿는 대로 걷다 보니 어느 결에 우리 동네가 내려다보이는 곳에 와 있더군요. 도망친 후 한 번도 동네 근처에는 얼씬도 하지 않았는데 말이에요."

그들의 눈이 흥미진진한 기색을 띠었다. 자발은 이야기를 계속했다.

"칠흑 같은 어둠 속에서 계속 헤맸어요. 구름 뒤에 숨었는지 별들도 보이지 않는 밤이었어요. 유령 같은 거대한 형체와 거의 부딪치기 직전까지 무슨 일이 생길지 몰랐어요. 처음에는 그가 수장들 중 하나라고 생각했어요. 그는 우리 동네 사람 같지도 않았고 도대체 사람 같지도 않았어요. 마치 산처럼 키도 몸집도 컸어요. 공포에 질려 뒷걸음질로 달아나려는 순간 '거기 서라, 자발.' 하고 말하는 기묘한 목소리가 들렸어요.

저는 그 자리에 얼어붙어서 두려움에 식은땀을 흘리며 '누구…… 누구세요?'라고 물었어요."

자발이 이야기를 잠시 중단하자 좌중은 궁금해서 고개를

내밀고 서로의 얼굴을 바라보았다.

"우리 동네 출신인가?" 둘마가 물었다.

"그가 그 사람이 우리 동네 사람 같지도 않고 사람 같지도 않다고 말했어." 이트리스가 재빨리 둘마의 말을 반박했다.

"그런데 그는 우리 동네 사람이었어요." 자발이 말했다.

사람들은 모두 그가 누구인지 궁금해했다.

"그가 기묘한 목소리로 '무서워하지 마라. 나는 너의 할아버지, 자발라위다.'라고 말했어요."

모두들 놀라서 웅성거리며 믿지 못하겠다는 눈초리로 자발을 응시했다. 함단이 끼어들었다.

"자네, 농담하는 거지."

"아닙니다. 저는 정말 사실만을 말합니다. 하나도 보태지도 빼지도 않았습니다."

"그때 혹시 뭔가에 취했던 것은 아닌가?" 알리 파와니스가 물었다.

"저는 한 번도 뭔가에 취해서 정신을 놓은 적 없어요." 자발이 화가 나 소리를 질렀다.

"최고가 아니면 마시지 않겠지." 이트리스가 비꼬았다.

"제 귀로 분명히 들었어요. 그가 '무서워하지 마라. 나는 너의 할아버지, 자발라위다.'라고 말했어요." 자발은 화가 치밀어 어두워진 얼굴로 소리를 질렀다.

"그는 오랫동안 집 밖에 나오지 않았고 그를 본 사람이 아무도 없네." 함단이 그의 화를 누그러뜨리기 위해 부드럽게 말했다.

"매일 밤 몰래 밖으로 나오는지도 모르죠."

"하지만 자네를 제외하고 아무도 그와 마주친 적이 없지!" 함단이 조심스럽게 자문했다.

"제가 우연히 만났잖아요!"

"화내지 말게, 자발. 자네가 거짓말을 한다고는 생각하지 않아. 환영을 봤을 거야. 하느님을 걸고 나에게 말해 보게. 만약에 그가 집 밖으로 나갈 수 있다면 왜 사람들이 그를 한번도 보지 못했을까? 그리고 그는 왜 후손들의 권리를 그들의 손안에서 쥐락펴락하게 내버려 둘까?"

"그게 그의 비밀스러운 부분이에요. 그분은 자신이 무엇을 하고 있는지 알아요." 자발이 얼굴을 찡그리며 대답했다.

"그가 나이가 들어 쇠약해져 은둔했다는 말이 더 이치에 맞는 것 같네."

"자, 자, 말씨름은 그만하고, 이야기가 더 있으면 들어 봅시다." 다아비스가 끼어들었다.

자발이 다시 이야기를 시작했다.

"저는 그에게 이렇게 말했어요. '제 생전에 당신을 만나리라고는 꿈도 꾸지 못했어요.'라고요. 그러자 그가 '내가 바로 네 앞에 있다.'라고 말했죠. 제가 어둠 속에서 그의 얼굴을 자세히 보려 하자 '어둠이 지속되는 한 내 얼굴을 볼 수 없다.'라고 그가 말했어요. 제가 얼굴을 보려 하는 것을 알아차린 데 놀라 '하지만 당신은 어둠 속에서도 저를 볼 수 있으시군요.'라고 말하자, 그는 '동네가 생기기 전부터 어둠 속에서 이곳을 돌아다니는 데 익숙하기 때문에 캄캄해도 너를 볼 수 있다.'라고 말했어요. 저는 놀라서 '당신께서 여전히 건강하시다니 하느님께 감사드립니다.'라고 말했지요. 그가 '자발! 너는 믿을 수 있는 사람이다. 하긴 너는 억압당하는 네 친척들 때문에 화가 나 윤택한 삶을 버렸지. 너의 가족이 곧 나의 가족이다. 그들에겐 내 재산에서 나오는 수익을 가져갈 권리가 있다. 그들이 지켜야 할 체면을 되찾고 생활은 풍족해질 것이다.'라고 말했어요. 제가 어둠을 환히 밝힐 정도로 흥분해서 '어떻게 해야 그렇게 될 수 있나요?' 하고 물었어요. 그는 '힘으로 억압과 맞서 이기고 너희들의 권리를 찾아서 행복하게 살면 된다.'라고 대답했어요. 마음속 깊은 곳에서 큰 소리가 터져 나왔어요. '저희는 강해질 겁니다!' 그러자 그는 '너의 편 사람들이 성공할 것이다.'라고 말했어요."

자발이 말을 끝내자 일순 침묵이 흘렀고 모두들 꿈을 꾼 것처럼 홀려서 넋이 나간 것 같았다. 그들은 생각에 잠겨 서로 눈치를 살피다 모두의 시선이 일제히 함단을 향했다. 함단이 침묵을 깼다.

"우리 모두 이 이야기를 심정적으로나 이성적으로 심도 있게 심사숙고해 보세."

"술 취해 지어낸 이야기는 아닌 것 같아요. 이야기가 구구절절 진짜 같아요." 다아비스가 말했다.

"우리의 권리가 거짓이라면 그 말도 거짓인 거죠." 둘마가 자신 있게 말했다.

"자네는 왜 그에게 그 스스로 정의를 구현하지 않냐고 묻지 않았나? 아니면 그로 하여금 사람들의 권리를 존중하지 않는 자들에게 재산 관리권을 약속하게 한 것이 무엇이었는지 왜 묻지 않았나?" 함단이 머뭇거리다 물었다.

"묻지 않았어요. 물어볼 수 없었어요. 당신은 캄캄한 사막에서 그를 만나 보지도 못했고, 뜻하지 않은 그의 출현이 얼마나 겁나는지 당해 보지 못했기 때문에 그런 말을 할 수 있는 거예요. 만일 그런 일이 당신에게 일어난다면 그의 말에 수긍하게 되고 일말의 의심 따위는 하지 않으실 거예요." 자발은 퉁명스럽게 대꾸했다.

함단은 자발의 말을 인정한다는 듯 고개를 끄덕였다.

"그래, 자발라위라면 그런 말을 할 만하지. 그런데 그분이 직접 그 일을 하는 게 훨씬 나으실 텐데!"

"수치스럽게 죽을 때까지 다들 기다리게!" 다아비스가 소리를 질렀다.

리드완이 모두의 얼굴을 조심스럽게 바라보며 목청을 가다듬었다.

"그의 말은 멋지지만, 우리에게 결과적으로 어떤 일이 생길지 생각해 봅시다."

"우리의 권리 중 일부를 구걸하러 한 번 갔었는데 달라진 게 없었잖나." 함단이 슬픈 표정으로 말했다.

"뭘 두려워하시는 거예요? 지금 우리가 처한 상황보다 더 나빠질 수는 없잖아요?" 압둔이 소리를 질렀다.

"내가 어떻게 되는 건 두렵지 않지만 다른 사람이 걱정돼서 그러는 걸세." 함단이 변명하듯 말했다.

"저 혼자 관재인의 집에 가야겠군요." 자발이 냉소적으로 말했다.

"우리는 자네 편이야. 여러분, 자발라위가 그에게 성공을 약속했다는 것을 잊지 마세요." 다아비스가 자발에게 다가가며 말했다.

"결심이 서면 혼자 갈 겁니다. 그렇지만 여러분이 똘똘 뭉쳐서 저와 같이 고생할 각오가 있으신지 알고 싶군요."

"죽을 때까지 함께하겠습니다!" 압둔이 외쳤다.

소년의 열정이 다아비스, 이트리스, 둘마, 알리 파와니스에게로 옮겨 갔다. 이야기꾼이 조금 음흉하게 자발에게 샤피까도 그가 이곳에 온 이유를 아느냐고 물었다. 그러자 자발은 그가 자신의 비밀을 어떻게 발끼티에게 말했는지, 그리고 발끼티가 자신에게 결과에 대해 심사숙고하라고 어떻게 충고했는지, 그리고 자신이 어떻게 동네로 돌아가기로 결심했는지, 그리고 그의 아내가 어떻게 끝까지 자신과 함께하기로 했는지를 이야기해 주었다. 그 말을 듣고 바로 함단은 자기도 다른 사람들과 함께하겠다는 것을 결연한 목소리로 말했다.

"관재인에게 언제 갈 건가?"

"계획이 완벽하게 준비되면요."

"우리 집에 거처를 마련하지. 자네는 내가 가장 아끼는 자식이나 다름없네. 오늘 밤은 역사적인 사건이 시작되는 밤이야. 앞으로 이 일은 리벡 반주에 맞춰 아드함의 이야기처럼 이야기될 거야. 자, 우리 선과 악을 두고 맹세하세." 함단이 일어서며 말했다.

바로 그 꼭두새벽에 수장 함무다가 술에 취해 혀가 풀려 부르는 노랫소리가 들려왔다.

　　귀여운 놈! 마셔! 함께 취해 비틀거리며 동네를 지나가자!
　　나한테 잘해. 그러면 맛있는 새우를 실컷 먹여 주마.

　　그들은 잠깐 그의 목소리에 귀를 기울였지만 곧 희망에 부
풀고 들떠 맹세를 위해 서로의 손을 잡았다.

38

동네 사람들 모두 자발의 귀향을 알게 되었다. 자발이 가방을 메고 다니는 모습과 아내 샤피까가 알자말리야로 장 보러 가는 모습이 동네 사람들의 눈에 띄었다. 그들은 이 동네 사람들 중 어느 누구도 해 본 적이 없는 자발의 새로운 일에 대해서 이야기를 나눴다. 자발은 이웃 마을에서만 마술 공연을 했다. 그는 뱀을 사용하지 않았기 때문에 아무도 그가 뱀을 다룰 줄 안다고 생각하지 않았다. 그는 관재인의 집 앞을 마치 한 번도 지나가 본 적이 없는 것처럼 여러 번 지나쳤지만 마음속으로는 어머니를 보고 싶은 가슴 아픈 그리움을 참아 내고 있었다. 함무다, 라이시, 바라카트, 아부 사리으 같은 수장들은 그를 보면 다른 함단 구역 사람들을 함부로 대하는 것과는 달리 그를 길가로 끌고 가 가방을 갖고 놀리는 정도에 그쳤다.

한 번은 우연히 자끌루트와 마주쳤다. 그는 잔인하게 자발을 노려보고 길을 막고 물었다.

"그동안 어디에 있었냐?"

"넓은 세상에……." 그는 꿈꾸듯 대답했다.

"넌 내 수하에 있으니 나에게는 내가 원하는 것은 뭐든지 물어볼 권한이 있고 너는 대답할 의무가 있어." 자끌루트가 싸울 기세로 말했다.

"사실대로 대답했는데요."

"무엇 때문에 돌아왔지?"

"사람이면 누구나 갖고 있는 귀소 본능이오!" 그는 조용히 대답했다.

"내가 너였다면 돌아오지 않았어." 그는 협박조로 말했다.

갑자기 그가 자발에게 확 달려들었다. 화를 누르며 자발이 재빨리 옆으로 피하지 않았다면 맞부딪칠 뻔했다.

그때 관재인 집의 문지기가 자발을 불렀다. 자발은 놀라서 그를 돌아보고 다가갔다. 두 사람은 집 앞에서 반갑게 악수를 나눴다. 문지기는 그동안의 안부를 묻고 마님이 보고 싶어 한다고 알려 주었다. 자발은 동네로 돌아온 이후 쭉 그녀가 불러 주기를 기다리고 있었다. 그는 마음속으로 틀림없이 그녀가 자신을 부를 거라고 속으로 생각했더랬다. 그 집을 떠날 때의 상황을 생각하면 그가 관재인의 집을 그냥 방문하는 것은 불가능했다. 게다가 만남이 이루어지기 전에 관재인과 수장들의 의심을 사지 않기 위해서라도 그는 먼저 만나 달라고 하지 않기로 굳은 결심을 했다. 그가 집 안으로 들어가자마자 소문이 온 동네에 퍼졌다. 그는 객사를 향해 걸어가면서 정원을,

그리고 키 큰 뽕나무와 무화과나무와 각종 꽃나무와 구석구석을 덮은 장미꽃을 쓱 훑어보았다. 겨울철이라 늘 맡았던 익숙한 꽃향기는 사라지고 없었다. 마치 황혼 녘 흰 구름 사이로 보이는 물든 하늘처럼 부드럽고 고요한 불빛이 비추고 있었다. 그는 계단을 오르며 떠오르는 수많은 기억을 지우려 애썼다. 거실로 들어서자 거실 한가운데에 양부모가 그를 기다리며 앉아 있었다. 그가 양어머니를 바라보자 두 사람의 눈이 마주쳤다. 그녀는 감격해서 자리에서 일어나 그를 반갑게 맞았다. 자발이 허리를 굽혀 양어머니의 손등에 입을 맞추자 그녀는 그의 이마에 부드럽게 키스를 했다. 그 순간 사랑과 행복의 감정이 복받쳐 올랐다. 고개를 돌려 관재인을 바라보자, 그는 아바를 입고 앉아 싸늘한 시선으로 두 사람을 지켜보고 있었다. 자발이 손을 내밀자 엉거주춤 일어나 악수를 하고는 바로 앉았다. 후다는 여전히 선 채로 걱정스럽고 놀란 눈으로 자발의 위아래를 훑어보았다. 투박한 허리띠에 거친 천으로 만든 질밥 아래로 드러난 몸매는 말라 보였다. 그녀는 흡사 해진 것 같은 붉은 가죽 신발을 신고 헝클어진 머리에 짙은 색의 타끼야를 쓰고 있었다. 그리고 두 눈에는 눈물이 그렁그렁했다. 그녀는 말이 아닌 눈으로 말했다. 그녀의 눈에서 수양아들의 모습과 그 스스로 만족하고 있는 삶에 대한 연민이 보였다. 그녀는 마치 찬란하게 빛나던 희망이 산산이 깨지는 것을 보는 것 같았다. 후다가 자발에게 앉으라고 손짓하자 자발은 그녀 가까이에 있는 의자에 앉았다. 그는 그녀의 심경을 알아차리고 무깟탐 시장에서 그가 하는 일과 새로운 직업과 결혼에 대해 힘주어 말했다. 그는 힘들긴 해도 생활에 만족한다고 했다. 그녀는 자발의 말에 화가 치밀었다.

"너 좋을 대로 하렴. 그런데 고향에 돌아오자마자 왜 우리 집부터 찾아오지 않았니?"

자발은 하마터면 자신이 돌아온 목적이 그녀의 집에 있다고 말할 뻔했다. 그는 목적을 달성하기 위해 적절한 때가 아니기도 했고 어머니를 만난 감격에서 아직 벗어나지 못했기 때문에 잠시 숨을 고른 후 대답했다.

"뵈러 오고 싶었지만 그렇게 집을 떠나서 찾아올 엄두가 나지 않았어요."

"집을 나가 사는 게 그렇게 좋았다면 왜 돌아왔느냐?" 아판디가 차갑게 물었다.

후다가 남편을 책망하는 눈길을 보냈지만 그는 무시했다.

"아버님, 아버님을 뵙고 싶어 왔을지도 몰라요." 자발은 미소를 지으며 말했다.

"그렇지만 넌 우리가 부를 때까지 오지 않았어, 나쁜 녀석 같으니라고." 후다가 말했다.

"어머니, 저를 믿어 주세요. 이 집을 떠날 수밖에 없는 상황을 생각할 때마다 저는 진심으로 그 상황을 저주했어요." 자발은 고개를 숙이고 말했다.

아판디는 의심스러운 눈초리로 그를 쏘아보면서 그 말이 무슨 의미인지 물어보려고 했으나 후다가 먼저 말을 꺼냈다.

"너는 틀림없이 알 거야. 너를 존중해서 우리가 함단 구역 사람들을 용서했다는 것을."

자발은 자신이 애초 짐작한 대로 이러한 즐겁고 가족적인 장면이 끝나면서 투쟁이 시작될 때가 되었음을 깨달았다.

　"아버님, 사실 그들은 죽음보다 더 못한 천대로 고통받고 있습니다. 그리고 이미 그들 중 몇몇은 살해당했고요."

　"지은 죄에 마땅한 벌을 받았을 뿐이다." 아판디는 염주를 꼭 움켜쥐고 소리를 버럭 질렀다.

　"우리 모두 지난 일은 잊어버리죠." 후다가 희망에 차서 손짓하고 말했다.

　"끼드라가 흘린 피가 헛되어서는 안 되지." 아판디가 고집스럽게 말했다.

　"진짜 죄인들은 그 깡패 놈들이죠." 자발은 그에게 확실하게 말했다.

　아판디가 신경질적으로 벌떡 일어나 후다를 책망했다.

　"당신 뜻에 따라 저 애를 불러들인 결과가 안 보이나?"

　"아버님, 아버님의 허락 없이 들어오려고도 했습니다. 부르실 때까지 기다린 것은 제가 이 댁에 진 빚이 많다는 것을 인정하기 때문입니다." 자발은 확고한 목소리로 말했다.

　관재인은 불길하고 미심쩍은 눈으로 그를 보았다.

　"여기 온 이유가 뭐냐?"

　자발은 매섭게 폭풍이 몰아치고 있을 바깥세상을 향해 문을 여는 것과 같음을 잘 알면서도 용감하게 아판디의 얼굴을 마주했다. 그것은 그가 사막에서의 경험을 통해 흔들리지 않는 강인한 용기를 얻은 덕분이었다.

　"함단 구역 사람들의 재산에 대한 권리와 안전한 생활을 보장해 줄 것을 요구하러 왔습니다."

화가 난 아판디의 얼굴빛이 어둡게 변했고 절망한 후다의 입이 벌어졌다. 관재인은 자발을 쏘아보았다.

"감히 내 앞에서 그런 말을 되풀이하는 거냐? 그 어리석은 노인네가 감히 터무니없는 요구를 한 다음 너희들에게 불행한 일들이 계속 닥친 것을 잊었느냐? 틀림없이 넌 미쳤어. 그리고 나는 너 같은 미친놈에게 낭비할 시간이 없다."

"자발, 난 너와 네 아내에게 우리 집에서 함께 살자고 하려던 참인데." 후다가 울먹이며 말했다.

"저는 단지 아무도 거부할 수 없는 당신의 조상이자 우리의 할아버지인 자발라위의 간절한 바람을 당신이 들으시도록 재차 말한 것뿐입니다." 자발은 강하게 말했다.

아판디는 어리둥절한 표정으로 자발을 주의 깊게 눈여겨보았다. 후다는 걱정스러운 나머지 자리에서 일어나 자발의 어깨에 손을 얹으며 물었다.

"자발, 무슨 일이니?"

"괜찮아요." 자발이 웃으며 말했다.

"괜찮다! 네가 괜찮다고? 제정신이냐?" 아판디가 어이가 없다는 표정으로 말했다.

"제 이야기를 들으시고 판단하세요." 자발이 침착하게 조용조용히 말했다.

자발은 그 두 사람에게 함단 구역 사람들에게 했던 것과 똑같은 이야기를 했다. 이야기를 마치자 아판디는 자발의 얼굴을 의심쩍은 눈으로 한참이나 살펴보았다.

"이 땅의 주인은 은둔을 택한 다음부터 집을 떠난 적이 없다."

"하지만 저는 사막에서 그분을 만났습니다." 자발이 대답했다.

"왜 그는 나에게 자신의 간절한 바람을 직접 얘기하지 않았을까?" 아판디가 비웃었다.

"그것은 우리는 모르는 그분의 헤아릴 수 없는 심중입니다." 자발이 대꾸했다.

그러자 아판디는 약이 올라 격앙되어 웃었다.

"너는 진짜 재주 있는 뱀 마술사라면서 뱀 부리는 마술만으로는 만족스럽지 않은가 보구나. 재산을 갖고 장난을 치고 싶은 게지."

"하느님께서는 제가 진실을 말하고 있다는 것을 아십니다. 가능하다면 자발라위에게 직접, 아니면 그분의 열 가지 조건에 심판을 맡기시죠." 자발은 여전히 평정심을 잃지 않고 말했다.

아판디의 분노가 폭발했다.

"도둑놈! 사기꾼! 설사 네가 산꼭대기에 숨는다 할지라도 천벌을 면치 못할 거다." 그의 얼굴이 창백하게 질려 온몸을 부르르 떨며 소리를 질렀다.

"아, 끔찍해라! 자발, 나는 네가 이런 불행을 가져오리라고는 생각도 못 했다." 후다가 언성을 높였다.

"이건 단지 저의 집안사람들의 법적 권리를 요구하는 것뿐인데요?" 자발이 믿기지 않는다는 듯 물었다.

"입 닥쳐! 사기꾼! 해시시 중독자! 중독자들의 소굴에서 사는 주제에! 개새끼들! 내 집에서 썩 나가! 또다시 헛소리하면 너와 네 집안사람들을 양처럼 죽여 주마." 아판디가 고래고래 소리를 질렀다.

"조심하세요. 자발라위가 노하면 화를 입게 될 거예요." 자발은 화가 나 얼굴을 찡그리며 맞받아 소리쳤다.

아판디가 자발에게 달려들어 그의 넓은 가슴을 있는 힘을 다해 주먹으로 쳤다. 자발은 꾹 참으며 꼼짝 않고 버티고 서서 맞았다. 그는 후다를 향해 돌아서서 바라보았다.

"어머니 때문에 그분에게 예의를 지킵니다."

그러고 나서 돌아서 나왔다.

39

함단 구역 사람들은 곧 닥쳐올 재앙을 마음을 졸이며 조마조마하게 기다렸다. 타마르 한나는 다수의 생각과는 달리 자발이 이번에는 함단 구역의 지도자가 되었으므로 후다가 그들을 죽게 놔두진 않을 것이라고 생각했다. 그러나 자발은 그녀의 생각을 믿지 않았다. 자발은 만일 누군가 욕심을 내고 재산에 위협이 될 만한 일을 한다면 그가 아판디와 아무리 가까운 사람일지라도 살아남기 어렵다고 생각했다. 자발은 함단 구역 사람들에게 스스로 강해져 고난을 이겨 내라는 그들 할아버지의 명령을 상기시켰다. 다아비스는 호의호식하던 자발이 그들을 위해 기꺼이 그러한 삶을 버렸으니 그를 저버리는 것은 옳지 않다고 말했다. 그리고 그는 그들이 힘과 폭력을 사용했는데도 불구하고 그들의 계획이 무위로 끝나더라도 그들이 현재 처한 상황보다 더 나빠지리라고 보지 않는다고도 했다. 사실 함단 구역 사람들은 두려움을 느끼며 신경이 곤두서 있었다. 그런 그들은 절망 속에서 힘과 대의명분을 찾았다. 그들은 '범 무서워 산에 못 가랴.'라는 속담을 주문처럼 반복했다. 이야기꾼 리드완 혼자만이 슬프게 말했다.

"이 땅의 주인께서 원하셨다면 정의를 세우시고 우리 편을 들어주시고 우리를 확실한 파멸에서 구원해 주셨을 텐데."

그의 말을 들은 자발은 화가 나 얼굴을 찌푸리며 그에게 다가가 어깨를 꽉 쥐고 의자에서 떨어질 정도로 흔든 다음 그에게 소리를 질렀다.

"이야기꾼들은 다 그래요, 리드완? 당신들은 영웅담을 들려주고 리벡 반주에 맞춰 이야기를 하다 사태가 심각해지면 쥐구멍으로 빠져나가서 우유부단해서 패배했다는 소문을 퍼뜨리죠? 천벌을 받을 겁쟁이들!"

그는 좌중을 향해 말했다.

"자발라위가 여러분을 소중하게 생각하듯이 이 동네의 다른 사람들은 소중하게 여기지 않습니다. 그분이 만일 여러분을 특별한 그의 가족이라고 여기지 않으셨다면 저를 찾아와 저에게 말을 하지 않으셨을 겁니다. 그분은 길을 밝히는 등불이고 우리를 지지한다고 약속하셨습니다. 저 혼자서라도 싸울 겁니다!"

그러나 자발은 혼자가 아니었다. 남녀를 막론하고 모두 그를 지지했다. 그들은 앞으로 닥칠 시련을 알고 있었으며, 결과가 어떻게 되든 별로 걱정하지 않는 듯했다. 자발은 얼떨결에 그 구역의 지도자가 되었다. 지도자가 되려고 의도하거나 대책을 세운 것도 아니었다. 함단의 반대도 없었다. 그는 수위를 가늠할 수 없는 공격의 대상이 될 자리를 자발에게 기꺼이 내주었다. 자발은 함단의 충고에 아랑곳하지 않고 집에 있지 않고 밖으로 나가 평소처럼 돌아다녔다. 그는 걸음을 한 걸음 뗄 때마다 곧 무슨 일이 일어나리라고 생각했지만 수장들 누구하나 그를 해치지 않았다. 그는 이런 상황에 적잖이 놀랐다. 이러한 상황은 아판디가 자발 역시 그의 요구에 대해 입을 열지 않기를 희망하면서 그들의 만남을 비밀에 부쳐 마치 아무 일도 없었던 것처럼 문제를 끝내고 싶어 하는 것으로밖에는 설명할 여지가 없어 보였다. 자발은 이 같은 상황 이면에 있을 후다의 슬픈 얼굴을 보았고, 거기서 진심 어린 모성애를 느꼈다. 그는 자신에 대한 후다의 사랑이 남편인 관재인의 잔혹함과 난폭함보다 더 그를 힘들게 할 것 같아 염려스러웠다. 그는 불덩어리 탄에서 재만 털어 내듯 실수 없이 계획을 실행하기 위해 무엇을 해야 하는가를 오랫동안 생각했다.

동네에서 이상한 일들이 일어나기 시작했다. 하루는 지하실에서 도와달라는 여자의 비명 소리가 들렸다. 뱀이 여자의 발 사이를 지나 유유히 빠져나갔다고 했다. 남자들은 뱀을 찾으려고 몽둥이를 들고 그녀의 집 안으로 들어갔다. 그들은 집 내부를 샅샅이 뒤져 뱀을 찾아낸 다음 때려죽였다. 그러고 나서 길바닥에 뱀을 던져 버리자 아이들이 뱀을 집어 들고 환성을 지르며 가지고 놀았다. 그 일은 더 이상 이상한 일이 아니었다. 그 후 한 시간도 지나지 않아 알자말리야와 인접한 동네 어귀의 한 집에서 비명 소리가 흘러나왔다. 밤이 되자마자 함단 구역 내 여러 건물에서 소동이 일었다. 몇몇 사람이 뱀을 보았고, 그중 한 사람이 뱀을 잡으려 했으나 곧 뱀이 사라지고 없었다. 뱀을 찾으려는 그들의 노력은 수포로 돌아갔다. 그러자 자발이 발끼티 곁에서 쌓은 경험을 살려 뱀을 잡기 위해 나섰다. 함단 구역 사람들은 자발이 벌거벗고 뜰에 서서 이상한 말로 뱀에게 말을 거니 뱀이 순종하듯 밖으로 나왔다고 이야기했다. 이러한 일들이 동네 유지들의 집에서 거듭 일어나지 않았더라면 이 일들은 다음 날 아침이면 거의 잊혀졌을 것이다. 수장 함무다가 자신의 집 복도에서 뱀에 물렸다는 소식이 전해졌다. 그는 친구들이 그 소식을 듣고 그를 구하러 몰려올 때까지 자신도 모르게 비명을 질러 댔다. 이 일로 소문이 무성해졌다. 뱀과 관련한 소동이 한 차례로 그치지 않고 되풀이되었다. 신기하게도 뱀들이 계속 출현했기 때문이다. 바라카트의 해시시 소굴에서는 뱀 한 마리가 천장에 나타났다 순식간에 사라지는 것을 보고 몇몇 사람이 혼비백산해 달아나기도 했다. 뱀에 관한 소식이 카페 이야기꾼들의 이야기보다 더 흥미를 끌었다. 관재인의 집에 커다란 뱀 한 마리가 출몰하자 뱀들이 유유히 활동 범위를 넓힌 것처럼 보였다. 그 집의 모든 하인들이 동원되어 사방으로 달아난 뱀을 찾아 구석구석까지 샅샅이 뒤졌지만 흔적조차 찾지 못했다. 관재인과 그의 아내는 겁에 질려 뱀들이 집에서 사라졌다는 확신이 들 때까지 집에 들어가지 않는 것을 심각하게 고민했다. 뱀 때문에 그 집이 쑥대밭이 된 사이 자끌루트의 집에서 비명 소리와 함께 소동이 벌어졌다. 문지기가 무슨 일이 벌어졌는지 알아보러 밖으로 나갔다. 문지기는 돌아와서 뱀 한 마리가 자끌루트의 아들을 물고 사라졌다고 주인에게 전했다. 공포가 동네 사람들을 엄습했다. 집집마다 뱀을 보고 도움을 청하는 소리가 연달아 들렸다. 후다는 마침내 동네를 떠나기로 결심했다. 문지기 핫 사나인이 자발이 뱀 마술사고 뱀 마술사들은 뱀을 사냥한 경험이 있다고 말하면서 자발이 함단 구역 내 한 집에서 뱀을 쫓아냈다고 강조했다. 아판디는 얼굴이 파랗게 질려 한마디도 하지 않았고 후다는 문지기에게 자발을 불러오라고 명령했다. 문지기가 주인에게 허락을 구하려고 바라보자 그는 분통을 터뜨리며 몇 마디 말을 우물거렸다. 후다가 아판디에게 자발을 부르든지 아니면 집을 나가든지 둘 중에 하나를 선택하라고 하자 그는 증오와 분노로 치를 떨며 문지기에게 자발을 데려오라고 허락했다. 관재인과 수장 두목 자끌루트의 집 사이로 사람들이 모여들었다. 자끌루트, 함무다, 바라카트, 라이시, 아부 사리으를 앞세우고 동네 유지들도 관재인의 집으로 몰려왔다. 모여든 사람들은 온통 뱀 이야기만 했다.

"산에 무슨 일이 일어나 뱀들이 민가로 내려온 게 틀림없어." 아부 사리으가 말했다.

"우리 모두 산 근처에 살고 있지만 여태껏 이런 일이 일어난 적이 없어." 자끌루트는 싸울 상대를 찾지 못해 혼자 싸우는 것처럼 소리쳤다.

자끌루트는 아들이 뱀에 물린 것에 화가 나 있었고 함무다는 뱀에 물린 다리의 상처로 아직도 절뚝거렸다. 그들 모두 두려움에 사로잡혔다. 동네 사람들은 집이 거처하기에 안전하지 않다고 말하며 모두 길거리로 모여들었다.

자발이 빈 가방을 들고 와서 모두에게 인사를 하고 공손하고 자신 있는 태도로 관재인과 그의 아내 앞에 섰다. 아판디는 그를 똑바로 볼 수 없었다.

"자발! 사람들 말로는 네가 우리 동네에서 뱀을 몰아낼 수 있다고 하더구나." 후다가 말했다.

"예, 저는 그 방법을 배워. 알고 있습니다." 자발은 차분히 대답했다.

"집 안의 뱀을 잡으려고 너를 불렀다."

"관재인께서도 허락하셨습니까?" 자발은 아판디를 쳐다보며 물었다.

"그래." 관재인은 분노와 참담함을 감추며 중얼거렸다.

이때 자끌루트의 은밀한 부추김을 받은 라이시가 앞으로 나와 물었다.

"저희들의 집과 다른 사람들 집들도 말입니까?"

"저는 모두가 하라는 대로 할 겁니다." 자발이 대답했다.

감사하는 목소리가 커지자, 자발은 큰 눈을 두리번거리며 모여든 사람들의 얼굴을 잠시 바라보았다.

"동네에서 거래가 이루어질 때처럼 이번에도 값을 치러야 한다는 것은 다들 아시겠죠."

수장들은 놀란 눈으로 그를 바라보았다.

"뭣 때문에 그렇게 놀라십니까? 당신들은 동네를 지킨다는 명목으로 돈을 걷고 관재인께서는 마음대로 임대료를 챙기시면서 부동산을 관리하시지 않으십니까?"

곤란한 입장에 처하자 그들은 속마음을 눈으로도 표현할 수 없는 게 분명했다.

"작업의 대가로 얼마를 원하나?" 자끌루트가 물었다.

"돈을 요구하지는 않을 겁니다. 함단 구역 사람들의 명예를 존중해 주고 그들의 재산권을 보장해 준다는 약속을 부탁드립니다." 그는 차분하게 대답했다.

정적이 감돌고 살벌한 증오의 분위기가 느껴졌다. 관재인이 시선을 감추려고 바닥을 내려다보자 후다는 불안해졌다.

"짓눌린 당신들의 형제들에게 당신들이 해야 할 정의와 진실을 앞세워 제가 당신들에게 도전한다고 생각하지 마십시오. 저는 당신들을 집에서 떠날 수밖에 없게 한 그런 두려움이 단지 당신들 형제의 고단한 일상 가운데 한 부분이라는 것을 맛보게 해 주려는 것뿐입니다."

그들의 눈에서 구름 낀 하늘에 일순 지나가는 번갯불 같은 분노의 섬광이 번쩍이다 순식간에 사라졌다.

"제가 뱀 마술사를 데려올 수 있습니다. 그가 올 때까지 이틀이나 사흘 집 밖에서 지내면 됩니다." 아부 사리으가 소리쳤다.

"동네 사람 모두가 어떻게 이삼 일을 집 밖에서 지낼 수 있단 말인가?" 후다가 반대했다.

아판디는 가슴속에서 끓어오르는 분노와 증오를 있는 힘을 다해 억누르며 잠시 생각에 잠겼다가 불쑥 자발에게 말했다.

"네가 원하는 것을 들어주겠다. 일을 시작해라."

깡패 수장들은 당황했다. 분위기에 눌려 그들은 자신들의 생각을 밝힐 수가 없었다. 그들은 마음속으로 자발을 죽이고 싶었다. 자발은 모두에게 정원의 가장자리로 가 있으라고 하고서는 혼자 집 안으로 들어갔다. 그는 옷을 벗었다. 그는 후다가 빗물이 잔뜩 고인 웅덩이에서 자신을 구조해 준 날처럼 벌거벗었다. 그는 집 안 곳곳을 돌아다니며 작은 목소리로 휘파람을 불거나 웅얼웅얼 지껄였다. 자끌루트가 관재인에게 다가갔다.

"틀림없이 저 놈이 뱀들을 마을에 풀어놓았을 겁니다."

아판디는 조용히 하라고 손짓을 하고 속삭였다.

"자기 뱀들을 없애게 내버려 둬."

천장에 숨어 있던 뱀 한 마리가 자발을 따랐고 부동산 관리 사무소 한 곳에서 다른 뱀이 나왔다. 그는 두 마리의 뱀을 팔에 감고 객사 앞에 모습을 드러냈다. 그곳에서 그는 뱀들을 가방에 집어넣은 후 옷을 입고 모두가 올 때까지 기다렸다.

"여러분의 집으로 가 뱀을 소탕하시죠."

그는 후다를 쳐다보며 소곤소곤 말했다.

"집안사람들의 불행이 아니었다면, 조건 없이 어머니를 위해 일했을 거예요."

그리고 그는 관재인에게 다가가 손을 들어 인사하고 당당하게 말했다.

"노예가 아닌 자유인의 약속은 꼭 지켜져야 합니다."

그가 밖으로 나가자 모두들 묵묵히 그의 뒤를 따랐다.

40

자발은 모두가 지켜보는 가운데 뱀들을 동네에서 소탕하는데 성공했다. 뱀이 자발의 말에 고분고분할 때마다 터져 나온 여자들의 환성과 모두의 함성이 대저택에서 알자말리야까지 온 동네에 울려 퍼졌다. 그가 일을 끝내고 거처로 돌아가려 하자 청년들을 비롯한 사내아이들이 박수를 치고 노래를 부르며 그의 주위에 모여들었다.

자발, 빈민의 수호자여!
자발, 뱀들의 승리자여!

자발이 집으로 돌아갈 때까지 노래와 박수 소리가 그치지 않았다. 이 광경이 수장들의 심기를 건드려 몹시 화가 난 함무다, 라이시, 바라카트, 아부 사리으가 그들에게 침을 뱉고 온갖 욕설을 퍼부으며 발길질과 주먹질을 해 댔다. 모두들 피해 집으로 달아나 길에는 개, 고양이, 파리 떼만 있었다. 사람들은 이런 공격 뒤에 무슨 음모가 도사리고 있는 것은 아닐까, 어떻게 그들은 자발의 선행에 대한 보답으로 그의 지지자들에게 그런 짓을 할 수 있을까, 과연 아판디가 자발과의 약속을 지킬까, 아니면 수장들의 공격이 오만한 새로운 복수의 시작은 아닐까 하고 생각했다. 자발의 머릿속에서도 이러한 의문들이 맴돌았다. 그는 계획을 도모하기 위해 함단 구역 사람들을 그의 거처로 불러들였다. 바로 그 시각 자끌루트는 관재인과 후다를 만나 단호하게 말했다.

"한 명도 남겨 둬서는 안 됩니다."

그 말에 아판디는 만족한 얼굴을 보였다.

"관재인의 이름을 걸고 한 약속은 어떻게 하시고요?" 후다가 물었다.

자끌루트는 사람의 얼굴이라고 할 수 없을 정도로 흉측하게 얼굴을 찡그렸다.

"사람들은 자존심이 아닌 힘으로 지배됩니다."

"그들이 우리에 관해 거듭 얘기할 텐데." 후다가 화를 내며 말했다.

"원하는 대로 말하게 두세요. 언제 그놈들이 두 분과 우리들의 이야기를 안 했나요? 그놈들은 해시시 냄새가 배어 있는 방구석에서 밤새 우리를 두고 갖은 농담을 하고 떠들어 댑니다. 하지만 우리가 길거리로 나가면 공손하게 가던 걸음을 멈추죠. 자존심이 아니라 몽둥이가 두려운 거죠."

아판디는 화가 난 눈초리로 후다를 쏘아보았다.

"자발이 바로 자신의 요구 조건을 관철시키기 위해 뱀으로 음모를 꾸민 것이야. 모두가 아는 사실이야. 교활한 사기꾼 거짓말쟁이에게 한 약속을 누가 지켜?"

"마님, 기억하십시오. 만일 자발이 함단 구역의 권리를 찾는 데 성공한다면 동네 모든 사람이 다 자신의 권리를 찾을 때까지 가만히 있지 않을 겁니다. 그렇게 되면 우리는 부동산뿐 아니라 가진 것 모두를 다 잃게 될 겁니다." 자끌루트는 여전히 흉측한 표정으로 무미건조하게 말했다.

"한 명도 남기지 마!" 아판디는 손에 쥔 염주의 구슬이 깨질 정도로 꽉 쥐고 소리쳤다.

자끌루트는 집으로 수장들을 불러들였고 충직한 부하들도 그들의 뒤를 따랐다. 함단 구역 사람들이 참사를 당할 것이라는 소문이 돌았다. 여자들은 창가로, 남자들은 길가로 모여들었다. 자발은 이미 자신의 계획을 준비해 두었다. 함단 구역 남자들은 중간 지점에 있는 어느 집 정원에 몽둥이와 돌이 가득 든 양동이로 무장했고 여자들은 옥상에 흩어져 있었다. 각자 해야 할 임무가 있었다. 작은 실수라도 하거나 계획에 차질이 생기면, 그것은 영원한 파멸을 의미하는 것이었다. 극도의 긴장감과 걱정스러움이 맴도는 가운데 그들은 자발을 중심으로 자신들의 자리를 지켰다. 자발은 그들이 처한 상황을 잘 알고 있어 그들에게 자발라위의 지지와 그의 강자에 대한 성공적인 약속을 상기시켰다. 그는 그들이 자신을 믿을 준비가 되어 있음을 알았다. 그들 중 일부는 신앙에 가까운 믿음이 있었고 일부는 절망하고 있었다. 이야기꾼 리드완이 함단에게 몸을 기울여 귀에다 대고 속삭였다.

"우리의 계획이 수포로 돌아갈까 걱정입니다. 대문을 걸어 잠그고 창문과 옥상에서 공격을 하는 것이 낫다는 생각이 들어요."

"그러면 우리는 갇혀서 굶어 죽어!" 함단은 어깨를 으쓱이고 퉁명스럽게 말했다.

"대문을 열어 놓는 게 낫지 않나?" 함단이 자발에게 물었다.

"대문은 그냥 두세요. 안 그러면 의심을 사게 돼요."

찬바람이 윙윙거리며 세차게 휘몰아쳤다. 바람은 마치 추격자처럼 구름을 하늘 저편으로 몰아내며 불었다. 그들은 서로 물었다. "비가 올까?" 고양이 우는 소리와 개 짖는 소리가 들리지 않을 정도로 바깥에 모인 사람들이 질러 대는 고함 소리가 점점 커져 갔다.

"악마들이 온다!" 타마르 한나가 소리를 질러 주의를 주었다.

사실 자끌루트는 이미 몽둥이로 무장한 각 구역의 수장들과 그들 부하에 둘러싸여 집을 나섰다. 그들은 천천히 '대저택' 앞을 지나 함단 구역으로 다가왔다. 군중은 환성과 환호로 그들을 맞았다. 이들은 여러 그룹으로 나뉘어 있었다. 몇 명은 앞으로 벌어질 싸움에 즐거워하며 피 흘리는 장면을 보고 싶어 했다. 그들 가운데는 함단 구역 사람들이 아무도 인정하지 않는 우월적 지위를 내세워 그들을 미워하는 사람들도 있었다. 그러나 대부분은 수장들과 그들의 억압과 박해를 증오했다. 그들은 증오를 감추고 두려워서 지지하는 척했다. 자끌루트는 그들을 아랑곳하지 않고 함단의 집 앞까지 곧장 가 소리를 질렀다.

"너희들 중 남자다운 남자가 있거든 이리 나와!"

"밖으로 나간 사람을 속이지 않겠다는 명예를 건 새로운 약속을 우리에게 해!" 타마르 한나의 목소리가 창문 너머에서 들려왔다.

"너희들에게는 이 늙은 매춘부 외에는 대변자가 없는 모양이지?" '명예를 건 약속'이라는 그녀의 말에 부아가 치민 자끌루트가 소리쳤다.

"자끌루트, 하느님께서 너의 어머니를 불쌍히 여기시길!" 타마르 한나가 말했다.

자끌루트는 대문을 공격하라고 명령을 내렸다. 그들 중 일부는 대문을 공격해 왔고 나머지 사람들은 창문을 향해 돌을 던져 창문을 열지 못하도록 했다. 그들은 돌을 방어 수단으로 사용했다. 공격자들은 굳게 닫힌 대문 주위로 몰려가 어깨로 힘을 주어 문을 밀쳤다. 그들은 대문이 흔들릴 때까지 멈추지 않고 있었다. 그들이 더욱 힘을 가하자, 문이 흔들리기 시작했다. 그들은 뒤로 물러섰다가 대문을 열겠다는 의지로 있는 힘을 다해 대문을 향해 돌진했다. 대문이 양쪽으로 활짝 열렸다. 열린 대문 뒤로 긴 낭하 끝에 있는 정원이 보였고 그곳에 자발과 함단 구역 남자들이 몽둥이를 들고 서 있었다. 자끌루트가 저속한 손짓을 하며 조롱 섞인 웃음을 보였다. 그러고 나서 진두지휘하며 부하들을 이끌고 낭하로 돌진해 들어왔다. 그들이 반쯤 들어오자 바닥이 갑자기 꺼지면서 그 위에 있던 사람들이 깊게 파인 구덩이로 떨어졌다. 그리고 놀라울 정도로 빠른 속도로 낭하 양측의 창문들이 열리고 각종 용기에 담겨 있던 물들이 구덩이로 쏟아졌다. 함단 구역 남자들은 머뭇거리지 않고 구덩이 주변으로 몰려가 돌을 던졌다. 동네 사람들은 처음으로 깡패들의 비명 소리를 들었고, 자끌루트의 머리에서 피가 솟구쳐 나오는 것을 보았다. 함무다, 바라카트, 라이시, 아부 사리으의 머리에 몽둥이찜질이 가해졌다. 부하들은 흙탕 속에서 허우적거리는 자신들의 수장의 모습을 보고는 냅다 줄행랑을 쳤다. 수장들은 운명에 맡겨졌다. 물세례와 돌세례가 이어지고 인정사정없는 몽둥이찜질이 더해졌다. 욕설과 모욕적인 말만 내뱉던 그들의 목구멍에서 살려 달라는 외침이 터져 나왔다.

"이런 게 바로 압제자들에게 내려지는 징벌이야!" 이야기꾼 리드완이 소리쳤다.

이 소식은 활활 타오르는 불처럼 온 동네에 순식간에 전해졌다. 군중은 자발이 뱀을 소탕했듯이 수장들도 소탕했다고 말했다. 모두 자발에게 우레와 같은 함성을 질렀다. 그들은 신바람이 나서 찬바람도 개의치 않았다. 그들은 자발을 자발라위 동네의 지도자라고 불렀다. 그리고 그들은 그에게 깡패들의 시체를 절단하게 해 달라고 요구했다. 박수가 쏟아졌고 춤을 추는 사람도 있었다. 자발은 한순간도 지체하지 않았다. 그의 머릿속에는 모든 일의 청사진이 준비되어 있었다.

"지금 관재인의 집으로 갑시다." 그는 동네 사람들을 향해 소리쳤다.

41

자발과 그의 일가친척들은 구역을 벗어나기에 앞서 몇 분간 벌겋게 달아오른 화산이 터지듯 감정이 뜨겁게 북받쳐 올랐다.

여자들은 남자들과 합류하기 위해 집에서 나왔다. 그들 모두 수장의 집으로 몰려가 식솔들에게 손과 발로 뭇매를 가했다. 식솔들은 뒤통수와 뺨을 손으로 가리고는 울며 달아났다. 그들은 집에 있는 가구며 식량, 옷가지들을 싹 쓸어 갔고 유리와 나무로 된, 깨지는 것들은 모두 박살을 냈다. 집들은 폐허를 방불케 했다. 격분한 사람들은 관재인의 집으로 우르르 몰려가 굳게 닫힌 대문을 두드리며 누군가 선창을 하면 우레와 같은 목소리로 따라 소리쳤다. "관재인을 불러라! 그가 나오지 않으면……."

그들의 외침은 야유하는 함성으로 끝이 났다. 몇몇 사람은 숨지 말고 밖으로 나와 동네와 자신들의 잘못된 문제를 바로 잡아 달라고 할아버지 자발라위를 부르며 대저택으로 향했다. 몇몇 사람은 관재인의 대문에 달려드는 것이 겁이 나 뒤로 물러서 있던 사람들에게 함께 밀자고 독려하면서 대문을 주먹으로 두드리고 어깨로 밀치기도 했다. 긴장감이 감도는 그 순간 자발이 그의 일가친척들을 이끌고 나타났다. 그들은 완벽한 승리를 거둔 뒤라 결연하고 힘차게 걸었다. 군중은 그들에게 길을 내주고 자발이 조용히 하라는 신호를 보낼 때까지 환호하며 소리를 질러 댔다. 그들의 목소리가 점차 잦아들다 다시 바람 소리가 들릴 정도로 조용해졌다. 자발은 자신을 바라보는 얼굴들을 살펴보면서 이야기를 꺼냈다.

"주민 여러분! 여러분께 감사의 인사를 드립니다."

군중은 다시 환호성을 내질렀다. 그는 손을 들어 조용히 해 주기를 부탁했다. "여러분이 평온하게 뿔뿔이 헤어져야 저희들의 일이 완수됩니다."

몇몇 사람이 그에게 소리쳤다.

"지도자여! 우리는 정의를 원합니다."

"조용히 돌아가세요. 분명히 자발라위의 뜻이 이루어질 것입니다." 그는 모두가 들을 수 있게 큰 소리로 말했다.

사람들은 자발라위와 그의 후손인 자발을 연호하며 환성을 질렀다. 자발이 시선을 떼지 않고 서 있자 돌아가라는 따가운 시선을 느낀 사람들은 그 자리에 남아 있고 싶었지만 한 사람씩 자리를 뜨기 시작했다. 드디어 그곳은 아무도 남지 않고 텅 비었다. 자발이 관재인의 집 대문으로 가 소리치며 두드렸다.

"핫사나인 아저씨! 문 여세요."

"사람들…… 사람들……." 안에서 남자의 떨리는 목소리가 들렸다.

"우리 외에는 아무도 없어요."

그가 대문을 열자 자발이 먼저 들어갔고 뒤를 따라 그의 일가친척들이 들어갔다. 그들은 격자 울타리가 둘러쳐진 통로를 지나 객사로 갔다. 후다가 응접실 문 앞에 체념한 채 서 있었다. 아판디는 문지방에 올라서서 파랗게 질린 얼굴로 고개를 숙이고 있었다. 그의 얼굴은 마치 흰 천에 싸인 시체 같았다. 그 모습을 본 사람들은 입속으로 뭐라고 중얼거렸다.

"자발, 내 처지가 비참하구나." 후다가 탄식했다.

"이 파렴치한 남자의 음모가 성공했더라면 우린 지금쯤 시체가 되어 난도질당했을 겁니다." 자발은 아판디를 가리키며 조롱하듯 말했다.

대답 대신 후다가 땅이 꺼지게 한숨을 내쉬었다. 자발은 기가 죽은 관재인을 냉혹하게 노려보았다.

"여기 있는 비굴해진 당신 모습을 좀 보시죠. 당신은 이제 권세도, 위력도, 당신을 보호할 수장도, 당신의 힘을 북돋울 용기도, 당신에게 걸맞은 체면 따위는 없어요. 내가 수수방관했더라면 그들은 당신을 갈기갈기 찢어서 발로 짓밟았을 거예요."

아판디는 극심한 두려움에 사로잡혀 곧 무너져 내릴 것 같아 보였다. 후다가 자발 쪽으로 한 걸음 옮기고 나서 자발에게 애원했다.

"난 네게서 전처럼 고운 말을 듣고 싶다. 우리는 지금 신경이 곤두서 있으니 측은지심으로 너그럽게 대해 주거라."

자발은 마음이 흔들림을 감추려고 얼굴을 찡그렸다.

"어머니만 아니었어도 상황이 달라졌을 거예요."

"자발, 나는 그건 추호도 의심하지 않아. 너는 희망을 저버리는 사람이 아니야."

"피 한 방울 흘리지 않고 정의가 구현된다면 얼마나 좋을까요." 자발은 슬프게 말했다.

아판디는 무척 위축되고 자포자기한 심정이어서인지 모호한 행동을 했다.

"지나간 일은 돌이킬 수 없으니 과거지사로 묻어 버리자. 앞으로는 우리가 네 말을 잘 듣게 될 거야." 후다가 말했다.

관재인은 어떻게든 입을 열려고 했다.

"과거의 잘못을 바로잡을 기회는 있어." 관재인은 기어 들어가는 목소리로 말했다.

모두들 위력을 상실한 폭군의 심경을 알고 싶어 귀를 쫑긋 세웠다. 관재인의 말을 주의 깊게 들으러 끝없는 호기심과 미움으로, 그리고 조금은 고소하다는 듯이 그를 뚫어져라 바라보았다. 관재인은 스스로 입을 열었다는 사실에 고무된 듯 말했다.

"오늘은 네가 자끌루트의 자리를 차지할 자격이 있어 보이는데."

자발의 얼굴이 굳어졌다.

"저는 수장 두목이 되고 싶은 마음은 추호도 없는데요? 당신을 보호하려거든 다른 사람을 알아보시죠. 저는 함단 구역 사람들의 권리를 찾고 싶을 뿐입니다." 그는 야멸차게 말했다.

"그것은 다 네 것이니, 원한다면 부동산 관리를 네가 맡아서 해."

"자발, 예전처럼." 후다가 희망을 갖고 말했다.

이때 함단 구역 사람들 틈에서 다아비스가 외쳤다.

"모든 부동산을 우리가 관리하면 왜 안 됩니까?" 함단 구역 사람들이 여기저기서 웅성거리자 관재인과 후다의 얼굴이 백지장처럼 하얘졌다.

"자발라위께서 저에게 다른 사람들의 권리는 빼앗지 말고 여러분의 권리만 되돌려주라고 하셨습니다." 자발이 화가 나 힘주어 말했다.

"누가 자네한테 다른 사람들이 그들의 권리를 되찾게 될 거라고 알려 줬나?" 다아비스가 물었다.

"저는 그것과 무관합니다. 당신이 당하지 않으면 억압을 증오하지 않는군요!" 자발이 그에게 소리쳤다.

"그래, 자발, 너는 믿음직한 사람이구나. 집으로 돌아오기를 간절히 바란다." 깊이 감동받은 후다가 말했다.

"저는 함단 구역 사람들과 어울려 살 거예요." 자발은 단호하게 대답했다.

"거긴 네가 살 곳이 못 돼."

"때가 되면 우리 손으로 '대저택'과 같은 집을 지을 거예요. 그게 우리 할아버지 자발라위의 소원이에요."

"동네 사람들의 오늘과 같은 행동으로 보아 우리가 신변에 위협을 느낄 것 같지 않느냐?" 관재인은 주뼛거리며 고개를 들어 자발의 얼굴을 바라보며 말했다.

"당신이 그들과 어떻게 되든 그것은 제 알 바가 아니에요." 자발은 무시하며 차갑게 말했다.

"우리와의 약속을 중시한다면 그 어떤 사람도 감히 당신에게 도전하지 않을 겁니다." 다아비스가 말했다.

"모두가 지켜보는 가운데 여러분은 권리를 찾게 될 거요." 관재인이 열성적으로 답변했다.

"오늘 밤 나와 함께 저녁을 먹자. 이 엄마의 소원이야!" 후다가 기대에 부풀어 말했다.

자발은 자신과 관재인 가족과의 애정을 드러내는 것이 어떤 의미인지 잘 알고 있었지만, 그녀의 소원을 저버릴 수 없었다.

"원하시는 대로 하겠습니다."

42

지금은 자발 구역으로 불리는 함단 구역은 그날 이후 며칠 간 경사스러운 일로 잔칫집 분위기가 계속되었다. 카페의 문이 다시 열렸고 이야기꾼 리드완은 긴 의자에 책상다리를 하고 올라앉아서 리벡을 연주했다. 술이 도처에서 흘러넘쳤고, 해시시 연기가 동네 곳곳의 방 안에서 자욱이 피어올랐다. 타마르 한나는 허리가 날씬해질 정도로 춤을 추었다. 그들은 끼드라의 살인범을 색출하는 데는 관심이 없었고 자발과 자발라위가 만나는 장면을 상상력을 동원해 과장되게 이야기했다. 자발과 샤피까는 생애 최고의 날을 보내고 있었다. "장인을 초대해 함께 지내게 돼 정말 좋다!"

"예, 아버지가 손자의 탄생을 축복하실 수 있어 다행이에요." 막달이 가까워져 힘든 그녀가 대답했다.

"당신은 나의 행복이야, 샤피까. 사이다는 함단 구역 남자들 가운데서 최고의 배필을 만나게 될 거야." 자발은 고맙게 생각하며 말했다.

"다른 사람들처럼 '자발 구역'이라고 하세요. 당신이야말로 이 동네가 생긴 이래 가장 훌륭한 분이세요."

"아니, 아드함이 최고였어. 그분은 사람들이 다른 일은 안하고 노래만 부르며 편안하게 살길 얼마나 원했었는데! 그분의 원대한 꿈이 우리에게 실현될 거야." 그가 웃으며 말했다.

그는 자발 구역 사람들 가운데에서 술에 취해 춤을 추고 있는 다아비스를 보았다. 자발이 자신에게 다가오는 것을 보고 그는 기뻐서 몽둥이를 휘두르며 말했다.

"자네가 우두머리가 되고 싶지 않다 하니 내가 될까 하네."

자발은 모두가 들을 수 있게 그에게 소리쳤다.

"함단 구역에 수장은 없습니다. 하지만 수장 노릇을 탐내는 사람들에게 함단 구역 사람들 모두 수장이 되어야만 합니다."

다아비스가 카페 안으로 들어가자 모두들 술에 취해 비틀거리며 그를 따라 들어갔다. 자발은 즐거웠다.

"여러분은 이 동네 사람들 중 우리 할아버지가 가장 사랑하는 사람들이고 의논할 여지 없이 분명히 동네의 주인입니다. 여러분들 사이에는 사랑, 정의, 존경이 있어야 합니다. 여러분의 동네에서는 절대 범죄가 일어나지 않아야 합니다."

함단 구역 내 집집에서 북소리와 노랫소리가 흘러나왔고 즐거운 잔칫집의 불빛이 그 구역을 훤히 밝혔다. 반면 동네의 다른 구역은 늘 그렇듯 어둠에 잠겨 있었다. 다른 구역의 아이들은 함단 구역의 끄트머리에 모여 앉아 멀리서 지켜보았다.

침울한 얼굴로 동네의 남자들이 카페에 들어왔다. 카페에 있던 사람들은 그들을 따뜻하게 맞이하고 앉으라고 권하며 차를 대접했다. 자발은 그들이 단순히 축하차 온 것이 아니라는 것을 알았다. 그들 중 가장 나이가 많은 자나티가 말을 건네자 자발은 그의 추측이 옳다는 것을 알았다.

"자발, 우리는 한 동네, 한 조상의 후손들이네. 오늘 자네는 이 동네의 지도자이자 가장 강한 남자가 되었어. 함단 구역에서만이 아닌 온 동네에서 정의가 실현되는 것이 좋다고 생각하네."

자발은 아무 말도 하지 않았고 자발 구역 사람들도 무관심해 보였다.

"온 동네에 정의를 구현하는 힘은 자네에게 있네." 남자가 단호하게 말했다.

처음에 자발은 동네 사람들에게 관심이 없었고 자발 집안 사람들도 누구 하나 그들에게 관심을 보이지 않았다. 심지어 모두가 고통을 받고 있을 때도 자신들이 그들보다 더 우월하다고 느꼈다.

"할아버지는 저의 친척들만 제게 맡기셨습니다." 자발이 부드럽게 말했다.

"그는 우리 모두의 할아버지네, 자발."

"그 말을 놓고 항간에 이러쿵저러쿵 말들이 많은 걸로 아는데……." 함단이 말했다.

그는 자신의 말이 어떤 반향을 일으키나 싶어 그들의 얼굴을 찬찬히 살펴보았다. 풀이 죽은 그들의 표정을 보고 그는 계속해서 말을 이었다.

"그분은 사막에서의 만남을 통해서 우리와 그분과의 관계를 인정했어!"

자나티는 아주 잠깐 '그 말은 고려해 보아야 할 말인데.'라고 말하고 싶은 것처럼 보였다. 그는 좌절을 맛보고 섭섭한 마음에 자발에게 물었다.

"자네는 우리들의 가난하고 비굴한 처지가 좋은가?"

"아닙니다! 하지만 그건 우리와는 상관없는 일입니다." 자발은 미온적으로 대답했다.

"어떻게 당신들과 아무 상관 없는 일이라고 할 수 있나?" 남자는 끈질기게 물었다.

자발은 이 남자가 무슨 권리로 이런 식으로 말하는지 의아했지만 화를 내지는 않았다. 그는 자신이 한편으로는 남자를 동정한다는 것을 느꼈지만 또 다른 한편으로는 다른 사람들을 위해 다시 시련을 겪고 싶지는 않았다. 게다가 이들이 누군가? 이에 대한 대답은 다아비스의 입에서 고함 소리로 나왔다.

"우리가 고난을 당할 때 당신들이 우릴 어떻게 대했는지 잊었소?"

남자는 말하기 전 잠시 눈을 내리깔았다.

"깡패나 다름없는 수장들이 군림하던 시절, 어떤 사람이 자신의 마음을 공개적으로 드러내거나 자신의 생각을 말할 수 있었겠나? 수장들이 자신들 방식으로 사람들을 대하지 않는 사람을 용서했던가?"

그러자 다아비스는 인정하지 못하겠다는 의미로 오만하게 입을 비쭉거리고 한마디 덧붙였다.

"당신들은 과거에도 그랬고 지금도 동네에서 우리의 입지를 부러워하죠. 어쩌면 '수장들'이 있기 전에도 그랬을지도 모르지."

"다아비스를 용서하소서!" 자나티가 몹시 의기소침해 고개를 숙이며 말했다.

"당신들에게 복수를 하지 않는 것만으로도 우리의 지도자에게 감사해." 다아비스가 버럭 소리를 질렀다.

이러니저러니 의견이 분분해지자 자발은 그들을 상대하지 않고 침묵을 지켰다. 그는 도움을 주는 것도 염려스러웠고, 공개적으로 거절하고 싶지도 않았다. 그 사람들은 다아비스가 대놓고 자신들을 비난하고 있다는 것을 알았고, 다른 사람들의 싸늘한 시선에서도 그것을 느낄 수 있었다. 그리고 자발의 침묵이 희망이 없다는 것을 의미한다는 것도 알았다. 그들은 낙담해서 자리에서 일어나 되돌아갔다. 다아비스는 그들의 모습이 보이지 않을 때까지 참고 있다가 오른손으로 주먹질을 하며 외쳤다.

"재수 없는 놈들! 돼지 새끼들!"

"그런 말을 하시는 건 신사답지 않아요!" 자발이 소리쳤다.

43

자발이 부동산에서 얻은 수익 가운데 일가친척들의 몫을 받던 날은 역사적인 날이었다. 그는 승리를 쟁취했던 그 장소에 함단 구역 사람들을 불러 모았다. 그는 각 가족의 수를 세어 똑같이 돈을 나누었다. 그는 자신에게 특별 대우를 하지 않았다. 함단은 이러한 공평함에 그다지 기뻐하지 않는 눈치였다. 그는 간접적으로 그런 생각을 자발에게 전했다.

"자발, 자네 자신을 속이는 것은 옳은 일이 아니야."

"저는 저와 샤피까, 두 사람의 몫을 가졌습니다." 자발이 얼굴을 찌푸리며 말했다.

"하지만 자네는 이 동네의 우두머리야."

"무리의 우두머리라도 그들의 몫을 빼앗을 수는 없죠." 모두가 들을 수 있게 큰 소리로 자발이 말했다.

다아비스가 그들의 대화를 불안하게 지켜보는 것 같더니

한마디했다.

"자발은 함단이 아니고, 함단은 다아비스가 아니고, 다아비스는 카아발하가 아니죠."

"당신은 한 가족을 주인과 하인으로 나누고 싶으세요?" 자발이 화를 내며 반박했다.

"우리 중에는 카페 주인도 있고 장사꾼도 있고 거지도 있어. 그런데 어떻게 이들이 같을 수가 있나? 우리가 감금당했을 때 내가 처음 밖으로 나와 끼드라에게 쫓기는 신세가 되었을 때 내가 제일 먼저 자네를 만났지. 그리고 모두가 주저할 때 내가 제일 먼저 자네 편을 들었고." 다아비스는 자신의 의견을 계속 고집했다.

"자신을 칭찬하는 사람은 거짓말쟁이예요. 맹세컨대 당신과 같은 사람들이 당연히 받아야 할 고통을 받고 있는 건 마땅한 일이에요." 잔뜩 화가 난 자발이 그에게 소리를 질렀다.

다아비스는 논쟁을 계속하고 싶었으나 분노로 이글거리는 자발의 눈을 보자 단념하고 말없이 자리를 피했다. 그날 저녁 그는 눈이 침침한 이트리스의 해시시 소굴로 가 좌중에 섞여 해시시를 피우면서 자신의 문제를 곰곰이 반추해 보았다. 그는 기분 전환을 위해 카아발하에게 도박을 하자고 권했다. 그들은 이집트식 장기를 두었다. 삼십 분도 채 되지 않아 다아비스는 부동산에서 나온 몫을 몽땅 잃었다. 이트리스는 해시시 담뱃대의 물을 갈며 웃었다.

"불운한 다아비스! 가난은 피할 수 없는 네 운명이야. 자발라위가 원해도 별수 없어!"

엎친 데 덮친 격으로 해시시에 취해 돈을 모두 잃자 다아비스는 화가 나 중얼거렸다.

"부자들은 이렇게 쉽게 잃지 않지!"

이트리스는 담뱃대 속에 물이 얼마나 있는지 보기 위해 담뱃대를 한 번 빨고 나서 말했다.

"자네, 돈을 몽땅 잃었어!"

카아발하가 구겨진 지폐들을 조심스럽게 펴서 안주머니에 넣으려고 손을 올리는 순간 다아비스가 한 손으로 그를 가로막으며 돈을 달라고 다른 손을 내밀었다. 카아발하가 얼굴을 찌푸렸다.

"이제 이건 네 돈이 아니야. 너는 그럴 자격이 없어."

"쓰레기 같은 놈아! 내놓지 못해." 다아비스가 악을 썼다.

이트리스는 그들을 걱정스럽게 바라보았다.

"내 집에서 싸우지 마."

다아비스가 소리를 지으며 카아발하의 손을 잡았다.

"개새끼! 내 돈을 훔치겠다고!"

"다아비스, 손 놔. 난 네 돈을 훔치지 않았어."

"네가 그 돈을 벌었다는 거냐?"

"왜 도박을 했냐?"

"내 돈! 뼈를 부러뜨리기 전에……." 다아비스는 이 말을 내뱉으며 그를 세게 때렸다.

카아발하가 그의 손을 휙 뿌리치자, 다아비스는 미친 듯이 화를 냈다. 다아비스는 카아발하의 오른쪽 눈을 검지 손가락으로 찔렀다. 카아발하는 비명을 지르고 서서 부르르 떨었다.

손바닥으로 다친 눈을 가리려는 바람에 돈이 다아비스의 장기짝 위로 우수수 떨어졌다. 그는 고통으로 비틀거리다 쓰러졌다. 그는 아파서 몸을 구부리고 고통스러운 신음 소리를 냈다. 그곳에 앉아 있던 사람들이 그의 주위로 몰려들었고 그동안 다아비스는 돈을 주워서 옷 속에 넣었다. 그때 이트리스가 다가와 걱정스럽게 말했다.

"자네가 그의 눈을 멀게 했어."

다아비스는 잠시 놀라 겁을 먹고 있다 벌떡 일어나 그 자리를 피했다.

자발은 승리를 거두었던 장소에 함단 구역 남자들에 둘러싸여 있었다. 그의 눈은 걷잡을 수 없는 분노로 이글거렸고 어금니는 꽉 깨물고 있었다. 카아발하는 다친 눈에 붕대를 감고 그의 앞에 쭈그리고 앉아 있었고 다아비스는 함단 앞에 바짝 얼어서 묵묵히 자발의 분노를 참아 내고 있었다. 함단이 자발의 노여움을 가라앉히려 부드럽게 말했다.

"다아비스가 카아발하에게 돈을 돌려줄걸세."

"우선 그의 시력을 돌려주라고 하세요." 자발이 목청껏 고함을 질렀다.

카아발하는 울고, 이야기꾼 리드완은 한숨을 쉬며 "돌려줄 수 있으면 얼마나 좋겠나."라고 말했다.

자발의 얼굴이 천둥과 번개가 치는 날의 하늘처럼 어두워졌다.

"눈에는 눈으로 갚을 수는 있겠죠!"

다아비스는 겁을 먹고 자발의 얼굴을 빤히 바라보았다.

"화가 나 제정신이 아니었어. 다치게 할 생각은 없었어." 그는 함단에게 돈을 주며 말했다.

자발은 오랫동안 노기등등해 그의 얼굴을 살펴보고 나서 무시무시한 목소리로 말했다.

"눈에는 눈이에요. 죄를 지은 사람이 눈을 잃을 겁니다."

모두는 놀라서 어리둥절한 표정으로 서로를 바라보았다. 자발이 오늘처럼 화가 난 적이 있었던가! 앞서 있었던 여러 가지 일은 그가 화를 내면 그 위력이 어느 정도인지 보여 주었다. 천국과 다름없던 관재인의 집을 떠나던 날, 그리고 끼드라를 죽인 날의 분노처럼 정말로 그는 맹렬한 분노를 느꼈다. 그가 분노하면 아무도 그가 마음먹은 바를 포기시킬 수 없었다. 함단이 말을 꺼내려 하자 자발이 말문을 막았다.

"자발라위는 여러분이 서로 적이 되라고 여러분을 선택하지 않으셨어요. 다른 이들을 공격하는 것도 바라지 않으시죠. 삶은 질서에 기반을 두기도 하고 아무도 살아남지 못할 무질서에 기반을 두기도 하죠. 다아비스, 그렇기 때문에 나는 당신의 눈을 멀게 할 겁니다."

"아무도 나를 건드리지 마. 혼자서라도 너희들 모두와 싸울 거야." 다아비스는 공포에 질려 소리쳤다.

자발은 미친 황소처럼 그에게 달려들어 엄청난 힘을 가해 난데없이 다아비스의 얼굴을 주먹으로 한 대 갈겼다. 그가 쓰러지자 자발은 의식 잃은 그를 일으켜 세우고 뒤에서 두 팔로 그의 몸을 꽉 잡고서 카아발하에게 명령조로 말했다.

"자, 당신의 권리를 당당히 행사하세요."

카아발하는 자리에서 일어나 머뭇거렸고, 다아비스의 입에서는 비명이 흘러나왔다. 자발은 카아발하를 매섭게 노려보며 외쳤다.

"내가 당신을 생매장하기 전에 얼른 오세요."

카아발하는 다아비스에게 다가와 모두가 지켜보는 가운데 눈알이 빠질 때까지 검지 손가락으로 오른쪽 눈알을 후벼 팠다. 다아비스의 입에서 비명 소리가 점점 커졌고 그의 친구인 이트리스와 알리 파와니스는 흐느껴 울었다.

"겁쟁이! 악당들! 당신들 위에 군림한다고 수장들을 증오하던 당신들이 작은 힘을 갖게 되자마자 원수가 되어 서로 괴롭히다니! 당신들 마음속에 숨어 있는 악마를 위해 무자비하고 잔인하게 죄에 대한 대가를 치르게 될 거예요. 질서 아니면 파멸이군요!" 자발이 그들을 향해 소리쳤다.

자발은 다아비스를 그의 친구들에게 맡기고 그 자리를 떴다. 이 사건은 사람들의 마음속에 충격과 큰 영향을 주었다. 자발은 전에는 사랑받는 지도자였다. 정작 수장은 그가 불리기 원치 않았던 호칭 또는 형식적으로 붙여진 장식이었어도 그의 집안사람들은 그를 구역 우두머리 수장이라고 생각했다. 그 후 그는 두렵고 무서운 존재가 되었다. 사람들은 그의 잔인성과 독단성에 대해 수군거렸다. 자신의 생각과는 정반대의 말을 하거나 그의 잔인함과는 전혀 다른 모습을 생각나게 하는 사람들은 항상 있었다. 그가 침해당한 사람들을 동정하고, 정의와 질서와 형제애를 함단 구역 사람들에게 불어넣을 질서를 확립하길 진심으로 바랐다. 그런 생각은 그 남자의 언행을 통해 날로 드러나 그를 싫어하던 사람들은 그를 좋아하게 되었고, 그를 두려워하던 사람들은 그를 신임하게 되었고, 그를 외면하던 사람들까지도 그에게 호의적이 되었다. 모두가 그가 세운 질서를 묵묵히 지키고 어기지 않았다. 그가 살아 있는 동안 사람들은 정직과 안정을 꾀하고 유지하여 그는 정의와 질서의 상징이 되었다. 그는 세상을 떠날 때까지 자신이 지향하는 길에서 벗어나지 않았다.

이것이 자발의 이야기다.

그는 우리 동네에서 억압에 맞서 싸운 최초의 사람이었으며, 자발라위가 세상과 동떨어져 은둔 생활을 한 뒤 최초로 그를 만나는 행운을 거머쥔 사람이었다. 그는 누구도 대적할 수 없는 힘을 갖게 되었다. 하지만 그는 보호 명목의 돈을 세금처럼 걷거나 마약과 술을 거래해 부자가 되지 않았고 약자를 괴롭히거나 폭력을 행사하지도 않았다. 그는 그의 집안에서 정의와 힘, 그리고 질서의 상징이 되었다. 그런데 그는 동네의 다른 사람들에게 도통 관심을 보이지 않았다. 아마도 그가 그의 친척 대부분처럼 그들을 멸시하거나 비웃었을지도 모를 일이다. 그러나 그는 그들 중 어느 누구도 유린하지 않았고 해치지 않았다. 모두에게 그는 본받을 만한 모범을 보여 주었다.

우리 동네에 망각이라는 전염병이 돌지 않았다면 그는 좋은 본보기로 남아 있었을 것이다.

그러나 망각은 동네에 전염병처럼 늘 창궐한다.

리파아

44

동트기 직전이었다. 동네의 살아 있는 모든 생명체는 물론 수장, 고양이, 개조차 잠들어 있었다. 어둠은 사방에 구석구석 짙게 깔려 있었다. 정적에 잠긴 자발 구역의 '승리의 집' 대문이 살짝 열리고는 어렴풋하게 두 사람의 형체가 드러났다. 그들은 '대저택' 쪽을 향해 살그머니 걸어갔다. 그러고는 바로 사막을 향해 높은 담을 따라 걸었다. 그들은 조심스럽게 연신 뒤를 돌아보며 따라오는 사람이 없는지 재차 확인했다. 그들은 사막으로 들어가 하늘 여기저기서 반짝이는 별빛에 의지해 힌드 바위에 이르렀다. 바위와 주변과의 경계는 바위가 좀 더 어두울 뿐이었다. 그들은 중년 남자와 임신 중인 젊은 여자였다. 두 사람은 곧 터질 것 같은 보따리를 들고 있었다. 여자가 바위에서 한숨을 쉬었다.

"샤피이! 피곤해요."

"쉬어. 당신을 피곤하게 만든 놈들 다 녹초가 되라." 남자는 걸음을 멈추고 분통을 터뜨리며 말했다.

여자는 보따리를 땅에다 내려놓고 그 위에 앉은 뒤 엎드려 큰 배를 허벅지에 올려놓았다. 남자는 잠시 서서 사방을 둘러본 뒤 보따리 위에 걸터앉았다. 눅눅하지만 시원한 새벽 바람이 불어왔다. 여자는 머릿속에 맴도는 의문을 잊지 않았다.

"어디서 아기를 낳지요?"

"압다, 어느 곳이든 이 저주받은 동네보다는 낫겠지." 샤피이는 몹시 분해서 대답했다.

그는 눈을 들어 북쪽에서 남쪽으로 뻗은 산의 윤곽을 바라보았다.

"무깟탐 시장으로 갈 거야. 자발도 시련을 당했을 때 거길 갔었어. 나는 동네에서처럼 목공소를 열어 일할 작정이야. 나는 손재주가 있고 일을 시작할 자금도 얼마간 있으니."

"가족도 없는 사람처럼 낯선 곳에서 살아야 되네요. 동네 유지인 자발의 친척인데 말이에요." 여자는 숄을 머리와 어깨에 단단히 두르고 슬프게 말했다.

"압다, 동네 유지라! 우리는 천한 노예에 지나지 않아. 자발과 그의 좋았던 시절은 다 지나갔어. 저주받을 잔필이 왔지. 우리 구역의 수장인 그놈은 우리 편이 아니고 우리 위에 군림하면서 우리의 식량을 강탈하고 불평하는 사람은 죽이고⋯⋯." 남자는 침을 뱉고 격앙되어 말했다.

압다는 여전히 동네에서 힘든 낮 시간과 슬픈 밤을 보내고 있는 것처럼 그의 말을 부인하지 않았다. 그러다 동네의 불행한 일에서 벗어나 안전한 거리에 있다는 생각이 들자 그녀는 호시절을 떠올렸다.

"사악한 놈들만 없다면 우리 동네 같은 데도 없어요. 당신은 우리 할아버지 집과 같은 집을 어디서 보신 적이 있어요? 아니면 우리 이웃과 같은 이웃을 어디서 보신 적이 있어요? 당신이 어디서 아드함, 자발, 그리고 힌드 바위의 이야기를 들을 수 있겠어요? 천벌을 받을 사악한 놈들!" 그녀는 애통하게 말했다.

"사소한 일로 몽둥이가 난무하고, 우쭐한 표정의 놈들이 운명적으로 태어났다고 잘난 척하며 거들먹거리는 꼴이라니!" 남자는 고통스러운 듯 말했다.

샤피이는 그 저주받을 잔필이 자신의 옷깃을 잡고 갈비뼈가 부러질 정도로 세게 흔들며 사람들이 보는 앞에서 땅바닥에 내동댕이 친 일이 떠올랐다. 그가 자발라위의 재산에 관해 단 한 번 이야기를 했다는 이유로 그런 일을 당했더랬다.

"그 죽일 놈이 고깃간 주인 사이두훔의 아이를 납치해 간 후 어떻게 됐는지 아무 소식도 못 들었지? 그놈은 태어난 지 한 달된 아기에게조차 동정심이라고는 눈곱만큼도 없는 놈이야. 어디서 아기를 낳을지 물었지? 당신은 아기를 죽이지 않는 사람들 속에서 낳게 될 거야." 그는 발로 땅을 힘껏 구르고 나서 말을 이었다.

"다른 사람이 만족하는 것에 당신도 만족할 수 있으면 좋을 텐데요." 압다는 한숨을 쉬고 부드럽게 말했다.

그는 어둠 속에서 얼굴을 찌푸렸다.

"압다, 내가 뭘 잘못했는데? 아무 잘못도 안 했어. 나는 단지 자발과 자발의 약속에 대해서, 정의로운 권력에 대해서, 그리고 자발가 사람들이 어째서 다시 가난해지고 비루해졌는지에 대해 물었을 뿐이야. 그런데 그놈은 내 가게를 부수고 나를 폭행했어. 이웃이 아니었다면 날 죽였을 거야. 당신이 아기를 낳을 때까지 우리가 떠나지 않고 집에 있었다면 그놈은 사이두훔의 아기에게 했던 것과 똑같이 우리 아기를 죽일 거야."

"아! 샤피이! 그럴 수 없었겠지만 당신이 참았다면 좋았을 텐데. 당신은 자발라위가 언젠가 은신처에서 나와 학대받고 천대받는 자신의 후손들을 구해 낼 거라는 얘기 못 들었어요?" 그녀는 슬프게 머리를 흔들며 말했다.

"그렇게들 말하지! 내가 어렸을 때부터 사람들은 그렇게 말했어. 진실은 말야, 우리 조상은 그 집에 꼼짝 않고 은둔하고 있고, 관재인은 수장에게 주는 경호 비용을 제외하고 부동산 수익을 모두 독점한다는 거야. 자발 구역의 수장 잔필은 제 마음대로 자발 구역 사람들의 몫을 착복하고. 마치 자발이 언제 마을에 존재했었냐는 듯이, 그리고 자발이 불쌍한 카아발하의 눈을 위해 그의 친구 다아비스의 눈을 적출한 일이 없었던 것처럼 말이야." 샤피이는 길게 숨을 몰아쉬고 코웃음 치며 빈정거렸다.

여자는 묵묵히 어둠을 헤쳐 나갔다. 그녀는 낯선 사람들 틈에서 아침을 맞이할 것이다. 낯선 사람들은 그녀의 새 이웃이 될 것이고, 그들이 그녀의 아기를 받아 줄 것이다. 아기는 낯선 땅에서 마치 접지에 사용된 잘린 나뭇가지가 잘 자라듯 무럭무럭 성장할 것이다. 그녀는 자발 구역 사람들과 어울려 무탈하게 잘 지냈더랬다. 남편 가게에 음식물을 나르고 밤에는 창가에 앉아 눈먼 이야기꾼 자와드의 리벡 연주를 듣곤 했다. 그 연주가 얼마나 달콤한지! 그리고 자발의 이야기는 얼마나 멋있는지! 어느 날 밤 자발이 자발라위를 어둠 속에서 만나자 자발라위가 그에게 "두려워 말라!"라고 말했다. 자발라위는 그에게 힘을 북돋아 주고 지지해 결국 그는 즐거운 마음으로 동네로 돌아올 수 있었다. 타향살이 끝에 귀향이라, 이보다 더 좋은 것은 없다!

샤피이는 고개를 들고 하늘의 반짝이는 별들을 바라보다가 시선을 돌려 어두운 하늘 끝에 걸린 흰 구름처럼 산 위의 이제 막 밝아 오는 동녘을 바라보았다. 그가 주의를 주었다.

"동트기 전에 시장까지 가야 해."

"좀 더 쉬어야 해요."

"당신을 피곤하게 한 빌어먹을 놈들!"

잔필이 존재하지 않으면 인생은 정말 아름다울 텐데! 축복받은 삶, 맑은 공기와 별이 총총하게 빛나는 하늘과 유쾌한 기분으로 충만한 삶일 텐데. 그러나 그들의 삶 속에 관재인 이합과 수장 바유미, 자비르, 한두사, 칼리드, 바티카, 잔필이 있었다. 모든 집이 '대저택'이 되고, 신음 소리가 아름다운 멜로디로 바뀔 수 있다면. 불쌍한 사람들은 자신들보다 먼저 살았던 아드함이 간절히 원했듯, 불가능한 것을 여전히 바라고 있었다.

불쌍한 사람들이 누구던가? 그들은 매질로 등이 퉁퉁 부은 사람, 발길질로 엉덩이에 염증이 생긴 사람, 파리가 눈 주위에 달라붙어 있는 사람, 머리에 이가 득시글거리는 사람들이다.

"왜 자발라위는 우리를 잊은 걸까?"

"하느님만 아실 거예요." 여자가 중얼거렸다.

"자발라위!" 그 남자는 울분을 참지 못해 소리를 질렀다.

그 소리가 메아리가 되어 다시 돌아왔다. 그는 일어서며 "하느님께 맡기자."라고 말했다.

압다도 일어났다. 그가 그녀의 손을 잡았다. 두 사람은 남쪽을 향해, 무깟탐 시장을 향해 걸어갔다.

45

"우리 동네예요. 정말 오랜만에 고향에 돌아왔어요. 세상의 주인이신 하느님, 감사합니다!"

기쁨이 서린 눈빛의 압다는 앞니가 드러나게 활짝 웃으며 말했다.

"돌아오게 돼, 정말 기쁘군!"

샤피이는 아바 소맷자락으로 이마를 닦고 웃으며 차분하게 말했다.

부모의 대화에 귀를 기울이던 수려한 외모의 리파아가 놀랍고도 슬픈 표정을 짓더니 "무깟탐 시장과 그곳 이웃들을 벌써 잊으셨어요?"라며 따지듯 말했다.

그의 어머니는 하얗게 센 머리칼 주위로 밀라야 끝자락을 당기며 웃었다. 그녀가 고향을 그리워하는 것처럼 그 청년도 자신이 태어난 곳을 그리워한다는 것을 알았다. 천성적으로 다정다감한 그는 친구들과의 우정을 잊지 못할 것이다. 그래서 그녀는 그에게 대답했다.

"좋은 건 영원히 잊히지 않는 법이란다. 여기가 너의 진짜 고향이야. 여기 너의 친척들이 있고, 그들이 동네 주인이야. 너도 그들을 사랑할 거고 그들도 너를 사랑할 거야. 잔필이 죽었으니 자발 구역은 정말로 살기 좋은 곳이 될 거야!"

"쿤피스도 잔필과 마찬가지일 거야." 샤피이가 주의를 주며 언성을 높였다.

"그렇지만 쿤피스는 당신에게 반감은 없어요."

"비 온 뒤 바로 진흙탕이 되는 것처럼 우리도 그 속도로 수장들의 반감을 사기 쉬울 거야."

"그렇게 생각하지 마세요, 여보. 우리는 평화롭게 살려고 이곳에 왔어요. 당신은 가게를 열고 생계를 꾸려 나갈 거예요. 무깟탐 시장에도 깡패가 있었다는 사실을 잊지 마세요. 어느 곳에나 사람들이 복종하는 깡패가 있어요." 압다가 희망적으로 말했다.

그들 일가는 동네를 향해 계속 걸었다. 샤피이는 자루 하나를 들고 앞서 걸었고, 압다와 큰 보따리를 든 리파아가 그의 뒤를 따랐다. 훤칠하고 늘씬한 몸매에 순진한 얼굴을 한 리파아는 상냥함과 친절함이 몸에 밴 매력적인 용모의 청년이었다. 그는 이 땅에서는 이방인이었다. 그는 열심히 주위를 둘러보았다. 동네 꼭대기에 우뚝 서 있는 외딴 '대저택'에 눈이 갔다. 담 위로 나무우듬지들이 흔들리고 있었다. 그는 한동안 그 집을 바라보았다.

"우리 할아버지의 집이에요?"

"그래." 압다는 흔쾌히 대답하고 말을 이었다.

"우리 얘기 기억하지? 너의 선조가 그곳에 계시고, 이 땅과 그 위에 존재하는 만물의 주인이시다. 미덕과 은혜는 다 그분 덕택이야. 그분이 은둔하지 않았다면 이 동네는 광명한 세상일 텐데."

"그래서 그의 이름으로 관재인 이합이 우리 동네를 약탈하고 수장들이 마을을 유린하는군." 샤피이가 조롱하자 압다가 더 이상 말을 못하게 막았다.

그들은 동네를 향해 '대저택'의 남쪽 담을 따라 걸었다. 리파아는 굳게 잠긴 그 집에서 눈을 떼지 못했다. 얼마 지나지 않아 관재인 이합의 집이 그들의 눈에 들어왔다. 문지기가 의자에 앉아 있는 모습이 문틈으로 보였다. 그 집 건너편에 동네 수장 두목인 바유미의 집이 있었다. 집 앞에 쌀 광주리와 과일 바구니들이 가득 실린 마차가 서 있었고, 하인들이 잇달아 그 짐들을 집 안으로 나르고 있었다. 동네는 맨발의 어린아이들의 놀이터였다. 어른들은 가족 단위로 땅바닥이나 집 앞의 돗자리에 앉아 콩을 고르거나 황마 잎을 짓이기며 농담을 섞어가며 이야기꽃을 피우고 있었다. 동네는 웃음소리와 고함 소리로 떠들썩했다. 샤피이와 그 식솔이 자발 구역으로 접어들다 우연히 길에서 지팡이로 더듬거리며 천천히 걸어가는 눈먼 노인을 만났다. 샤피이는 등짐을 내려놓고 밝은 표정으로 그에게 다가갔다. 그의 앞에서 걸음을 멈추고 "이야기꾼 자와드, 안녕하시오!"라고 큰 소리로 인사말을 건넸다.

이야기꾼은 귀를 기울이며 걸음을 멈췄다. 어리둥절하고 긴가민가한지 머리를 흔들었다.

"안녕하시오! 귀에 설지 않은 목소린데!"

"옛 친구인 목수 샤피이를 잊었나?"

그러자 남자의 얼굴이 환하게 밝아졌고, 이내 "샤피이! 맙소사!"라고 소리쳤다. 그가 두 팔을 벌렸다. 두 남자는 그리움에 열정적으로 서로를 껴안았다. 근처에 있던 사람들의 시선이 그들에게 쏠렸고 장난꾸러기 어린아이 둘이 그들을 흉내 냈다.

"자네가 우리 곁을 떠난 지 벌써 이십 년이 됐어. 아니, 더 됐어, 유수 같은 세월이군! 부인은 어떤가?" 자와드가 친구의 손을 꼭 잡고 말했다.

"자와드 씨! 저도 잘 지내고 있어요. 아저씨도 건강하시죠. 얘가 저희 아들 리파아예요. 얘야, 이야기꾼 아저씨의 손에 키스해 드려라."

압다가 말하자, 리파아는 반갑게 이야기꾼에게 다가가 그의 손을 잡고 키스를 했다. 남자는 손으로 리파아의 어깨를 툭툭 치고는 호기심으로 그의 머리와 얼굴을 더듬었다.

"놀랍구나, 놀라워! 네 할아버지와 정말로 많이 닮았구나!"

그의 칭찬에 압다의 얼굴이 밝아졌다.

"몸이 마른 것을 보면 그런 말은 못할걸세."

샤피이가 웃으며 말했다.

"그만하게. 자발라위가 또 있진 않겠지. 아들은 무슨 일을 하나?"

"내가 목공일을 가르쳤네. 외아들이라 버릇이 없어. 가게에 통 붙어 있질 않고 사막과 산에서 시간을 보내네."

이야기꾼은 미소를 지었다.

"남자는 결혼하기 전에는 정착하지 않아. 그동안 어디 있었나, 샤피이?"

"무깟탐 시장에."

남자는 큰 소리로 웃었다.

"자발처럼! 자발은 뱀 마술사가 되어 돌아왔는데 자네는 그대로 목수로 돌아왔군. 어쨌든 자네의 적이 죽었어. 하지만 새로운 수장도 역시나 고약하네."

"그놈들은 모두 여전하군요. 저희들이 바라는 것은 평화롭게 사는 거예요!" 압다가 가로채듯 말했다.

여러 사람이 샤피이를 알아보고 몰려들었다. 사람들이 그를 껴안고 얘기하느라 떠들썩했다. 리파아는 깊은 관심을 가지고 다시 주위를 둘러보았다. 친척들이 그의 주위에서 살아 숨 쉬고 있었다. 무깟탐 시장을 떠난 후 그의 마음에 찾아든 외로움이 조금 누그러졌다. 그는 여기저기를 둘러보았다. 첫 번째 공동 주택의 창문에 그의 시선이 멈췄다. 그곳에서 한 소녀가 관심 어린 눈으로 그의 얼굴을 뚫어져라 보고 있었다. 눈이 서로 마주치자 소녀는 눈을 들어 저 멀리 지평선을 바라보았다. 그 모습을 본 그의 아버지의 친구 한 사람이 그에게 속삭였다.

"쿤피스의 딸 아이샤야. 그녀를 한 번 쳐다본 것만으로도 목숨이 위험해질 수 있네!"

리파아가 얼굴을 붉히자 압다가 말했다.

"제 아들은 그런 아이가 아니에요. 이 동네에 처음 와 보는 걸요."

그 첫 번째 집에서 황소처럼 건장한 남자가 헐렁한 질밥을 질질 끌고 나왔다. 억센 콧수염을 기른 그의 얼굴은 흉터투성이였다.

사람들이 "쿤피스다. 쿤피스!"라고 귓속말을 주고받았다.

자와드는 샤피이의 손을 잡고 그 집을 향했다.

"자발 구역 경호 대장님, 안녕하세요! 목수인 우리의 형제 샤피이입니다. 이십 년 동안 타향살이를 하다 돌아왔습니다."

쿤피스는 샤피이가 내민 손을 못 본 척하며 잠시 뚫어져라 바라보았다. 그러고 나서 그는 여전히 험악한 얼굴로 손을 내밀며 "환영합니다!"라고 차갑게 낮은 목소리로 말했다. 리파아는 분개하며 그를 눈여겨보았다. 압다가 리파아의 귀에다 대고 인사하러 가라고 속삭였다. 리파아는 마지못해 그에게 손을 내밀었다. 그러자 샤피이가 "제 아들 리파아입니다."라고 말했다. 쿤피스는 경멸하는 눈으로 리파아를 쳐다보았다. 그곳에 있던 사람들은 그 눈길을 마을에서 찾아보기 힘들 정도로 온화한 그의 면모에 대한 경멸이라고 생각했다. 그는 리파아와 차갑게 악수하고 나서 샤피이를 돌아보고 물었다.

"타향살이를 하는 동안 이 동네 사람들이 어떻게 사는지 잊은 건 아니겠지?"

샤피이는 무슨 말인지 곧 알아들었다. 그는 애써 초조한 빛을 감췄다.

"저희는 언제든 당신의 뜻을 따를 겁니다."

쿤피스는 의심스레 그의 얼굴을 살펴보았다.

"왜 마을을 떠났나?"

샤피이는 적당한 대답을 찾으려 했으나 아무 말도 하지 못했다.

"잔필에게서 도망쳤나?" 쿤피스가 물었다.

"용서받지 못할 잘못을 저질러서가 아닙니다." 이야기꾼 자와드가 서둘러 대답했다.

"이제 여기선 도망 못 가." 쿤피스가 샤피이에게 경고조로 말했다.

"저희는 선량한 사람들입니다." 압다가 희망 섞인 어조로 말했다.

샤피이와 그의 가족은 자와드가 소개한 빈집에 들어가기 위해 친구들 틈에 섞여 '승리의 집'의 낭하로 갔다. 낭하로 난 창문에 젊고 아름다운 여자가 서 있었다. 유리창 앞에 서서 머리를 빗던 그녀는 사람들이 들어오는 것을 보고 애교 가득한 말투로 물었다.

"신랑처럼 들어오는 사람은 누구죠?"

좌중이 그 말에 웃었고 누군가가 말했다.

"야스미나, 너희 집 건너편에 살 새 이웃이야."

그녀는 "하느님께서 더 많은 남자들을 보내 주시길." 하며 웃었다.

그녀는 별생각 없이 압디를 힐끗 본 후 시선을 옮기다 리파아를 보고 호기심 어린 시선을 떼지 않았다. 리파아는 쿤피스의 딸 아이샤보다 그녀를 보고 더 놀랐다. 그는 부모를 따라 낭하 끝 야스미나의 집 맞은편 집으로 들어갔다. 야스미나가 노래를 불렀다.

엄마, 정말이지 잘생긴 총각이에요.

46

샤피이는 '승리의 집' 입구 옆에 목공소를 열었다. 아침이 되자 압다는 장을 보러 외출했고, 샤피이와 그의 아들 리파아는 가게에 나가 일거리를 기다리며 가게 문턱에 앉아 있었다. 샤피이에게는 한 달 정도 쓰기에는 충분한 돈이 있었기 때문에 돈 걱정은 그다지 하지 않았다. 그는 넓은 안마당과 연결된 통로로, 건물 사이에 지붕을 씌워 만든 낭하를 바라보았다.

"여기가 바로 자발이 적을 무찌른 축복의 낭하란다."

리파아가 미소를 지으며 꿈을 꾸듯 몽롱한 눈으로 샤피이를 쳐다보자, 샤피이가 말을 이었다.

"바로 이곳이 아드함이 오두막을 짓고 실제로 많은 일을 겪었던 곳이고, 자발라위가 아들을 축복하고 용서했던 곳이기도 하지."

리파아가 고른 앞니를 드러내며 환하게 웃었고, 그의 눈은 꿈속에 빠져들었다. 지난날의 굉장한 일 모두가 이곳에서 벌어졌다. 시간이 흐르지 않는다 해도 자발라위와 아드함의 발자취는 남을 것이고 그들의 숨결도 공기 중에 남아 있을 것이다. 그 옛날 바로 이곳 창문에서 구덩이 속에 빠진 수장들에게 물이 쏟아졌고, 야스미나의 창에서는 적들의 머리로 물이 쏟아져 내렸다. 지금은 그곳에서 무시무시한 시선만이 쏟아졌다. '시간은 큰 변화를 가져온다.'라는 말처럼 자발은 약자들 틈에서 때를 기다려 승리를 거두었다.

"아버지, 자발이 이겼지만, 그의 승리가 무슨 소용이 있었어요?"

"우리는 이 문제에 대해서는 더 생각하지 않기로 했다. 쿤 피스 못 봤니?" 샤피이는 한숨을 지으며 말했다.

그때 "목수 아저씨!" 하고 부르는 장난기 어린 목소리가 들렸다.

아버지와 아들은 일어나 고개를 돌려 창문에서 아래를 내려다보고 있는 야스미나를 보았다. 치렁치렁 늘어진 두 갈래로 땋은 그녀의 긴 머리채가 흔들렸다. 남자가 "그래!" 하고 소리쳤다.

"테이블 하나를 고쳐야 하는데요. 아드님을 올려 보내 갖고 가게 하세요." 그녀의 목소리에는 장난기가 넘쳤다.

샤피이는 다시 앉아 아들에게 "하느님께 맡기고."라고 말했다.

리파아는 자신을 위해 문이 이미 열려 있다는 것을 알고 헛기침을 했다. 그는 그녀의 안내를 받으며 집 안으로 들어갔다.

그는 그녀가 목과 가슴 주위에 하얀 장식이 달린 고동색 가운을 입었고 맨발과 맨다리인 것을 알아차렸다. 그녀는 마치 자신의 외모에 대한 그의 반응을 살펴보기라도 한 듯 잠시 아무말도 하지 않았다. 그녀는 그의 눈이 흔들림 없이 여전히 순수한 것을 보고 구석에 있는 다리가 세 개인 자그마한 테이블을 가리키며 말했다.

"나머지 다리 하나는 소파 밑에 있어. 테이블을 고치고 칠도 해 줘."

"예, 알겠습니다."

"얼마야?"

"아버지께 여쭤 볼게요."

"넌? 넌 얼마인지 모르니?" 그녀가 소리쳤다.

"아버지가 비용을 산출하세요."

"그럼, 누가 이걸 고치니?" 그녀는 그의 얼굴을 빤히 쳐다보고 물었다.

"제가요. 하지만 아버지가 지켜보시면서 도와주세요."

그녀는 관심 없다는 듯 웃었다.

"너보다도 어린 이곳의 막내 수장 바티카는 결혼 행렬을 제대로 주관하는데 너는 혼자서 테이블에 다리 하나도 못 고치다니!"

"중요한 건 이 테이블이 돌아올 때는 새것처럼 잘 만들어져서 온다는 거죠." 리파아는 대화를 얼른 끝내기를 원하는 말투로 말했다. 그는 소파 밑에 있던 테이블 다리를 꺼내 든 뒤 테이블을 어깨에 짊어지고 인사를 하며 문으로 갔다.

"안녕히 계세요."

그가 테이블을 가게에 내려놓자, 아버지는 이를 살펴보며 투덜댔다.

"솔직히 말해서 좀 더 정숙한 집에서 온 것을 우리의 첫 번째 일거리로 삼았더라면 좋았을걸 싶다."

"행실이 그다지 나쁜 여자처럼 보이지 않았어요, 아버지. 그녀는 단지 외로워 보였어요." 리파아는 순진하게 말했다.

"외로운 여자보다 더 위험한 것은 없지."

"아마 그녀는 누군가의 인도가 필요한가 봐요."

"우리의 일은 인도가 아니라 목수 일이다. 아교나 갖고 와." 샤피이는 놀리듯 말했다.

저녁에 샤피이와 리파아는 자발의 카페로 갔다. 이야기꾼 자와드는 소파 위에 책상다리를 하고 앉아 커피를 마시고 있었고, 카페 주인 샬둠은 입구에 앉아 있었다. 반면 쿤피스는 추종자들에게 둘러싸여 카페 한복판에 떡하니 버티고 앉아 있었다. 샤피이와 리파아는 그에게로 가 깍듯하게 인사를 하고 샬둠 옆의 빈자리에 앉았다. 샤피이는 나르질라의 담뱃대를 잡은 다음 리파아에게 헤이즐넛 향의 계피차 한 잔을 주문해 주었다. 카페는 한산하고 늘쩍지근했다. 담배 연기가 카페 천장에 구름처럼 잔뜩 피어오르고 실내에는 꿀을 넣은 담배 냄새와 민트와 정향 향기로 가득 찼다. 덥수룩한 콧수염의 얼굴들은 눈꺼풀이 무겁게 내려앉았고 창백해 보였다. 기침과 농담, 그리고 거친 웃음이 끊이지 않았고, 동네 한가운데에서 남자아이들의 노랫소리가 들려왔다.

얘들아! 비켜!

너희들은 기독교인이니? 유대교인이니?

너희들은 무엇을 먹니? 우리는 대추야자를 먹어요.

너희들은 무엇을 마시니? 우리는 커피를 마셔요.

고양이 한 마리가 사냥감에 달려들 태세로 카페 입구에 잔뜩 웅크리고 있었다. 고양이가 갑자기 소파 밑으로 뛰어들자 밑에서 소란스러운 소리가 들렸다. 고양이는 쥐 한 마리를 입에 물고 밖으로 뛰어나왔다. 리파아는 그 광경에 놀라 찻잔을 내려놓고, 눈을 들어 욕을 하고 있는 쿤피스를 보았다.

"교활한 영감탱이, 언제 시작할 거야?" 쿤피스가 자와드에게 소리쳤다.

자와드는 웃으며 고개를 끄덕였다. 그러고는 리벡을 들고 음을 맞추기 위해 몇 차례 활을 움직였다. 그는 관재인 이합, 동네 수장 두목 바유미, 그리고 자발 구역의 수장 쿤피스에게 차례로 인사를 하고 이야기를 시작했다.

아드함은 부동산 관리 사무실에서 새로운 임차인과 소작인들을 만나고 있었습니다. 마지막 사람이 자신의 이름을 말할 때 그는 장부를 들여다보고 있었습니다. '이드리스 자발라위.' 아드함은 깜짝 놀라 고개를 들어 자신 앞에 서 있는 형을 올려다보았습니다…….

이야기꾼은 이야기를 이어 갔고 모두들 이야기에 푹 빠져 있었다. 리파아도 열심히 이야기를 들었다. 그 사람은 진정한 이야기꾼이었고 그가 하는 이야기는 실화였다. 얼마나 자주 압다가 그에게 말했던가!

"우리 동네는 이야기가 많은 동네란다."

정말로 이야기들은 좋아할 만했다. 이 이야기에는 그가 놀이터 삼아 놀던 무깟탐 시장과, 친구들과 헤어져 혼자 된 외로움을 보상할 만한 위안이 들어 있었을지도 모른다. 그리고 뽕나무, 무화과나무, 야자나무의 우듬지 말고는 생명의 흔적이라고는 보이지 않는 굳게 잠긴 '대저택'처럼 모호하고 신비한 열망으로 타는 그의 가슴을 달래 줄지도 모른다. 나무들과 이 이야기를 제외하고 자발라위의 생존을 보여 주는 것이 있을까? 이야기꾼 자와드는 자신의 손으로 느꼈다고 상상한 것 말고 자신이 자발라위 후손이라는 어떤 증거라도 있는 것일까? 밤은 깊어 갔고 샤피이는 담배를 세 개비째 피웠다. 장사꾼들과 남자아이들이 떠드는 소란한 소리가 동네에서 사라지고, 리벡의 선율과 멀리서 들리는 북소리, 그리고 남편에게 매 맞는 여인의 비명만이 들렸다.

'이야기 속에서 지금 아드함은 이드리스에 의해 비운을 당해 사막으로 쫓겨나고 아내 우마이마는 울면서 그의 뒤를 따른다. 나의 어머니가 나를 임신한 채 이 동네를 떠났을 때와 같다. 제기랄, 수장 놈들! 마지막 숨을 거두는 쥐를 입에 물고 있는 빌어먹을 고양이들! 제기랄, 비웃는 눈길과 차가운 웃음들! "내가 화가 나면 결코 나에게서 벗어나지 못해!"라며 집으로 돌아오는 형제를 맞이하는 빌어먹을 놈들! 공포를 조성

하는 놈들, 위선자들은 다 죽어라! 이제 아드함에게는 사막만이 남았다. 자, 이제 이야기꾼은 술에 취한 이드리스의 노래 중 하나를 부른다.'

리파아는 아버지의 귀에다 다른 카페로 가고 싶다고 속삭였다. 샤피이가 놀라서 대답했다.

"이 카페가 이 동네에서 제일 좋은 곳이야."

"다른 곳의 이야기꾼들은 무엇을 이야기해요?"

"똑같은 이야기. 그러나 이야기하는 게 달라서인지 다른 이야기같이 들려."

샬둠이 그들의 대화를 듣고 리파아에게 말했다.

"우리 동네 사람들보다 더한 거짓말쟁이들은 없을 거야. 그 중에서도 이야기꾼들이 거짓말쟁이 중 최고야. 여기서는 자발이 함단의 혈족이라고 말하고, 옆 카페에서는 자발이 그 구역 출신이라고 말하지."

"이야기꾼은 어떻게 해서든지 청중을 만족시키려고 하지." 샤피이가 말했다.

"혹은 수장을 즐겁게 하길 원하거나." 샬둠이 속삭였다.

아버지와 아들은 한밤중이 되어서야 카페를 나섰다. 세상이 온통 어둠에 잠겨 보이는 것이라고는 아무것도 없었다. 방향을 가늠할 수 없는 곳에서 남자들의 목소리가 들렸고 마치 지구로 떨어지는 별똥별처럼 담뱃불이 보이지 않는 손에서 빨갛게 타올랐다.

"이야기 재미있었니?" 샤피이가 물었다.

"예, 정말 재미있는 이야기였어요!"

"자와드 아저씨가 너를 좋아한단다. 그가 쉬는 시간에 너에게 뭐라고 말했니?" 샤피이가 웃으며 말했다.

"저를 집으로 초대하고 싶다고 하셨어요."

"너는 정말 사람들을 금세 좋아하더라! 배우는 건 느리면서 말이다."

그러고는 샤피이는 변명하듯 말했다.

"평생 목수 일을 해 왔으니 이제부터는 카페들을 전부 돌아보고 싶구나."

돌아오는 길에 그들은 야스미나의 집에서 들려오는 술에 취해 떠드는 소리와 노래를 들었다.

뜨개질로 짠 타끼야를 쓴 당신, 누가 당신을 위해 그것을 만들었는지 말해 봐요.

당신이 나의 마음을 실로 짜듯 사로잡았으니, 내 마음은 이제 당신 것이랍니다.

"그녀는 제가 생각하는 만큼 외롭지 않네요." 리파아는 샤피이의 귀에다 소곤거렸다.

"혼자 외롭게 지내느라 너는 인생의 많은 부분을 얼마나 많이 놓쳤는지 몰라!" 샤피이는 말하고 나서 한숨을 쉬었다.

두 사람은 계단을 천천히 조심스럽게 오르기 시작했다. 바로 그때 리파아가 "아버지, 이야기꾼 자와드 아저씨를 찾아뵈어야겠어요."라고 말했다.

47

리파아는 자발의 일가친척들이 모여 사는 구역의 공동 주
택에 있는 이야기꾼 자와드의 집 현관문을 두드렸다. 안마당
에 모여 음식을 만들거나 빨래를 하는 여자들이 연신 내뱉는
거친 욕설이 들려왔다. 그는 마당을 따라 둥글게 나 있는 통로
난간에서 안마당을 내려다보았다. 소동의 원인은 두 여자의
말다툼이었다. 한 여자는 빨래통 뒤에 서서 비누 거품이 잔뜩
묻은 손을 흔들며 소리를 지르고 있었고, 다른 여자는 소매를
걷어붙이고 낭하 입구에 서서 상스럽고 야한 말로 대꾸도 하
고 빈정거리며 배꼽춤을 추고 있었다. 다른 여자들도 두 패로
나뉘어 서로 악다구니를 퍼붓는 통에 담 너머로 끔찍한 악담
과 추잡한 욕설이 들렸다. 보고 들은 것에 놀란 리파아는 얼른
이야기꾼의 문 쪽으로 돌아섰다. 그는 불쾌한 기분이 들었다.
깡패는 고사하고 여자들과 심지어 고양이도 손에는 날카로운

손톱이, 혀에는 독이, 마음에는 두려움과 증오가 있다니! 맑은 공기는 무깟탐 사막과 자발라위 혼자 평화와 고독을 즐기는 '대저택'에만 존재하다니! 문이 열리고 누군지 궁금해하는 눈먼 남자의 얼굴이 보였다. 리파아가 인사를 건네자, 그는 환하게 웃으며 리파아가 집 안으로 들어갈 수 있도록 옆으로 비켜섰다.

"어서 오너라."

리파아가 집 안에 들어서자 천사의 숨결 같은 강한 향이 코를 찔렀다. 그는 자와드를 따라 작고 네모난 방으로 갔다. 그곳에는 벽을 따라 방석과 쿠션이 놓여 있었고 바닥에는 수를 놓은 돗자리가 깔려 있었다. 방 안은 닫힌 창문 틈 사이로 들어온 빛으로 인해 황혼의 어스름한 기운으로 어둑했다. 램프가 걸린 천장 주위에 비둘기와 다른 새들의 그림이 그려져 있었다. 자와드가 방석 위에 책상다리를 하고 앉자 리파아도 그의 곁에 앉았다. 자와드가 "마침 커피를 만들고 있었는데."라고 말했다. 그가 아내를 부르자 한 여자가 커피가 담긴 쟁반을 들고 왔다.

"비카티르하 엄마[13], 이리 와. 이 애가 샤피이의 아들 리파아야."

여자는 남편을 바라보며 다른 쪽에 앉았다. 그녀는 찻잔에 커피를 따랐다.

---

13) 아랍인들도 우리와 마찬가지로 아내나 자녀를 둔 여성을 부를 때 첫아이의 이름을 붙여 '누구 엄마'라고 부른다.

"반갑네."

그녀는 60대 중반쯤으로 보였지만 체격이 꼿꼿하고 단단했다. 턱에는 문신이 있었고 시선은 몹시 날카로웠다. 자와드는 손님을 가리켰다.

"비카티르하 엄마, 이 아인 좋은 청중이야. 이야기를 경청하거든. 이런 사람들은 이야기꾼들을 격려하고 기쁘게 하지. 다른 사람들은 해시시와 물담배에 취해 금방 잠이 드는데."

"그들에게는 익숙한 이야기이지만 이 애한테는 새로운 이야기라 그렇지요." 아내는 놀리듯 말했다.

그러자 이야기꾼이 화를 냈다.

"이건 당신 안에 있는 마귀가 하는 말이로군."

그러더니 그는 리파아를 향해 "이 여자는 퇴마사란다."라고 말했다.

리파아는 흥미로운 시선으로 그녀를 바라보았다. 그녀가 그에게 커피 잔을 내밀면서 자연스럽게 두 사람의 시선이 마주쳤다. 그는 무깟탐 시장에서 벌어졌던 퇴마 의식이 정말로 흥미로웠다. 그의 심장은 북소리에 맞춰 고동쳤고 그는 길 쪽의 창 앞에 바짝 붙어 서서 흔들리는 무용수들의 머리와 하늘로 타오르는 향의 연기를 보기 위해 목을 길게 빼곤 했다.

"타지에 살면서 동네에 관한 이야기를 들어 본 적이 있니?" 이야기꾼이 그에게 물었다.

"아버지와 어머니가 이야기해 주셨어요. 마음이 늘 살던 곳에 있어 자발라위의 재산과 그 문제점에 크게 관심을 갖지는 않았지만 피해자가 많은 데 놀라 평화와 사랑을 소망하시는 어머니의 편이었죠."

"가난과 깡패들의 몽둥이가 공존하는데 평화와 사랑이 어떻게 가능하단 말이냐?" 자와드는 슬프게 고개를 저으며 물었다.

리파아는 대답하지 않았다. 답이 없어서가 아니라, 방의 오른쪽 벽 상단에 걸린 이상한 그림에 눈이 갔기 때문이었다. 카페 벽면을 장식한 그림처럼 벽에 유성 물감으로 그려진 그림이었는데, 장난감처럼 작게 묘사된 동네의 공동 주택 옆에 무시무시한 거대한 남자가 서 있었다. 리파아가 "저 사람이 누구예요?"라고 물었다.

"자발라위야." 비카티르하 어머니가 대답했다.

"그를 본 사람이 있어요?"

"우리 세대에서는 아무도 그를 보지 못했다. 자발조차도 사막의 어둠 속에서 그를 알아볼 수 없었어. 그 그림은 이야기 속에 묘사된 대로 화가가 그린 거야." 자와드가 대답했다.

리파아는 한숨을 쉬며 "왜 그는 후손들에게 문을 닫아걸었을까요?"라고 물었다.

"나이가 많아서 그렇다고 말하지. 그가 지나온 세월을 누가 알 수 있겠니? 맹세코 그럴 리 없겠지만 그가 문을 열면 동네 사람들은 자신들의 그 더럽고 누추한 집에 있으려 하지 않을 거야."

"아저씨도……."

비카티르하 어머니가 그의 말을 잘랐다.

"그분 때문에 고민할 것 없다. 동네 사람들은 재산의 주인인 자발라위로 이야기를 시작해서 재산 그 자체로 이야기를 끝낸단다. 그래서 이런저런 불행한 일들이 일어나지."

그는 당황해서 고개를 저었다.

"어떻게 그런 황당무계한 조상 문제로 고민을 할 수 있단 말이에요?"

"그분이 하듯이 하자. 그는 우리에게 전혀 신경 쓰지 않으니."

리파아는 그림을 올려다보았다.

"하지만 그는 자발을 만나서 그에게 말을 했어요."

"그랬지. 그렇지만 자발이 죽고 나서 잔필이 오고 뒤이어 쿤피스가 왔어. 정말 변한 게 없다니까!"

자와드는 웃으며 아내에게 말했다.

"당신이 악령 들린 사람들에게서 악령을 몰아내는 것처럼 동네에도 악령을 몰아낼 사람이 필요해."

리파아가 미소를 지었다.

"아주머니, 쿤피스가 아버지를 만났을 때 어떻게 했는지 보셨다면 실제로 악령은 바로 그 사람들이에요!"

"그 사람들은 나와 상관없어. 뱀이 자발에게 복종하듯이 내가 다스리는 악령들은 나에게 복종할 뿐이야. 나는 악령들이 좋아하는 수단 향, 에티오피아 부적, 강한 힘을 지닌 노래를 가졌을 뿐이야."

"악령을 지배하는 능력은 어떻게 생기는 거예요?" 리파아가 관심을 갖고 비카티르하 어머니에게 물었다.

그러자 비카티르하 어머니는 걱정스럽게 그를 쳐다보았다.

"너의 아버지 직업이 목수인 것처럼 그건 내 직업일 뿐이야. 모든 능력은 하느님께서 주셨지."

리파아가 찻잔을 비우고 말을 하려는 순간 밖에서 그를 부르는 샤피이의 목소리가 들려왔다.

"리파아, 이 게으름뱅이!"

리파아는 자리에서 일어나 창가로 가 밖을 내다보았다. 그는 아버지와 눈이 마주치자 "아버지, 삼십 분만 더 있다 갈게요."라고 소리쳤다.

그러자 남자는 어쩔 수 없다는 듯이 어깨를 으쓱하고는 가게로 돌아갔다. 창문을 닫으며 리파아는 아이샤를 보았다. 처음 그가 그녀를 보았을 때처럼 그녀는 창가에서 그를 유심히 바라보고 있었다. 그녀가 웃으며 자신에게 눈으로 이야기하는 것 같다는 생각이 들었다. 그는 잠시 머뭇거리다 창문을 닫고 자리로 돌아갔다. 자와드가 웃고 있었다.

"너의 아버지는 네가 목수가 되었으면 하던데 너는 무엇이 되고 싶으냐?"

리파아는 잠시 생각하다 대답했다.

"아버지처럼 목수가 되어야 하지만 이야기가 좋아요. 아주머니, 악령에 관한 비밀에 관해 말씀해 주세요."

비카티르하 어머니가 미소를 짓고 자신이 아는 것을 조금 그에게 들려주었다.

"사람들은 모두 다 자신을 지배하는 악령을 하나씩 갖고 있어. 그렇다고 악령을 전부 몰아내야 하는 건 아니야."

"어떻게 그걸 구별할 수 있지요?"

"사람들의 행동을 보면 알 수 있지. 예를 들면, 너는 좋은 아이야. 그럼, 너를 지배하는 악령은 그 공로를 인정받을 수 있지. 그러나 바유미나 쿤피스, 바티카의 악령은 그럴 수가 없다."

"그러면 야스미나의 악령은요? 몰아내야 하나요?" 그가 순진하게 물었다.

"너의 이웃 말이니? 자발 구역 남자들은 그녀를 원하지? 그녀가 그들을 원하는 것처럼." 비카티르하 어머니가 웃으며 대답했다.

"저는 이런 일들을 전부 알고 싶어요. 제발 저에게 숨기지 말고 말해 주세요." 그는 진지하게 말했다.

자와드가 "이렇게 착한 청년에게 인색하게 굴 수는 없지." 하고 말했다.

"시간이 나면 언제든 나를 찾아와도 돼. 하지만 아버지가 화를 내지 않을 때를 잘 골라야 한다. 사람들이 너같이 좋은 아이가 왜 마귀에 관심을 갖는지 의아해하겠다. 사람들의 병은 다 악령 때문이라는 것을 알아라."

리파아는 자발라위의 그림을 뚫어지게 바라보며 그 말을 들었다.

48

목수는 그의 직업이고 그의 미래였다. 여기서 도망갈 길은 없어 보였다. 목수가 마음에 들지 않는다면, 어떤 일이 마음에 드는 걸까? 목수는 손수레를 뒤에서 힘들게 밀거나 바구니를 운반하는 일보다 나았다. 거지나 도둑과 같은 '다른 직종'은 또 얼마나 혐오스럽고 몸서리치는 일인가! 비카티르하 어머니는 자와드의 방 벽에 걸려 있던 자발라위의 그림이 그랬던 것처럼 리파아의 상상력을 자극했다. 리파아가 어느 날 집이나 가게에 그와 같은 그림을 그려 넣자고 아버지를 조르자 샤피이는 "그렇게 하려면 돈이 들어. 그리고 그건 상상화인데, 그런 그림에 무슨 가치가 있는 거냐?"라고 말했다. 그러자 리파아는 "그림을 여기서 볼 수 있었으면 해서요."라고 말했다. 샤피이는 큰 소리로 웃더니 "네 일에 충실한 게 최고야. 내가 너를 위해 영원히 살 것도 아니고, 너 혼자 네 어머니와 네 마누라, 그리고 네 아이들을 책임질 때를 대비해야 한다."라고 꾸짖듯 말했다. 그러나 리파아는 오로지 비카티르하 어머니가 말하고 행동한 것만을 생각했다. 그녀가 들려준 악령에 대한 이야기가 그에게는 가장 중요한 것처럼 보였다. 동네 카페 이곳저곳을 다니며 즐거운 시간을 보낼 때조차 그는 그 이야기에서 벗어나지 못했다. 카페에서 들은 이야기는 그녀의 말처럼 그의 머릿속에 깊이 각인되지 않았다. '주인과 종이 있듯이, 모든 사람에게는 그를 지배하는 악령이 있다.' 비카티르하 어머니의 말이었다.

리파아는 거의 매일 저녁을 비카티르하 어머니와 함께 보냈다. 그는 북소리를 들으며 퇴마 의식을 지켜보았다. 병자 중에는 녹초가 되어 쥐 죽은 듯이 끌려오는 이들도 있었고, 악령의 난동으로 인해 사슬에 묶여 실려 오는 이들도 있었다. 각각의 상태에 따라 거기에 알맞은 향이 있어 병자에게 알맞은 향이 피어오르고 악령마다 원하는 리듬이 있어 요구하는 대로 북이 울렸다. 그러면 놀라운 일들이 벌어졌다. 우리는 모든 악령마다 치료법이 따로 있다는 것을 알게 되었다. 그렇다면 관재인과 그가 거느린 깡패 같은 수장들의 치료법은 무엇이란 말인가? 이 사악한 놈들은 의식을 비웃는다. 의식은 그들을 위한 것일지도 모른다. 죽이는 것은 그들을 제거하는 방법이지만 악령은 순수한 향 냄새와 멋진 리듬에 굴복한다. 사악한 악령이 어떻게 선하고 아름다운 것에 매료될 수 있을까? 악령과 의식에서 우리가 배우는 것은 정말이지 놀랍다!

리파아는 그녀에게 진심으로 의식의 비밀을 배우고 싶다고 말했다. 그러자 그녀는 그에게 큰돈을 벌고 싶으냐고 물었다. 그는 동네를 정화시키고 싶을 뿐이지 돈을 원하는 것은 아니라고 대답했다. 그녀는 웃으며 그가 처음으로 이 일을 원하는 사람이라고 말했다. 그는 무엇에 매혹된 것일까? 그는 "하시는 일의 가장 지혜로운 점이 바로 선으로 악을 무찌른다는 것입니다."라며 자신 있게 말했다. 그녀가 그에게 비밀을 밝혀 주자 무척 기뻤다. 그는 기쁨을 주체할 수 없어 옥상에 올라가 상쾌한 새벽 공기에 취해 날이 밝아 오는 것을 지켜보곤 했다. 별, 새벽의 고요함, 수탉 우는 소리가 아닌 '대저택'이 그의 마음을 사로잡았다. 그는 나무에 둘러싸인 그 집을 오랫동안 바라보고 나서, 말했다. "할아버지, 어디에 계세요? 왜 잠시라도 모습을 나타내지 않으세요? 왜 한 번도 밖으로 나오시지 않으세요? 왜 한마디 말도 안 하세요? 할아버지의 말 한마디가 동네를 완전히 바꿀 수 있다는 것을 왜 모르세요? 아니면 동네에서 일어나는 일이 할아버지를 기쁘게 하나요? 정말 할아버지의 집 주위의 나무들은 아름다워요! 할아버지가 그 나무들을 사랑하기에 저도 그 나무들을 사랑합니다. 나무를 보는 할아버지의 시선을 제가 느낄 수 있도록 나무들을 보세요." 그는 아버지에게 자신의 생각을 밝힐 때마다 꾸지람을 들었다.

"게으름뱅이, 네 일은 어떻게 하고! 네 또래 아이들은 생계를 위해 열심히 이 동네 저 동네를 돌아다니고 있다. 그 애들이 몽둥이를 들게 되면 동네 사람들은 벌벌 떨게 될 거야!"

어느 날 점심 식사 후 모처럼 가족이 모이자 압다가 남편에게 웃으며 말했다.

"여보, 리파아에게 말해요."

리파아는 듣게 될 말이 자신과 관련된 것임을 알았다. 리파아가 기대에 차 아버지를 바라보자 그는 아내에게 "우선 당신이 하고 싶은 말부터 해."라고 말했다.

압다는 그녀의 아들을 자랑스럽게 바라보았다.

"리파아, 좋은 소식이야. 쿤피스의 부인 쟈키야가 나를 찾아왔었어. 물론 나도 그 집을 방문했고. 그녀는 나를 따뜻이 맞이하고 정말 예쁜 딸 아이샤를 소개했단다. 그리고 며칠 후 그녀가 아이샤를 데리고 다시 나를 찾아왔어."

샤피이는 아들의 반응을 살펴보기 위해 커피 잔을 들어 입에 가져다 대며 힐끗 그를 바라보았다. 그는 아들의 대답을 기다리기 힘들다는 듯 고개를 흔들고 나서 호기롭게 말했다.

"이건 자발 구역 사람 아무도 차지하지 못한 영광이다. 쿤피스의 아내와 딸이 우리 집, 이 집을 방문하는 것을 상상해 봐!"

리파아가 어리둥절해서 눈을 들어 압다를 바라보자, 그녀는 흥분해서 말했다.

"그들의 집이 얼마나 화려한지! 푹신푹신한 의자, 아름다운 양탄자, 그리고 창문과 문에 걸려 있는 커튼."

리파아가 화를 냈다.

"그런 좋은 것들 전부 자발 구역 사람들에게서 빼앗은 재물로 사들인 거잖아요!"

"이런 것을 화제로 삼지 않기로 약속했잖니." 샤피이는 웃음을 참으며 말했다.

"쿤피스가 자발 구역을 장악하고 있다는 것만 기억하자. 그 집안과 친분을 쌓을 기회가 주어진 것은 기도의 응답이야."
압다가 걱정스럽게 말했다.

"그런 친분을 맺으신 것 축하드립니다." 리파아가 뿌루퉁
해서 말했다.

압다는 남편과 의미심장한 시선을 주고받고는 "아이샤가
그녀의 어머니와 함께 온 것은 특별한 의미가 있는 거야."라
고 말했다.

리파아는 기분이 가라앉음을 느끼며 "어머니, 무슨 말씀이
세요?"라고 물었다.

샤피이는 절망적으로 손을 내저으며 웃고서 "이 아이에게
우리가 어떻게 결혼했는지 말했어야만 했어."라고 압다에게
말했다.

"안 돼요. 하지 마세요, 아버지." 리파아가 소리쳤다.

"왜 그래? 결혼 안 한 처녀처럼 행동하다니 무슨 일이야?"
압다는 희망을 가지고 아들을 회유했다.

"네가 바로 우리를 자발 구역의 재산 관리에 관여시킬 수
있는 사람이야. 네가 다가가면 그들은 널 환영할 거야. 쿤피스
도 너를 환영할걸. 그 여자가 자신의 확고한 지위에 대한 믿음
이 없었다면 여기에 오지 않았어. 너는 위상이 달라져 동네 사
람들 모두가 너를 부러워하게 될 거야."

"누가 아니? 어느 날 재산 관리인이 된 너를 보게 될지, 아
니면 관재인이 된 너의 자식을 네가 보게 될지."라며 샤피이
가 웃으며 말했다.

"아버지, 아버지가 어떻게 그런 말을 하실 수 있죠? 이십 년

전 왜 고향을 떠나셔야만 했는지 잊으셨어요?"

샤피이는 당황해서 눈을 깜빡였다.

"오늘 우리는 다른 사람들처럼 살고 있어. 그러니 우리에게 우연히 찾아온 이 기회를 놓쳐서는 안 돼."

"악령을 몰아내는 일을 하는 내가 어떻게 악마의 사위가 될 수 있지?" 리파아는 혼잣말처럼 중얼거렸다.

"나는 한번도 너를 목수보다 더 나은 사람으로 만들려 한 적이 없어. 그러나 뜻하지 않은 행운이 너에게 찾아와 네가 동네 사람들이 부러워할 중요한 지위에 오르게 되는데, 어떻게 너는 무당이 되길 원하는 거냐. 원, 창피해서! 어떤 악마가 너를 괴롭히느냐? 농담은 그만하고 그녀와 결혼하겠다고 어서 말해." 샤피이가 노기등등해서 소리를 질렀다.

"아버지, 저는 그녀와 결혼하지 않아요."

샤피이는 그를 무시했다.

"내가 청혼하러 쿤피스를 찾아가겠다."

"아버지, 그러지 마세요." 리파아가 격렬하게 소리쳤다.

"아들아, 도대체 뭐가 문제인지 말해 봐라." 샤피이가 조급하게 물었다.

압다는 남편에게 애원했다.

"리파아한테 심하게 굴지 마세요. 그 애가 어떤 아인지 알잖아요."

"아는 게 병이로군! 동네 사람들이 리파아가 유약하다고 우리를 욕해."

"리파아가 그 점을 생각할 수 있도록 부드럽게 대하세요."

"리파아 또래 아이들은 벌써 아버지가 되어 열심히 세상을 살아가고 있어."

그는 무서운 눈으로 리파아를 쏘아보고 나서 부아가 뒤집혀 말을 계속했다.

"왜 얼굴이 창백해졌느냐? 너는 인간의 자식이야."

리파아가 한숨을 쉬었다. 그는 눈물이 날 정도로 울컥하고 우울했다. '분노로 부성애가 갈기갈기 찢긴다. 집이 때로는 가혹해 창살 없는 울적한 감옥으로 변한다. 네가 바라는 것은 이런 곳에 있지 않을 뿐 아니라 이런 사람들 틈에도 있지 않아.'

그는 쉰 목소리로 "아버지, 저를 괴롭히지 마세요."라고 말했다.

"너는 나를 괴롭히고 있어. 태어나서부터 쭉."

리파아는 부모의 시선을 피하려고 고개를 푹 숙였다. 샤피이는 목소리를 낮추고 분노를 최대한 가라앉히며 물었다.

"결혼을 두려워하니? 결혼하고 싶지 않니? 솔직하게 네 마음속에 있는 것을 말해 봐. 아니면 내가 비카티르하 엄마에게 갈까? 그녀는 너에 관해 우리가 모르는 것을 알고 있을지도 몰라."

리파아는 "싫어요!"라고 날카롭게 외치고 느닷없이 자리에서 일어나 방에서 나갔다.

49

샤피이는 가게 문을 열러 내려갔지만 예상대로 리파아의 모습은 보이지 않았다. 그는 아들의 이름을 부르지 않았다. 그는 '리파아가 없지만 아무렇지 않은 체하는 게 현명한 거야.'라고 혼잣말을 했다. 하루가 더디게 지나고 해가 뉘엿뉘엿 서산으로 넘어가고 있었다. 리파아는 끝내 나타나지 않았고 샤피이의 발 주위에는 톱밥만 잔뜩 쌓여 갔다. 해가 지자 샤피이는 화가 몹시 났지만 불안한 마음으로 가게 문을 닫고 평소대로 샬둠의 카페로 가 자신이 늘 앉던 자리에 앉았다. 그는 이야기꾼 자와드가 혼자 오는 것을 보고 놀라서 그에게 물었다.

"리파아는 어디 있나?"

자와드는 그의 소파를 찾느라 더듬거리며 대답했다.

"어제부터 못 봤어."

"점심을 먹고 나간 뒤 여태 그 아일 못 봤어." 샤피이가 걱정스레 말했다.

자와드는 하얀 눈썹을 치켜올리고 나서, 리벡을 옆에 내려놓고 긴 의자에 책상다리를 하고 앉았다.

"부자간에 무슨 일이 있었나?"

샤피이는 대답하지 않고 자리에서 벌떡 일어나 카페를 나섰다. 샬둠은 샤피이가 흥분한 데 깜짝 놀라 비꼬았다.

"이드리스가 사막에 오두막을 세운 이후 우리 동네에서 이렇게 생생한 극적인 일은 없었어. 내가 어렸을 때 며칠씩 마을에서 사라져도 누구 한 사람 나에 관해 묻지 않았어. 내가 돌아오면 돌아가신 우리 아버지는 '이 못된 놈, 왜 돌아왔어?'라고 고함을 치셨지."

카페 한가운데 있던 쿤피스가 그의 말에 설명을 보탰다.

"그건 당신 아버지가 당신이 자기 자식인지 확신을 하지 못해서 그런 거지."

카페 안은 삽시간에 웃음바다가 되었고, 많은 사람이 쿤피스의 익살에 찬사를 보냈다. 샤피이는 집에 도착하여 압다에게 리파아가 돌아왔는지를 물었다. 그러자 그녀는 몹시 불안해하며 그가 평소처럼 가게에 있는 줄 알았다고 대답했다. 샤피이가 자와드의 집에도 리파아가 가지 않았다고 알리자 그녀는 안절부절못했다.

"그럼, 그 애가 도대체 어디로 갔을까요?" 그녀가 불안한 마음으로 물었다.

그때 마침 무화과 장수를 소리쳐 부르는 야스미나의 목소리가 들렸다. 압다가 샤피이에게 의심스러운 눈길을 보내자

지친 그는 고개를 젓고 뜻밖의 코웃음을 쳤다.

"저런 여자는 골칫거리를 능숙하게 다루는 재주가 있어요." 압다가 말했다.

샤피이는 실망스러운 마음을 안고 야스미나의 집으로 향했다. 그가 문을 두드리자 야스미나가 문을 열어 주었다. 그를 알아보고 놀랐지만 곧 도도하게 머리를 발딱 젖혔다.

"아저씨가! 이를 어째! 아차 하는 순간 불행이 싹트죠!"

그는 그녀가 입은 속이 비치는 블라우스를 보지 않으려고 눈을 내리뜨고 풀이 죽어 물었다.

"리파아와 함께 있니?"

그녀는 더욱 놀라서 물었다.

"리파아요! 그 애가 왜요?"

그가 몹시 당황하자 그녀는 집 안을 가리켰다.

"직접 찾아보세요."

그가 돌아서서 가려고 하자, 그녀가 빈정거렸다.

"오늘 드디어 그 애가 성년이 됐군요?"

그는 그녀가 안에 있는 누군가에게 말하는 것을 들었다.

"요즘엔 사내아이를 계집아이보다 더 염려하네요."

샤피이는 압다가 통로에서 자신을 기다리고 있는 것을 보았다.

"우리 함께 무깟탐 시장으로 가요." 그녀가 말했다.

"빌어먹을 자식! 하루 종일 죽도록 일한 대가가 이거야!" 그는 화가 나서 소리쳤다.

그들은 노새 수레를 타고 무깟탐 시장으로 갔다. 그들은 예전의 이웃들과 친지들에게 리파아를 보았느냐고 물어보았다. 그러나 돌아오는 대답은 아무도 그를 보지 못했다는 거였다. 물론 그가 한적한 곳이나 산에서 몇 시간씩 오후 시간이나 초저녁을 보내곤 했지만, 아무도 그가 사막에서 이렇게 밤늦게까지 있으리라고는 상상하지 못했다. 집으로 돌아온 그들에게는 근심만 더할 뿐이었다. 그가 며칠째 집으로 돌아오지 않자 그가 종적을 감춘 것을 두고 사람들은 수군거리기 시작했다. 그는 카페와 야스미나의 집과 자발 구역에서 웃음거리가 되었다. 모두가 그의 부모의 고통을 놀려 댔다. 비카티르하 어머니와 자와드만이 유일하게 그들과 슬픔을 같이했다. 자와드가 "어디 갔을까? 그 애는 다른 아이들과 달라! 그렇다면 그다지 우리는 염려할 것 없어."라고 말했다.

한번은 바티카가 술에 취해 "아이고! 어린애를 잃어버렸어요!"라고 외쳤다. 그는 마치 잃어버린 아이를 부르는 것처럼 외쳤다. 동네 사람들 모두가 웃었고, 사내아이들은 이 말을 흉내 내 따라하기까지 했다. 압다는 슬픔에 몸져누웠고, 샤피이는 가게에서 일을 하면서도 마음은 딴 데가 있었고, 눈은 수면 부족으로 충혈되었다. 쿤피스의 아내 쟈키야는 압다를 방문하는 것을 미루었고, 길에서 만나도 못 본 척했다. 어느 날 샤피이가 허리를 구부리고 나무를 톱질하고 있을 때 야스미나가 볼일을 보고 집으로 돌아가면서 그에게 소리쳤다.

"샤피이 아저씨……. 밖을 보세요!"

그녀는 사막과 맞닿은 동네의 끝을 가리켰다. 그는 손에 톱을 든 채 밖으로 나와 그녀가 가리키는 곳을 보았다. 리파아가 쑥스러워하며 집으로 오고 있었다. 샤피이는 톱을 가게 앞에 두고 놀라 그에게서 눈을 떼지 않고 그를 향해 달려갔다. 샤피이는 아들의 팔을 붙잡고 큰 소리로 말했다.

"리파아! 그동안 어디 있었니? 네가 없어진다는 것이 우리에게 어떤 의미인지 몰랐니? 너의 불쌍한 엄마는 슬픔으로 거의 죽을 지경이다."

리파아는 아무 말이 없었다. 아버지는 아들이 그새 몹시 야위었다는 것을 알았다.

"어디 아팠었니?"

"아니요! 어머니를 만나야겠어요."

야스미나가 그들에게 다가와 의아스레 리파아에게 물었다.

"그동안 어디에 있었니?"

그는 그녀를 쳐다보지 않았다. 몇몇 아이가 주위로 모여들자 샤피이는 아들을 데리고 집으로 들어갔다. 자와드와 비카티르하 어머니가 곧 그들의 뒤를 따랐다. 압다는 그를 보자 침대에서 뛰어나와 그를 껴안으며 힘없는 목소리로 말했다.

"하느님께서 너를 용서하시길! 어떻게 네 엄마 생각을 그렇게 안 할 수 있니?"

리파아는 두 손으로 어머니 손을 꼭 잡은 뒤 침대 위에 앉히고 자신도 옆에 앉았다.

"정말 죄송해요……."

샤피이는 속으로는 몹시 기쁘면서도 검은 구름에 달이 가린 것처럼 내색을 하지 않고 얼굴을 찡그렸다.

"우리는 그저 널 행복하게 해 주고 싶었을 뿐이야."

압다는 눈물을 글썽거렸다.

"우리가 너를 강제로 결혼시키려 한 줄 알았나 보구나!"

"저 피곤해요." 리파아가 슬프게 말했다.

"어디에 있었니?" 여러 사람이 한꺼번에 물었다.

"사는 게 울적하고 견딜 수 없어 사막으로 갔어요. 사막에 혼자 있고 싶었어요. 먹을 것을 구하러 갈 때만 사막을 벗어났었죠." 그는 한숨을 쉬며 말했다.

그의 아버지는 손으로 이마를 치며 소리쳤다.

"정신이 온전한 사람은 그런 짓을 안 해."

그 순간 비카티르하 어머니가 안쓰러워서 말을 했다.

"그를 좀 내버려 두세요. 이런 상황을 잘 아는데, 그와 같은 사람에게 그가 원하지 않는 것을 하게 강요해서는 안 돼요."

압다가 남편의 손을 꼭 잡았다.

"그 애의 행복이 우리의 유일한 소망이었는데, 모든 일을 팔자소관으로 돌려야 되겠어요. 얘야, 너 그사이 정말 야위었구나!"

샤피이가 격분했다.

"전에 이 동네에서 이런 일이 일어난 적이 있었는지 말 좀 해 보게!"

비카티르하 어머니가 그를 타일렀다.

"샤피이 씨, 저는 이 아이가 조금도 이상하지 않군요. 저를 믿으세요. 이 애는 정말 특별한 아이예요."

"우리가 이 동네의 화젯거리가 되다니."

비카티르하 어머니가 화를 냈다.

“이 동네에 저 애 같은 아이는 한 명도 없어요.”

그러자 샤피이가 “이거야말로 슬퍼해야 할 일이군.” 하고 대꾸했다.

비카티르하 어머니가 큰 소리로 비난했다.

“제발 그러지 마세요. 당신은 당신이 뭐라고 말하는지도 모르고, 남들이 뭐라고 말하는지도 모르는군요.”

50

가게는 활기를 되찾았고 장사도 잘되었다. 샤피이는 테이블 옆에 서서 나무를 톱질하고 리파아는 다른 한쪽 끝에서 까뀌를 잡고 못을 박기 시작했다. 테이블 아래에 있는 아교통은 수북이 쌓인 톱밥에 절반쯤 가려 있었다. 벽에는 여러 개의 창틀과 문이 기대어 서 있었고, 가게 한가운데에는 니스 칠만 남은 매끈하게 잘 다듬어진 밝은 나무 색의 새 상자들이 켜켜이 쌓여 있었다. 가게 안은 진한 나무 냄새가 진동했고, 톱질 소리, 망치질 소리, 대패질 소리로 소란스러웠다. 그리고 가게 입구에 앉아 얘기를 나누는 고객 네 명이 빨아 대는 나르질라의 물소리로 시끄러웠다.

히자지가 샤피이에게 "자네 솜씨를 이 소파로 시험해 보고, 딸의 혼수를 다음 일감으로 맡기겠네."라고 말했다. 그런 후 그와 함께 있는 친구들을 향해서 "다시 말하지만 자발이 살아 돌아와 우리가 살고 있는 이 시대를 본다면 그는 미쳐 버릴 거야."라고 덧붙였다.

그들은 모두 슬프게 고개를 끄덕이며 여전히 담배를 피워 댔다. 무덤 파는 일을 하는 부르훔이 샤피이에게 미소를 지어 보이며 물었다.

"관은 왜 만들지 않나? 세상만사에는 그 나름대로의 가치가 있지 않나?"

샤피이는 톱질을 잠시 멈추고 웃으며 대답했다.

"무슨 일이 있어도 그 일은 안 해! 가게 안에 관이 있으면 손님들이 무서워서 도망가."

파르하트가 그의 말에 맞장구를 쳤다.

"맞네! 젠장할 죽음 같으니!"

"문제는 말이야, 자네들이 지나치게 죽음을 두려워하고 있다는 거야. 그 때문에 쿤피스가 자네들을 지배하고, 바유미가 권력자가 되고, 이합이 자네들의 일용할 양식을 강탈할 수 있었던 거야." 히자지가 다시 말했다.

"그럼, 자네는 우리처럼 죽음이 무섭지 않나?"

그러자 그는 침을 뱉고 나서 "우리 모두의 잘못이야. 자발은 강했지. 그는 힘과 격렬한 투쟁으로 우리가 겁쟁이라서 잃었던 권리를 우리에게 찾아 주었어."라고 말했다.

그때 리파아가 망치질을 멈추고 못을 입안에서 꺼내고는 "자발은 우리들의 권리를 평화롭게 찾아 주려 했어요. 그리고 자기 방어를 위해서만 힘을 사용했고요."라고 말했다.

히자지가 비웃으며 "말해 봐라. 힘을 쓰지 않고 못질을 할 수 있나?"라고 물었다.

"사람은 나무가 아니에요." 그는 매우 진지하게 대답했다.

샤피이가 그를 흘끗 쳐다보자 그는 하던 일을 계속했다. 히자지가 말을 이었다.

"사실 자발은 우리 동네에서 가장 힘센 수장 중 하나였어. 그리고 그가 자발 구역 사람들에게 수장이 되라고 얼마나 종용했었는데!"

파르하트가 그의 말을 바로잡았다.

"그는 그들이 자발 구역뿐 아니라 동네 전체를 지키기를 원했어."

"오늘날 그들은 생쥐나 토끼에 불과해."

샤피이가 손등으로 코끝을 훔치며 물었다.

"히자지, 무슨 색을 좋아하나?"

"때를 덜 타는 색으로 고르게. 그래야 더러워지지 않고 깨끗하게 쓸 수 있어."

그는 친구들에게 이야기를 계속했다.

"다아비스가 카아발하의 눈을 뽑은 날, 자발이 다아비스의 눈을 뽑고 힘으로 정의를 세웠지."

"우리에게 힘은 필요 없어요. 매일 밤낮으로 우리는 때리고 상처를 입히고 죽이는 사람들을 보고 있어요. 심지어 여자들조차 피를 볼 때까지 손톱으로 할퀴죠. 정의가 어디에 있습니까? 이 얼마나 끔찍한 일입니까!" 리파아가 땅이 꺼져라 한숨을 쉬며 말했다.

모두 한동안 말이 없었다. 하누라가 먼저 입을 열었다.

"이 어린 친구가 우리 동네를 무시하는군! 이 애는 지나치게 부드러워, 그건 바로 샤피이 자네 때문이야."

"나?"

"그래. 그놈은 버릇없는 놈이야."

히자지가 리파아를 향해 웃었다.

"우리에게 이런 이야기를 하느님 다른 곳에 가서 마누라감을 찾는 게 나을 것 같은데!"

모두들 웃음을 터뜨렸다. 샤피이는 얼굴을 찌푸렸고, 리파아는 얼굴을 붉혔다.

"힘……. 폭력……. 이런 것 없이 정의는 있을 수 없어!" 히자지가 자신 있게 말했다.

리파아는 아버지 샤피이가 자신을 바라보는데도 신경 쓰지 않고 목소리를 높였다.

"우리 동네는 정말로 자비와 연민이 필요합니다."

부르훔이 웃으며 "너 나를 파멸시키고 싶지?"라고 말했다.

그들 모두 요란하게 웃고 기침을 해 댔다. 눈이 충혈된 히자지가 "옛날에 자발이 관재인에게 자비와 정의를 구하러 갔지. 그런데 관재인은 자끌루트와 그의 부하들을 자발에게 보냈어. 자비가 아닌 몽둥이가 없었으면 자발과 그 집안사람들은 다 죽었을 거야."라고 말했다.

샤피이가 큰 소리로 경고했다.

"제발! 벽에도 귀가 있어. 그놈들이 당신들이 하는 말을 듣는다 해도 어느 한 놈도 당신들의 말을 들어주지 않을 거야."

"그의 말이 맞아. 당신들은 몸에도 좋지 않은 해시시 중독자에 지나지 않아. 만일 쿤피스가 지금 이곳을 지나간다면 당신들은 모두 그의 발밑에 엎드리게 될걸세." 하누라가 말했다. 그러고 나서 리파아에게 말했다. "애야, 우리를 용서해라! 해시시 중독자는 창피를 몰라. 리파아, 해시시 피워 봤니?"

"이 애는 해시시를 피우는 자리를 좋아하지 않아. 이 애는 두 모금 이상 피우면 숨을 헐떡이거나 잠이 드네." 샤피이가 웃으며 대답했다.

"얼마나 훌륭한 아이인가! 어떤 이들은 그 애가 비카티르하 엄마를 쫓아다닌다고 그를 퇴마사라 하고, 어떤 이들은 그가 옛날이야기를 너무 좋아한다고 이야기꾼이라고 생각해." 파르하트가 말했다.

히자지가 웃었다.

"결혼을 싫어하듯이 해시시 피우는 자리를 싫어하는군."

부르홈은 카페 종업원 소년을 소리쳐 불러 나르질라를 가져가게 했다. 곧이어 그들이 인사를 하며 자리에서 일어나면서 조촐한 모임이 끝났다. 샤피이는 톱을 내려놓고 아들을 나무라는 눈으로 바라보며 말했다. "저 사람들의 대화에 다시는 끼어들지 말거라."

사내아이 몇몇이 가게 앞에서 놀려고 오자, 리파아는 테이블을 빙 돌아 샤피이 앞에서 걸음을 멈췄다. 그는 그의 손을 잡고 아무도 듣지 못하게 가게 한쪽 구석으로 끌고 갔다. 그는 불안하고 흥분한 것처럼 보였지만, 입은 야무지게 꼭 다물고 있었고, 눈에서는 이상야릇한 빛이 번득였다. 샤피이가 눈으로 그 이유를 묻자 리파아가 대답했다.

"저는 오늘부터 조용히 지내지 않을 거예요."

샤피이는 짜증이 났다. '이 사랑스러운 아들이 왜 이렇게 피곤하게 할까! 귀중한 시간을 비카티르하 어머니의 집에서 보내거나 힌드 바위에서 장시간을 혼자 보내고 가게에 고작 한 시간 남짓 붙어 있으면서 토론에 끼어들어 문제를 일으키다니……'

"피곤하니?"

그는 불안해 보이더니 언제 그랬냐는 듯이 이상하게 차분히 말했다.

"제 마음속에 있는 것을 아버지에게는 감출 수가 없군요."

"무슨 생각을 하는데?"

그는 아버지에게 바싹 다가왔다.

"어제 한밤중 자와드 아저씨 댁을 나서면서 사막으로 가고 싶은 생각이 들었어요. 그래서 그곳으로 갔어요. 저는 지칠 때까지 걸었어요. 걷다 보니 어느덧 '대저택'에 다다랐어요. 담 아래 한곳을 골라 등을 기대고 앉았지요."

샤피이의 두 눈에 관심이 역력했다. 그는 이야기를 계속해 보라고 눈짓했다.

"어둠 속에서 혼잣말을 하는 것 같은 낯선 목소리가 들렸어요. 할아버지 자발라위의 목소리일지도 모른다는 믿기지 않는 놀라운 생각이 퍼뜩 들었어요."

샤피이는 놀라서 우물거리며 아들의 얼굴을 뚫어지게 바라보았다.

"자발라위의 목소리! 왜 그렇게 생각했지?"

"아버지, 추측이 아니에요. 믿게 되실 거예요. 저는 그 목소리가 들리자마자 그 집 안을 들여다보았어요. 그런데 어둠 외에 아무것도 보지 못했어요." 리파아는 열을 올리며 말했다.

"다행이군!"

"아버지, 잠시만 참으세요. 그 목소리는 '자발이 그의 임무를 잘 이행해 그에게 만족했다. 그러나 지금은 전보다 모든 게 더 나빠졌다.'라고 했어요."

샤피이는 가슴이 타 들어갔고 이마에는 땀이 흘렀다.

"얼마나 많은 사람이 네가 앉았던 그곳에 앉았는데! 아무도 아무것도 듣지 못했어." 그는 떨리는 목소리로 말했다.

"아버지, 그렇지만 저는 들었어요."

"아마 누군가 어둠 속에 누워 있었을지도 모르지."

그러자 리파아는 단호하게 고개를 가로저으며 부인했다.

"아니요. 그 목소리는 대저택에서 들려왔어요."

"네가 그것을 어떻게 아니?"

"제가 소리쳤어요. '할아버지, 자발이 죽자 다른 사람들이 그의 뒤를 이었어요. 저희를 도와주세요.'"

샤피이가 흥분해서 말했다. "아무도 네가 한 말을 듣지 않았으면 좋겠다."

리파아의 눈이 반짝거렸다.

"할아버지가 제 목소리를 들으셨어요. 그분의 목소리가 다시 들렸어요. '어린놈이 늙은 할아버지더러 뭔가를 하라니 이렇게 괘씸할 수가! 사랑을 받고 싶으면 행동으로 옮기거라.' 그래서 제가 물었어요. '이렇게 약한 제가 무슨 수로 저 수장들을 물리칠 수 있나요?' 그러자 그분은 '나약한 자는 잠재된 자신의 힘을 모르는 어리석은 자이고 나는 어리석은 자들을 좋아하지 않아.'라고 말씀하셨어요."

"그런 말들이 정말 너와 자발라위 사이에 오갔다고 생각하는 거냐?" 샤피이는 겁에 질려 물었다.

"예, 맹세코!"

샤피이는 신음 소리를 내듯 고통스럽게 말했다. "망상은 재앙을 부른다."

"아버지, 제 말을 믿으세요. 제가 말씀드린 것은 의심할 바 없는 사실이에요."

그러자 샤피이는 슬프게 "의심 가는 것을 어느 것이든 찾고 싶은 내 희망을 꺾지 마라."라고 말했다.

리파아는 달콤한 노래를 부르듯 기쁨에 넘쳐 빛나는 얼굴로 말했다.

"지금 저는 제가 원하는 게 뭔지 알게 됐어요."

샤피이는 화가 나 자신의 이마를 때리면서 소리쳤다.

"네가 원하는 게 도대체 뭐냐?"

"저는 약하지만 어리석지 않아요. 사랑받는 자식은 행동으로 실천하는 자죠!"

샤피이는 가슴이 송곳으로 찔리는 것 같은 아픔을 느끼며 소리를 질렀다.

"네 행동은 부끄러운 행동이 될 거다. 결국 너는 파멸할 거고 파멸하면서 우리도 함께 나락으로 떨어질 게 뻔해."

리파아가 웃었다.

"그들은 재산에 눈독을 들이는 자만을 죽여요!"

"그럼, 넌 재산 말고 다른 것에 눈독을 들인다는 거냐?"

리파아의 목소리는 자신감에 넘쳤다.

"아드함은 풍요롭고 행복한 삶을 간절히 바랐어요. 자발 역시 행복하고 충만한 삶을 위해서만 재산에 대한 자신의 권리를 요구했죠. 하지만 우리는 재산이 모두에게 분배되지 않으면 아무도 이런 삶을 누릴 수 없다는 잘못된 생각을 갖고 있어요. 그래서 각자 자신의 몫을 받아 충만하고 행복한 삶을 얻기 위해 고생도 마다하지 않죠. 그런데 재산이 없어도 그런 삶을 영위할 수 있다면 재산은 한갓 보잘것없는 거죠. 원하는 사람은 누구에게나 가능한 일이에요. 바로 이 시각부터 우리는 풍요로워질 수 있어요."

샤피이는 안도의 한숨을 쉬었다.

"네 할아버지가 너에게 그런 말을 했니?"

"그분은 어리석은 이를 좋아하지 않는다고 하셨어요. 그리고 어리석은 이는 잠재된 자신의 힘을 모르는 자라고 하셨죠. 제가 아마도 재산을 놓고 싸움을 부추기는 마지막 사람이 될 것 같습니다. 아버지, 재산은 아무것도 아닙니다. 풍족한 삶이 주는 행복이 가장 중요한 것입니다. 우리들 마음 깊은 곳에 숨은 악령만이 우리와 행복 사이에 존재합니다. 제가 악령을 다스리는 마법을 매우 좋아하고 그걸 잘해 내는 게 허사는 아니었어요. 저를 그곳으로 이끈 게 하늘의 뜻인 것 같아요."

샤피이는 고통스러웠지만 마음은 놓였다. 고통이 사라지자 힘이 빠져 그는 톱 위에 앉아 다리를 죽 뻗고 수리하려고 세워 놓은 창틀에 등을 기대고 잠시 쉬었다. 그는 약간 빈정대며 아들에게 물었다.

"네가 태어나기 전에도 비카티르하 엄마가 있었는데 어떻게 우리는 행복한 삶을 누리지 못했을까?"

"그녀는 가난한 사람들에게 스스로 다가가지 않고 병든 부자들이 그녀를 찾아오기만 기다렸기 때문이에요." 리파아는 자신감 넘치는 목소리로 대답했다.

샤피이는 가게 구석구석을 돌아보고 의심스레 말했다.

"우리가 해야 할, 쌓여 있는 일감 좀 봐라. 네 덕에 내일 어떻게 될지 알 도리가 없구나."

"아버지, 좋은 것은 다요, 병자를 치유하는 것을 꺼리는 것은 오직 악령뿐이에요." 리파아가 즐거운 듯 대답했다.

문 주변에 있는 장롱 거울에서 반사된 저물어 가는 석양빛이 가게 안에서 붉게 빛났다.

51

그날 밤, 샤피이의 집으로 걱정 근심이 옮겨 갔다. 비록 압
다가 그 이야기를 태연하게 듣고, 그녀가 아는 것이 단지 리
파아가 시조의 목소리를 듣고 가난한 사람들을 찾아가 그들
에게서 악령을 쫓아내기로 결심했다는 것뿐이었지만 말이다.
그러나 그녀는 걱정과 심란한 마음으로 앞으로의 일을 곰곰
이 생각했다. 리파아는 외출 중이었다. 자발 구역에서 멀리 떨
어진 동네 외곽에서 북소리와 피리 소리, 그리고 여인들의 즐
거운 환성이 떠들썩하게 들리는 결혼식이 있었다. 압다는 사
실을 직시하려고 애쓰며 슬프게 말했다. "리파아는 거짓말을
하지 않아요."

그러자 샤피이가 분개했다.

"망상이 그 애를 속이고 있어. 이런 일은 우리 모두에게 일
어날 수 있어."

"그 애가 무슨 말을 한 거예요?"

"내가 그걸 어떻게 알아?"

"그분이 살아 있다면 가능한 일이에요."

"어이구, 딱해라! 그 일이 알려지는 날엔 우린 끝이야."

"그 일은 비밀이에요. 고맙게도 그 애의 관심사가 재산이 아닌 사람이에요. 그 애가 아무도 해치지 않으면 아무도 그 애를 해치지 않을 거예요." 그녀는 희망을 갖고 말했다.

"아무도 해치지 않았는데 해를 입은 동네 사람들이 얼마나 많은데!" 샤피이가 기운 없이 대꾸했다.

결혼식의 흥겨운 소리가 갑자기 낭하에서 들리는 왁자지껄한 소리에 묻혀 들리지 않았다. 그들은 창문 너머로 밖을 내다보았다. 낭하가 남자들로 넘쳐 났다. 그들 중 한 사람이 들고 있던 등잔불에 히자지, 부르훔, 파르하트, 하누라 그리고 다른 사람들의 얼굴이 보였다. 그들 모두 이야기를 하거나 소리를 질러 시끄럽고 소란스럽기 이루 말할 수 없었다. 누군가 큰 소리로 말했다. "자발 구역 사람들의 명예가 걸려 있다. 우리는 한 사람도 명예를 더럽히게 놔두지 않아." 압다가 겁에 질려 남편 샤피이에게 귓속말을 했다.

"우리 아들의 비밀이 드러났군요!"

샤피이는 신음 소리를 내며 뒤로 물러났다.

"내 직감이 들어맞았어. 틀린 적이 없지."

그는 위험을 무릅쓰고 황급히 밖으로 나갔다. 곧 압다가 그의 뒤를 따라 나갔다. 그는 사람들 사이를 헤쳐 나가며 소리를 질렀다.

"리파아……. 리파아! 어디 있니?"

불빛이 비추는 곳에 그의 아들은 없었다. 목소리도 들리지 않았다. 히자지가 그에게 다가와 시끄러운 소리에도 불구하고 목소리가 다 들리도록 목청을 높여 "아들을 또 잃어버렸나?"라며 물었다.

"와서 사람들이 뭐라고 말하는지 들어 보고, 최근 못된 놈들이 자발 구역 사람들을 어떻게 갖고 노는지도 좀 봐!" 파르하트가 그에게 소리쳤다.

"하느님 외에 신은 없다고 말해요. 그리고 참으세요." 압다가 괴로워하며 큰 소리로 말했다.

분노로 목소리가 높아 갔다. 일부는 "저 여자가 미쳤군!"이라고 소리쳤고, 나머지는 "명예가 뭔지 모르잖아!"라고 소리쳤다. 샤피이는 공포로 심장이 멎을 것 같았지만 히자지에게 리파아가 어디에 있는지를 말해 달라고 애원했다. 히자지는 문쪽을 향해 사람들을 헤치고 가며 목청껏 소리쳤다.

"리파아! 이리 와, 샤피이에게 말을 해."

리파아가 낭하 모퉁이에 붙잡혀 있으리라고 짐작했던 샤피이는 어리둥절했다. 바로 그때 리파아가 불빛 아래 모습을 드러냈다. 그는 아들의 팔을 잡고 압다가 서 있는 곳으로 끌고 갔다. 손에 등잔불을 든 샬둠이 모습을 드러내자 바로 그의 뒤에 쿤피스의 모습이 보였다. 쿤피스는 부아가 치미는지 오만상을 찌푸렸다. 모두의 시선이 일제히 그에게로 쏠렸고 일순 잠잠해졌다. 쿤피스는 거친 목소리로 "왜 이 야단들이야?" 하고 물었다. 그러자 몇 사람이 동시에 소리쳤다. "야스미나가 우리를 망신시켰습니다!"

"너희 가운데 증인은 말하라!"쿤피스가 말했다.

마차꾼 자이투나가 쿤피스의 바로 앞까지 걸어 나왔다.

"조금 전 그녀가 바유미의 집 뒷문으로 나오는 것을 보고, 이곳까지 뒤를 쫓아왔습니다. 제가 그년에게 그놈의 집에서 무엇을 했냐고 물었습니다. 그녀는 술에 취해 있었고 통로에 까지 술 냄새가 진동했습니다. 어느 틈에 집으로 도망을 쳐서 집 안에서 꼼짝 않고 있습니다. 여러분 생각해 보세요. 술 취한 년이 그 집에서 무엇을 했겠습니까?"

그 말을 들은 샤피이와 압다는 마음이 놓였지만 쿤피스는 긴장했다. 쿤피스는 자신의 위신에 심각한 타격을 줄 수 있는 시련에 직면했다는 것을 알아챘다. 만일 그가 야스미나를 가볍게 처벌하면, 자발 구역 사람들로부터 신임을 잃게 될 것이 분명했고, 성난 군중에게 그녀의 처분을 맡겼다가는 수장 두목 바유미를 화나게 할 것이 분명했다. 어찌할 것인가? 자발가 사람들 모두가 집에서 나와 그녀의 집이 있는 주택의 안마당과 '승리의 집' 앞으로 몰려왔다. 쿤피스는 점점 입장이 난처해졌다. 분노의 함성이 끊이지 않았다.

"그녀를 우리 동네에서 내쫓아라."

"그녀는 죽어 마땅하다."

창문 뒤 어둠 속에서 듣고 있던 야스미나에게서 비명이 터져 나왔다. 모두의 시선이 쿤피스에게 향했지만 리파아는 아버지에게 물었다.

"아버지, 왜 저들은 그녀를 유혹한 바유미에게 먼저 분노를 표하지 않죠?"

사람들이, 특히 자이투나가 "저년은 제 발로 그 집에 간 거야."라고 대답하며 화를 냈다.

"자존심이 없으면 입 닥치고 있어." 다른 남자가 소리쳤다.

샤피이가 리파아에게 눈치를 줬지만 그는 아랑곳하지 않고 고집스럽게 계속했다.

"바유미는 당신들과 똑같은 짓을 했을 뿐이에요."

"저년은 자발 구역 사람이라 다른 남자들을 상대해서는 안 돼." 자이투나가 미친 듯이 소리쳤다.

"저놈은 바보에다 자존심도 없구먼."

그가 말을 하지 못하도록 샤피이가 발로 차는 순간 부르홈이 소리쳤다.

"자, 지금부터는 쿤피스 씨 말씀을 듣죠!"

격분한 쿤피스는 열화가 치밀어 숨이 막힐 지경이었다. 야스미나가 도와달라고 소리쳤다. 전염병이 번지듯 성이 나기 시작한 사람들이 금방이라도 그녀의 방으로 뛰어들 태세로 그곳을 쏘아보았다. 야스미나의 외침이 계속되자 리파아는 가슴이 찢어질 듯 아팠다. 리파아는 더는 참을 수가 없었다. 그는 샤피이를 뿌리치고 사람들 사이를 헤치고 야스미나의 집으로 향했다. 그는 간절하게 외쳤다.

"두려움에 떠는 나약한 그녀를 용서해 주세요."

"계집애 같은 놈!" 자이투나가 그에게 소리쳤다.

샤피이가 리파아를 애타게 불렀지만 모른 체하고 자이투나에게 대답했다.

"하느님께서 당신을 용서하시길."

그러고는 모두를 향했다.

"제게는 원하시는 대로 하시고 그녀를 가엾이 여겨 주세요. 도움을 청하는 그녀의 간절한 목소리에 여러분의 마음이 흔들리지 않으세요?"

자이투나는 다시 "이 멍텅구리에게는 신경 쓰지 마세요."라고 외친 후 쿤피스를 향해 "한 말씀하세요!"라고 말했다.

"제가 그녀와 결혼하면 여러분 모두 만족하시겠어요?" 리파아가 물었다.

분노와 야유가 섞인 함성이 티져 나왔다.

"우리가 관심을 갖는 건 단지 그녀가 벌을 받는 거야." 자이투나가 말했다.

리파아는 결사적으로 덤볐다.

"벌은 제가 알아서 주겠습니다."

"천만에, 이것은 우리 모두의 일이야!"

쿤피스는 리파아의 제안으로 궁지에서 벗어날 수 있었다. 비록 리파아의 제안이 마음에 들지는 않았지만 그에게는 달리 방법이 없었다. 그는 난처한 입장을 감추기 위해 얼굴을 더욱 찌푸렸다.

"저 아이가 우리들 앞에서 그녀와 결혼을 하겠다고 하니, 저 아이 맘대로 하게 둡시다."

자이투나는 너무 화가 나 그만 앞이 깜깜해졌다. 그가 "비겁해서 우리는 명예를 잃는구나."라고 소리쳤다. 바로 그때 쿤피스가 주먹을 날려 그의 코를 박살 냈다. 그의 코에서 피가 철철 흐르자 울부짖으며 뒷걸음질 쳤다. 쿤피스가 자신에게 반대하는 자들에게 겁을 줌으로써 궁지에서 벗어나려 한다는 것을 모두 알게 되었다. 그는 사람들에게 등잔불을 비추어 두려움이 역력히 드러난 얼굴들을 훑어보았다. 그들 중 단 한 사람도 코가 부러진 자이투나에게 동정심을 보이지 않았다. 오히려 파르하트가 자이투나를 나무랐다.

"너는 입방정을 떨어서 문제야."

부르훔이 쿤피스에게 그가 없었으면 그들이 결코 해결책을 찾지 못했을 것이라고 말했고, 하누라도 그에게 그의 분노가 그들을 구했다고 말했다. 모두들 뿔뿔이 흩어지고 마지막에 쿤피스, 샬둠, 샤피이, 압다, 그리고 리파아만 남았다. 샤피이가 쿤피스에게 다가와 손을 내밀어 인사를 하려 하자, 그는 불끈 성을 내며 손등으로 샤피이의 손을 쳤다. 샤피이는 뒤로 물러서며 한숨을 쉬었다. 그의 아내와 아들이 그에게 달려왔고 쿤피스는 자발 구역 사람들 모두와 심지어는 자발까지도 저주하며 통로를 빠져나갔다. 샤피이는 너무 아파 곤경에 빠진 아들의 입장도 잊고 뜨거운 물에 손을 넣었다. 압다가 그의 손을 주무르며 말했다.

"샤키야가 자기 남편이 우리에게 화내는 것을 보았겠죠?"

"그 겁쟁이가 바보 같은 우리 아들이 바유미의 몽둥이찜질로부터 자신을 구해 주었다는 것을 잊었나 봐." 고통스러워하며 샤피이가 대답했다.

52

리파아의 부모는 모든 희망을 아들에게 걸었더랬다. 그러나 희망이 산산이 부서지자 실망할 수밖에 없었다. 야스미나와의 결혼으로 리파아는 모두에게 무시당할 게 뻔했다. 그의 가족은 이미 결혼으로 인해 동네 사람들의 화젯거리가 되었다. 압다는 남모르게 너무 많이 울어 병이 날 지경이었고, 세상에 먹구름이 낀 것처럼 우울한 샤피이는 오만상을 찌푸리고 다녔다. 그러나 그들은 리파아 앞에서는 속내도, 분노도 내비치지 않았다. 아마도 이 상황은 그 일이 있은 후 야스미나가 보인 행동으로 한결 수월하게 마무리되었다. 그녀는 샤피이의 집으로 달려와 울면서 샤피이 부부 앞에 무릎을 꿇고 마음에서 우러나오는 감사의 인사를 드렸다. 그러고는 그들에게 자신의 과거를 진심으로 뉘우친다고 말했다. 리파아가 자발 구역 사람들 앞에서 공개적으로 약속한 후라 결혼 취소는 불가능했다. 샤피이 부부는 결혼을 인정하고 받아들이려고 애를 썼다. 그들은 두 가지 모순된 희망으로 갈등했다. 하나는 전통 양식에 따라 신랑의 행렬이 있는 결혼 잔치를 벌이는 것이었고, 다른 하나는 신랑의 행렬이 도처에서 결혼을 비난하는 자발 구역 사람들의 웃음거리가 되는 것을 피하기 위해 집에서 조용히 결혼식을 치르는 것이었다. 압다는 그간 억눌러 오던 감정을 드러내며 슬프게 말했다.

"나의 외아들 리파아의 결혼 행렬이 이웃 동네를 돌아다니는 것을 보게 되기를 오랫동안 학수고대했는데."

"자발 구역 사람들은 한 명도 행렬에 끼려고 하지 않을 거야." 샤피이가 화를 내며 대꾸했다.

압다가 얼굴을 찌푸렸다.

"무깟탐 시장으로 돌아가는 게 우리를 싫어하는 사람들 속에서 사는 것보다는 나아요!"

"어머니, 우리는 이 동네를 떠나지 않아요."

리파아가 열린 창 아래로 다리를 뻗어 햇볕을 쬐면서 대꾸했다.

그러자 샤피이가 "돌아오지 않았더라면 좋았을 텐데!"라고 격노해서 소리치고는 리파아를 향해 "우리가 돌아오던 날 너는 슬퍼하지 않았니?"라고 고함쳤다.

리파아는 웃으며 "그것은 그때 일이지 지금은 아니에요. 우리가 떠나면 누가 자발 구역 사람들을 악령으로부터 구해 주나요?"라고 대꾸했다.

샤피이는 부아가 치밀어 "마귀가 그들을 영원히 붙잡고 있게 내버려 둬.”라고 말한 후, 잠시 머뭇거리다 “너 스스로 우리 집으로 데려오는 게⋯⋯.”라고 말끝을 흐렸다.

리파아가 그의 말을 가로막았다.

“아무도 집에 데려오지 않을 거예요. 제가 다른 집으로 갑니다.”

그러자 압다가 언성을 높였다.

“너의 아버지 말씀은 그런 뜻이 아니야!”

“어머니, 그게 제 뜻이에요. 그 집은 멀지 않아서, 매일 아침 창 너머로 서로 악수를 할 수 있을 정도잖아요!”

샤피이는 내키지 않았지만 조촐하게 결혼식을 치르기로 결정했다. 그는 낭하와 양쪽 집 현관 위에 장식을 하고 가수와 요리사를 한 명씩 불렀다. 그는 모든 친구와 친지들을 초대했지만 자와드 부부와 히자지와 그의 가족만이 초대에 응했다. 가난한 사람들 몇몇만이 잔치 음식을 먹기 위해 결혼식에 참석했다. 리파아는 신랑 행렬 없이 결혼식을 올린 최초의 청년이 되었다. 리파아의 가족은 낭하를 지나 신부의 집으로 갔다. 초대 가수는 손님이 많지 않아서인지 늘쩍지근하게 노래를 불렀다. 식사를 하는 동안 자와드는 리파아의 고상한 풍모와 됨됨이를 칭찬하면서 “영리하고 현명하고 순수한 젊은이인데 완력과 몽둥이가 판을 치는 동네에 있어 유감이야.”라고 말했다. 바로 그때 아이들이 그들의 집 앞에서 걸음을 멈추고 합창을 했다.

리파아, 이[蝨]같이 생긴 놈!

누가 너에게 그렇게 하라고 시켰냐?

그리고 그들은 환성을 올리고 소동을 피웠다. 샤피이의 얼굴이 창백해졌고 리파아는 고개를 푹 수그렸다. 히자지가 분노했다.

"개자식! 개새끼들!"

"정말이지 우리 동네는 비열한 일 천지야! 좋은 일은 결코 잊혀지지 않는 법이야. 얼마나 많은 수장이 우리 동네를 군림했었나? 그렇지만 미담으로 아드함과 자발만이 기억되지." 자와드는 바깥의 소동으로부터 사람들의 이목을 돌리기 위해 가수에게 노래를 시켰다. 잔치는 침울한 분위기 속에서 계속되다가 끝나자 모두들 집으로 돌아갔다. 집에는 리파아와 야스미나만이 남았다. 신부복 차림의 그녀는 미의 화신처럼 아름다웠다. 그녀 옆에 얇은 실크 질밥을 입고 수놓은 터번을 머리에 두르고 밝은 노란색 슬리퍼를 신은 리파아가 앉았다. 두 사람은 분홍색 침대 반대편에 있는 소파에 앉아 있었다. 옷장거울로 침대 밑의 대야와 물동이가 보였다. 야스미나는 리파아가 자신을 이끌어 주기를 기대했다. 적어도 그녀는 자신이 기대했던 행동을 그가 보여 주기를 기다리는 것이 분명했다. 그러나 그는 천장에 달린 등과 알록달록한 매트에만 눈길을 주었다. 기다림이 길어지자 참다 못한 그녀가 무거운 정적을 깨며 살며시 말을 건넸다.

"당신의 호의는 절대 잊지 않을 거야. 내 생명을 구해 준 당신에게 마음의 빚이 있어."

그는 그녀를 다정하게 바라보고 그런 대화를 다시는 나누고 싶지 않은 사람의 목소리로 "우리는 누구나 다른 사람들 덕에 살아가고 있어요."라고 말했다.

얼마나 좋은 사람인가! 그는 사건이 있었던 그날 밤에도 그녀가 그의 손에 입 맞추는 것을 거부하더니 지금은 자신의 선행조차 기억하는 것을 원치 않는다. 그의 인내심은 그의 선량함에 못지 않았다. 대체 그는 지금 무슨 생각을 하는 것일까? 착한 마음 때문에 어쩔 수 없이 그런 여자와 결혼하여 불행한 것일까?

"나는 사람들이 생각하는 것만큼 나쁘지 않아. 나를 사랑했던 이들은 단 한 가지 일로 나를 업신여기지."

"알아요. 얼마나 많은 과오가 우리 동네에 있었는데!"라며 그는 그녀를 위로했다.

그러자 그녀가 격분해서 "그들은 항상 자신들이 아드함의 자손이라고 자랑하면서 동시에 자신들이 저지른 죄 역시 자랑해."라고 말했다.

"악령을 쉽게 쫓아낼 수 있는 한 행복은 우리 곁에 더 가까이 다가와요."라고 리파아가 자신 있게 대꾸했다.

그녀는 그가 한 말을 이해하지 못했지만, 갑자기 자신의 처지가 얼마나 하찮고 우스꽝스러운지 깨달은 듯 웃었다.

"신혼 첫날밤에 정말이지 이상한 대화야!"

그녀는 도도하게 고개를 들었다. 그녀는 그에게 감사하는 마음을 모두 잊은 듯했다. 그녀는 어깨에 두른 숄을 벗어 던지고 유혹의 눈길을 던졌다. 그러자 그가 희망을 걸고 말했다.

"당신이 우리 동네를 행복하게 만들 최초의 사람일 거예요."

"정말로……? 내게 술이 있는데."

"저녁 식사 때 조금 마셨어요. 그거면 충분해요."

그녀는 어쩔 줄 몰라 잠시 생각하더니 좋은 해시시가 있다고 말했다.

"좀 피워 봤는데 나는 못 피우겠던데요."

그 말에 그녀는 흐뭇해했다.

"너의 아버지는 진짜 해시시 중독자던데. 나는 그분이 샬둠의 해시시 소굴에서 나오는 것을 본 적이 있는데 그때 그분은 밤낮을 구분하지 못했어."

그는 미소만 지을 뿐 아무 말도 하지 않았다. 그녀는 좌절한 듯 그에게서 시선을 돌렸다. 그녀는 화가 치밀어 자리에서 일어나 문으로 갔다가 잠시 후 되돌아와 등잔 옆에서 걸음을 멈췄다. 그녀의 아름다운 몸매가 하늘하늘한 옷을 통해 드러났다. 그녀는 그의 평화로운 눈을 들여다보다가 절망에 빠졌다.

"왜 나를 구해 줬어?"

"나는 누가 됐든 고통스러워하는 것을 견딜 수가 없어요."

그녀는 화가 치밀어 날카롭게 말했다.

"그래서 나와 결혼한 거야? 그 이유 하나로!"

"다시는 화내지 말아요." 그는 희망을 담아 말했다.

"나는 네가 나를 사랑하는 줄 알았어." 그녀는 후회스러운 듯 입술을 깨물며 낮은 목소리로 말했다.

"야스미나, 나는 당신을 사랑해요." 그는 순박하고 진지하게 말했다.

그녀의 눈은 놀라 반짝였고 그녀는 "정말?"이라고 중얼거렸다.

"네, 이 동네에서 내가 사랑하지 않는 건 하나도 없어요."

그녀는 낙담해서 탄식하고 의심스러운 눈으로 그를 빤히 쳐다보았다.

"알겠어. 너는 내 옆에서 몇 달 지내다가 얼마 안 있어 나와 이혼할 테지."

그의 눈이 휘둥그레 커졌다.

그리고 그는 중얼거리듯 말했다. "더 이상 예전처럼 생각하지 말아요."

"진짜 너는 나를 헷갈리게 해. 너는 나를 위해 뭘 해 줄 수 있는데?"

"진정한 행복이요."

그녀는 격분했다.

"나는 너를 만나기 전에도 때때로 행복했어!"

"존중받지 못하면 행복도 없어요."

그녀는 자신도 모르게 웃었다.

"존중 한 가지로 절대 행복해질 수 없어."

"우리 동네 사람들은 아무도 진정한 행복을 몰라요."

그의 목소리가 슬퍼 보였다. 그녀는 무거운 발걸음으로 침대로 가 끄트머리에 털썩 주저앉았다. 그는 그녀에게 다가가 다정하게 말했다.

"당신도 우리 동네 사람들처럼 잃어버린 재산만 생각하는군요!"

그녀는 화가 나 얼굴이 일그러졌다.

"하느님께서 내가 너의 수수께끼 같은 말을 이해할 수 있게 해 주시면 좋겠어."

"그런 것들은 당신이 악령에서 벗어나면 저절로 풀려요."

"나는 지금의 내가 좋아." 그녀는 예민하게 언성을 높였다.

"쿤피스나 다른 사람들이 말하는 것처럼 말하네요!" 그는 슬프게 말했다.

그녀는 힘들게 숨을 내쉬고 "아침까지 이렇게 이야기할 거야?"라고 물었다.

"자요. 좋은 꿈 꿔요!"

그녀는 똑바로 누워 자신 옆의 빈자리와 그의 두 눈을 번갈아 바라보았다.

"편히 쉬어요. 나는 소파에서 잘게요."

그녀는 터져 나오는 웃음을 참으려 했지만 오래 참지 못했다. 그녀는 비웃었다.

"내일 아침 너의 엄마가 지나치게 행동하지 말라고 경고하러 올까 두려운데!"

그녀는 부끄러워하는 그의 얼굴을 보고 싶어 바라보았지만, 그는 고요하고 맑은 눈으로 그녀를 마주보았다.

"당신의 악령으로부터 당신을 자유롭게 해 주고 싶어요!"

"여자의 일은 여자에게 맡겨." 그녀는 화가 나 소리쳤다.

그녀는 벽을 보고 돌아누웠다. 그녀의 가슴은 시름과 노여움으로 활활 타들어 갔다. 리파아가 일어나 등불의 심지를 줄이고 입김으로 불을 껐다. 세상이 어둠에 묻혔다.

53

결혼식을 올린 다음 날부터 변치 않고 리파아의 일상은 바쁘게 돌아갔다. 그는 가게에는 거의 나가지 않았다. 아버지의 사랑과 연민이 없었다면 그는 생계를 꾸릴 수 없었다. 그는 자발 구역 사람을 만날 때마다 자신을 믿고 악령을 떨쳐 버리면 꿈에도 생각하지 못했던 행복을 느낄 것이라고 호소했다. 사람들은 샤피이의 아들 리파아가 머리가 이상해지더니 드디어 미친 것 같다고 수군거렸다. 그렇게 된 것이 그의 기이한 행동에서 연유한다는 사람들도 있었고 야스미나 같은 여자와 결혼을 했기 때문이라고 말하는 사람들도 있었다. 사람들은 카페에서, 집에서, 손수레 주위에서, 그리고 해시시 소굴에서 그런 이야기를 계속했다. 비카티르하 어머니는 리파아가 예전처럼 머리를 숙이고 그녀의 귀에다 다정하게 소곤대자 깜짝 놀랐다.

"왜 아주머니의 영혼을 제가 깨끗하게 씻어 주도록 허락하지 않으세요?"

"내게 악령이 있는지 네가 어떻게 아니? 너를 자식처럼 아끼는 여자를 이렇게밖에 생각하지 않니?" 그녀는 가슴을 손으로 치며 말했다.

"저는 제가 사랑하고 존경하는 사람들에게 봉사하고 싶을 뿐이에요. 아주머니는 미덕과 축복의 근원이세요. 그러나 환자와 거래를 하게 만드는 욕심을 버리지 않으셨어요. 만약 아주머니가 그런 주인으로부터 벗어나신다면 무보수로 좋은 일을 하실 거예요."

그녀는 웃음을 참지 못했다.

"리파아, 너는 나를 파멸시키고 싶구나! 하느님께서 너를 용서하시길!"

그녀의 이야기가 우스갯소리로 회자되다가 샤피이에게까지 전해졌다. 그는 즐겁지는 않았지만 웃었다.

"아버지, 아버지도 제 도움이 필요하세요. 아버지부터 치료를 시작하는 게 아들의 도리예요."

샤피이는 비통하게 고개를 젓고 자신이 얼마나 화가 났는지 여실히 드러나게 힘을 가해 세게 못질을 시작했다.

"주여, 저에게 인내심을 주소서!"

리파아가 아버지를 설득하려 하자 그는 괴로웠다.

"우리를 동네 화젯거리로 만든 것으로도 부족하니?"

리파아는 우울하게 가게 한쪽 구석에 처박혀 있었다. 샤피이가 수상하게 그를 눈여겨보고 "네 엄마에게 나에게 한 것처럼 권유했니?"라고 물었다.

"어머니 역시 행복을 원치 않으세요."

리파아는 안타까운 듯 말한 후 샬둠의 카페 뒤 폐허에 있는 해시시 소굴로 갔다. 그는 화롯가에 둘러앉아 있는 샬둠, 히자지, 부르훔, 파르하트, 하누라, 자이투나를 보았다. 그들은 그를 신기하게 올려다보았다.

"어서 와, 샤피이 아들. 결혼하더니 해시시 맛을 알게 되었냐!" 샬둠이 말을 걸었다.

리파아는 작은 과자 꾸러미를 테이블 위에 내려놓고 앉을 자리를 찾으며 말했다.

"제가 자리를 함께하기 위해 선물로 이것을 갖고 왔어요."

샬둠이 담뱃대를 돌리며 고맙다고 답례했다. 그러나 부르훔이 느닷없이 웃더니 가차 없이 말했다. "그런 다음 우리에게서 악령을 쫓아내기 위한 퇴마 굿을 하겠다고 우리에게 제안할걸."

자이투나는 삼켜 버릴 듯 그를 쩨려보며 코맹맹이 소리로 화를 내며 소리쳤다.

"네 마누라가 바유미라는 이름의 악마에 사로잡혀 있는데, 할 수 있다면 그녀를 그에게서 자유롭게 풀어 주지 그러냐?"

모두 어쩔 줄을 몰랐다. 그들의 얼굴에 당황한 기색이 역력했다. 자이투나는 자신의 내려앉은 코를 가리키며 말했다.

"그놈 때문에 내 코가 사라졌어!"

리파아는 화난 것처럼 보이지는 않았다. 파르하트가 그를 슬픈 듯 쳐다보았다.

"너의 아버지는 좋은 사람이고 솜씨 좋은 목수야. 그런데 너는 이런 행동으로 너의 아버지를 고통스럽게 하고 모욕을 줬어. 그리고 네 아버지가 네 결혼의 충격에서 벗어나자마자 너는 사람들을 악령한테서 구하겠다고 가게를 버리고 나왔다! 하느님께서 너를 고쳐 주셨으면 좋겠다."

"저는 아픈 게 아니라 여러분의 행복을 바랄 뿐입니다."

자이투나는 그를 노려보며 해시시를 길게 한 모금 빨고 나서 연기를 내뱉었다.

"우리가 행복하지 않다고 누가 그러던?"

"지금의 저희는 시조가 원하시는 모습이 아니에요."

"조상은 끌어들이지 말고 내버려 둬. 그런데 그분이 우리를 잊지 않고 있다는 것을 네가 어떻게 알아?" 파르하트가 웃으며 말했다.

자이투나는 화가 나 얕잡아 보는 듯한 눈길로 노려보았다. 그러자 히자지가 그를 발로 차면서 경고했다.

"이 모임을 존중해라. 적대적 행동은 꿈도 꾸지 마!"

그는 분위기를 바꾸고 싶어 고개를 끄덕이며 친구들에게 특정한 신호를 보냈다. 그러자 모두 노래를 부르기 시작했다.

내 임의 배가 물살을 가르며 온다.
돛들이 정말로 슬프게 물 위에 걸려 있다.

그 가운데 몇몇이 그를 딱하게 쳐다보며 그 자리를 떠났다. 그는 몹시 낙담해서 집으로 돌아왔다. 야스미나가 평온한 미소로 맞이해 주었다. 처음에 야스미나는 그에 이어 그녀를 우스갯소리로 만든 그의 행실을 꾸짖었지만 절망하여 그조차 포기했다. 그녀는 어떤 식으로 끝나게 될지 모르는 그 같은 생활을 견디고 리파아를 정답고 상냥하게 대했다. 노크 소리가 나고 곧바로 자발 구역의 수장 쿤피스가 허락도 구하지 않은 채 집 안으로 들어왔다. 리파아가 그를 맞으러 일어나자 쿤피스는 억센 손으로 성난 개가 무는 것처럼 그의 어깨를 꽉 잡았다. 그는 단도직입적으로 리파아에게 물었다.

"샬둠의 해시시 소굴에서 재산에 관해 뭐라고 말했나?"

야스미나는 얼굴에서 핏기가 사라질 정도로 하얗게 공포에 질렸다. 그러나 리파아는 독수리 발톱에 눌린 참새처럼 움츠러들었지만 차분히 대답했다.

"우리 시조는 우리가 행복하길 바란다고 말했습니다."

쿤피스는 그를 우악스레 흔들며 "네가 그걸 어떻게 알아?"라고 말했다.

"그건 그분이 자발에게 하신 말씀 가운데 하나입니다."

"사실 그분이 재산에 관해 자발에게 이야기했었지." 쿤피스는 더욱 세게 그의 어깨를 잡고 말했다.

리파아는 고통을 참느라 기진맥진했다.

"재산은 제게 아무 의미가 없습니다. 제가 아직 누군가를 위해 이루지 못한 행복은 재산이나 술, 해시시에서 얻는 것이 아닙니다. 저는 자발 구역 어디에서나 그런 이야기를 했고 모두들 제가 그렇게 이야기하는 것을 들었습니다."

쿤피스는 다시 리파아를 흔들었다.

"네 아버지가 전에 끔찍하게 말을 안 듣다 뉘우쳤어. 경고하는데 아버지 닮지 마라. 그렇지 않으면 내가 너를 빈대처럼 죽여 버릴 테다."

그가 밀치는 바람에 리파아는 소파 위로 벌렁 나가떨어졌다. 쿤피스가 나가자 야스미나가 리파아에게 달려와 위로하고, 고통으로 머리를 기대고 있던 그의 어깨를 주물러 주었다. 정신을 잃은 듯하던 그가 혼잣말을 하듯 중얼거렸다.

"나는 정말로 할아버지의 목소리를 들었어."

그녀는 겁도 나고 가엾어서 그의 얼굴을 살펴보았다. 그러고는 그가 정말 의식을 잃은 것은 아닐까 하고 생각했다. 그녀는 그가 했던 말을 되풀이하지 않았지만 전에 느껴 보지 못했던 불안과 근심에 사로잡혔다. 어느 날 그가 집을 나서는데 자발 구역 사람이 아닌 한 여자가 길을 가로막으며 "안녕하세요, 리파아 선생님."이라고 간절하게 말했다.

그는 자신의 이름 앞에 붙인 '선생님'이란 호칭과 존경 어린 어투에 놀라 그녀에게 물었다.

"무엇을 원하십니까?"

"악령이 깃든 아들이 있어요. 제발 구해 주세요."

그녀가 애원했다. 모든 자발 구역 사람처럼 그도 동네 사람들을 얕보았다. 그래서 그들이 자신을 더욱 무시할까 봐 그 여자를 도와 주는 것이 내키지 않았다.

"동네에 다른 퇴마사는 없나요?"

"아니요. 그렇지만 저는 돈이 없어요."

그녀는 울면서 말했다. 집안사람들로부터 모욕과 조롱만 받아 온 리파아는 그녀가 자신에게 매달리자 동정심이 생겼다. 그는 그녀를 결연히 바라보며 "좋습니다. 그렇게 하죠."라고 말했다.

54

야스미나는 창밖의 새로운 경치를 즐기며 동네를 굽어보았다. 집 앞에서는 사내아이들이 놀고 있었고 과일 장수가 소리치고 있었다. 그때 바티카가 한 남자의 멱살을 붙잡고 따귀를 때리고 있었다. 남자는 애걸했지만 소용이 없었다.

소파에 앉아 발톱을 깎던 리파아가 그녀에게 "새 집이 마음에 들어요?"라고 묻자 그녀는 그를 향해 돌아서며 말했다. "여기서는 동네가 다 내려다보여. 거기서는 늘 어두운 낭하만 보였는데."

"그 낭하가 우리를 위해 남아 있으면 좋겠어요. 정말 축복받은 낭하거든요. 그곳에서 자발이 적에게 승리를 거두었어요. 그러나 우리가 하는 모든 일을 비웃는 사람들과 어울려 계속 사는 건 불가능했어요. 여기, 가난한 사람들은 좋은 사람들이에요. 좋은 사람이 자발 구역 사람보다 훨씬 중요해요." 그가 슬프게 말했다.

"나는 그들이 나를 내쫓기로 작정한 다음부터 줄곧 그들을 증오했어." 야스미나가 모멸 차게 말했다.

리파아가 웃으며 물었다.

"그런데 왜 이웃에게 자발 구역 사람이라고 말해요?"

그러자 그녀는 새하얀 치아를 드러내 활짝 웃고 자랑했다.

"그래야 그들이 내가 그들보다 나은 사람이라는 걸 알지."

그는 손톱깎이를 소파 위에 놓고 두 다리를 매트 위에 내려 놓았다.

"그런 허위의식을 버릴 때 당신은 더욱 아름답고 훌륭한 사람이 될 거예요. 자발 구역 사람들이 우리 동네에서 제일 선량한 사람들은 아니에요. 제일 선량한 사람들은 가장 친절한 사람들이에요. 나도 종종 당신처럼 실수를 해요. 자발 구역 사람들에게 각별한 관심을 가졌죠. 그러나 행복이란 진정으로 그것을 추구하는 사람만이 누릴 수 있는 거예요. 선량한 사람들이 어떻게 나에게 와서 악령에서 벗어나는지 봐요."

"이곳 사람들은 모두 돈을 받고 일하는데 유일하게 너만 공짜야!"

그녀가 힐난했다.

"내가 아니면 저 가난한 자들을 치료해 줄 사람이 없어요. 치료를 받을 수는 있지만 치료비를 낼 수 없어요. 나는 그들을 알기 전까지는 친구란 존재를 몰랐어요."

그녀는 말다툼을 더 이상 하지 않고 화난 표정을 지었다.

"그럴 리 없겠지만 당신이 그들처럼 나를 따른다! 그러면 행복한 생활을 방해하는 것으로부터 당신을 벗어나게 해 줄 수 있는데요."

그러자 그녀는 화를 냈다.

"내가 그 정도로 너를 성가시게 해?"

"사람들 중에는 자기도 모르는 사이에 악령을 사랑하게 되는 사람들이 있어요."

"나를 두고 그런 이야기를 하다니 정말 가증스러워!"

그녀가 발끈해서 언성을 높였다. 그가 미소를 지었다.

"역시 당신은 자발 구역 사람다워요. 그 사람들은 모두 나의 처방을 따르려고 하지 않거든요. 심지어 나의 아버지도 그렇죠!"

문 두드리는 소리가 났다. 그들은 새로운 손님이 왔다는 것을 알았다. 리파아가 손님 맞을 준비를 했다.

사실 리파아의 인생에서 요즘처럼 행복한 날은 없었다. 새로 이사한 구역에서는 '리파아 선생'으로 불렸다. 그들은 그를 진심으로 존경해서 그렇게 불렀다. 그는 오로지 하느님의 뜻에 따라 대가를 받지 않고 악령을 내쫓고 건강과 행복을 주는 사람으로 여겨졌다. 이런 행동은 그 이전에 누구에게서도 보지 못했던 순수한 행동이었다. 그런 연유로 가난한 사람들은 전에 누군가를 사랑한 적이 없었던 것처럼 그를 사랑했다. 자연히 그 구역의 보호자인 수장 바티카는 그를 좋아하지 않았다. 그것은 그가 선량한 행동을 하고 보호 명목의 돈을 낼 능력이 없었기 때문이기도 했고, 동시에 그를 적대시할 만한 핑곗거리를 찾지 못했기 때문이기도 했다. 그의 손으로 치유된 사람들은 모두 그에 대한 이야기를 되풀이했다. "신경 발작이 일어나면 자식을 깨물던 다우드 엄마가 최근에는 정신적으로 건강하고 평온한 사람의 본보기가 됐어."라거나 "싸움을 걸거나 말다툼하는 게 유일한 취미였던 시나라가 태도도 점잖아지고 온순해져 평화의 화신이 됐어."라거나 "소매치기 툴바가 진실로 뉘우치고 대장장이의 견습공으로 일해."라거나 "우와이스가 개과천선하고 결혼을 했어."라는 이야기가 회자되었다.

리파아는 자신이 고쳐 준 사람들 가운데 자키, 후사인, 알리, 카림, 이렇게 네 명과 형제처럼 지냈다. 그들 역시 그를 알기 전까지 우정도 사랑도 몰랐더랬다. 자키는 난봉꾼이었고 후사인은 지독한 아편 중독자였고 알리는 깡패였고 카림은 뚜쟁이였다. 그들 모두 마음씨 고운 남자들로 변했다. 그들은 맑은 공기와 탁 트인 사막에 있는 힌드 바위에서 만나곤 했다. 그곳에서 그들은 행복하고 사랑이 넘치는 이야기를 주고받으며 자신들을 고쳐 준 친구를 충성과 사랑이 넘치는 눈으로 바라보았다. 그들 모두 마을을 날개로 감싸 줄 행복을 꿈꾸었다. 어느 날 리파아가 친구들과 함께 해 질 녘 정적 속에서 붉게 타는 저녁노을을 바라보며 물었다.

"우리가 왜 이렇게 행복한지 알아?"

"너, 네가 바로 우리 행복의 비결이야." 후사인이 신이 나 대답했다.

"아니! 우리가 악령으로부터 벗어나 사람들을 좀먹는 증오, 탐욕, 반감, 그리고 사악함에서 순화된 덕분이지."

그가 고맙다는 뜻으로 웃으며 말하자, 알리가 그의 말에 힘을 실었다.

"우리가 재산이나 보호자를 가질 팔자도 못 되는 힘없는 가난뱅이지만 행복해."

리파아는 슬프게 고개를 저었다.

"사람들이 잃어버린 재산과 맹목적인 힘 때문에 정말이지 큰 고통을 받고 있어. 우리 함께 재산과 수장을 저주하자!"

그러자 모두 앞다투어 저주를 퍼부었다. 알리는 돌을 하나 집어 온 힘을 다해 산을 향해 던졌다. 리파아가 말을 이었다.

"이야기꾼들이 자발라위가 자발에게 그의 집안사람들의 마당이 있는 공동 주택을 대저택과 비슷하게 웅장하고 아름다운 집으로 지으라고 요구했다는 이야기를 한 다음부터 사람들은 자발라위의 힘과 영화를 탐냈어. 그들은 자발라위의 다른 우월한 면모를 망각한 거지. 그렇기 때문에 자발이 재산 소유권을 사람들에게 갖게 했어도 그들을 변화시킬 수 없었던 거야. 그가 죽고 나서 힘 있는 자들이 강탈하자 힘없는 자들은 원한을 품고 다시 불행하게 됐어. 그런데 나는 말이야, 재산도 권력도 권위도 없이 행복의 문을 열고 있어."

카림이 그를 껴안고 얼굴에 입을 맞추었다.

"그리고 언젠가 힘 있는 자들이 힘없는 자들이 행복하다는 것을 느끼게 되면 그들은 자신들의 힘과 권위와 빼앗은 돈이 아무것도 아니라는 것을 깨닫게 될 거야."

친구들의 입에서 찬사와 애정이 넘치는 말들이 쏟아졌다. 사막 저 먼 곳으로부터 양치기의 노랫소리가 바람에 실려 왔다.

별 하나가 하늘에서 반짝였다. 리파아는 친구들의 얼굴을 살펴보며 말했다.

"나 혼자서는 우리 동네 사람들을 치유할 수 없어. 너희들이 병든 이들을 악령에서 구할 수 있는 비법을 배워 직접 그들을 치유할 때가 됐어."

그들의 얼굴에 기쁨이 넘쳐 났다.

"우리가 열렬히 원하던 바야." 자키가 큰 소리로 말했다.

그는 친구들에게 미소를 지어 보였다.

"너희들은 우리 동네의 행복을 여는 열쇠가 될 거야."

그들이 동네로 돌아왔을 때 동네는 누군가의 결혼식 불빛으로 환하게 빛나고 있었다. 많은 사람이 리파아가 오는 것을 보고 그에게 악수를 청했다. 카페에 앉아 있던 바티카는 화가 나 저주하고 욕을 하며 자리를 박차고 나와 이 사람 저 사람 닥치는 대로 뺨을 때렸다. 그러고는 리파아에게 뻔뻔스럽게 물었다.

"야, 너는 대체 뭐하는 놈이냐?"

"가난한 사람들의 친구죠." 리파아가 부드럽게 대답했다.

"그럼, 신랑이 아니라 가난뱅이처럼 굶며 다녀. 구역에서 쫓겨난 야스미나의 서방이자 어리석은 퇴마사란 걸 잊었어?"

그는 고래고래 소리를 질렀다. 그러고는 거칠게 침을 뱉었다. 사람들이 뿔뿔이 흩어졌고 분위기가 침울해졌다. 결혼식에 참석한 여자들이 질러 대는 환성에 묻혀 아무 소리도 들리지 않았다.

55

동네의 보호자인 수장 두목 바유미가 자신의 집 정원 후문 뒤에 서 있었다. 그의 집은 사막 쪽으로 탁 트인 곳에 있었다. 때는 초저녁이었다. 남자는 귀를 세우고 기다리고 있었다. 가볍게 손가락으로 문 두드리는 소리가 나자 그가 문을 열어 주었다. 정원 안으로 한 여인이 몰래 들어왔다. 그녀는 어둠 속에서 눈에 띄지 않게 얼굴을 검정색 니깝으로 가리고 검정색 밀라야를 걸치고 있었다. 그는 그녀의 손을 잡고 집 안채를 피해 정원의 오솔길을 통해 응접실에 도착했다. 그가 문을 열고 들어가자 그녀도 그의 뒤를 따라 들어갔다. 그는 촛불을 켜서 창가에 올려놓았다. 그러자 빈 공간이 마치 없는 듯했다. 방석과 쿠션으로 꾸민 긴 좌식 의자가 벽을 따라 빙 둘러 놓여 있었고 방 한가운데 커다란 쟁반이 있었다. 쟁반 가운데에는 나르질라가, 그리고 방석 위에는 담배와 해시시를 피우기 위한 도구들이 놓여 있었다. 그녀는 밀라야와 니깝을 벗었다. 바유미는 그녀를 뼈가 으스러질 정도로 꼭 껴안았다. 그녀는 아프니 풀어 달라는 애처로운 눈길을 보내고 날렵하게 그에게서 빠져나왔다. 그는 조용히 웃으며 의자 위에 앉았다. 그는 불씨가 남아 있는 숯이 나올 때까지 부지깽이로 화로 속의 잿더미를 뒤적거렸다. 그녀는 그의 옆에 앉아 그의 귀에 입을 맞추고 화로를 가리키며 말했다.

"이 냄새를 하마터면 잊을 뻔했어요."

그는 그녀의 뺨과 목에 키스를 퍼붓고 해시시 한 덩이를 그녀의 무릎 위에 던졌다.

"이 동네에서 관재인과 당신을 빼고 이런 해시시를 피우는 사람은 없어요."

동네 한복판에서 격렬히 싸우는 소리가 들려왔다. 욕설이 오가고 몽둥이가 부딪치고 유리가 깨졌다. 달아나는 발걸음 소리, 여자들의 고함 소리, 개들이 짖어 대는 소리가 연이어 들려왔다. 여자는 불안한 눈으로 물었다. 그러나 남자는 아랑곳하지 않고 해시시를 조각내기 시작했다.

"여기까지 오는 게 얼마나 힘들었는지 아세요! 사람들의 시선 때문에 동네에서 나와 알자말리야로, 알자말리야에서 알디라사로, 알디라사에서 사막을 거쳐 당신의 집 뒷문에 도달할 수 있었어요."

그는 손놀림을 멈추지 않고 그녀에게 기대어 그녀의 겨드랑이 냄새를 기분 좋게 맡았다.

"내가 너희 집으로 가도 되는데."

그녀는 웃으며 대꾸했다.

"그렇게 하셔도 그 겁쟁이들은 아무도 당신을 막지 못할 거예요. 바티카조차 당신을 위해 길에 모래를 뿌릴걸요. 그들은 나에게만 화풀이를 할 거예요."

그녀는 그의 짙은 콧수염을 만지작거리며 농담을 건넸다.

"당신도 부인이 무서워 응접실로 몰래 들어왔잖아요."

그러자 그는 하던 일을 그만두고 한 팔로 그녀를 감아 신음 소리가 날 정도로 꽉 껴안았다.

"하느님, 수장들의 애착에서 저희를 보호해 주세요!" 그녀가 속삭였다.

그는 수탉처럼 고개를 들고 가슴을 내밀며 그녀를 놓아주었다.

"보호자는 하나뿐이야. 나머지는 애송이들이야."

그녀는 풀어 헤친 질밥의 앞섶 사이로 삐져나온 가슴 털을 만지작거렸다.

"다른 사람들에게 보호자이지 나에게는 아니에요."

"너는 수장 머리 꼭대기의 왕관이야." 그는 그녀의 가슴을 살짝 꼬집으며 말했다.

그는 쟁반 뒤로 손을 뻗어 주전자를 집어 들고 "기막힌 술이야!"라고 말했다.

"이건 냄새가 너무 독해서 사랑스러운 남편이 눈치채겠는데요." 그녀는 유감스럽게 말했다.

그는 주전자째 들이마시고 잘라 놓은 해시시를 가지런히 놓으면서 인상을 썼다.

"남편은 무슨! 나는 그놈이 미치광이처럼 헤매고 다니는 것을 몇 번 봤어. 이 기괴한 동네에서 처음 탄생한 남자 퇴마사야."

그녀는 그가 해시시를 피우는 것을 지켜보았다.

"생명의 은인인 그에게 마음의 빚이 있어요. 그래서 참고 살아요. 그는 남을 해칠 사람은 아니에요. 그를 속이는 것보다 더 쉬운 것도 없어요."

그가 그녀에게 담뱃대를 주자 그녀는 그것을 입에 꽉 물고 게걸스럽게 연신 들이마셨다. 잠시 후 그녀는 눈을 감고 취해 몽롱한 상태로 연기를 내뿜었다. 그의 차례가 돌아오자 그는 해시시를 뻐끔뻐끔 피우면서 연기를 내뿜을 때마다 말을 내뱉었다.

"그를 떠나……. 그놈은 갖고 놀아……. 너를……. 장난……. 어린애들……."

그녀는 비웃듯이 어깨를 으쓱였다.

"남편은 이 세상에서 오로지 가난뱅이들을 악령에서 구원하는 일만 해요."

"너는? 그놈을 아직 구원해 주지 않았어?"

"그런 일은 절대로 있을 수 없어요! 그의 얼굴을 한 번 보면 말이 필요 없게 돼요."

"한 달에 한 번도 아니지!"

"심지어 일 년에 한 번도 없어요. 다른 사람들의 악령 때문에 어찌나 바쁜지 자신의 아내를 위한 시간은 없어요."

"그럼 그놈에게 악령이 들게 해. 그런데 그 일을 하면 그놈은 무슨 이익을 얻는데?"

그녀는 어리둥절해서 고개를 저었다.

"아무것도 없어요. 그의 아버지가 없었다면 우리는 굶어 죽었을 거예요. 그는 자신이 가난뱅이들을 행복하게 해 주고 깨끗하게 치유해 줄 책임을 지고 있다고 믿고 있어요."

"누가 그놈에게 그런 책임을 지웠대?"

"그는 이 일이 자발라위가 그의 후손들을 위한 것이라고 말해요."

바유미의 실눈에서 흥미로운 기색이 역력했다. 그는 담뱃대를 나르질라에 올려놓으며 물었다.

"자발라위가 그것을 원한다고 그놈이 말했단 말이지?"

"예."

"자발라위가 원한다고 어떤 놈이 알려 줬대?"

그녀는 난처하고 불안했다. 그녀는 분위기가 깨질까 봐, 아니 심각한 일이 생길까 봐 겁이 덜컥 났다.

"카페의 이야기꾼들이 들려주는 자발라위의 말들을 그는 그런 뜻으로 받아들여요."

그는 다시 해시시 조각들을 일렬로 놓으면서 말했다.

"빌어먹을 동네! 자발 구역이 가장 더러워. 제일 악랄한 사기꾼들은 다 그곳에서 나오지. 그놈들은 자발라위가 마치 자기들만의 조상이나 되는 것처럼 열 가지 조건과 재산에 관해 이상한 말들을 퍼뜨리거든. 과거엔 그놈들의 사기꾼 자발이 재산을 도둑맞았다는 거짓말을 하더니, 오늘날에는 그 병신 같은 놈이 이해할 수 없는 말로 설명을 하네. 앞으로는 그놈이 자발라위한테서 직접 들었다고 주장하겠지."

그녀는 꺼림칙했다.

"그는 오직 악령에게서 가난뱅이들을 구원하려고 해요."

"누군가가 우리에게 알려 준다, 그러면 아마 재산에 악령이 붙었겠지!"

그렇게 그는 빈정대며 콧방귀를 뀌고는 밀회가 들통 날 정도로 큰 소리로 말했다.

"자발라위는 죽었어. 아니 죽은 거나 다름없어. 개새끼들!"

야스미나는 불안해졌다. 그녀는 좋은 분위기를 망치고 어렵게 마련한 기회를 놓치지나 않을까 겁이 났다. 그녀는 손을 옷섶으로 가져가 느릿느릿 옷을 벗었다. 찌푸렸던 그의 얼굴 표정이 환하게 밝아졌고, 그는 곧바로 달려들 기세의 이글이글 타는 눈으로 그녀를 바라보았다.

56

풍성한 아바가 관재인 이합을 더 왜소하게 보이게 했다. 방탕한 생활의 흔적으로 짙게 팬 눈가 주름과 피로가 겹겹이 쌓인 듯 푹 꺼진 눈꺼풀, 그리고 침침한 눈으로 나이보다 겉늙은 그의 하얗고 동그란 얼굴에는 불안한 기색이 역력했다. 살집 좋은 얼굴을 한 바유미는 불안한 표정의 관재인을 보고 속으로 쾌재를 불렀지만 겉으로는 내색하지 않았다. 관재인이 불안해하는 것으로 보아 수장 두목 바유미가 전한 소식이 중요한 것이 틀림없었고, 이어서 관재인과 재산 관리를 위해 충실히 임무를 수행하는 그의 역할이 중요하다는 것도 짐작케 했다.

"이런 소식으로 심려를 끼쳐 죄송합니다. 재산에 관한 한 나리께 여쭈어 보지 않고 제 마음대로 처리할 수도 없고, 또 한편으로는 이 어리석은 말썽꾼이 바로 자발 구역 사람이라서요. 그리고 저희들끼리 나리의 허락 없이는 서로 털끝 하나 건드리지 않기로 약속을 했습니다."

"그놈이 정말로 자발라위와 만났다고 우겼나?" 관재인 이합이 침울한 표정으로 물었다.

"여러 소식통을 통해 들었는데 확실합니다. 그놈의 환자들이 입을 굳게 다물고 있지만 그것을 믿고 있는 눈치입니다."

"자발이 사기꾼이었던 것처럼 그놈은 미쳤을 거야. 이 추악한 동네 사람들은 미친놈과 사기꾼을 유독 좋아하는군. 소유권도 없이 재산만 빼앗고 나서 자발 구역 놈들은 무엇을 하겠다는 거야. 왜 자발라위는 자발 구역 사람이 아닌 다른 사람은 만나지 않는 거야? 왜 그는 누구보다도 가까운 사람인 나를 만나지 않는 건지? 그는 방 안에 틀어박혀 꼼짝달싹하지 않고 그 집 대문은 필요한 물품들이 들고날 때만 열리는 건지? 하녀 외에는 아무도 그를 보지 못할 따름인데, 어떻게 그렇게 쉽게 자발 구역 놈들은 그를 만나거나 그의 목소리를 듣는지."

바유미는 증오심으로 약이 올랐다.

"그놈들은 재산을 전부 차지할 때까지 만족 못 할 겁니다."

관재인은 분노로 하얗게 질린 얼굴로 명령을 내리려 자리에서 벌떡 일어나려다 마음을 바꾸고 물었다.

"그놈이 재산에 관해서 말을 했나, 아니면 악령을 쫓는 일만 전념하겠다고 하던가?"

"뱀을 쫓아내는 일에 몰두했던 자발처럼 말씀입니까? 자발라위와 악령이 무슨 관계가……?" 그는 마땅찮아 이죽거렸다.

"나는 아판디가 당한 것 같은 그런 끔찍한 화를 입고 싶지 않아." 이합은 단호하게 말하며 자리에서 일어섰다.

바유미는 자비르, 한두사, 칼리드, 바티카를 그의 해시시 소굴로 불러 그들에게 목수 샤피이의 아들 리파아의 광기를 치유할 방법을 찾으라고 말했다.

"두목님, 그것 때문에 저희를 이곳으로 부르셨습니까?" 바티카가 찌르퉁하여 있다가 말했다.

바유미가 그렇다고 고개를 끄덕이자 바티카는 손뼉을 한 번 부딪히고 언성을 높였다.

"허, 그것 참! 동네의 수장들이 남자도 여자도 아닌 것 때문에 모이다니!"

바유미가 경멸에 찬 눈길로 그를 바라보았다.

"그놈이 바로 네 코앞에서 활개를 치고 돌아다니는데 너는 어떤 위험도 감지 못 했어. 물론 너는 그놈이 자발라위와 만났다고 주장하는 소리도 들어 본 적이 없겠지?"

그들은 자욱한 연기 사이로 분노로 타오르는 시선을 주고받았다.

"개새끼! 자발라위와 악령이 무슨 관계가 있다고? 우리 선조가 무당이었나?" 바티카가 어이가 없다는 듯 말했다.

그들 모두 실실대다가 오만상을 찌푸린 바유미의 얼굴을 보고 이내 웃음을 멈추었다.

"바티카, 너는 마약 중독자야. 수장이 술에 취하고 해시시를 피울 수는 있지만 코카인에 중독되면 안 돼."

"두목님! 안타르 결혼식에서 남자 스무 명에게 표적이 되어 몽둥이세례를 받고 얼굴이 피범벅이 되었어도 저는 제 몽둥이를 손에서 놓지 않았습니다." 바티카가 변명하듯 말했다.

"그 일은 바티카가 알아서 처리하도록 맡겨 두시죠. 그러지 않으면 그의 체면이 땅에 떨어지게 됩니다. 바티카가 그 미친 놈을 공격하지 않고 처리하는 길을 찾아내야 할 텐데요. 그런 놈을 공격하는 건 저희들의 권위를 실추하는 일밖에 안 됩니다." 한두사가 간곡하게 당부했다.

동네는 이미 고요히 잠들어 아무도 바유미의 해시시 소굴에서 벌어진 일을 알지 못했다. 다음 날 아침 리파아가 집 밖으로 나가다가 길에서 바티카와 마주쳤다.

"안녕히 주무셨습니까?"

남자는 증오의 눈빛으로 리파아를 쏘아보았다.

"재수가 옴 붙었네. 집으로 돌아가 꼼짝 말고 처박혀 있어. 그러지 않으면 내가 너의 머리통을 박살 낼 테다."

"무슨 일로 수장님께서 화가 나셨습니까?" 리파아가 놀라서 물었다.

"너는 지금 자발라위가 아닌 바티카에게 이야기하고 있는 거야. 꾸물거리지 말고 썩 꺼져!"

리파아가 대꾸하려는 순간 바티카가 그를 확 잡고 벽으로 밀어붙였다. 그 장면을 목격한 한 여자가 온 동네가 떠나가도록 비명을 질러 댔다. 그러자 다른 여자들도 합세했다. 여기저기서 리파아를 살려 달라고 도움을 청하는 소리가 터져 나왔다. 삽시간에 사람들이 몰려들었다. 그들 가운데 자키, 후사인, 카림이 있었고, 곧이어 샤피이가 오고 이야기꾼 자와드가 지팡이로 길을 더듬으며 왔다. 금방 그곳은 남녀 가릴 것 없이 리파아를 사랑하는 인파로 북적거렸다. 바티카는 예상치 못한 일이 벌어지자 무척 당황한 듯했다. 그는 손을 높이 들었다가 리파아의 얼굴을 내리쳤다. 리파아는 방어도 하지 않고 맞았다. 그곳에 있던 사람들은 불안하고 걱정이 돼 소리를 질렀다. 곧 그곳은 흥분의 도가니로 변했다. 바티카에게 리파아를 내버려 두라고 간청하거나 리파아의 선행과 덕을 찬양하는 사람들도 있었다. 어떤 이는 그에게 왜 폭력을 쓰냐고 묻기도 했다. 바티카에게 항의하는 목소리가 커졌다. 바티카는 불같은 분노가 끓어올랐다.

"너희들은 내가 누군지 잊은 거냐?"

사실 무의식적으로 그곳에 모이게 한 리파아에 대한 그들의 무한한 사랑이 바티카의 경고에 과감히 도전하게 했던 것이다. 맨 앞줄에 서 있던 사람이 나섰다.

"우리의 보호자이자 수장님에게 간청합니다. 이 착한 사람을 제발 놓아주세요."

무리 한가운데 있던 남자가 수적으로 우세한 무리의 힘을 빌려 그 자리에서 목소리를 냈다.

"당신은 우리의 수장이시고 저희는 당신에게 복종합니다. 그런데 리파아가 대체 무슨 짓을 저질렀습니까?"

맨 뒤쪽에 있던 한 남자는 자신이 바티카의 눈에 띄지 않는다는 것을 확신하고 "리파아는 천진무구한 사람이라 그를 해치는 놈에게는 화가 미칠 거야!"라고 소리를 질렀다.

바티카는 분노가 폭발해 몽둥이를 높이 치켜들고 소리쳤다.

"계집애 같은 놈들! 내 본때를 보여 주고 버르장머리를 단단히 고쳐 주마!"

여자들이 곳곳에서 흐느껴 울어 마치 장례식장 같았다. 분노한 사람들의 입에서 피를 부르는 말들이 터져 나왔다. 바티카가 다가오는 것을 막기 위해 사람들은 그의 발밑으로 돌을 던지기 시작했다. 그는 그동안 한 번도 겪지 못한, 아니 악몽을 꿀 때조차 겪어 보지 못한 궁지에 몰렸다는 것을 깨달았다. 그는 다른 수장들에게 도움을 청하느니 차라리 죽는 게 낫다고 생각했다. 빗발처럼 날아드는 돌멩이들은 그의 목숨까지도 위협할 정도로 거셌다. 그는 침묵으로 아직도 자신이 이 구역의 수장이라는 것을 보여 주었고, 그의 두 눈에서는 살의가 번득였다. 돌이 계속 날아들었고 사람들은 여전히 그를 위협했다. 이런 일은 수장들에게 전무한 일이었다.

리파아가 갑자기 앞으로 나와 바티카 앞에서 걸음을 멈췄다. 그는 사람들에게 손짓을 해 그들의 흥분을 가라앉혔다.

"우리 수장님은 잘못한 게 없습니다. 잘못은 모두 제가 했습니다."

사람들은 말도 안 된다는 표정으로 한마디도 하지 않았다.

"여러분! 수장님의 노여움을 사기 전에 해산하세요."

리파아가 위기를 모면하기 위해 바티카의 체면을 차리게 해 주려 한다고 생각하고, 그 자리를 뜨는 사람들도 있었다. 또 영문을 몰라 얼떨떨했지만 무리의 뒤를 이어 그 자리를 뜨는 사람들도 있었다. 남아 있던 사람들은 바티카와 단둘이 남게 될까 두려워 서둘러 가 버렸다. 사람들이 떠난 그곳은 휑하니 텅 비었다.

57

이 사건 후 동네에는 긴장감이 더욱더 고조되었다. 관재인이 제일 두려워하게 된 것은 동네 사람들이 뭉치면 수장들에 맞서 싸울 수 있다는 것을 알게 되었다는 것이다. 그래서 그는 리파아와 그의 지지자들을 모조리 없애야만 한다고 생각했고, 전면전을 치르지 않고 이 일을 해결하려면 자발 구역의 수장 쿤피스의 동의를 얻어 내야만 했다.

"리파아는 네가 생각하는 것처럼 그렇게 약한 놈이 아니야. 그의 뒤에는 수장과 대항해 그를 구해 줄 친구들이 있어. 그의 구역에서처럼 온 동네 사람들이 그를 따르게 되면 사태가 어떻게 되겠나? 그는 악령들은 제쳐 두고 재산이 자신의 진짜 목표라고 선언하겠지." 관재인이 바유미에게 말했다.

바유미는 바티카의 어깨를 잡고 그에게 분노를 터뜨리며 세게 흔들어 댔다.

"우리가 이 일을 너 혼자에게 맡겼더니, 이게 무슨 꼴이냐? 너는 우리 모두를 망신시켰어."

"당신들을 위해서 그놈을 죽여서라도 그놈을 이곳에서 제거해 버리고 말겠소." 바티카가 분노로 치를 떨며 소리쳤다.

"너의 최선책은 그놈을 이 동네에서 영원히 사라지게 하는 거야." 바유미가 소리쳤다.

바유미는 쿤피스에게 전령을 보냈다. 살아생전 처음으로 엄청난 두려움을 느낀 샤피이가 그의 앞을 가로막았다. 이미 샤피이는 크나큰 시련만 주는 그 일은 그만두고 목공소로 돌아오라고 리파아를 설득했더랬다. 그러나 그는 아들을 설득하는 데 실패하고 실망만 하고 돌아와야 했다. 소환을 받고 쿤피스가 바유미를 만나러 간다는 것을 알게 된 샤피이가 쿤피스의 앞을 가로막았다.

"쿤피스 씨, 당신은 우리의 수장이고 보호자입니다. 그들이 당신더러 리파아를 그들에게 넘기라고 하더라도 절대 그렇게 하지 말아 주세요. 명령만 내리시면 제가 그 아이를 데리고 이 동네를 떠나겠습니다. 억지로라도 데리고 갈 테니 제발 그 애를 넘긴다고 하지 마세요."

"나는 그 누구보다도 자발 구역 사람들에게 득이 되는 게 무엇인지, 그리고 내가 무슨 일을 해야만 하는지 잘 알고 있어." 쿤피스는 매우 조심스럽게 말했다.

사실 쿤피스도 바티카가 겪은 일을 들은 후 리파아 측이 두려워 그를 꺼리던 차였다. 그는 관재인과 바유미가 아니라 리파아를 조심해야 한다고 혼잣말을 했다.

쿤피스는 바유미의 집을 방문해 별채 접견실에서 그를 만났다. 바유미는 자발 구역의 수장 자격으로 쿤피스에게 리파아에 대해 동의를 얻어야 할 것이 있어 불렀다고 설명했다.

"그놈을 과소평가해서는 안 돼. 그간 있었던 일들로 보아 그놈은 영향력 있는 위험인물이야."

쿤피스는 그의 말에 동의하고 "저보다 먼저 그놈을 공격하는 사람이 없었으면 합니다."라고 간곡히 말했다.

"우리는 사나이야. 관심사도 같고. 우리는 우리 영역에 있는 사람은 아무도 공격하지 않아. 그놈이 지금 여기로 오고 있으니 네가 들을 수 있게 네 앞에서 그놈을 심문하겠다."

리파아가 밝은 얼굴로 들어와 두 남자에게 인사를 했다. 그러고는 그들 바로 앞의 바유미가 가리키는 방석에 앉았다. 바유미는 이 온화하고 잘생긴 청년의 얼굴을 찬찬히 살펴보았다. 그는 이렇게 순하게 생긴 어린아이가 그 무서운 이변의 원인이 되었다니 그 사실을 믿을 수가 없었다.

"너는 왜 이 구역을 떠났지?"

"아무도 제 말을 들으려 하지 않아서요." 그는 간단하게 대답했다.

"너는 그들에게 무엇을 원했느냐?"

"행복을 방해하는 악령으로부터 구원하려 했습니다."

"다른 사람들의 행복을 네가 책임진다고?" 바유미는 화난 목소리로 말했다.

"예, 제가 할 수 있는 한 그렇게 할 것입니다." 리파아가 순진하고 솔직하게 대답했다.

"네가 힘과 권위를 멸시한다는 것을 사람들에게 들었다."
바유미가 오만상을 찌푸리며 말했다.

"행복은 망상 가운데 있는 것이 아니라 제가 하는 일에 존재한다는 것을 입증하기 위해서입니다."

"그 말이 힘과 권위를 가진 자들을 멸시하는 것이 아니라는 말이냐?" 그는 화를 내며 물었다.

"그렇습니다, 나리. 행복은 힘과 권위와는 다른 중요한 것입니다." 리파아는 남자의 분노에도 아랑곳하지 않고 대답했다.

바유미는 그를 뚫어지게 바라보았다.

"그게 자발라위가 원하는 것이라고 네가 말했다던데."

그의 맑은 두 눈에 근심이 서렸다.

"그들이 그렇게 말을 하는군요!"

"그러면 너는 뭐라고 말하느냐?"

그는 잠시 망설이다 말했다.

"저는 더도 덜도 아니고 제가 이해한 만큼 말합니다."

"썩어 빠진 정신은 재앙을 초래하는 화근이지." 쿤피스가 비웃었다.

바유미가 실눈을 떴다.

"듣자 하니 자발라위에게서 들은 것을 네가 그들에게 그대로 들려주었을 뿐이라고."

그의 두 눈에 당황한 기색이 역력했다. 그는 다시 잠시 망설였다.

"저는 그분이 자발과 아드함에게 하신 말씀을 그렇게 이해했습니다."

쿤피스는 소리를 지르며 버럭 화를 냈다.

"그가 자발에게 한 말은 설명할 필요 없어."

바유미는 부글부글 화가 끓어오르자 "도둑놈들! 너희 모두 거짓말쟁이야. 그리고 자발은 너희들 가운데 최초의 거짓말쟁이고."라고 혼잣말로 중얼거렸다.

"너는 자발라위의 목소리를 들었다고 말하면서 이게 자발라위가 원하는 것이냐! 자발라위의 이름을 들먹이며 그의 재산과 상속에 대해 말할 수 있는 사람은 관재인 외에 아무도 없어. 만약 자발라위가 뭔가 말하고 싶은 게 있다면 관재인에게 이야기하겠지. 관재인이 바로 그의 재산과 열 가지 조건을 이행할 책임을 위임받은 자니까. 야! 이 멍청한 놈! 어떻게 너 따위가 자발라위의 이름으로 힘과 권위와 부를 능멸할 수 있단 말이냐. 그것들은 자발라위의 속성이자 상징이야."

리파아의 해맑은 얼굴이 고통으로 보기 싫게 일그러졌다.

"저는 자발라위가 아니라 동네 사람들을 대상으로 말하고 있습니다. 그들은 악령에 사로잡힌 자들이고 또한 그들은 욕망으로 고통받는 자들입니다."

"네가 힘과 권위를 수중에 넣을 수가 없으니까 그것들을 저주하는 게로군. 우리 동네 사람들 중 바보들의 눈에도 초라해 보이는 네 지위를 동네의 세력가들보다 높게 격상시키려고 저주하는 거냐. 그들이 고분고분 말을 잘 듣게 되는 날 너는 그들을 이용해 권력과 권위를 빼앗을걸." 바유미가 소리를 질렀다.

리파아는 놀라 눈이 휘둥그레졌다.

"저의 유일한 목표는 동네 사람들의 행복입니다."

"교활한 새끼! 너는 사람들을 속여 그들이 병에 걸렸다고 믿게 만들고 그런 다음에는 우리 모두 병에 걸렸다고 믿게 하려는가 본데, 이 동네에서 너만 빼고 모두 제정신이야."

"당신들 앞에 있는 행복을 왜 그렇게 멀리하세요?"

"교활한 새끼! 너 같은 놈한테서 오는 행복이니 저주하지."

"나는 아무도 싫어하지 않는데 왜 사람들은 나를 싫어할까?" 리파아는 한숨을 내쉬며 혼잣말을 했다.

"어리석은 놈들을 기만한 것처럼 우리를 기만하지 마! 더이상 기만하지 마. 내 명령을 듣지 않으면 안 된다는 것을 명심해. 네가 내 집에 와 있다는 것을 하느님께 감사해. 그렇지 않으면 너는 무사히 밖으로 못 나가."

리파아는 절망하여 있다가 그들에게 인사를 하고 그 자리를 떠났다.

"저 녀석을 제게 맡기시죠." 쿤피스가 말했다.

"저 어리석은 놈에겐 추종자가 많아. 우리는 살육은 원치 않아." 바유미가 그를 조심시켰다.

58

리파아는 바유미의 집을 나서 자신의 집으로 향했다. 가을 안개가 하늘을 보유스름하게 덮고 산들바람이 살랑살랑 불고 있었다. 피클 만드는 철이 도래한 것을 즐기기라도 하는 듯 레몬 장수들 주변은 동네 사람들로 북적거렸다. 사람들의 웃음소리와 이야기로 시끌벅적했고 아이들은 흙을 던지며 전쟁놀이를 하고 있었다. 리파아는 동네 사람들에게 인사도 받았지만 또한 흙 세례도 받았다. 그는 집으로 돌아가 어깨와 터번에 묻은 흙먼지를 털어 냈다. 집에서 자키, 알리, 후사인, 카림이 그를 기다리고 있었다. 그들은 만날 때면 늘 그렇듯 서로를 껴안았다. 그는 동석한 아내와 그들에게 자신과 바유미와 쿤피스 사이에 있었던 일을 이야기해 주었다. 불안하고 조심스럽게 그의 이야기를 다 들은 그들 모두의 얼굴이 어두워졌다. 야스미나는 속으로 물었다. '이런 미묘한 상황으로 무슨 일이 생기면 어쩌지? 행복이 방해받지 않고 파멸에서 이 선량한 남자를 구해 낼 방법은 없는 걸까?' 그들은 서로 눈으로 묻고 있었다. 리파아는 지쳤는지 머리를 벽에 기댔다.

"바유미의 명령을 대수롭지 않게 여길 게 아니야." 야스미나가 말했다.

"리파아에게는 바티카와 싸워 이긴 친구들이 있어. 그 일로 바티카가 동네에서 모습을 감췄잖아." 그들 가운데 가장 성급한 알리가 말했다.

"바티카는 바유미가 아니야. 너희들이 바유미에게 도전하면 너희들은 세상과 작별 인사를 하게 될 거야." 야스미나가 눈살을 찌푸리며 말했다.

후사인이 리파아를 향해 "그럼, 먼저 우리 지도자의 말씀부터 들어 봅시다."라고 말했다.

"싸운다는 생각은 하지 마. 사람들을 행복하게 하려고 고군분투하는 사람은 사람들이 피를 흘리는 것을 가볍게 생각하지 않아." 리파아는 눈을 지그시 감고 말했다.

야스미나의 얼굴이 밝아졌다. 그녀는 과부가 된다는 생각만 해도 끔찍했다. 그녀는 사람들이 과부가 된 자신을 감시의 대상으로 여겨 그녀에게는 더없이 다정한 연인인 바유미를 더 이상 만나지 못하게 될까 봐 걱정이 되었던 것이다.

"가장 좋은 방법은 하지 않아도 될 그런 고생을 자초하지 않는 거야." 야스미나가 말했다.

"우리는 이 일을 포기하지 않아. 우리는 동네를 떠날 거야." 자키가 항변했다.

야스미나는 사랑하는 사람이 있는 곳에서 멀어진다는 생각에 조바심이 나 심장이 방망이질하듯 뛰었다. 그녀가 날카롭게 말했다. "우리가 동네를 등지고 실향민으로 산다고."

모두가 리파아를 향해 눈도 깜빡이지 않고 그의 얼굴을 주시했다. 그가 천천히 고개를 들었다.

"나는 동네를 떠나고 싶지 않아."

그때 다급하게 문 두드리는 소리가 났다. 야스미나가 문을 열러 갔다. 리파아와 그의 친구들은 샤피이와 압다가 아들의 안부를 묻는 것을 들었다. 리파아가 자리에서 일어나 부모님을 꼭 껴안았다. 모두가 자리에 앉자 샤피이와 압다가 숨을 가쁘게 쉬었다. 그들의 얼굴로 보아 나쁜 소식을 전하러 왔다는 것을 예감할 수 있었다.

"얘야, 쿤피스가 너를 포기했단다. 네 목숨이 위태롭게 됐어. 내 친구들이 그러는데 그의 부하들이 너의 집 주위를 에워싸고 감시하고 있대."

울어서 벌겋게 충혈된 눈에서 눈물을 훔치며 압다가 말했다. "사람 목숨을 파리 목숨처럼 가볍게 여기는 이 동네로 돌아오지 않았으면 좋았을 텐데!"

"두려워하지 마세요. 우리 이웃 모두가 든든한 친구들이에요." 알리가 흥분해서 말했다.

리파아는 한숨을 쉬며 말했다. "우리가 무슨 짓을 했다고 그런 처벌을 받아야 하나요?"

"너는 그들이 증오하는 자발 구역 사람이야. 네 입에서 자발라위란 말이 나왔을 때 겁이 나 내 심장이 얼마나 오그라들었는지 아냐?" 샤피이는 겁이 나 언성을 높였다.

"과거에는 자발이 재산을 원한다고 그와 싸우더니, 오늘은 제가 그것을 대수롭지 않게 여긴다고 저와 싸우려고 해요."

샤피이는 절망적인 손짓을 했다.

"네가 그들에 관해 뭐라 말하든 그들은 변하지 않아. 네가 집 밖으로 나가면 너는 이미 죽은 목숨이고 그렇다고 네가 집 안에 있어도 안전하지는 않다."

처음으로 카림의 가슴에 두려움이 엄습해 왔다. 그러나 그는 안간힘을 다해 내색하지 않고 리파아에게 말했다.

"집 밖에서 그놈들이 죽치고 앉아 너를 기다리고 있어. 만약 네가 계속 이곳에 있으면 그놈들이 쳐들어올 거고. 그놈들이 누군지 잘 모르겠지만 옥상으로 도망쳐 우리 집으로 가자. 거기서 우리가 무엇을 할 것인지 생각해 보자."

"거기서 야밤을 틈타 이 동네를 벗어나면 되겠구나." 샤피이가 소리쳤다.

"내가 여태까지 이루어 놓은 것들이 다 무위가 되는 거예요?" 리파아가 탄식하며 물었다.

압다가 눈물을 흘리며 호소했다. "이 어미를 가엾게 생각해서 제발 그가 하자는 대로 해라."

"원한다면 사막을 건너 네 일을 다시 해." 샤피이가 화가 나 쏘아붙였다.

"자, 어떻게 할 건지 계획을 잘 세워 보죠. 아저씨와 아주머니는 좀 더 이곳에 계시다 평소처럼 집으로 돌아가실 때 '승리의 집' 쪽으로 가세요. 야스미나는 시장을 보러 가는 것처럼 알자말리야로 갔다 돌아오면서 우리 집으로 살며시 들어오고. 그게 지붕을 타고 도망치는 것보다는 쉬울 거예요." 카림이 염려스러운 듯 말했다.

샤피이는 그 계획이 마음에 들었다.

"한시도 낭비할 시간이 없어. 나는 옥상을 살펴보고 올게." 카림이 말했다.

그가 방을 나갔다. 샤피이는 일어나 리파아의 손을 잡았다. 압다는 야스미나에게 옷 보따리를 싸라고 지시했다. 그녀는 옷가지를 주섬주섬 챙기며 가슴이 답답하고 분노가 치밀어 오름을 느꼈다. 압다는 아들에게 다가가 입을 맞추고는 눈물을 글썽거리며 무사안일을 비는 기도문을 중얼거렸다. 리파아는 슬픈 마음으로 자신의 처지를 생각해 보았다. 온 마음을 다해 사람들을 얼마나 사랑했던가! 얼마나 그들이 행복해지길 바랐던가! 그런데 어떻게 사랑하고 행복하길 바랐던 사람들의 증오로 고통을 받을 수 있단 말인가? 자발라위가 실패를 너그럽게 용서해 줄까?

카림이 돌아와 리파아와 친구들에게 말했다.

"나를 따라와."

압다가 울음을 터뜨렸다. "우리도 나중에 따라가마."

"무사하길 바란다, 리파아." 샤피이가 눈물을 감추며 말했다.

리파아는 부모님을 꼭 껴안고 나서 몸을 돌려 야스미나를 향해 "아무도 당신을 알아보지 못하게 히잡을 두르고 밀라야를 입어요."라고 말하고, 그녀의 귀에다 "누군가 당신을 해친다고 생각하면 참을 수가 없어요."라고 속삭였다.

59

야스미나는 검정색 니깝으로 얼굴을 가리고 온몸을 검정색 밀라야로 휘감고 집을 나섰다. 그때 시어머니 압다의 작별 인사가 귓전을 맴돌았다.

"잘 가라, 애야. 하느님께서 너를 보호하고 지켜 주시기 바란다. 리파아는 네가 책임져라. 내가 밤낮을 가리지 않고 너희들을 위해 기도하마."

땅거미가 뉘엿뉘엿 지자 카페는 환하게 등불을 밝히기 시작했다. 아이들은 손수레의 등잔 불빛 밑에서 놀았고, 고양이와 개들은 이 시간이 되면 으레 그렇듯 쓰레기 더미를 두고 싸웠다. 야스미나는 알자말리야를 향해 갔다. 연인을 향한 그리움으로 일말의 동정도 관심도 그녀의 마음에는 없었다. 그녀는 주저하지 않았으나 사람들이 자신을 지켜보지 않을까 덜컥 겁이 났다. 그녀는 알디라사를 거쳐 사막에 도착할 때까지 또 바유미의 정원에 들어설 때까지 마음을 놓지 못했다. 그녀가 얼굴에서 니깝을 벗자 그가 염려스러운 눈으로 그녀를 살펴보았다.

"두려워?"

"예." 그녀는 가쁜 숨을 몰아쉬며 대답했다.

"아니, 왜 그래. 본래 겁쟁이도 아니면서. 무슨 일인지 이야기해 봐."

"그자들이 옥상 위를 통해 카림의 집으로 도망갔어요. 내일 새벽에 동네를 떠날 거예요." 그녀는 거의 알아듣지 못할 정도로 작은 목소리로 말했다.

"새벽에? 빌어먹을 놈들!" 바유미는 경멸을 가득 담아 중얼거렸다.

"그들이 리파아더러 떠나라고 했어요. 당신은 왜 그가 떠나게 내버려 두지 않으세요?"

그가 다시 경멸하듯 비웃었다.

"자발도 옛날에 여길 떠났다가 다시 돌아왔어. 이 벌레 같은 놈들은 살 가치도 없어."

"그는 삶을 포기했어요. 그렇다고 죽어야 할 만큼 몹쓸 사람은 아니에요." 그녀는 뒤숭숭한 마음으로 대꾸했다.

그는 못마땅한 듯 입술을 실기죽거렸다.

"이 동네에는 미친놈들이 어지간해야지."

그러자 그녀는 아주 간절하게 그를 바라보다가 시선을 떨구고 혼잣말처럼 말했다.

"그가 내 생명을 구해 줬는데."

그에게서 야비한 비웃음이 흘러나왔다.

"그런데 바로 네가 그놈을 우리에게 넘겨 죽게 만들 장본인이다. 오는 말이 고와야 가는 말이 고운 법이야. 먼저 시작한 놈이 잃는 법이지."

그 말에 그녀는 놀라 불안하면서도 마음이 아팠다. 그녀는 비난하듯이 그를 빤히 바라보았다.

"나는 당신이 내 생명보다 더 소중하기 때문에 그런 거예요."

그는 그녀의 뺨을 부드럽게 어루만졌다.

"우린 이런 상황에서 벗어나 편안해질 거야. 만약 너의 상황이 나빠져 네가 힘들어지면 우리 집에 네 거처를 마련할게."

우울했던 그녀의 기분이 제법 밝아졌다.

"만약 그들이 자발라위의 집을 내게 준다 해도 나는 당신과 함께가 아니라면 그 집을 받지 않을 거예요."

"너는 참 충실한 계집이야."

야스미나는 '충실한'이란 말이 비수처럼 가슴에 꽂혀 다시 가슴이 아파 왔다. 그녀는 이 남자가 자신을 조롱하고 있는 것은 아닌지 의심스러웠다. 그러나 더는 이야기할 시간이 없어 일어섰다. 그도 그녀와 작별하기 위해 자리에서 일어나 그녀가 뒷문으로 빠져나갈 때까지 그녀를 지켜보았다.

그녀는 리파아와 친구들이 기다리고 있는 것을 보고 그의 곁에 앉으며 말했다.

"우리 집은 감시를 받고 있어. 당신 어머니가 창문 뒤에 등불을 켜 두고 가신 건 정말 현명한 일이야. 새벽에 도망치는 게 쉬울 거야."

"그가 슬퍼해. 아픈 사람들은 어딜 가나 있지 않나? 그들 역시 치유되어야 하고. 그렇지 않나?" 자키는 애처롭게 리파아를 바라보며 그녀에게 말했다.

"손쓸 수 없을 정도의 병은 빨리 치료해야 해요." 리파아가 말했다.

야스미나는 그를 애도하는 마음으로 쳐다보았다. 그러면서 그를 죽이는 건 잘못된 것이라고 혼잣말을 했다. 그녀는 그가 벌을 받을 만한 짓을 하나라도 저질렀으면 좋겠다고 생각했다. 그녀는 그가 이 세상에서 자신을 친절하게 대해 준 유일한 사람이었고, 그렇게 자신을 상대한 대가로 그가 죽음에 처하게 된다는 것을 떠올렸다. 그녀는 자신이 남몰래 그런 생각을 한다는 것이 너무 싫었다. 그녀는 혼잣말을 하듯 중얼거렸다. "살면서 선행을 알게 된 자만 선행을 하라고 해."

그가 그녀의 시선을 느끼고 바라보자 그녀는 그가 가엾게 여겨졌다.

"당신의 목숨이 이 저주받을 동네보다 더 소중해."

"입으로는 그렇게 말하고 있지만 당신의 눈은 슬퍼 보여요." 리파아가 미소를 지으며 말했다.

그녀는 오싹해서 '악령을 쫓아낼 수 있는 것처럼 독심술을 써 내 속마음을 알아내면 어떻게 하지?'라고 혼잣말을 했다.

"슬프다기보다 당신이 걱정돼서."

카림은 일어서며 "내가 저녁 준비할게."라고 말했다.

그는 쟁반을 들고 돌아와 모두에게 함께 식사를 하자고 권했다. 저녁은 빵과 치즈, 오이와 무, 그리고 맥주 한 잔이었다. 카림은 잔을 채우며 말했다.

"오늘 밤 우리는 따스한 온기와 용기가 필요해."

그들은 잔을 쭉 들이켰다. 리파아는 미소를 지었다.

"술은 악령을 깨우기도 하지만 악령에서 벗어난 사람들에게 활기를 불어넣기도 하지."

그가 옆에 앉아 있던 야스미나를 바라보자 그녀는 그의 눈길에 담긴 의미를 알아챘다.

"하느님께서 당신의 생명을 연장시켜 주신다면 당신이 내일 내 속에 있는 악령으로부터 나를 벗어나게 해 줄 수 있을 텐데."

리파아의 얼굴은 기쁨으로 환히 빛났다. 그의 모습에 그의 친구들은 서로 축하의 눈길을 보내고 저녁을 먹기 시작했다. 빵은 여러 조각으로 잘라졌고 음식이 담긴 이 접시 저 접시에 손들이 스쳤다. 마치 그들은 자신들에게 드리워진 죽음의 그림자를 잠시 잊고 있는 듯했다.

"모든 땅과 건물의 주인은 자신의 후손들이 자기처럼 되기를 바랐지만 그들은 악령만 되려고 했어. 그들은 바보였어. 내게 말했듯, 그분은 바보를 좋아하지 않아." 리파아가 말했다.

카림은 유감스럽게 고개를 젓고 침을 꿀꺽 삼킨 후 말했다. "예전에 그가 갖고 있던 힘을 조금이라도 내가 갖고 있다면 모든 일이 그가 원하는 대로 될 텐데."

그러자 알리가 부아가 나서 "만약에……. 만약에……. 만약에……. 그게 무슨 소용이 있어? 우리는 행동을 해야 해."라고 말했다.

"우리는 한 번도 진 적이 없었어. 우리는 처절하게 악령과 싸워 악령이 떠나가면 그 자리를 사랑으로 채웠어. 무언가를 의도하고 그런 일을 한 적이 없다고." 리파아가 강력하게 말했다.

그 말에 자키가 탄식하며 "만일 그들이 우리가 우리의 일을 할 수 있게 해 준다면, 우리는 동네를 건강과 사랑, 그리고 평화로 가득 채울 수 있을 텐데."라고 말했다.

"우리에게 많은 친구가 있는데 우리들이 도망친다는 것은 믿을 수 없는 일이었어." 알리가 반박했다.

"아직도 악령이 네 안에 있구나. 우리의 목적은 치료를 하는 것이지 죽이자는 게 아니야. 죽이는 것보다는 죽음을 당하는 것이 훨씬 낫다." 리파아가 웃는 얼굴로 말하고 나서 갑자기 몸을 돌려 야스미나를 바라보며 말했다. "당신은 먹지도 듣지도 않는군요."

두려움에 그녀는 심장이 오그라들었지만 흥분을 가라앉히고 말했다.

"마치 결혼하는 사람처럼 어떻게 그리 즐겁게 이야기할 수 있는지 정말 놀라워."

"내일 당신의 악령을 없애고 나면 당신도 즐겁게 살게 될 거예요."

그리고 나서 리파아는 친구들을 바라보면서 말했다.

"우리들이 힘만을 존경하는 동네의 자손들이라서인지 너희들 가운데 몇몇은 화해를 부끄러워해. 타인을 겁주는 데 힘이 사용되어서는 안 돼. 그리고 악령과 씨름하는 게 약자를 공격하거나 수장들과 싸우는 것보다 수백 배는 더 힘들어."

그러자 알리가 유감스럽게 고개를 절레절레 흔들었다.

"선행에 대한 대가가 지금 우리에게 닥친 이러한 불행한 상황이란 말이야?"

"너희들이 생각하는 것처럼 싸움은 결코 끝나지 않아. 너희들이 생각하는 것처럼 우리는 그렇게 나약하지 않을 뿐 아니라 이곳저곳으로 옮겨 다니며 싸움을 할 뿐이야."

그들은 그의 말을 곱씹으며 다시 저녁을 먹기 시작했다. 그는 온순하고 잘생겼을 뿐 아니라 조용하고 믿음직스럽고 강인하게 보였다. 정적 속에서 그들은 이야기꾼의 목소리를 들었다.

언젠가 한낮에 아드함이 알와타위트 동네에서 쉬려고 앉았다 그만 꾸벅꾸벅 졸았죠. 인기척에 잠에서 깨어난 그는 아이들이 그의 손수레를 훔치려는 것을 보고 으름장을 놓으려고 벌떡 일어났어요. 그를 본 한 아이가 휘파람을 불어 친구들에게 신호를 보내자 아이들은 그가 쫓아오지 못하도록 그의 손수레를 뒤집어엎고는 메뚜기처럼 사방으로 달아났죠. 그와 동시에 손수레에서는 오이가 우르르 땅바닥으로 쏟아져 내렸어요. 그동안 욕설을 입에 담아 본 적이 없는 아드함은 화가 머리끝까지 나자 입에서 욕설을 봇물처럼 쏟아 냈어요. 실컷 욕을 하고서 그는 허리를 굽혀 흙투성이 오이를 주웠죠. 화가 나 어쩔 줄을 모른 그는 감정도 상하고 흥분하여 자신에게 묻기 시작했어요. "왜 너는 훨훨 타오르는 불처럼 화를 냈니? 왜 자존심이 네 육신과 피보다 너에게 더 소중한 거니? 우리들이 벌레처럼 짓밟힐 수 있다는 것을 알면서도 당신은 어떻게 안락한 생활을 즐길 수 있는 거죠? 압제자 당신! 당신의 저택에는 용서, 너그러움, 관용이 있을 자리가 없어요." 그가 수레 손잡이를 잡고 밀었어요. 저 주받은 이 동네를 벗어나려 할 때 그는 조롱 섞인 목소리를 들었죠. "아저씨, 그 오이 얼마요?" 이드리스가 서서 이를 드러내고 싱글거리며 비웃고 있었어요.

바로 그 순간 이야기꾼의 목소리와 겹쳐 한 여자의 외침 소리가 들려왔다. "여러분, 아이가 없어졌어요!"

60

　그의 친구들은 밤늦도록 내내 이야기를 나눴고, 야스미나
는 시간이 갈수록 고통스러웠다. 후사인은 밖으로 나가 동정
을 살피고 싶었지만 카림은 누군가 이상히 여길지도 모른다
며 반대했다. 자키가 그들이 리파아의 집을 공격했는지 궁금
해하자 리파아는 리벡의 선율과 아이들이 질러 대는 소리 외
에는 아무 소리도 들리지 않는다고 말했다. 동네에서는 평소
와 다름없이 판에 박힌 일상이 반복되었고 어떠한 범죄도 일
어날 조짐은 전혀 보이지 않았다.

　야스미나는 이 생각 저 생각으로 머릿속이 빙빙 돌아 남에
게 자신의 생각이 드러날까 걱정이 될 정도였다. 그녀는 어떤
형태로든 이 고통이 끝나기를 바랐다. 그녀는 술에 취해 주위
에서 일어나는 일을 잊고 싶었다. 그녀는 속으로 자신이 바유
미의 인생에서 첫 번째 여자도 마지막 여자도 아닐 것이고, 자

신이 쓰레기 더미 주위에 모여드는 떠돌이 개 같다고 생각했다. 그녀는 어떤 대가를 치르더라도 이 고통이 끝났으면 좋겠다고 생각했다.

시간이 지나면서 점차 소란이 잦아들고 고요가 다시 찾아왔다. 아이들의 떠들던 소리도 잠잠해지고 거리에서 상인들의 외침 소리도 사라졌다. 리벡의 낮은 선율만이 흘렀다. 그들에 대한 갑작스러운 증오심이 그녀를 엄습해 왔다. 그들이 그곳에 있다는 그 존재 자체가 그녀를 괴롭혔기 때문이었다.

"내가 담뱃대를 준비할까?" 카림이 말했다.

"우리는 우리 자신을 돌보아야 해." 리파아가 단호하게 말했다.

"그저 시간이 지나가기만 바라는 것이 좋을 거란 생각이 드는데."

"너는 필요 이상 겁을 먹고 있어."

"겁낼 이유가 하나도 없어 보이는데." 카림이 비난을 일축했다.

실제로 아무 일도 일어나지 않았다. 리파아의 집도 공격받지 않았다. 리벡의 선율이 멈추고 이야기꾼도 집으로 돌아갔다. 문 잠그는 소리가 나고 집으로 돌아가는 사람들이 두런두런 이야기하는 소리와 기침 소리, 그리고 웃음소리를 끝으로 정적이 감돌았다. 그들은 첫닭이 울 때까지 경계하며 기다렸다. 자키가 일어서서 창문 너머로 길을 내다보았다.

"길거리가 텅 비었어. 이 동네는 이드리스가 쫓겨난 날과 다름없이 그대로야."

카림이 "자, 이제 떠나야 해."라고 말했다. 야스미나는 극심한 고통에 휩싸였다. 그녀는 바유미가 약속된 시간에 늦거나 마음을 바꾸면 어떻게 될까 생각했다. 그들은 각자의 보따리를 들고 서 있었다. 후사인이 "잘 있어라. 이 지옥 같은 동네야!"라고 말했다.

알리가 앞장섰다. 리파아는 자신의 앞에 있는 야스미나를 살짝 밀고 마치 어둠 속에서 그녀를 잃어버리기라도 할까 봐 그녀의 어깨에 손을 얹고 바싹 뒤따르고 있었다. 그 뒤로 카림과 후사인, 자키가 따랐다. 그들은 카림의 집을 한 사람씩 소리 없이 빠져나와 짙게 깔린 어둠 속에서 난간에 의지하여 계단에 올라갔다. 하늘에는 별 하나 없었지만 옥상은 그다지 어둡지 않았다. 구름이 달을 스쳐 지나가자 달 표면에 지나가는 구름의 그림자가 드리워졌다.

"옥상에 거의 다 왔어. 도움이 필요하면 우리가 야스미나를 도와줄 수 있어." 알리가 말했다.

그들은 차례로 옥상에 올랐다. 맨 뒤에 있던 자키까지 올라왔을 때 바로 그의 뒤에서 인기척이 났다. 그가 뒤돌아 옥상문을 바라보자 남자 넷이 유령처럼 서 있었다. 그는 깜짝 놀라 떨며 "누구냐?" 하고 물었다. 그들은 모두 꼼짝 않고 멈춰 서서 뒤돌아보았다. 바유미의 목소리가 들렸다.

"꼼짝 마, 이 새끼들아!"

그의 양편에 자비르, 칼리드, 한두사가 서 있었다. 야스미나는 울음을 터뜨리며 리파아의 손에서 빠져나와 문 쪽으로 달려갔다. 아무도 그녀를 저지하지 않았다. 알리가 멍하니 "저 여자가 너를 배신했어."라고 리파아에게 말했다.

곧 그들은 포위되었다. 바유미는 그들을 한 사람씩 면밀히 바라보고서 "귀신을 쫓는다는 녀석이 누구냐?" 하고 물었다. 그는 리파아를 알아보고는 강철 같은 손으로 그의 어깨를 움켜잡고 조롱하듯 말했다.

"어이, 귀신 친구! 어디를 가려고?"

"우리가 이곳에 있으면 당신을 괴롭히게 되니 떠나는 편이 더 낫다고 생각했습니다." 리파아가 분연히 대답했다.

바유미는 경멸에 찬 싸늘한 웃음을 지으며 카림을 향해 돌아섰다. "그리고 너, 저놈들을 너의 집에 숨겨 주고도 괜찮을 줄 알았느냐?"

카림은 마른침을 꿀꺽 삼키고는 두려움에 온몸을 바들바들 떨며 대답했다. "당신과 저들 사이에 무슨 문제가 있는지 몰랐습니다."

바유미가 다른 손으로 그의 얼굴을 후려갈겼다. 얼굴을 맞고 바닥에 쓰러졌던 그는 벌떡 일어나 옆집 옥상으로 도망쳤다. 한두사는 알리를 덮쳐 그의 배를 발로 찼다. 그는 신음을 토하며 바닥에 쓰러졌다. 그때 자비르와 칼리드가 도망간 자들을 잡으러 가려 하자 바유미가 대수롭지 않다는 듯 말했다.

"그놈들을 겁낼 것 없어. 그놈들은 한마디도 하지 않을 거야. 만일 그러면 죽여 버려야지."

바유미가 엄청난 힘으로 리파아의 어깨를 누르는 바람에 그는 머리를 한쪽으로 기울이고 "그들은 벌 받을 만한 일을 하지 않았습니다."라고 말했다.

바유미가 리파아의 따귀를 후려치고 비웃었다.

"자, 말해. 그들도 너처럼 자발라위의 목소리를 들었냐?"

그러고는 그를 앞으로 밀며 말했다. "앞장서, 입도 뻥긋하지 말고."

리파아는 운명으로 받아들이고 앞서 걸었다. 그는 계단을 조심스레 내려갔고 그의 뒤로 무거운 발소리가 들려왔다. 그는 깜깜한 데다 너무도 얼떨떨하고 위협적인 악의 기운에 압도되어 도망간 친구들도, 자신을 배신한 사람도 거의 생각할 수 없었다. 가슴을 에는 듯한 슬픔이 몰려와 두려운지도 몰랐다. 마치 암흑이 온 세상을 덮고 있는 것처럼 느껴졌다. 그들은 길가로 내려와 자신 때문에 병자가 없어진 구역을 지나갔다. 한두사가 앞장서 그들을 자발 구역으로 인도하고 그들은 굳게 닫힌 '승리의 집'을 지나갔다. 리파아는 부모의 숨소리를 들을 수 있을지도 모른다고 상상했다. 그는 잠시 부모님의 안위를 궁금해하다가, 한밤의 정적 속에서 어머니 압다의 흐느낌을 들은 것 같기도 했다. 그러나 이내 다시 어둠과 당혹감과 위협적인 악의 기운에 압도되었다. 자발 구역은 어둠에 휩싸여 거대한 유령처럼 어렴풋이 윤곽만 드러냈다. 얼마나 어두운지, 얼마나 깊이 잠들어 있는지 알 수 없었지만 칠흑 같은 어둠 속에서 이 사형 집행관의 발소리가 마치 한밤의 악령이 웃어 대는 웃음소리처럼 들렸다. 한두사는 '대저택'의 담과 마주 보는 사막으로 향했다. 리파아가 눈을 들어 그 집을 바라보았다. 그 집은 하늘만큼이나 어둡게 보였다. 유령처럼 담장 끝에서 누군가 불쑥 나타나자 한두사가 물었다.

"쿤피스?"

"응."

그는 아무 말없이 그들과 합류했다. 리파아의 눈길은 여전히 그 집에 머물러 있었다. 그의 시조는 그가 곤경에 처한 사실을 알고 있을까? 그가 단 한마디 말만 해 줘도 그를 이 극악무도한 괴물의 손에서 구해 그들의 계획을 수포로 만들 수 있을 텐데. 리파아가 여기에서 그의 목소리를 들었듯이 그는 그들이 그의 목소리를 들을 수 있게 할 수 있는데. 자발도 이와 같은 궁지에 몰렸다가 구조되어 승리하지 않았던가. 리파아는 담을 스치고 지나며 이 사악한 놈들의 발소리와 그들의 규칙적인 숨소리만 들었을 뿐 아무 소리도 듣지 못했다. 사막 안쪽으로 들어가자 모래 때문에 걸음걸이가 무거워졌다. 사막에 들어서자 리파아는 새삼스레 외톨이라 느끼면서 야스미나가 자신을 배신하고 친구들이 도망갔다는 사실을 떠올렸다. 그가 뒤돌아 그 집을 보려고 하자 바유미가 갑자기 손으로 그의 등을 확 떠밀고 얼굴을 때렸다. 바유미가 몽둥이를 들어 올리고 "쿤피스."라고 소리쳤다.

그러자 그 남자가 몽둥이를 치켜들고 "끝까지 당신과 함께 할 겁니다, 두목." 하고 말했다.

리파아는 절망스러워 물었다.

"왜 저를 죽이려 하십니까?"

바유미가 몽둥이로 리파아의 머리를 가격하자 그는 비명을 질렀다. 그리고 그의 영혼 깊은 곳에서부터 소리가 터져 나왔다.

"자발라위!"

그다음 쿤피스가 몽둥이로 그의 목을 내리쳤고 이어서 몽둥이찜질이 비 오듯 쏟아졌다. 그의 마지막 단말마의 비명 소리가 정적을 깨뜨렸다. 그들은 어둠 속에서 손으로 열심히 땅을 파기 시작했다.

61

살인자들은 동네를 향해 그곳을 벗어나자마자 곧 어둠 속으로 사라졌다. 유령처럼 어렴풋한 모습의 네 사람이 살해 현장에서 그리 멀지 않은 곳에 서 있었다. 그들은 탄식하며 숨죽인 채 조용히 흐느끼고 있었다. 그들 중 한 사람이 소리쳤다.

"겁쟁이들, 너희들이 나를 말리고 숨도 못 쉬게 가로막는 바람에 그가 무방비 상태로 죽어 갔어."

"만일 우리가 네 말을 들었더라면 그를 구하지도 못하고 우리 모두 죽었을 거야."

"겁쟁이들! 너희들은 정말 겁쟁이야." 알리가 말했다.

"말다툼하며 시간을 허비하지 마. 우리는 지금 난관에 봉착했어. 아침이 밝기 전에 이 난관에서 벗어나야 해." 카림이 울먹이며 말했다.

후사인이 눈물이 글썽이며 고개를 들고 하늘을 쳐다보고

불안하게 중얼거렸다.

"동이 트고 있어. 서두르자."

"한순간에 일어난 일이라 꿈만 같아! 우리는 순식간에 우리의 인생에서 더없이 소중한 친구를 잃었어." 자키가 탄식하며 큰 소리로 말했다.

알리가 이를 악물고 "겁쟁이들!"이라고 중얼거리며 살해 장소를 향했다. 그들 모두 그의 뒤를 따랐다. 얼마 후 그들 모두는 반원 형태로 무릎을 꿇고 앉아 땅바닥을 살펴보았다. 갑자기 카림이 무엇에 물리기라도 한 것처럼 "여기야!"라고 소리쳤다.

그는 손에서 냄새를 맡으며 "여기 피가 있어."라고 말했다.

바로 그 순간 자키가 "바로 이곳이 그가 묻힌 곳이야."라고 소리를 질렀다.

그들은 자키의 주위로 몰려가 손으로 모래를 파기 시작했다. 세상에 그들보다 더 불쌍한 사람은 없었을 것이다. 그들은 나약한 나머지 살해 현장에서 손도 써 보지 못하고 소중한 사람을 잃었기 때문이었다. 카림이 미칠 것 같았던 순간을 이야기하고 "아마도 우리는 그를 산 채로 구해 냈을 거야."라고 바보처럼 터무니없는 말을 했다.

그러자 알리가 손을 멈추지 않고 모욕적으로 말했다. "겁쟁이의 망상이나 듣고 있다니!"

사방에 흙냄새와 피비린내가 진동했다. 산 쪽에서 개 짖는 소리가 들려왔다.

"그의 시신이 보이니 조심조심 해." 알리가 걱정스러워 큰 소리로 말했다.

그들은 심장이 멎는 것 같았다. 그들은 조심스레 모래를 파헤쳤다. 그들은 손끝에 그의 옷자락이 만져지자 울음을 터뜨렸다. 그들은 시신을 모래 속에서 조심스럽게 들어내 살살 일으켜 세웠다. 동네 여기저기서 새벽닭 우는 소리가 들려왔다. 몇몇이 서두르자고 재촉했다. 그러나 알리는 파낸 자리를 감쪽같이 덮어 놓고 가자고 고집했다. 카림이 자신의 질밥을 벗어 땅 위에 펴 놓자 모두는 그 위에 시체를 올려놓고 나서 모래를 파낸 자리를 메우기 시작했다. 일이 끝나자 후사인이 질밥을 벗어 시체를 덮었다. 그리고 나서 시체를 밥 알나스르로 운반했다. 산 정상에 어둠이 걷히자 구름이 모습을 드러냈다. 눈물로 얼룩진 얼굴에 이슬이 내려앉았다. 후사인이 묘지로 가는 길을 인도했다. 묘지에 이르자 그들은 아무 말 없이 묘지의 개구부를 여는 데 열중했다. 점차 아침이 밝아 오자 질밥에 싸인 시신과 피로 얼룩진 자신들의 손이 눈에 들어왔다. 그들의 눈은 울어서 벌겋게 충혈되어 있었다. 그들은 시신을 들어서 묘지 안에 내려놓았다. 그들은 눈물을 흘리지 않으려고 두 눈을 꼭 감고 경건하게 시신 주위에 빙 둘러섰다. 카림이 목이 메어 작은 목소리로 말했다.

"너의 삶은 일장춘몽에 그쳤지만 우리 마음속에 순수함과 사랑을 가득 채워 줬어. 우리는 네가 그렇게 빨리 우리 곁을 떠날 줄은 꿈에도 몰랐어. 네가 고쳐 주고 사랑했던 배은망덕한 동네 사람에게 살해되리라고는 상상도 못했어. 너를 의미하는 사랑, 자비, 치유를 없애려고만 했던 우리 동네는 재앙을 자초해 세상 끝나는 날까지 스스로를 저주한 꼴이 됐어."

"왜 좋은 사람들은 일찍 가고 죄인들은 살아남을까?" 자키가 흐느끼며 말했다.

"우리 마음속에 너의 사랑이 없다면 우리는 영원히 사람들을 증오하게 될 거야." 후사인이 탄식했다.

바로 그 순간 알리가 "우리의 비겁함을 속죄할 때까지 우리는 결코 마음의 평화를 찾지 못할 거야."라고 덧붙였다.

그들이 묘지를 떠나 사막으로 향할 무렵 동쪽 하늘에 솟아오르는 햇살이 지평선을 붉게 물들이고 있었다.

62

네 친구 가운데 누구 하나도 자발라위 동네에 모습을 드러
내지 않았다. 사람들은 그들이 수장들의 공격을 피해 리파아
의 뒤를 이어 동네를 떠났다고 생각했다. 그들은 심적 고통과
극심한 후회와 사투를 벌이며 극도로 긴장하며 사막 인근에
서 살았다. 리파아의 죽음은 그들에게는 죽음 이상의 충격이
었다. 리파아의 부재는 죽음과 같은 엄청난 고통과 다름 아니
었다. 그들이 살아가는 유일한 희망은 리파아의 사명을 부활
시켜 그의 죽음을 애도하고 알리의 주장처럼 그를 죽인 자들
을 처벌하는 것이었다. 동네로 돌아갈 수 없던 그들은 자신들
의 목적이 달성되기만을 바라며 지냈다. 어느 날 아침 압다의
비명 소리에 놀라 '승리의 집'에 사는 사람들이 잠에서 깨어났
다. 무슨 일이 일어났는지 알아보려고 이웃들이 우르르 달려
왔다. 압다는 쉰 목소리로 소리를 질렀다.

"내 아들 리파아가 살해됐어요."

이웃들은 충격을 받고 침묵했다. 그들은 눈물을 닦고 있는 샤피이를 바라보았다.

"수장들이 그 애를 사막에서 죽였어."

압다가 다시 울부짖었다.

"내 아들은 살면서 한 번도 누구를 해친 적이 없는 애예요."

"우리 수장 쿤피스도 이 사실을 아나요?" 누군가 물었다.

"쿤피스는 살인자와 한편이요." 샤피이가 화를 냈다.

"야스미나가 그 애를 배반하고 바유미에게 고자질을 했어요." 압다가 울면서 말했다.

그들의 얼굴에 증오하는 기색이 역력했다. 누군가 말했다.

"그래서 그년이 그의 곁을 떠난 뒤 바유미 집에서 살고 있는 거로군."

이 소식이 자발 구역에 알려지자 쿤피스가 샤피이의 집으로 달려와 그에게 소리를 질렀다.

"너 미쳤어? 대체 나에 대해 뭐라고 말한 거야?"

샤피이는 겁도 내지 않고 그의 앞에 서서 단호하게 말했다.

"그 애를 보호해야 할 수장이 그를 죽인 살인자들과 한 패라고요."

쿤피스는 고함을 지르며 화가 난 척했다.

"샤피이, 미쳤어! 넌 지금 자기가 무슨 말을 하고 있는지도 몰라. 내가 너에게 본때를 보이지 않으려면 여기 남아 있어서는 안 되지."

그는 분노로 씩씩거리며 그 자리를 떠났다. 그가 자발 구역을 떠나자마자 곧바로 그가 살던 리파아 구역으로 소식이 알려졌다. 사람들은 소식을 접하고 충격에 휩싸였다. 그곳 사람들은 큰 소리로 분노하고 소리 내어 울었다. 수장들은 밖으로 나와 온 동네를 휘젓고 다녔다. 그들 손에는 몽둥이가 들렸고 두 눈은 악마처럼 사악하고 악독한 빛으로 이글거렸다. 힌드 바위의 서쪽 사막이 리파아의 피로 얼룩졌다는 소문이 떠돌았다. 샤피이와 그의 가까운 친구들이 리파아의 시체를 찾으러 그곳으로 향했다. 그들은 땅을 파 시체를 찾으려 했지만 아무것도 찾지 못했다. 사람들은 소문에 격앙되었지만 한편으로는 마음이 조마조마했다. 사람들 대부분이 동네에 무슨 일이 일어날 것이라고 예상했다. 리파아 구역의 사람들은 리파아가 살해당할 만큼 나쁜 짓을 저질렀는지 의아하게 생각했고, 자발 구역 사람들은 리파아가 죽고 나서 야스미나가 바유미의 집에 살고 있다는 사실을 꼬집었다. 밤에 수장들은 리파아가 살해된 곳을 몰래 찾았다. 그들은 불을 훤히 밝히고 그를 묻었던 곳을 팠지만 시체의 흔적을 찾을 수는 없었다.

"샤피이가 데려갔나?" 바유미가 혼잣말을 하듯 중얼댔다.

"아니요. 그도 아무것도 못 찾았다고 제 끄나풀이 저한테 말했습니다." 쿤피스가 대답했다.

"그놈들 다 그의 친구들이야. 그놈들을 달아나게 한 건 우리 잘못이네. 지금 그놈들이 뒤에서 수작을 부리며 우리와 싸우는 중이야." 바유미가 발을 구르며 소리를 질렀다.

그들이 돌아갈 때 쿤피스가 바유미에게 귓속말을 했다.

"야스미나를 데리고 계신 게 화근이 되고 있습니다."

그러자 바유미가 버럭 화를 냈다.

"자기 구역도 장악하지 못하는 이빨 빠진 수장 주제에 어디서 감히!"

쿤피스는 격분해 씩씩거리며 그 자리를 피했다. 자발 구역과 리파아 구역에 긴장감이 고조되었다. 수장들은 분노하며 화를 내는 사람들을 공격했다. 꼭 필요한 경우가 아니면 외출을 삼갈 정도로 동네에는 폭행과 폭력이 난무했다. 어느 날 밤 바유미가 샬둠의 카페에 가 있을 때 그의 전처의 친척들이 야스미나를 해치려고 그의 집으로 몰래 들어갔다. 그녀가 낌새를 알아차리고 질밤만 입은 채 사막으로 도망치자 그들은 그녀의 뒤를 쫓아왔다. 야스미나는 그들이 포기하고 더 이상 쫓아오지 않는데도 마치 미친년처럼 계속해서 달렸다. 그녀는 숨이 턱에 닿을 정도로 헉헉거리며 달렸다. 그러다가 숨이 가빠져 잠시 멈추고 뒤를 돌아다보고는 두 눈을 감은 채 가쁜 숨을 몰아쉬었다. 그녀는 호흡이 고를 때까지 그대로 가만히 있었다. 그녀는 뒤를 돌아보았지만 아무것도 발견하지 못했다. 그녀는 밤에 동네로 돌아간다는 생각을 하자 갑자기 두려워졌다. 앞을 바라보자 그녀가 선 곳에서 그리 멀지 않은 곳에 있는 오두막에서 희미한 불빛이 흘러나오고 있었다. 그녀는 동이 틀 때까지 몸을 숨길 수 있게 되기를 희망하며 그곳을 향해 걸어갔다. 그녀는 한참을 걸어 그곳에 이르렀다. 그녀의 생각대로 오두막이었다. 그녀는 오두막의 주인을 부르며 문 앞으로 다가갔다. 오두막에 사는 사람들은 뜻밖에도 남편의 사랑하는 친구들인 알리, 후사인, 자키, 그리고 카림이었다.

63

그녀는 그 자리에 장승처럼 서서 그들의 얼굴을 차례로 바라보았다. 그들은 마치 악몽 속에서 그녀의 걸음을 가로막는 벽 같았다. 그들은 혐오스러운 듯 그녀를 째려보았다. 특히 알리의 두 눈에서는 모골이 송연해질 만큼 차가운 혐오감이 느껴졌다. 그녀는 무의식적으로 언성을 높였다.

"나는 죄가 없어. 하늘에 맹세하는데 나는 아무 죄도 없어. 그들이 우리를 공격할 때도 나는 당신들과 함께 있었고 당신들처럼 나도 도망갔을 뿐이야."

거기 모인 사람들은 모두 얼굴을 찌푸렸다.

"우리가 도망간 것을 어떻게 알았지?" 알리가 증오에 차서 물었다.

"만약 도망치지 않았다면 살아남지 못했을 거야. 그러나 나는 죄가 없어. 내가 할 수 있었던 일은 단지 도망가는 것뿐이었어." 그녀가 떨리는 목소리로 말했다.

"너는 너의 주인 바유미에게로 도망갔지." 알리가 이를 악물며 말했다. "아니야. 나를 가게 해 줘. 나는 죄가 없어."

"너는 땅속으로 가게 될 거야!" 알리가 그녀에게 소리를 질렀다.

그녀는 도망치려 했지만 알리가 달려들어 그녀의 어깨를 꽉 붙잡았다. 그녀는 아픈 듯 소리를 질렀다.

"그를 봐서 나를 가게 해 줘, 그는 살생과 살인자를 좋아하지 않았어."

알리가 두 손으로 그녀의 목을 잡았다.

"생각해 보게 기다려." 카림이 불안하게 말했다.

"조용히 해, 겁쟁이들아." 알리가 소리를 질렀다.

그는 그녀의 목에 힘을 가했다. 그는 마음속에서 갈등했던 분노와 증오와 고통과 통한을 풀기라도 하듯 힘을 주었다. 그녀는 알리의 손아귀에서 빠져나오려 발버둥을 쳤다. 그녀는 그의 팔뚝을 꼭 잡고 발로 차기도 하고 자신의 머리를 흔들어 보기도 했지만 허사였다. 그녀는 힘이 다 빠져 눈알이 튀어나오고 피를 토하기 시작했다. 그녀는 격렬하게 몸부림치다가 미동도 하지 않았다. 그가 손을 놓자 그녀는 시체가 되어 땅바닥으로 툭 떨어졌다.

다음 날 아침 야스미나의 시체가 바유미의 집 대문 앞에서 발견되었다. 소문은 모래바람의 흙먼지처럼 퍼져 나갔다. 남녀를 가리지 않고 사람들이 그의 집으로 몰려들었다. 집 앞이 소란스러워졌다. 구구한 말들이 오갔지만 사람들은 속내를 드러내지 않았다. 바유미의 집 대문이 열리고 그가 미친 황소처럼 달려 나왔다. 그는 닥치는 대로 사람들에게 몽둥이를 휘둘렀다. 사람들은 모두 겁을 내고 달아났다. 사람들은 집이나 카페로 숨어들었다. 바유미는 텅 빈 거리에 서서 욕설을 퍼붓고 협박을 하고 복수를 다짐하며 땅바닥과 벽과 허공에 몽둥이를 마구 휘둘렀다.

바로 그날 샤피이와 압다가 동네를 떠나 마치 리파아의 자취가 모두 사라진 것처럼 보였다.

그러나 그를 생각나게 하는 것들은 여전히 여기저기 남아 있었다. '승리의 집' 내 샤피이의 집과 목공소, 그리고 이제는 동네에서 '치유의 집'으로 불리는 리파아의 집, 힌드 바위 서쪽의 그가 죽은 장소, 무엇보다도 그의 충실한 친구들이 있었다. 그들은 그를 사랑하는 사람들과 지속적으로 접촉하고 그들에게 리파아가 악령을 쫓아내고 병자를 치유한 비법을 열심히 알려 주었다. 그들은 그렇게 함으로써 리파아를 소생시킬 수 있다고 믿었다. 그러나 알리는 죄인들을 처벌하지 않고서는 마음을 놓지 못했다. 후사인이 그런 그를 책망했다.

"너는 모든 면에서 리파아와 비교가 안 돼."

"나는 너희들보다 그를 잘 알아. 그는 짧은 생애를 악령들과 격렬한 싸움을 하는 데 바쳤어." 알리가 힘주어 말했다.

"너는 또 폭력을 휘두르고 싶지? 그건 그가 세상에서 가장 싫어했던 거야." 카림이 말했다.

"그는 누구보다도 위대한 수장이었지만 너무 유했어." 알리가 버럭 소리를 질렀다.

그들 각자는 자신들의 생각에 따라 신념을 가지고 열심히 일했다. 사람들이 잘 몰랐던 리파아에 관한 이야기가 사실 그대로 동네에 알려졌다. 그리고 사막에 묻혔던 리파아의 시신을 자발라위가 손수 수습해서 지금은 그의 아름다운 정원에 묻혀 있다는 이야기도 들려왔다. 수장 한두사가 의아하게 사라진 이후 그곳에서는 더는 위험한 일은 일어나지 않았다. 훼손된 그의 시체가 어느 날 아침 관재인 이합의 집 앞에서 발견되었다. 바유미의 집이 그랬던 것처럼 관재인의 집도 시체로 발칵 뒤집혔다. 동네 사람들은 한동안 두려움에 벌벌 떨었다. 리파아나 그의 친구들과 관계가 있거나 있음직해 보이는 사람은 누구든 비를 맞듯 심한 공격을 받았다. 몽둥이로 머리를 맞거나 배를 발로 차이거나 가슴을 후벼 파는 욕설을 듣거나 얼얼할 정도로 목덜미를 맞았다. 사람들은 숨죽이고 자신의 집에서 꼼짝하지 않거나 동네를 떠났다. 위험을 가볍게 생각했던 사람들은 사막에서 최후를 맞이했다. 동네에 비명 소리와 통곡이 그치지 않았다. 동네는 어둡고 침울한 분위기에 휩싸였다. 곳곳에서 피비린내가 진동했다. 이상한 것은 이런 일들이 결코 끝날 줄을 모른다는 것이었다. 칼리드가 동트기 직전 바유미의 집을 나서다 살해당했다. 폭력에 대한 분노가 극에 달해 미칠 지경에 이르렀다. 동트기 전 불이 나 동네 전체가 잠에서 깨어났다. 화마는 자비르의 집을 삼키고 그의 가족들까지 죽였다.

"리파아의 광신자들이 빈대처럼 확산되고 있어. 하느님의 이름을 걸고 맹세하는데 그놈들 자신들의 집에서 죽게 될 거야." 바유미가 절규했다.

밤에 공격을 받게 될 집들이 있다는 소문이 나돌았다. 사람들은 두려움으로 제정신이 아니었다. 사람들은 미친 듯이 막대기, 의자, 솥뚜껑, 칼, 벽돌 등을 들고 집 밖으로 나와 무리를 이루었다. 바유미는 사태가 더 악화되기 전에 공격하기로 작정하고 몽둥이를 높이 치켜세우고 부하들에 둘러싸여 집 밖으로 나왔다.

알리가 건장한 청년들과 함께 반기를 든 시위자들을 이끌고 맨 처음 모습을 드러냈다. 그는 바유미가 나오는 것을 보자마자 쌓여 있던 벽돌 조각들을 던지라고 명령을 내렸다. 조각들은 마치 메뚜기 떼처럼 새까맣게 바유미와 그의 부하들에게 날아가 떨어졌다. 그들에게서 피가 솟구쳤다. 공격을 받은 바유미는 야수처럼 소리를 지르고 미친놈처럼 길길이 날뛰었다. 그런 그가 정수리를 돌에 맞고 일순 멈칫했다. 힘깨나 쓰고 강인한 그가 화가 났을 텐데, 그저 비틀거리다가 얼굴에는 온통 피범벅을 한 채 땅바닥으로 거꾸러졌다. 그의 부하들이 삽시간에 달아났다. 성난 사람들이 그의 집 안으로 쏟아져 들어갔다. 부수고 박살 내는 소리가 관재인의 집 안에까지 들렸다. 악인악과요, 뇌성에 벽력이라고, 나머지 수장들과 그의 부하들도 가차 없이 공격을 받았고 그들의 집은 쑥대밭으로 변했다. 위험이 도사리고 혼돈이 걷잡을 수 없는 지경에 이르자 관재인은 알리를 찾았고 그의 부름을 받은 알리가 당도했다. 알리 측 사람들은 보복과 파괴 행위를 멈추고 회동 결과를 기다렸다. 그러자 최악으로 치닫던 험악한 사태가 잠잠해지고 사람들도 차분해졌다.

그들의 회동은 동네에 새로운 약속을 낳았다. 리파아 구역이 자발 구역과 같은 권리와 혜택을 누릴 수 있는 새로운 구역으로 인정받게 되었다. 알리는 리파아 구역의 부동산을 관리 감독하는 책임자이자 그 구역의 수장이 되었다. 그는 부동산에서 거둔 수익 중 리파아 구역 사람들의 몫을 받아서 형평의 법칙에 따라 고루 나누어 주었다. 폭력이 난무하던 시절 동네를 등졌던 사람들이 모두 새롭게 탈바꿈한 동네로 다시 돌아왔다. 샤피이와 그의 아내, 자키, 후사인, 카림이 선두에 서 있었다. 리파아는 살아생전에 꿈도 꾸지 못했던 추앙과 존경과 사랑을 사후에 누리게 되었다. 그의 생애는 찬란한 이야기가 되어 모든 사람의 입에 오르내리게 되었고 리벡의 반주에 맞춰 노래되었다. 특히 자발라위가 그의 시신을 옮겨서 그의 멋진 정원에 묻었다는 이야기가 애송되었다. 리파아 구역 사람들은 모두 그 점에 전적으로 동의하고 또한 그의 부모에게 충성하고 공경해야 한다는 데 모두가 의견을 같이했다. 그러나 다른 문제에서는 의견이 제각각이었다. 카림과 후사인과 자키는 리파아가 권력과 재물에 욕심을 내지 않고 오직 사명감으로 병자를 치유했다고 주장했다. 그래서 그들과 추종자들은 리파아를 본받고 그가 하던 일을 계속해 갔다. 그들 가운데 일부는 도가 지나쳐 리파아를 흉내 내고 그의 삶을 그대로 따르려고 결혼도 마다했다. 한편 알리는 부동산에 대한 자신의 권리를 계속 유지하고 결혼도 하고 리파아 구역의 개보수를 주장했다. 알리는 리파아가 부동산을 혐오하지 않았고, 그것이 없어도 행복할 수 있다는 것을 보여 주었으며 탐욕에서 비롯된 사악함을 지탄하려고 토지를 혐오하는 것처럼 보인 거라고 주장했다. 그는 만일 수익이 공평하게 분배되어 집도 짓고 선행에 쓰인다면 그것이야말로 우리가 바라는 삶이라고 했다.

어쨌든 사람들은 안락한 생활을 더없이 기뻐하며 즐거운 삶을 누렸다. 그들은 자신감에 차 확실하게 "오늘이 어제보다 낫고 내일은 오늘보다 더 나을 것이다."라고 말했다.

그런데 왜 망각은 전염병처럼 우리 동네를 휩쓸고 지나가는 걸까?

(2권에서 계속)

세계문학전집 **329**

우리 동네 아이들 1

1판 1쇄 펴냄 2015년 2월 9일
1판 5쇄 펴냄 2023년 1월 13일

지은이 나지브 마흐푸즈
옮긴이 배혜경
발행인 박근섭, 박상준
펴낸곳 (주)민음사

출판등록 1966. 5. 19. (제 16-490호)
서울특별시 강남구 도산대로1길 62(신사동) 강남출판문화센터 5층 (우편번호 06027)
대표전화 02-515-2000 팩시밀리 02-515-2007
www.minumsa.com

한국어 판 ⓒ (주)민음사, 2015. Printed in Seoul, Korea

ISBN 978-89-374-6329-7 04800
ISBN 978-89-374-6000-5 (세트)

세계문학전집 목록

세계문학전집은 계속 간행됩니다.